中华传统文化百部经典

稽康集

嵇康 著

崔富章 解读

国家图书馆出版社

图书在版编目（CIP）数据

嵇康集／（三国魏）嵇康著；崔富章解读 . —— 北京：
国家图书馆出版社，2024. 12.
（中华传统文化百部经典）
ISBN 978－7－5013－8055－8

Ⅰ. ①嵇… Ⅱ. ①嵇… ②崔… Ⅲ. ①《嵇康集》Ⅳ.
① I213.612

中国国家版本馆 CIP 数据核字 (2024) 第 037635 号

国家图书馆出版社官方微信

书　　　名	嵇康集
著　　　者	（三国魏）嵇　康著　崔富章 解读
责任编辑	于春媚
责任校对	刘鑫伟
特约编辑	马庆洲
封面设计	敬人设计工作室

出版发行	国家图书馆出版社（北京市西城区文津街 7 号　100034）
	010－66114536　63802249　nlcpress@nlc.cn（邮购）
网　　　址	http://www.nlcpress.com
印　　　装	北京科信印刷有限公司
版次印次	2024 年 12 月第 1 版　2024 年 12 月第 1 次印刷

开　　　本	710×1000　1/16
印　　　张	27.25
字　　　数	349 千字
书　　　号	ISBN 978－7－5013－8055－8
定　　　价	60.00 元（平装）

本册审订

张亚新　　骆玉明　　王能宪

编纂缘起

　　文化是民族的血脉，是人民的精神家园。党的十八大以来，围绕传承发展中华优秀传统文化，习近平总书记发表了一系列重要讲话，深刻揭示出中华优秀传统文化的地位和作用，梳理概括了中华优秀传统文化的历史源流、思想精神和鲜明特质，集中阐明了我们党对待传统文化的立场态度，这是中华民族继往开来、实现伟大复兴的重要文化方略。2017年初，中共中央办公厅、国务院办公厅印发《关于实施中华优秀传统文化传承发展工程的意见》，从国家战略层面对中华优秀传统文化传承发展工作作出部署。

　　我国古代留下浩如烟海的典籍，其中的精华是培育民族精神和时代精神的文化基础。激活经典，熔古铸今，是增强文化自觉和文化自信的重要途径。多年来，学术界潜心研究，钩沉发覆、辨伪存真、提炼精华，做了许多有益工作。编纂《中华传统文化百部经典》（简称《百部经典》），就是在汲取已有成果基础上，力求编出一套兼具思想性、学术性和大众性的读本，使之成为广泛认同、传之久远的范本。《百部经典》所选图书上起先秦，下至辛亥革命，包括哲学、文学、历史、艺术、科技等领域的重要典籍。萃取其精华，加以解读，旨在搭建传统典籍与大众之间的桥梁，激活中华优秀传统文化，用优秀传统文化滋养当代中国人的精神世界，提振当代中国人的文化自信。

这套书采取导读、原典、注释、点评相结合的编纂体例，寻求优秀传统文化与社会主义核心价值观之间的深度契合点；以当代眼光审视和解读古代典籍，启发读者从中汲取古人的智慧和历史的经验，借以育人、资政，更好地为今人所取、为今人所用；力求深入浅出、明白晓畅地介绍古代经典，让优秀传统文化贴近现实生活，融入课堂教育，走进人们心中，最大限度地发挥以文化人的作用。

《百部经典》的编纂是一项重大文化工程。在中宣部等部门的指导和大力支持下，国家图书馆做了大量组织工作，得到学术界的积极响应和参与。由专家组成的编纂委员会，职责是作出总体规划，选定书目，制订体例，掌握进度；并延请德高望重的大家耆宿担当顾问，聘请对各书有深入研究的学者承担注释和解读，邀请相关领域的知名专家负责审订。先后约有 500 位专家参与工作。在此，向他们表示由衷的谢意。

书中疏漏不当之处，诚请读者批评指正。

2017 年 9 月 21 日

凡 例

一、《中华传统文化百部经典》的选书范围，上起先秦，下迄辛亥革命。选择在哲学、文学、历史、艺术、科技等各个领域具有重大思想价值、社会价值、历史价值和学术价值的一百部经典著作。

二、对于入选典籍，视具体情况确定节选或全录，并慎重选择底本。

三、对每部典籍，均设"导读""注释""点评"三个栏目加以诠释。导读居一书之首，主要介绍作者生平、成书过程、主要内容、历史地位、时代价值等，行文力求准确平实。注释部分解释字词、注明难字读音，串讲句子大意，务求简明扼要。点评包括篇末评和旁批两种形式。篇末评撮述原典要旨，标以"点评"，旁批萃取思想精华，印于书页一侧，力求要言不烦，雅俗共赏。

四、原文中的古今字、假借字一般不做改动，唯对异体字根据现行标准做适当转换。

五、每书附入相关善本书影，以期展现典籍的历史形态。

今之所貴亂曰憒憒琴德不可測兮體清心遠邈難
極兮良質美手遇今世兮紛綸翕響冠衆藝兮識音
者希孰能珍兮能盡雅琴唯至人兮

與山巨源絕交書一首

康白足下昔稱吾於潁川吾常謂之知言然經怪此
意尚未熟悉於足下何從便得之也前年從河東還
顯宗阿都說足下議以吾自代事雖不行知足下故
不知之足下傍通多可而少怪吾直性狹中多所不
堪偶與足下相知耳間聞足下遷惕然不喜恐足下
羞庖人之獨割引尸祝以自助手薦鸞刀漫之羶腥
故具為足下陳其可否吾昔讀書得并介之人或謂

無之今乃信其真有耳性有所不堪真不可強今空
語同知有達人無所不堪外不殊俗而內不失正與
一世同其波流而悔吝不生耳老子莊周吾之師也
親居賤職柳下惠東方朔達人也安乎卑位吾豈敢
短之哉又仲尼兼愛不羞執鞭子文無欲卿相而三
登令尹是乃君子思濟物之意也所謂達能兼善而
不渝窮則自得而無悶以此觀之故堯舜之君世許
由之巖栖子房之佐漢接輿之行歌其揆一也仰瞻
数君可謂能遂其志者也故君子百行殊塗而同致
循性而動各附所安故有處朝廷而不出入山林而
不反之論且延陵高子臧之風長卿慕相如之節志

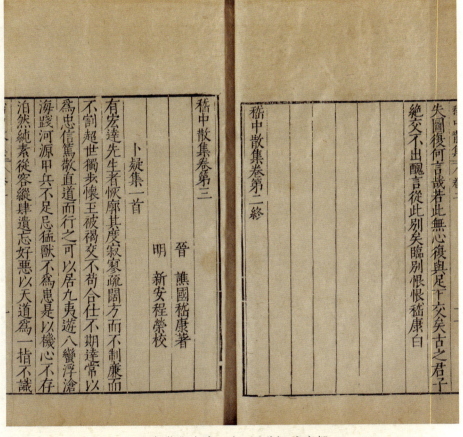

失圖復何言哉若此無心復與足下交矣古之君子
絕交不出醜言從此別矣臨別恨恨嵇康白

嵇中散集卷第二終

嵇中散集卷第三

晉　譙國嵇康著

明　新安程榮校

卜疑集一首

有宏達先生者恢廓其度寂寥疏闊方而不制廉而
不劌超世獨步懷王被禍交不苟合仕不期達常以
爲忠信篤敬直道而行之可以居九夷遊八蠻浮滄
海踐河源甲兵不足忌猛獸不爲患是以機心不存
泊然純素從容縱肆遺忘好惡以天道爲一指不識

嵇中散集十卷　（三国魏）嵇康撰
明万历新安汪士贤刻本　国家图书馆藏

本书凡例

一、本书以明吴宽（1435—1504）丛书堂钞宋本《嵇康集》十卷为底本。

二、本书以鲁迅过录吴本《嵇康集》十卷并辑校稿本为主要校本，参校明、清诸本，近人校本。

三、本书解读嵇康诗歌六十首、韵文三篇、论文九篇、书信二篇、《家诫》一篇。吴本附载他人赠答嵇康诗十四首、辩难论文四篇，本书不作解读，但录白文，以备参阅。

四、历代学者对嵇康诗文之评论，本书在导读、注释、旁批、点评中尽量呈现，俾便读者观览。

五、底本中的异体字，改为通行字；假借字、古今字，一律不改。

目　录

导　读

　　嵇康，字叔夜，曾做过曹魏的中散大夫，世称"嵇中散"。出生于魏文帝（曹丕）黄初四年（223），魏元帝（曹奂）景元三年（262）被司马氏杀害，只活了四十岁。他是三国时期的重要作家，著作有《嵇康集》十五卷，《春秋左氏传音》三卷，《圣贤高士传赞》三卷等。在长期流转中，他的作品有所散佚。《嵇康集》传到宋代，仅存十卷。至明代成化年间，实存八卷，三万字而已。但若论影响之巨大，震动之深远，在中国文学史、文化史上，能与之相提并论者，寥若晨星。

　　为帮助读者更好地了解嵇康及其作品，《导读》从以下四个方面加以梳理：一、嵇康生活的时代及生平事迹；二、嵇康作品及其著述旨趣；三、《嵇康集》传播源流及版本；四、批判三代，向往大同。

一、嵇康生活的时代及生平事迹

　　嵇康的远祖居会稽郡上虞（今浙江上虞），先世避怨仇，迁徙至谯

（qiáo）之铚（zhì）县的嵇山北侧（今安徽濉溪县临涣镇西三十里）。嵇康的父亲名昭，字子远，督军粮治书侍御史。母孙氏，性温柔慈祥。兄长二人，长兄名、字不详；次兄名喜，字公穆，晋扬州刺史。嵇康出生不久，父亲就过世了，由母亲和兄长抚育长大。他个子很高，有七尺八寸，相当于现在的一米八八以上，"美词气，有风仪"（《晋书·嵇康传》）。《世说新语·容止》第五则云："嵇康身长七尺八寸，风姿特秀。见者叹曰：'萧萧肃肃，爽朗清举。'或云：'肃肃如松下风，高而徐引。'山公曰：'嵇叔夜之为人也，岩岩若孤松之独立；其醉也，傀俄若玉山之将崩。'"第十一则云："有人语王戎曰：'嵇延祖（康子嵇绍）卓卓如野鹤之在鸡群。'答曰：'君未见其父耳！'"山公（山涛）、王戎都是"竹林七贤"中人，跟嵇康有密切的接触，可以想见，嵇康高大英挺，风度翩翩，一定是当时公认的美男子。

　　魏明帝（曹叡）太和二年（228）下诏："尊儒贵学，王教之本也。……申敕郡国，贡士以经学为先。"时嵇康六岁，处在魏陪都谯郡（治所在今安徽亳州）这样的特殊地区，必定接受过儒学的教育和熏陶，故而有《春秋左氏传音》一类的著作，而且在现存的嵇康诗文中，可以看出，他对《易》《书》《诗》《春秋左传》等经典相当熟悉。他的阅读面很广泛，特别喜欢《老子》《庄子》，声言"老子、庄周，吾之师也"（《与山巨源绝交书》）。嵇康多才多艺，"于丝竹特妙"（向秀《思旧赋序》），擅长弹琴作曲，《长青》《短青》《长侧》《短侧》等琴曲相传是他的作品，合称为"嵇氏四弄"（明钞本《琴苑要录》引《琴书》著录）；他善书法，尤工草书，墨迹被列入"草书妙品"（唐张怀瓘《书断》）；他更长于咏诗著论，师心使气，清峻拔俗。《三国志·魏书·王粲传》附载云："谯郡嵇康，文辞壮丽，好言老、庄，而尚奇任侠。至景元中，坐事诛。"[①] 比嵇康小九岁的陈寿，处在西晋司马氏的一统天下，形格势禁，对嵇康只能这样略带一笔，分量却是很重的。原来这位接受过儒学教育而又扬言师法老庄之道的嵇康，不只是舞文弄墨，"文辞壮丽"而已；他还有"尚奇任侠"、将理想付诸行动的雄心和勇气。他并不怎么苟同于庄周的"齐物"，而是有所抱负、有所坚执的硬骨头。

　　嵇康二十岁前后，被曹操的儿子沛穆王曹林看中，曹林把孙女长乐亭主下嫁给他，嵇康成了曹魏宗室女婿，后迁郎中，拜中散大夫，"秩六百石，第七品，仅备顾问，并无日常事务，属于散官"②。嵇康有了俸禄六百石、掌议论的中散大夫这个头衔，举家迁往曹魏宗室聚集的河内郡，居住在山阳达二十年之久，直到被司马昭杀害。山阳故城在今河南焦作以东修武县西北三十五里，即现在的云台山风景区一带。相传太行山支脉有白鹿山，上有天门谷、百家岩（一说天门山今谓之百家岩），即嵇康隐居处。正是在这豫、晋两省交界之地，在磊落雄壮的太行山环抱中，在那清幽的灵山秀水之间，嵇康与阮籍、山涛、向秀、阮咸、王戎、刘伶等名士相与友善，常聚集于竹林之下，肆意酣畅，世谓之"竹林七贤"。豫其流者，还有嵇康的好朋友吕安。他们啸傲山林，摒弃礼俗，弹筝抚琴，饮酒咏诗，清谈玄远，高倡自然，"或率尔相携，观原野，极游浪之势，亦不计远近；或经日乃归，复修常业"（《太平御览》卷四〇九引《向秀别传》）。"于时风誉扇于海内，至于今咏之。"（《世说新语·任诞》第一则刘孝标注引孙盛《晋阳秋》）东晋秘书监孙盛上距魏末已近百年，犹能感受到"七贤"之风，可见"竹林七贤"的活动，在当时的思想界、文化界，声誉非常之高，影响极为深远。1960 年，南京博物院在南京西善桥发掘南朝初年墓，内有"竹林七贤与荣启期"模印拼嵌砖画，分两段，各长二百四十厘米，高八十厘米，对应地拼嵌在墓室左、右两壁。一壁为嵇康、阮籍、山涛、王戎四像，另一壁为向秀、刘灵（伶）、阮咸、荣启期四像。人物形象生动，个性鲜明，技法和风格跟流传至今的晋代绘画摹本非常相似，有人推测是顾恺之或戴逵等名家画本③，亦能侧面印证孙盛的说法。

　　与山阳同属河内郡的温县（今河南温县），便是司马懿的家乡。当竹林名士们避世清谈之际，司马氏集团步步进逼，渐渐控制了曹魏政权。魏（曹芳）嘉平元年（249），司马懿发动"高平陵之变"，用迅雷不及掩耳的手段，捕杀辅政的大将军曹爽以及何晏（曹操养子）等八族，"支党皆夷及三族，男女无少长、姑姊妹女子之适人者，皆杀之"（《三国志·魏书·毌丘俭传》裴松之注引俭、钦等表陈司马师罪状十一条），达数千人。此后，司马氏权势如日中天，无人可与之抗衡，而士人群体也主动或被动地分成了两个阵营，既有亲近靠拢司马氏集团并为之出谋划策者如傅嘏、钟会等，也不乏反对司马氏专权并采取各种手段与之抗争者。嘉平三年（251），征东将军、假节都督扬州诸军事、扬州刺史（治寿春）王凌等不满司马氏专权，谋立楚王曹彪，欲在淮南起兵。司马懿亲率大军征讨，王凌饮药死。战后司马懿下令发冢剖棺，暴尸于所近市三日。曹彪亦被迫自杀，妻儿免为平民，属臣等因知情而无辅导之义，皆被诛杀，夷三族。嘉平六年（254），正始名士、中书令李丰联络张皇后父张缉等，欲推夏侯玄代司马师为大将军，谋泄，被司马师暗杀。"故中书令李丰等，以师无人臣节，欲议退之。师知而请丰，其夕拉杀，载尸埋棺。丰等为大臣，帝王腹心，擅加酷暴，死无罪名。"（《三国志·魏书·毌丘俭传》裴松之注引俭、钦等表陈司马师罪状十一条）紧接着捕杀曹操族外孙、征西将军、太常夏侯玄（曹爽姑表兄弟），所谓"供辞"竟是司马师亲信廷尉钟毓的夜半紧急创作。"又故光禄大夫张缉（皇帝曹芳之岳父），无罪而诛，夷其妻子，并及母后，逼恐至尊，强催督遣"，"矫废君主"，司马师废黜皇帝曹芳。（《三国志·魏书·毌丘俭传》裴松之注引俭、钦等表陈司马师罪状十一条）镇东将军、都督扬州毌丘俭及扬州刺史文钦（曹爽同乡）起兵讨伐，司马师新割目瘤，"惊而目出"，"舆疾"出征，毌丘俭兵败被杀，传首京都，夷三族。魏（曹髦）甘露二年（257），镇东将军诸葛诞起兵淮南（寿春），司马昭挟持皇帝、郭太后讨伐，次年四月杀诸葛诞，传首，夷三族。至此，军政大权，进退百官，都在司马昭的掌握之中，曹魏皇帝已被架空。甘露五年（260），"帝（曹髦）见威权日去，不胜其忿。乃召侍中王沈、尚书王经、散骑常侍王业，谓曰：'司马昭之心，路人所知也。吾不能坐受废辱，今日当与卿等自出讨之。'王经曰：'昔鲁昭公不忍季氏，败走失国，为天下笑。今权在其门，为日久矣。朝廷四方皆为之致死，不顾逆顺之理，非一日也。且宿卫空阙，兵甲寡弱，陛下何所资用，而一旦如此，无乃欲除疾而更深之邪？祸殆不测，宜见重详。'帝乃出怀中版令投地，曰：'行之决矣，正使死，何所惧！况不必死邪？'于是入白太后，……帝遂帅僮仆数百，鼓噪而出"（《三国志·魏书·三少帝纪》裴松之注引习凿齿《汉晋春秋》）。司马昭心腹中护军贾充示意部下，直刺曹髦，洞胸而"刃出于背"，皇帝死于非命。司马昭又立曹奂为帝，这就是魏元帝，自然更是一个傀儡。景元三年（262），司马昭藉口"吕安事件"，杀害嵇康。景元四年（263），司马昭伐蜀成功，次年进封晋王；咸熙二年（265）八月，司马昭病死，司马炎继位为晋王。年底，曹奂禅位，司马炎代魏称帝，这就是晋武帝。

以阮籍、嵇康为代表的"竹林名士"们，逍遥于林泉之间，旷放不羁，固然与汉末以来的个性解放思潮有关，但更为切实的原由是躲避司马氏集团的笼络、威逼和利诱。而司马氏集团恰恰是名士们的"克星"。特别是司马师，不仅集军政大权于一身，且颇有才学，几乎与正始清谈的领袖人物何晏、夏侯玄齐名，他代父掌权之后，更是加紧网罗人才，"礼""法"并用，软硬兼施。早在高平陵之变后不久，阮籍就被司马懿辟为从事中郎，之后"复为景帝（司马师）大司马从事中郎"（《晋书·阮籍传》），彻底告别了隐居山林的生活。山涛之前在曹爽集团与司马氏集团斗争激烈之际，曾弃官归隐。大约在司马懿卒后，山涛依靠与司马懿妻族的中表亲关系，得以面见司马师。司马师曰："吕望欲仕邪？""命司隶举秀才，除郎中。转骠骑将军王昶从事中郎。久之，拜赵国相，迁

尚书吏部郎。"(《晋书·山涛传》)面对这样的大环境,原本志在山林的
稽康也不得不作出自身的选择。据说,"毌丘俭反,康有力,且欲起兵应
之。以问山涛,涛曰不可,俭亦已败"。《三国志·王粲传》裴松之注引
《世语》这数语,虽然简略,却展示出稽康"尚奇任侠"、慷慨任性的一面。
稽康对司马氏集团的态度,或许可从以下事例中得到体现。

其一,投身批评王肃(司马昭岳父)的太学辩难活动,撰写《管蔡
论》。甘露元年(256)二月,皇帝曹髦宴群臣于太极东堂,"讲述礼典,
遂言帝王优劣之差",盛赞少康中兴夏朝之功德:"有夏既衰,后相殆灭,
少康收集夏众,复禹之绩。……祀夏配天,不失旧物,非至德弘仁,岂
济斯勋?"批评刘邦"因土崩之势,仗一时之权,专任智力以成功业,
行事动静,多违圣检"(《三国志·魏书·三少帝纪》裴松之注引孙盛《魏
氏春秋》)。弦外之音,不言自明。同年四月,曹髦幸太学,跟诸儒博士
讲论《易》《尚书》《礼记》,表彰郑玄,点名批评王肃:"今王肃云'尧
意不能明鲧,是以试用'。如此,圣人之明有所未尽邪?"博士庾峻不
明所以,举"尧失之四凶,周公失之二叔,仲尼失之宰予"的例子来回答。
曹髦因谓:

> 尧之任鲧,九载无成,汩陈五行,民用昏垫。至于仲尼失之宰
> 予,言行之间,轻重不同也。至于周公、管、蔡之事,亦《尚书》
> 所载,皆博士所当通也。(《三国志·魏书·三少帝纪》)

庾峻只能回答:"此皆先贤所疑,非臣寡见所能究论。"皇帝讲政治,
声东(终末之年的王肃)击西(王肃的女婿司马昭),王肃门下的博士
庾峻一头雾水。《稽康集》中有一篇《管蔡论》,说管、蔡本是"服教殉义,
忠诚自然"的淑善之人,"功业有绩,名冠当时"的有功之臣,周文王、
周武王、周公旦信用他们,举而任之,"三圣未为不明";武王突然病故,

太子年幼，周公旦"践政"，管、蔡怀疑周公有贰心，"遂乃抗言率众，欲除国患"，出发点是"翼存天子"；管蔡"怀忠抱诚"而不通晓圣人的权宜之策，周公不得已"流涕行诛"。这些论述，跟儒家传统观点（即文章开头所写"时人全谓管、蔡为元凶"）有所区别，而跟曹髦反对"圣人之明有所未尽"的精神一致。"尔乃大义得通，时论亦得释然而大解也。"《管蔡论》是嵇康融入太学辩论、维护曹魏皇权的重磅作品。曹魏时期，经学论坛上主要是"王学"与"郑学"之争，双方的代表人物是王肃和郑玄的门徒孙炎。王学居主导地位，列于学官，太学中的"诸儒博士"多出其门下。王肃卒于甘露元年（256），"门生缞绖者以百数"（《三国志·魏书·王朗传》附）。在这样的背景之下，曹髦以帝王之尊，莅临太学，斥责王肃，震动之大，可想而知。就这一论题的政治敏感性（触及司马氏集团）、学术深广性、学派对抗性而言，必定引发激烈的辩论。嵇康以卓绝的才学，名士的风度，活跃于辩论讲坛，"风器非常"，自是循规蹈矩的博士诸儒所望尘莫及，在太学生中产生很大的影响，所以数年之后嵇康被司马昭杀害时，竟有"太学生三千人上书，请以为师"（《世说新语·雅量》第二则）的壮观场景出现。

其二，司马昭的心腹钟会"造访"，嵇康不予理睬。甘露三年（258），钟会迁司隶校尉，志满意得，乘肥衣轻，宾从如云，造访嵇康。嵇康与向秀在大树下打铁（箕踞而锻），"康扬槌不辍，傍若无人，移时不交一言。钟起去，康曰：'何所闻而来？何所见而去？'钟曰：'闻所闻而来，见所见而去！'"（《世说新语·简傲》第三则）"会深衔之。"（《三国志·魏书·王粲传》裴松之注引孙盛《魏氏春秋》）

其三，马司昭征召嵇康出仕，康避地河东（今山西夏县一带）。嵇康在太学的言论，引起了司马氏集团的警觉。特别是他精心推究、描摹的管、蔡形象，在魏晋易代之际的特殊政治背景下，客观上便具备某种可比性："周公摄政，管蔡流言；司马执权，淮南三叛。其事正对。"（明人张采语，转引自近人戴明扬《嵇康集校注》）"淮南三叛"指的就是王凌、毌丘俭、诸葛诞先后三次在淮南起兵讨伐司马氏。如此一来，嵇康的《管蔡论》便有含沙射影之嫌，司马氏的威逼和利诱接踵而来。先是钟会"造访"，恶狠狠地丢下两句话而去；接着就是司马昭辟（征召）康做官："大将军尝欲辟康。康既有绝世之言，又从子不善，避之河东，或云避世。"（《三国志·魏书·王粲传》裴松之注引孙盛《魏氏春秋》）嵇康一度云游于河东郡到汲郡（今河南卫辉）的山林岩穴之间，与高士孙登、王烈为伍，外荣华，去滋味，"遗物弃鄙累，逍遥游太和"。然而他不能忘情世事，"恋土思所亲，能不气愤盈？""虽逸亦以难，非余心所嘉！"在他与二郭的赠答诗作中，充满着愤懑和忧伤的情绪。嵇康对司马氏集团的逼迫，始终耿耿于怀。

其四，与山巨源"绝交"，声称自己"非汤武而薄周孔"。魏元帝曹奂景元二年（261），山涛（字巨源）由吏部郎迁大将军从事中郎，嵇康奋笔写下《与山巨源绝交书》，列举做官有"九患"（七必不堪、二甚不可），说自己不堪流俗，不能与俗人"嚣尘臭处"，"又每非汤、武而薄周、孔，在人间（指出仕）不止此事，会显世教所不容"。

据史料所记，导致嵇康被杀的直接原因是"吕安事件"。东平吕巽（长悌）、吕安（仲悌）兄弟，都是嵇康的朋友。《晋书·嵇康传》云："东平吕安，服康高致，每一相思，辄千里命驾，康友而善之。"景元三年（262），吕巽奸淫吕安妻徐氏，吕安欲告发，经嵇康调解平息。不料吕巽背后诬告吕安事母不孝，吕安被判发配徙边，嵇康因此作《与吕长悌绝交书》痛斥吕巽。吕安发配途中写信给嵇康，称："顾影中原，愤气云踊。……披艰扫秽，荡海夷岳，蹴昆仑使西倒，蹋太山令东覆，平涤九区，恢廓宇宙，斯亦吾之鄙愿也。"⑤向秀《思旧赋序》云："余少与嵇康、吕安居止接近，其人并有不羁之才。然嵇意远而疏，吕心旷而放，其后各以事见法。"《文选》李周翰注："康意高远，于人事疏略。安心旷大，于俗表放逸。"李善注："安妻甚美，兄巽使妇人醉而报之。巽内惭，诬安不孝，启太祖（司马昭）徙安远郡，即路与康书；太祖见而恶之，收安付廷尉，与康俱死，'见法'谓'被法'也。"⑥"安引康为证，康义不负心，保明其事。"（《三国志·魏书·王粲传》裴松之注引孙盛《魏氏春秋》）"吕安罹事，康诣狱以明之。钟会庭论康曰：'今皇道开明，四海风靡，边鄙无诡随之民，街巷无异口之议。而康上不臣天子，下不事王侯，轻时傲世，不为物用，无益于今，有败于俗。昔太公诛华士，孔子戮少正卯，以其负才乱群惑众也。今不诛康，无以清洁王道！'于是录康闭狱。"（《世说新语·雅量》第二则刘孝标注引《文士传》）

嵇康被捕以后，钟会又进谗言，"'嵇康，卧龙也，不可起。公（司马昭）无忧天下，顾以康为虑耳。'因谮'康欲助毌丘俭，赖山涛不听。昔齐戮华士，鲁诛少正卯，诚以害时乱教，故圣贤去之。康、安等言论放荡，非毁典谟，帝王者所不宜容。宜因衅除之，以淳风俗。'帝（指司马昭。司马炎代魏之后，追尊司马昭为文帝）既昵听信会，遂并害之"（《晋书·嵇康传》）。"临当就命，顾视日影，索琴而弹之。"（向秀《思旧赋》并序）

嵇康被害时慷慨就义的场景也是历史长河中的经典画面。"嵇中散临刑东市，神气不变，索琴弹之，奏《广陵散》。曲终，曰：'袁孝尼尝请学此散，吾靳固不与（我不舍得教给他），《广陵散》于今绝矣！'太学生三千人上书，请以为师，不许。文王（司马昭）亦寻悔焉。"（《世说新语·雅量》第二则）《广陵散》，或谓蔡邕《琴操》著录之河间杂曲《聂政刺韩王曲》，描写战国早期的刺客聂政为报严仲子知遇之恩，刺杀韩相侠累，当场毁容自残而死的悲壮故事，"一片金革杀伐激刺之声，令人惊心动魄，忘其为琴曲"⑦。"从我国传统乐曲之每经一人弹奏就必定有所丰富这种规律性的现象来看，则嵇康既然把《广陵散》弹到了'声调绝伦'的境界，那么，即使这首曲子并不是嵇康所作，但至少嵇康曾对它做过一番加工，应当是可以肯定的。更何况，《广陵散》传说表现聂政刺韩王的故事，正适于表达'叔夜痛魏之将倾，其愤恨司马氏之心，无所于泄'的心情，可以想象，这种'加工'，必定超过一般的性质，实际上已经属于另一种形态的创作了。"⑧那纷披灿烂、戈矛纵横的《广陵散》琴声，或许正是嵇康"刚肠嫉恶""尚奇任侠"精神的升华。特殊的时代把这位"志在守朴，养素全真"的竹林名士推上了政治舞台，旷世奇才就这样牺牲于魏晋易代之际的政治风浪中。"司马氏诛锄异己，始于嘉平元年司马懿之诛曹爽、何晏等八族，终于景元三年司马昭之诛嵇康、吕安等。中经王凌之诛，夏侯玄、李丰、楚王彪之诛，齐王之废，毌丘俭之诛，诸葛诞之诛，高贵乡公之弑等巨大而残酷的事变。短短十二三年之中，数行征伐，屡诛大族，结果，把曹魏的政治势力彻底打垮了。"⑨

《三国志·魏书·三少帝纪》陈寿评说："古者以天下为公，唯贤是与。后代世位，立子以适（嫡）。若适（嫡）嗣不继，则宜取旁亲明德，若汉之文、宣者，斯不易之常准也。明帝既不能然，情系私爱，抚养婴孩，传以大器，托付不专，必参枝族，终于曹爽诛夷，齐王（曹芳）替位。高贵公（曹髦）才慧夙成，好问尚辞，盖亦文帝之风流也；然轻躁忿肆，自蹈大祸。陈留王（曹奂）恭己南面，宰辅统政，仰遵前式，揖让而禅，遂飨封大国，作宾于晋，比之山阳（汉献帝刘协），班宠有加焉。"

魏明帝无子嗣，郭皇后与魏末三少帝之间并无血缘纽带连接，却是曹芳、曹髦、曹奂三少帝名正言顺的"太后"。她是地位尊崇的女人，更是面临不确定性内心脆弱的女人。司马氏敏锐地察觉到她的潜在价值，凭借武力，抓住机会，拉拢、控制、利用太后，易如翻掌。公元249年正月，高平陵大祭，曹氏要员倾巢出动，司马懿阴布兵力，控制武库，手持"皇太后令"，强行剥夺大将军曹爽兄弟三人的兵权，又罗织"阴谋反逆"罪名，捕杀执政大臣曹爽以及曹羲、曹训、何晏、邓飏、丁谧、毕轨、李胜、桓范、张当等朝廷重臣，夷三族（见《三国志·魏书·曹爽传》)。公元 254 年，司马师手持"皇太后令"，废黜皇帝曹芳。《三国志·魏书·三少帝纪》裴松之注引《魏略》曰："景王（司马师）将废帝，遣郭芝入白太后，太后与帝对坐。芝谓帝曰：'大将军欲废陛下，立彭城王据。'帝乃起去。太后不悦。芝曰：'太后有子不能教，今大将军意已成，又勒兵于外以备非常，但当顺旨，将复何言！'太后曰：'我欲见大将军，口有所说。'芝曰：'何可见邪？但当速取玺绶。'太后意折，乃遣傍侍御取玺绶著坐侧。芝出报景王，景王甚欢。又遣使者授齐王（曹芳）印绶，当出就西宫。帝受命，遂载王车，与太后别，垂涕，始从太极殿南出。……王出后，景王又使使者请玺绶。太后曰：'彭城王，我之季叔也，今来立，我当何之！且明皇帝当绝嗣乎？吾以为高贵乡公（曹髦）者，文皇帝之长孙，明皇帝之弟子，于礼，小宗有后大宗之义，其详议之。'景王乃更召群臣，以皇太后令示之，乃定迎高贵乡公。"公元 260 年五月，司马昭爪牙乘乱挥戈直刺曹髦致死。皇太后令曰："此儿既行悖逆不道，而又自陷大祸，重令吾悼心不可言。昔汉昌邑王以罪废为庶人，此儿亦宜以民礼葬之，当令内外咸知此儿所行。"太后诏曰："夫五刑之罪，莫大于不孝。夫人有子不孝，尚告治之，此儿岂复成人主邪？"(《三国志·魏书·三少帝纪》)公元 251 年，王凌等起兵淮南，反对司马氏专权，司马懿逼迫王凌"饮药死"，暴尸三日；公元 255 年，毌丘俭起兵淮南，为司马师部下射杀，传首京都，夷三族；公元 257 年，诸葛诞起兵淮南，司马昭挟郭太后讨伐，杀诸葛诞，传首，夷三族。司马氏的屠戮暴行，大多在皇太后掩护下实施得逞。这便是《三国志·魏书·后妃传》所谓"与夺大事，皆先咨启于太后而后施行"的真相。"魏晋，是以孝治天下的，不孝，故不能不杀。为什么要以孝治天下呢？因为天位从禅让，即巧取豪夺而来，若主张以忠治天下，他们的立脚点便不稳，办事便棘手，立论也难了，所以一定要以孝治天下。"[⑩]司马氏集团以"孝"治天下的大手笔，便是假借受控"皇太后"的名义，更便于架空皇权，更便于打压曹魏政治势力，更有利于掩饰屠戮暴行的政治设计。嵇康挑明："有似非而非非，类是而非是者，不可不察也。"强烈反对"唯惧隐之不微，唯患匿之不密"的大私阴谋行为，主张"越名教而任自然"。他的名理文章《释私论》，不得不面对的现实竟是司马氏集团以"孝"治天下的政治大骗局。刚肠嫉恶、好奇任侠的嵇康，就这样在不屈的呐喊中，结束了四十岁的年华。

二、嵇康作品及著述旨趣

明吴宽丛书堂钞宋本《嵇康集》十卷，收载嵇康诗歌六十首（附嵇喜、郭遐周、郭遐叔、阮德如答赠诗十四首）；韵文三篇：《琴赋》《卜疑》《太师箴》；论文九篇：《养生论》《答难养生论》《声无哀乐论》《释私论》《管蔡论》《明胆论》《难自然好学论》《难宅无吉凶摄生论》《答释难宅无吉凶摄生论》（附向秀、张叔辽、阮德如辩难论文四篇）；书信二篇：《与山巨源绝交书》《与吕长悌绝交书》；《家诫》一篇。

（一）诗歌

嵇康的六十首诗作中，有四言诗三十首，五言诗十二首，六言诗十首，乐府诗七首，骚体诗一首。《四言十八首赠兄秀才入军》是嵇康早期作品，继承《诗经》的优良传统，运用并发展了比兴手法，即景抒情，情景交融，平和自然。让我们举例以明之：

［其五］穆穆惠风，扇彼轻尘；弈弈素波，转此游鳞。伊我之劳，有怀遐人。寤言永思，实钟所亲。

［其六］所亲安在？舍我远迈。弃此荪芷，袭彼萧艾。虽曰幽深，岂无颠沛？言念君子，不遐有害！

　　和风吹拂，碧波荡漾，田野间偶或有轻尘飘起，池塘里游鱼自若，历历可数，一派和平宁静的景象。从军远行的亲人，此时此刻，你在何方？诗人为之忧伤不已。兄长嵇喜，竟抛弃了这芬芳的香草，而去寻求那萧艾之类，颠沛流离，说不定会遭遇祸殃的。全诗感情真挚，言辞恳切，有"诗三百"之风。

　　［其十四］息徒兰圃，秣马华山。流磻平皋，垂纶长川。目送归鸿，手挥五弦。俯仰自得，游心泰玄。嘉彼钓叟，得鱼忘筌。郢人逝矣，谁可尽言？

　　流连兰圃、花山，在平坦的草泽中射鸟，长长的大河边垂钓，"目送归鸿（大雁），手挥五弦（琴）"，神游于自然自在的大道之中，得意忘言，何等洒脱！可惜知己的"郢人"远逝了，还有谁可与畅谈呢？

　　《代秋胡歌诗》是嵇康仿效乐府民歌《秋胡行》的精神和艺术特色而创作的七首新诗："富贵忧患多""贵盛难为工""忠信可久安""酒色令人枯""游心于玄默""思行游八极""徘徊于层城（天庭）"。这七首诗以说理为主，哲理味很浓。但由于吸收了乐府民歌的艺术手法，四言之间穿插五言，"歌以言之，酒色令人枯"，不避重句，一唱三叹，因而生动活泼，富有感染力。

　　触景生情，抒情言志，这在嵇康后期的诗作中表现得尤为突出，让我们举《嵇康集》开卷第一篇《五言诗一首》为例：

　　双鸾匿景曜，戢翼太山崖。抗首嗽朝露，晞阳振羽仪。长鸣戏云中，时下息兰池。自谓绝尘埃，终始永不亏。何意世多艰，虞人来我维。云网塞四区，高罗正参差。奋迅势不便，六翮无所施。隐姿就长缨，卒为时所羁。单雄翩独逝，哀吟伤生离。徘徊恋俦侣，慷慨高山陂。鸟尽良弓藏，谋极身必危。吉凶虽在己，世路多险巇。安得反初服，抱玉宝六奇。逍遥游太清，携手相追随。

全诗二十八句。前八句写双鸾生活在自然之中，和谐自得，"自谓绝尘埃，终始永不亏"，随天地自然更生变化，形（身）精（心）永不会亏损。中间八句写山官（虞人）遍置罗网，双鸾被"长缨"所缚，"隐姿就长缨，卒为时所羁"，既是写鸟，又是写人，诗人已经进入角色之中。最后十二句写雄鸾不得已独自飞走，慷慨悲歌："安得反初服，抱玉宝六奇。"怎样才能挣脱名位的羁縻，返回原来的纯朴美好状态，怀抱着自然的美质，珍惜过人的才智呢？诗人幻想着洁身自好，再次遨游于云天自然之间，"逍遥游太清，携手相追随"。"太清"是道家所认为的最完美的境界，人间仙境。本诗以较多的篇幅着力描写双鸾的生活情态及其不幸遭遇，笔法细腻，语意双关，"云网塞四区，高罗正参差"，形象地揭示了魏晋易代之际险恶的政治环境。这首诗，旧注多以为属赠兄秀才入军诗作之一。细读之，但觉超世绝俗之情溢于言表，并发出"安得反初服"这般沉痛的呼喊，不会是早年之作，可能写于嵇康三十六岁（258）被司马氏逼迫，别妇抛雏，避难河东途中，"单雄翩独逝，哀吟伤生离"，"徘徊恋俦侣，慷慨高山陂"，正是诗人避难旅途中的自我写照。

《述志诗》二首是嵇康四十岁被捕入狱后的作品。他写道：

潜龙育神躯，跃鳞戏兰池。延颈慕大庭，寝足俟皇羲。庆云未垂降，盘桓朝阳陂。悠悠非我俦，圭步应俗宜。殊类难遍周，鄙议纷流离。辒轲丁悔吝，雅志不得施。耕耨感宁越，马席激张仪。逝将离群侣，杖策追洪崖。焦明振六翮，罗者安所羁？浮游泰清中，更求新相知。比翼翔云汉，饮露食琼枝。多谢世间人，凤驾咸驰驱。冲静得自然，荣华何足为！

第一首二十六句。前六句写庆云（五彩云）未降，潜龙不得飞升；七至十二句写自己被世俗小人包围，志向不得施展；十三至十八句写诗人要拔俗高飞，使罗网空设；十九至二十六句，写远游云天之外，虚静自然，要什么荣华富贵！他把自己比作灵异的潜龙，高飞的焦明鸟，要腾飞，要冲决罗网，投入"自然无为"的世外境界。第二首写得更具体："岩穴多隐逸，轻举求吾师。晨登箕山岭，日夕不知饥。玄居养营魄，千载长自绥！"诗人要轻盈飞升到箕山之上，寻找唐尧时代的隐逸高士巢父、许由，从早到晚，饥饿的感觉也没有，仿佛那就是他一生追求的最高境界。

嵇康的志向，不在建功立业，不在荣华富贵，似乎也不在著书立说。"权智相倾夺，名位不可居。鸾凤避弶罗，远托昆仑墟。""虽逸亦以难，非余心所嘉。"（《五言诗三首答二郭》）"荣名秽人身，高位多灾患。未若捐外累，肆志养浩然。"（《五言诗一首与阮德如》）他全身心投入"自然无为"的老庄境界，看似玄远虚无，实则是包含了一股"浩然之气"的，那就是拒绝司马氏集团的利诱笼络，绝不与之合作。嵇康所处的时代，名义上还是曹魏的天下，实际上皇帝已被架空，军政大权，乃至经学名教的解释权，全部落入司马氏集团手中。作为曹魏宗室的女婿，嵇康内心萦绕着深沉的忧思，那是难以排遣的忧患意识。他寄之瑶琴，发为歌吟——"心之忧矣，永啸长吟。""弹琴咏诗，聊以忘忧。""身贵名贱，荣辱何在？贵得肆志，纵心无悔！"（《四言十八首赠兄秀才入军》）正如有学者所指出的：嵇康的执著和超脱，"心之忧矣"和"俯仰自得"，都是真实的，这种矛盾构成了"嵇志清峻"（刘勰《文心雕龙·明诗》）的艺术风格。⑪

如果说嵇康在狱中写的《述志诗》依然托喻清远，不乏浪漫主义的想象；那他在狱中写的《幽愤诗》则悲愤峻烈，堪称写实主义的杰作。诗人自知处于生死的边缘，情与理的冲突十分激烈。一方面，他对自己的恃才傲物、轻肆直言，不无悔恨之意："惟此褊心，显明臧否。感悟思愆，怛若创痏。"另一方面，又觉得自己并没做错什么："欲寡其过，谤议沸腾。性不伤物，频致怨憎。"一方面，他觉得此次入狱，"匪降自天，实由顽疏"。同时，他又认为是"理弊患结，卒致囹圄"。一方面，他认为"穷达有命，亦又何求？"另一方面，他又"惩难思复，心焉内疚"。他幻想着"采薇山阿，散发岩岫。永啸长吟，颐性养寿"。但又耻于讼冤，不肯为出狱作出任何努力。这是矛盾的嵇康，更是执著的嵇康，是"顾视日影，索琴而弹之"，"神色不变"，慷慨赴死，视死如归的嵇康，其中包含深沉的历史意蕴，最终成为"悲剧的典型"[12]！

（二）韵文

今本《嵇康集》收载他写的韵文共三篇，分别是《琴赋》《卜疑》和《太师箴》。

《琴赋》是嵇康传世作品中唯一的一篇赋。开头一段是"序"，不用韵，内容是说明作赋的原因。嵇康是一位古琴演奏家、琴曲作家、音乐理论家，当然最有资格批评众多的音乐诗赋作者们"不解音声""未尽其理""不达礼乐之情"，徒有华丽的外表而已。中间大段是赋的本身，要押韵。此段首先写到制作琴面的材料——梧桐树生长在极其险要而幽美的自然环境之中；次写雅琴起源于逸人高士们"思假物以托心"；依次写到琴的制作、弹琴技法、琴曲曲名、演奏场景，等等。作者以铺排夸张的手法，形象地描绘出弹奏琴曲的美的意境；进而把琴音的受众区分为两类：一类是"闻之"者，另一类是"听之"者。"闻之"者指不甚解乐而善怀多感，声激心移，触绪动情的人，即所谓"怀戚者"和"康乐者"。"听之"者指聚精会神，以领略音乐之本体的人，即所谓无哀无乐的"和平者"；"若和平者听之，则怡养悦愉，淑穆玄真，恬虚乐古，弃事遗身。"嵇康认为，只有心平气和之人，才有可能是"解音""识音"的人。最末一段是"乱"（或称"讯"），总括全篇要旨，赞美琴德深远，"能尽雅琴，唯至人兮！”跟第一段“序”文“众器之中，琴德最优”相呼应。这是一篇借琴抒情、以琴拟人的佳作，“赋必有关著自己痛痒处，如嵇康叙琴，向秀感笛，岂可与无病呻吟者同语”（刘熙载《艺概》）！

《卜疑》是摹仿屈原的《卜居》而创作的韵文。嵇康与屈原精神上颇有相通之处，“土木形骸，不自藻饰”的嵇康，跟“扈江离与辟芷兮，纫秋兰以为佩”的修洁志士屈原，貌离而神合。《卜疑》的布局谋篇，跟《卜居》完全一致，截然划分为三个段落。第一段叙明“卜疑”的原由，说的是有位“宏达先生”（嵇康自拟），本以为“忠、信、笃、敬，直道而行之”，便可以走遍天下；不料“大道既隐，智巧滋繁”，一切都变了形，“远念长想，超然自失”，于是到太史贞父寓所，对他说：“吾有所疑，愿子卜之！”第二段写卜问事由。他一连提出二十八个问题，每两个为一组，问：“谁得谁失？何凶何吉？”第三段是太史贞父的回答：“吾闻至人不相，达人不卜。若先生者，文明在中，见素抱朴。方将观大鹏于南溟，又何忧于人间之委曲？”太史贞父把这位“宏达先生”誉为庄周笔下的“大鹏”，翱翔于九万里高空，还忧虑什么人间世俗的变故曲折？这实际上就是肯定了他的志向和选择，劝他从幽愤中解脱出来，转入旷达逍遥之境界，“用君之心，行君之意”！《卜疑》的核心是第二段十四组二十八问。有几组是一正一反，旗帜鲜明：“吾宁发愤陈诚，谠言帝廷，不屈王公乎？将卑懦委随，承旨倚靡，为面从乎？”“宁斥逐凶佞，守正不倾，明否臧乎？将傲谐滑稽，挟智佯迷，为智囊乎？”有几组则在可否疑似之间，属于如何选择的：“宁与王乔、赤松为侣乎？将追伊挚而友尚父乎？”“宁如市南子之神勇内固，山渊其志乎？将如毛公、蔺生之龙骧虎步，慕为壮士乎？”这些都反映出嵇康内心深处的矛盾和冲突。《卜疑》当作于公元 260 年皇帝曹髦被杀害之后，在皇权架空、司马氏高压政策之下，嵇康精神上的苦闷、忧虑和无奈，是难以排遣的，他想起了五百年前的屈原，那敢于跟祸国殃民的奸佞党人作针锋相对斗争的高大形象。可是，时代毕竟不同，公开反对司马氏是不行的，"宁如伯奋、仲堪，二八为偶，排摈共鲧，令失所乎？将如箕山之夫，白水之女，轻贱唐虞，而笑大禹乎"？稽康自知没有能力像历史传说中的伯奋、仲堪等十六个人联为一体，驱逐共工和鲧那样，排除司马氏集团的势力；只能学着隐居箕山的高士许由、巢父的样子，轻贱唐尧、虞舜，不屑与之为伍；又借用白水岸边浣衣女子的口吻，嘲讽心劳形困的大禹，这是间接的、怪异的表露内心挣扎的方式。

《太师箴》是一篇摹拟太师规诫帝王的口吻写成的韵文。"太师"之职始于周初成王时期，周公为"师"（太师），召公为"保"（太保），是年轻国君的监护者。汉以后，历代相沿以太师、太傅、太保为三公，多为大官加衔，表示恩宠而无实职。"箴"是一种文体，是寓有劝诫意义的文辞，多用韵文写成。"箴者，所以攻疾防患，喻箴石也。"（刘勰《文心雕龙·铭箴》）"浩浩太素，阳曜阴凝。"一开头，作者便以哲学的眼光，从广袤的时空来观察世界，讨论问题。第一段从天地生成写到尧、舜禅让，"君道自然，必托贤明"；第二段写舜禹之后，"大道沉沦"，"渐私其亲"，造立仁义礼仪，使人民"夭性丧真"，而国君"宰割天下，以奉其私"，祸乱相寻，亡国继踵；第三段正面告诫居帝王之位者，"无曰我尊，慢尔德音；无曰我强，肆于骄淫"。应该"唯贤是授，何必亲戚？""虚心导人，允求傥言。"考虑到曹魏王朝自魏明帝驾崩之后的二十年间，曹芳八岁即位，曹髦十三岁即位，曹奂十五岁即位，"三少帝"亟待培养，稽康《太师箴》之作，当是具有某种针对性的。"君位益侈，臣路生心，竭智谋国，不吝灰沉。"这从侧面反映了稽康对曹魏政权所面临的严峻形势的深深忧虑。其实，稽康心目中的光明塔，是"大道之行也，天下为公"的大同时代，他对"私天下"的三代，强烈批判。孔子也向往大同时代，但他的学说，中心是维护三代体制的。故鲁迅说："稽康的论文，比阮籍更好，思想新颖，往往与古时旧说反对。"[13]

（三）论说文

　　《晋书·嵇康传》载："康善谈理，又能属文，其高情远趣，率然玄远。"《嵇康集》收载论文九篇，几乎篇篇精彩，胜义纷呈，令人耳目一新。

　　《养生论》《答难养生论》是嵇康的代表作之一。公元 258 年（甘露三年），嵇康受司马氏逼迫，避地河东，浪迹于河东、汲郡之间的山林岩穴之中，与高士孙登、王烈为伍，学养生之术，"烈尝得石髓，如饴，即自服半，余半与康，皆凝而为石"（《晋书·嵇康传》）。公元 259 年，嵇康回到山阳，《养生论》当是此时的作品。"形恃神以立，神须形以存"，养生包括养神和养形两个方面。先论养神。"精神之于形骸，犹国之有君也。神躁于中而形丧于外，犹君昏于上，国乱于下也。"极通俗的比喻，把精神的重要性写得活灵活现。养神的要领是"泊然无感，而体气和平"，即修性安心，"爱憎不栖于情，忧喜不留于意"，就是说要把爱憎、忧喜、哀乐等一切情绪及时从心地精神中驱除，保持一种极平和的状态。"清虚静泰，少私寡欲；知名位之伤德，故忽而不营，非欲而强禁也；识厚味之害性，故弃而弗顾，非贪而后抑也。"养形的要领是坚持长期服药，反对"惟五谷是见，声色是耽"，"滋味煎其府藏，醴醪煮其肠胃"。所谓服药，就是王烈所得"石髓"，尚未凝固的石钟乳，以及由石钟乳、赤石脂、石硫黄、白石英、紫石英等组配成的"五石散"（一名寒食散）之类，据说有上药一百二十种，中药一百二十种，复杂得很，所以服食者"万无一能成也"。

　　向秀作《难养生论》，批评《养生论》违背了人类的自然性情。他说："人含五行而生，口思五味，目思五色，感而思室，饥而求食，自然之理也。"从养生角度，要求人们"节哀乐，和喜怒，适饮食，调寒暑"是可以的；而要人们"绝五谷，去滋味，窒情欲，抑富贵"，则"背情失性而不本天理"，是违反天理自然的。嵇康作《答难养生论》，重申他的"养生大理"：灭名利，除喜怒，去声色，绝滋味，养精神。如何实行呢？

嵇康主张关闭心智（智用，智慧），使"人欲"止于"性动"。"性动者，遇物而当，足则无余；智用者，从感而求，倦而不已。故世之所患，祸之所由，常在于智用，不在于性动。"他设想，使人的眼睛都跟瞎子一样，不辨美女与丑妇；使人的嘴巴失去味觉，不辨美味与粗粮，这样也就不知道贤愚好丑，不会"以爱憎乱心"，就能"远害生之具，御益性之物，则始可与言养性命矣"。如果心智不能完全关闭，"滋味尝染于口，声色已开于心"，则要"以至理遣之，多算胜之"。他举例说："嗜酒者自抑于鸩醴，贪食者忍饥于漏脯，知吉凶之理，故背之不惑，弃之不疑也。"这就是"多算胜之"，"用智遂生"。他进一步指出，"若以从欲为得性，则渴、酌者非病，淫湎者非过，桀、跖之徒皆得自然，非本论所以明至理之意也。""至理"云何？"以大和为至乐，则荣华不足顾也；以恬澹为至味，则酒色不足钦也。苟得意有地，俗之所乐，皆粪土耳，何足恋哉！"他的意思是说，精神上以大时空的谐和自然（宇宙万事万物）为最高级的欢乐，以恬澹无味为最高级的美味；"有主于中，以内乐外，虽无钟鼓，乐已具矣"；而眼前的荣华、酒色，乃至宠辱、得失、名位、资财之类，统统不屑一顾。"使智止于恬（恬澹），性足于和（平和），神以默醇（淳朴），体以和成（安定）"，"被天和以自然，以道德为师友，玩阴阳之变化，乐长生之永久，因自然以托身，并天地而不朽者，孰享之哉！"置身于极其残酷黑暗的魏晋易代之际的嵇康，幻想通过养生的途径，排除人的贪欲，恢复人类原始的质朴和自然。"耕而为食，蚕而为衣，衣食周身，则余天下之财，犹渴者饮河，快然以足，不羡洪流，岂待积敛然后乃富哉？君子之用心若此，盖将以名位为赘瘤，资财为尘垢也，安用富贵乎？"

　　《声无哀乐论》是一篇极为重要的音乐美学论著。嵇康认为：人的八情（喜、怒、哀、乐、爱、憎、惭、惧），只能在人与人之间"接物传情"，不可能溢出自身而转移到琴弦上演奏再现，三皇五帝也做不到。他说：

"凯乐之情，见于金石（钟、磬等击打乐器），含弘光大，显于音声也。"《声无哀乐论》的"声"当指"含弘光大"（具有博大气氛）的"音声""和声"，和谐的音乐。音乐一定是和谐的（音声有自然之和），平和的（声音以平和为体），这跟他"泊然无感而体气和平"的养生理论是一致的，写作年代当与《养生论》相接近，或稍早。论文采用问答式，通过"秦客"（俗儒化身）和"东野主人"（作者自况）的八次辩难，层层深入。"秦客"认为：声有哀乐，引经传所载，前史美谈，作为论据。嵇康批评说："夫推类辨物，当先求之自然之理；理已足，然后借古义以明之耳。今未得之于心，而多恃前言以为谈证，自此以往，恐巧历不能纪耳。"古书所载前人关于音乐的言论，特别是"师襄奏操，而仲尼睹文王之容"之类，"此皆俗儒妄记，欲神其事而追为耳"，为了神化圣人先贤而事后附会的，欺骗了后世之人。那么，什么是音乐的"自然之理"呢？嵇康认为：音乐必定具有和谐的形式美，即"音声有自然之和"；而没有具体对象的呈显方式，即"和声无象"，"音声无常"。另一方面，他又主张，音乐应该以平和的精神作为根本，即"声音以平和为体"，使听者的心境进入平和状态。只有既是和谐的又是平的音乐，才是真、善、美的音乐；美妙动听却不够平和的音乐，则是美而不善的音乐。嵇康把音乐视作独立的客观事物，有它自己的规律，自身的属性，那就是"和谐"；他把哀、乐视作人们内心的主观感情，"自以事会，先遘于心，但因和声以自显发"，并非音乐自身有哀、乐；这就是"心之与声，明为二物"，"外内殊用，彼我异名"，两者不存在名实、因果关系。嵇康把音乐作为一门独立的艺术加以研究，对深入理解音乐的本质、音乐的审美感受、音乐的功用有重要意义。"声无哀乐"的论题有相当的创造性，但对音乐理论的诠释也不完全充分。不过，嵇康独特的音乐美学思想，已经达到了同时代人所不能企及的高度，不愧为中国音乐史乃至世界音乐史上的天才杰作。

《释私论》辨"公私之理"。稽康笔下的"公私之理",是指一个志道存善的人,心里想的却无不隐匿,这就是有"私";一个心地并不一定善良的人,心里想的却无不明讲,这就是有"公"。文章举出许多历史人物,强调只有言无苟讳,行无苟隐,体清神正,是非允当,才是成大事的贤人君子的优异品格,呼吁"越名教而任自然"!所谓"名教",是汉武帝时期的创新产品"三纲五常"之类,名曰独尊儒术,实为重构,严重异化。当司马懿与辅政的大将军曹爽争权时,正始名士王弼(227—249)提出"有始于无,名教出于自然"命题。在司马师、司马昭连续废黜皇帝,实际掌控曹魏政权之后,稽康进一步提出"越名教而任自然"命题,超越名教的形式(表象),回归自然之理。司马氏集团正是打着名教礼法的外部形式(例如孝道),施行篡位活动的,造成严重的道德虚伪、政治黑暗乱象。"越名教而任自然"的主张,即反对表面的、虚伪的形式,崇奉发自内心的真诚自然的道德,坦荡无私,光明正大,大道不孤。

《管蔡论》对"乱臣贼子"管叔、蔡叔的一生作全面评价。公元256年,皇帝曹髦莅临太学,给《尚书》博士庾峻出了这个题目,庾峻不敢作,而由稽康完成了。本论认为,管叔、蔡叔本是真诚自然的淑善之人,周文王的好儿子;周灭殷之后,分别被封于管、蔡两地,功业有绩,名冠当时,是周武王的好弟弟;武王驾崩,太子姬诵是个幼童,由周公旦践阼执政,管叔、蔡叔怀疑周公有贰心,"遂乃抗言率众,欲除国患,翼存天子,甘心毁旦(周公姬旦)"。由于"不达圣权"(不理解圣人的权宜之策),判断失误,形同"称兵叛乱",周公不得已而"流涕行诛"。就这样,稽康不仅为管蔡的早期表现恢复了名誉,而且维护了文王、武王的最高权威,给"今上"曹髦交出一份答卷,"时论亦将释然而大解也"。一千多年前的两个历史人物,引发一场辩难,必有深层次的现实矛盾推动所致。投入辩论或者旁观的各色人等之中,拿"抗言率众,欲除国患"的管、蔡"愚诚愤发"之举,观照"司马昭之心,路人皆知"

的政治危局者，当不乏其人。

《明胆论》是嵇康与吕安辩论"明""胆"关系的记录。"明"是智慧，即认识事物、辨别是非的能力；"胆"是胆量，即遇事决断行动的勇气。吕安的论点是："人有胆不可无明，有明便有胆矣。"强调"明"的支配地位。嵇康认为："明、胆异气，不能相生。""明"是由于阳气的炫耀，"胆"是由于阴气的凝聚；阴、阳异气，所以"明不生胆"，反对"有明便有胆"的观点。他提出："元气陶铄，众生禀焉。赋受有多少，故才性有昏明。"除了至人可臻完美，一般的人总有所欠缺，或明于见物，或勇于决断。中等才性的人，"二气存一体，则明能运胆，贾谊是也"。嵇康力图从哲理的角度阐述"明"（智慧）与"胆"（胆量）的进退相扶关系，在认识论上有积极意义；但他仅用所禀赋自然界的气的不同，来说明"明胆殊用"，反映了古代朴素唯物论的局限性。

张叔辽作《自然好学论》，认为"六经"好比太阳，"以长夜之冥，得照太阳，情变郁陶，而发其蒙也"，人们学习"六经"，是自然之好也。这实际上就是"名教出于自然"（王弼）的翻版，跟嵇康"越名教而任自然"的主张不同。《难自然好学论》指出："'六经'纷错，百家繁炽，开荣利之途，故奔骛（通"骛"）而不觉"，有似"自然"，其实是利益驱动，"积学明经，以代稼穑"。如果有一天，"六经"被视为"芜秽"之物，"仁义"变为臭腐死鼠，人人都会抛弃它们，则"不学未必为长夜，'六经'未必为太阳"了。嵇康进一步指出："'六经'以抑引（抑制牵引）为主，人性以从欲为欢。抑引则违其愿，从欲则得自然。然则自然之得，不由抑引之'六经'；全性之本，不须犯情之礼律。"这就是说，'六经'、礼律，都是人之自然真性的对立物，怎么可能"自然好学"呢？鲁迅认为："孔子说：'学而时习之，不亦说乎？'嵇康做的《难自然好学论》，却道，人是并不好学的，假如一个人可以不做事而又有饭吃，就随便闲游不喜欢读书了，所以现在人之好学，是由于习惯和不得已。"[14]

嵇康与河内太守阮侃（德如）为文字之交，有诗作往还。阮侃作《宅无吉凶摄生论》，认为宅（阳宅、阴宅）无吉凶之别，欲求"寿强"，只有注意养生（摄生），反对"忌祟"之类的迷信无知行为，主张"专气致柔，少私寡欲，直行情性之所宜，而合于养生之正度，求之于怀抱之内而得之矣"。嵇康作《难宅无吉凶摄生论》，声称自己怯于专断，"进不敢定祸福于卜相（卜筮、相命），退不敢谓家（宅）无吉凶也"。批评阮侃"独断"，指出养生仅仅局限于自身谐和是不够的。阮侃又作《释难宅无吉凶摄生论》，批评嵇康"游非其域，傥有忘归之累"。嵇康再作《答释难宅无吉凶摄生论》，认为既然"智之所知，未若所不知者众"，对于未知的事物，就要勇于探索，窥探幽隐之理，使认识不断发展，不能一概斥之为"妄求"而裹足不前。此乃嵇康这两篇论文的精义所在。

（四）书信

嵇康自河东返山阳后，家国形势更加凶险。甘露五年（260），皇帝曹髦率童仆数百人扬言攻打大将军府，被司马昭心腹贾充的部下挥戈直刺，死于非命。魏元帝（曹奂）景元二年（261），山涛（巨源）由尚书吏部郎迁大将军从事中郎，嵇康"惕然不喜"，毅然写下了这篇《与山巨源绝交书》。这封信貌似"绝交"，实则借题发挥，直击司马氏集团凭借武力、操弄政治的本相。"有必不堪者七，甚不可者二"一段最为严厉。嵇康声称，出仕做官，有七种情况是一定受不了的。"不喜俗人，而当与之共事。或宾客盈坐，鸣声聒耳，嚣尘臭处，千变百伎，在人目前，六不堪也。"寥寥数语，把曹魏末年的官场刻画得入木三分。嵇康劝山涛不可"己嗜臭腐（腐鼠，喻官位），养鸳雏以死鼠也"。峻切中不乏幽默。"又每非汤、武而薄周、孔，在人间不止此事，会显世教所不容，此甚不可一也。"司马昭"闻而怒焉"（《魏氏春秋》），嵇康就要大难临头了。第二年，发生吕安事件。嵇康极力为之辩诬，并写下了《与吕长悌绝交书》。吕长悌者，吕巽也，吕安之兄，诬陷吕安不孝并把他投入监狱的主谋。

面对"至交"吕巽的阴谋诡计，嵇康无计可施，只有绝交而已。这封信写得简短、果决，"临书恨恨"，跟《与山巨源绝交书》的借题发挥，长篇大论，风格迥异。

（五）家诫

《家诫》是嵇康从河东返回山阳之后的作品，嘱咐尚未成年的子女应该如何做人。"人无志，非人也。"要择善固守，"守死无贰"，这是最重要的。此外便是做人要小心，对地方长官要敬而远之，说话要谨慎，不参与窃窃私议，不探听隐私，非通家至亲不接受厚礼，非旧交、贤士不接受邀请吃饭，不强劝人酒，自己不醉酒等等。鲁迅认为："嵇康是那样高傲的人，而他教子就要他这样庸碌。因此我们知道，嵇康自己对于他自己的举动也是不满足的……这是因为他们生于乱世，不得已，才有这样的行为，并非他们的本态。但又于此可见魏晋的破坏礼教者，实在是相信礼教到固执之极的。"⑮

三、《嵇康集》的传播源流及版本

嵇康被司马氏杀害，他的生命结束了，但他的作品长存人间，他的精神是不朽的。现在，我们把《嵇康集》的传播源流，做一番简要的介绍。

（一）西晋时期：荀绰撰《冀州记》引录《嵇康集》

嵇康著述，结集题名《嵇康集》，著录于荀绰《冀州记》一书中。《三国志·魏书·邴原传》裴松之注引荀绰《冀州记》："钜鹿张貔，字邵虎。祖父泰，字伯阳，有名于魏。父邈，字叔辽，辽东太守，著《自然好学论》，在《嵇康集》。为人弘深有远识，恢恢然使求之者莫能测也。宦历二官，元康初为城阳太守，未行而卒。"荀绰字彦舒，颍川颍阴（今河南许昌）人，晋秘书监荀勖之孙，博学有才能，尝任下邳太守，"永嘉末为司空从事中郎，没于石勒，为勒参军"（《晋书·荀勖传》附）。西晋末年，怀帝永嘉年间（307—313），羯人石勒攻城略地，俘获甚众，并于公元319年称赵王，建立后赵政权。石勒尝在冀州集衣冠人物为"君子营"，凡真有才干之士人，大都量才录用。荀绰既"没于石勒，为勒参军"，居留冀州，因有《冀州记》之作，记张邈"著《自然好学论》，在《嵇康集》"，与今本《嵇康集》吻合，他的记录是可信的。其时距嵇康被杀仅六十年左右，距张邈之死才二十几年，是我们今天所能见到的著录《嵇康集》之最早文献资料。《冀州记》原书已佚，《三国志》裴松之注多次称引，《世说新语》注、《文选》注亦每引用，《太平御览》卷二百四十七并引，足证荀绰确有此书。《世说新语·文学》第二十一则："旧云，王丞相过江左，止道《声无哀乐》（嵇康著）、《养生》（嵇康著）、《言尽意》（欧阳建著）三理而已。"三论之中，嵇康居其二，可见王导对嵇康的作品，嵇康的精神，是何等推重。无怪乎东晋秘书监孙盛（约310—380）在《魏氏春秋》称道"康所著诸文论六七万言，皆为世所玩咏"（《三国志·魏书·王粲传》裴松之注引）。

（二）南朝萧梁时期：文德殿收藏《嵇康集》十五卷《录》一卷

《隋书·经籍志四·集部》著录："魏中散大夫嵇康集十三卷。梁十五卷录一卷，又有魏征士吕安集二卷录一卷，亡。"文献传递的信息是：梁武帝文德殿藏《嵇康集》十五卷《录》一卷、《吕安集》二卷《录》一卷，已经亡佚失传。梁"元帝克平侯景，收文德之书及公私经籍，归于江陵，大凡七万余卷。周师入郢，咸自焚之"。《经籍志·总叙》所载，正是亡失原因。文献传递的间接信息是，唐初魏徵接收的隋朝藏书《嵇康集》，只有十三卷，乃是残缺不完之本。民国初，鲁迅致力于辑校《嵇康集》，历十余年，1924年6月11日，他在《嵇康集序》中说："魏中散大夫《嵇康集》，在梁有十五卷《录》一卷，至隋佚二卷，唐世复出，而失其《录》。""《录》一卷"，长什么样？回答这个问题，必须溯源至刘向《别录》。汉成帝时，刘向受命领衔组建团队，整理国家藏书，校定六百零三部（含刘歆续增数部）。"每一书已，向辄条其篇目，撮其指意，录而奏之。"（《汉书·艺文志》）"昔刘向校书，辄为一《录》，论其指归，辨其讹谬，随竟奏上，皆载在本书。时又别集众《录》，谓之'别录'，即今之《别录》是也。"（梁阮孝绪《七录序》）《隋书·经籍志二》史部"簿录篇"著录："《七略别录》二十卷，刘向撰。《七略》七卷，刘歆撰。"唐以后，《七略》《别录》失传。清人姚振宗《快阁师山房丛书·别录佚文》辑有刘向《列子书录》《晏子书录》，刘歆《山海经书录》等八篇《录》，足以证明班固所述"条其篇目，撮其指意，录而奏之"，阮孝绪所谓"昔刘向校书，辄为一《录》，论其指归，辨其讹谬"云云，都是实话实说，可以相信的事实。面对宋以来仅存十卷而明以后实存八卷的《嵇康集》，只要《录》一卷尚在，我们就能得知嵇康著述的全部篇目，并且近距离把握其著述指意，深入探索嵇康的精神世界。可是，"失其《录》"矣，鲁迅先生的惋惜之情，溢于言表。

（三）宋《崇文总目》著录"嵇康集十卷"。明以后传本实存八卷

晁公武《郡斋读书志》："《嵇康集》十卷。右魏嵇康叔夜，谯国人。康美词气，有风仪，土木形骸，不自藻饰。学不师授，博览该通；长好《庄》《老》，属文玄远。以魏宗室婚，拜中散大夫。景元初，钟会谮于晋文帝，遇害。"（宋理宗淳祐九年袁州刊本卷四上）王楙《野客丛书》卷八："仆得毗陵贺方回家所藏缮写《嵇康集》十卷，有诗六十八首。……集又有《宅无吉凶摄生论》难上、中、下三篇，《难张叔辽自然好学论》一首，《管蔡论》《释私论》《明胆论》等文。其词旨玄远，率根于理，读之可想见当时之风致。《崇文总目》谓'《嵇康集》十卷'，正此本尔。唐《艺文志》（指《新唐书·艺文志》）谓'《嵇康集》十五卷'，不知'五卷'谓何？"元代中叶，脱脱等裁并宋代国史志及馆阁书目，撰修《宋史·艺文志》，亦著录"《嵇康集》十卷"。

明人传本题《嵇中散集》者有五种：（1）明嘉靖四年（1525）黄

省曾刊本十卷，跟王楙所见宋本《嵇康集》十卷篇数不同，多所散佚，《四库提要》认为："非宋本之旧，盖明嘉靖乙酉吴县黄省曾所重辑也。"（2）明万历中新安程荣校刊本十卷，较多异文，然大略仍与黄本不甚远。（3）明万历天启间新安汪氏刊本十卷，源自黄本，收入汪士贤编辑《汉魏诸名家集》中。（4）明娄东张氏刊本，收入张溥编辑《汉魏六朝百三名家集》（又名《汉魏六朝一百三家集》），源出黄本，总为一卷，增《怀香赋》一首、《原宪》等赞六首，而不附赠答论难诸原作。（5）明张燮刊本，亦出黄本，惟变乱次第，改为六卷。上述五种，大体以黄省曾本为代表，一是书名改题《嵇中散集》；二是脱误并甚，几不可读；三是篇卷不完，名为十卷，实存八卷而已。

（四）明成化、弘治间，长洲藏书家吴宽（1435—1504）丛书堂钞宋本《嵇康集》十卷，为世所重

其书历经吴门汪伯子（念贻）、张燕昌（芑堂）、鲍廷博（渌饮）、黄丕烈（荛圃）、王雨楼诸家收藏。清末归学部图书馆，缪荃孙《学部图书馆善本书目》著录。民国初归京师图书馆，鲁迅寓目，亟写得之，复取传世诸本比勘，著其同异，于民国十三年（1924）完成辑校，民国二十七年（1938）六月排印，辑入《鲁迅全集》第九卷。1956年文学古籍刊行社影印鲁迅过录吴宽抄宋本《嵇康集》十卷并手校稿本，周氏1913年10月20日跋云："细审此本，似与黄省曾所刻同出一祖。惟黄刻帅（率）意妄改，此本遂得稍稍胜之。然经朱墨校后，则又渐近黄刻。所幸校不甚密，故留遗佳字尚复不少。中散遗文，世间已无更善于此者矣。"[16]1924年6月11日鲁迅作《嵇康集序》称："又审旧钞，原亦不足十卷。其第一卷有阙叶；第二卷佚前，有人以《琴赋》足之；第三卷佚后，有人以《养生论》足之；第九卷当为《难宅无吉凶摄生论》下，而全佚；则分第六卷中之《自然好学论》等二篇为第七卷，改第七、第八两卷为八、九两卷，以为完书。黄、汪、程三家刻本皆如此，今亦不改。

盖较王楙所见之缮写十卷本，卷数无异，而实佚其一卷及两半卷矣。"⑰

通过对嵇康作品传播史的考察，我们可以得出如下几点认识：其一，嵇康诗文，西晋初期已经结集，书名《嵇康集》；其二，明以后，改题《嵇中散集》（今本《直斋书录解题》著录《嵇中散集》者，以其辑自明《永乐大典》，陈振孙原书失传）；其三，《嵇康集》卷数，南朝萧梁时有十五卷录一卷，隋代存十三卷，宋存十卷，明代又佚两卷，今实存八卷左右；其四，康集版本，宋元本未见，唯明本六种，清本数种。

目前所知学界公认明吴宽丛书堂抄宋本《嵇康集》十卷最为善本。鲁迅迻录辑校，持续十余年。1938 年 6 月，鲁迅先生纪念委员会辑入《鲁迅全集》第九卷排印出版，1946 年 10 月再版，2011 年 9 月长江文艺出版社排印辑入《鲁迅大全集》第三十卷。1956 年 7 月，文学古籍刊行社为纪念鲁迅先生逝世二十周年，将鲁迅手抄手校稿本《嵇康集》十卷影印出版。2021 年国家图书馆出版社、文物出版社影印《鲁迅手稿全集》问世。1962 年 7 月，人民文学出版社排印出版戴明扬《嵇康集校注》十卷，是一部研究嵇康生平和作品较为完备的专集。1991 年 10 月，巴蜀书社出版武秀成译注《嵇康诗文选译》，这是第一部"考虑到普及需要"的影响较大的选注选译本。1998 年 5 月，台湾三民书局印行拙作《新译嵇中散集》十卷。2020 年，凤凰出版社出版《嵇康集》，武秀成导读、译注。2021 年 2 月，中华书局出版张亚新《嵇康集详校详注》十卷。

四、批判三代　向往大同

《嵇康集》十五卷《录》一卷，历经一千七百多年的风风雨雨，传世有十卷本。披读之下，但觉嵇康的精气神依然鲜活，嵇康的呐喊依稀可闻："及至人（《庄子》塑造的去我顺物，融己于道，有资格逍遥游的超人。嵇康代指原始共产时期，以三皇五帝为代表的领导人形象）不存，大道陵迟（"天下为公"的大道被瓦解）。造立仁义，以婴（束缚）其心；制为名分，以检（检束）其外（固化等级制度，维护尊卑名分）。劝学讲文，以神其教。故'六经'纷错，百家繁炽，开荣利之途，故奔鹜（通"骛"）而不觉。""推其原也，'六经'以抑引为主，人性以从欲为欢。抑引则违其愿，从欲则得自然。然则自然之得，不由抑引之'六经'；全性之本，不须犯情之礼律。故知仁义务于理伪，非养真之要术；廉让生于争夺，非自然之所出也。""不学未必为长夜，'六经'未必为太阳。"（《难自然好学论》）觉醒年代的鲁迅，1913年10月过录吴宽丛书堂抄宋本《嵇康集》十卷，校读十年，赞不绝口："嵇康的论文，比阮籍更好，思想新颖，往往与古时旧说反对。孔子说：'学而时习之，不亦说乎？'嵇康做的《难自然好学论》，却道，人是并不好学的，假如一个人可以不做事而又有饭吃，就随便闲游不喜欢读书了，所以现在人之好学，是由于习惯和不得已。还有管叔蔡叔，是疑心周公，率殷民叛，因而被诛，一向公认为坏人的。而嵇康做的《管蔡论》，就也反对历代传下来的意思，说这两个人是忠臣，他们的怀疑周公，是因为地方相距太远，消息不灵通。"⑱

　　嵇康对"大道既隐，天下为家"的三代，持强烈批判态度："下逮德衰，大道沉沦。智惠日用，渐私其亲。惧物乖离，攘臂立仁（跟大同时代的"宗长归仁，自然之情"不是一回事）。名利愈竞，繁礼屡陈。刑教争驰，夭性丧真。季世陵迟，继体承资（世袭）。凭尊恃势，不友不师。宰割天下，以奉其私。故君位益侈，臣路生心。竭智谋国，不吝灰沈。赏罚虽存，莫劝莫禁。若乃骄盈肆志，阻（仗恃）兵擅权。矜威纵虐，祸崇丘山。刑本惩暴，今以胁贤。昔为天下，今为一身。下疾其上，君猜其臣。丧乱弘多，国乃陨颠。"（《太师箴》）"详观凌世务，屯险多忧虞。施报更相市（交易），大道匿不舒。"（《五言诗三首答二郭》）"大道既隐，智巧滋繁。世俗胶加，人情万端。利之所在，若鸟之逐鸾。富为积蠹，贵为聚怨。动者多累，静者鲜患。尔乃思丘中之隐士，乐川上之执竿也。于是远念长想，超然自失。郢人既没，谁为吾质？"（《卜疑》）"抚心悼季世，遥念大道逼。飘飘当路士，悠悠进自棘。得失自己求，荣辱相蚕食。朱紫杂玄黄，太素贵无色。渊淡体至道，色化同消息。"（《五言诗三首》）"流俗难寤，逐物不还。至人远鉴，归之自然。万物为一，四海同宅。与彼共之，予何所惜。"（《四言诗十八首赠兄秀才入军》）嵇康心目中有一座隐隐约约的光明塔，那就是上古之世，三皇五帝时期，原始共产社会的场景：

　　昔鸿荒之世（原始社会时期，又称上古之世），大朴未亏。君无文于上，民无竞于下。物全理顺，莫不自得。饱则安寝，饥则求食，怡然鼓腹，不知为至德之世也。（《难自然好学论》）

　　芒芒在昔（茫茫的上古之世），罔或不宁。华胥（赫胥氏）既往，绍以皇羲（伏羲氏）。默静无文，大朴未亏。万物熙熙，不夭不离。降及唐虞（尧舜），犹笃其绪。体资易简（平易简约的天地之道），应天顺矩。先王仁爱，愍世忧时。哀万物之将颓，然后莅之。（《太师箴》）

　　至人不得已而临天下，以万物为心，在宥群生，由身以道，与天下同于自得，穆然以无事为业，坦尔以天下为公。（《答难养生论》）

　　惟上古尧舜：二人功德齐均，不以天下私亲。高尚简朴慈顺，宁济四海烝民。（《六言诗十首》其一）

　　唐虞世道治：万国穆亲无事，贤愚各自得志。晏然逸豫内忘，佳哉尔时可憙。（《六言诗十首》其二）

　　理重华（虞舜）之遗操（琴曲），慨远慕而长思。（《琴赋》）

　　损己为世，表行显功，天下慕之，三徙成都。（《答难养生论》）"一年而所居成聚，二年成邑，三年成都。"（《史记·五帝本纪》写虞舜）

　　《孔氏家语·礼运》篇："孔子为鲁司寇，与于蜡（国君年终祭祀），既宾，事毕（陪祭事毕），乃出游于观之上，喟然而叹。言偃侍，曰：'夫子何叹也？'孔子曰：'昔大道之行（三皇五帝时道大行也），与三代之英（夏、商、周三代英秀，谓禹、汤、文、武），吾未之逮而有记焉。大道之行，天下为公，选贤与能，讲信修睦，故人不独亲其亲，不独子其子，老有所终，壮有所用，幼有所长，矜寡孤疾皆有所养。货恶其弃于地，必不藏于己；力恶其不出于身，不必为人（言力恶其不出于身，不以为德惠也）。是以奸谋闭而弗兴，盗窃乱贼不作，故外户而不闭，谓之大同。'"⑲

　　稽康"非汤、武而薄周、孔"。他非议汤、武是"奇谋潜构，爰及干戈，威武杀伐，功利争夺者"，卑薄周、孔"神驰于利害之端，心骛于荣辱之途"（《答难养生论》），固化等级制度，维护尊卑名分。稽康心仪的，不是孔子盛称的"三代之英"。稽康向往的，是上古之世，三皇五帝时期，"大道之行，天下为公"的时代，原始共产社会的那种局面。它是朦胧的，它是亲切的。它在中国文化精英的灵魂里，它在中华民族的记忆中。"爰初冥昧，不虑不营。欲以物开，患以事成。犯机触害，智不救生。宗长归仁，自然之情。君道自然，必托贤明！"（《太师箴》）

　　稽康的世界观，非儒非道，他是朴素的唯物论者。"元气陶铄，众生禀焉。"（《明胆论》）元气，亦称"太素"，指构成宇宙的原始物质形态。"浩浩太素，阳曜阴凝；二仪陶化，人伦肇兴。"（《太师箴》）太素含阴、阳两部分，生成天地，陶冶化育众生万物，形成人伦世界。"现代人们已经知道，通过带正电或负电的粒子之间的相互作用，形成了原子、分子、气体、液体、固体和星球，构成了世界万物。这种负电荷和正电荷的对偶结构，中国称之为'阴'和'阳'，中国著名的'太极'符号恰当地表现出阴和阳的关系。"⑳稽康笔下的"至人"，不再是《庄子》唯心主义云端的逍遥游者，而是原始共产社会的领导人、仁爱先王："至人不得已而临天下，以万物为心，在宥群生，由身以道，与天下同于自得，穆然以无事为业，坦尔以天下为公。虽居君位，飨万国，恬若素士接宾客也；虽建龙旂，服华衮，忽若布衣在身也。故君臣相忘于上，烝民家足于下。岂劝百姓之尊己，割天下以自私，以富贵为崇高，心欲之而不已哉！"（《答难养生论》）

　　嵇康《太师箴》"畴咨熙载，终禅舜禹"，说的是尧七十岁的时候，呼叫有谁来承担我的职务？四岳（四方诸侯之长）回应说，我们真的不够格，基层有个叫虞舜的人，应该能行。禅位进程，伏生传的《尚书·尧典》有翔实之记载。《尧典》开篇说，尧令天文官"历象日月星辰，敬授民时"，记录有"四仲中星"，仲春、仲夏、仲秋、仲冬之月的黄昏，二十八宿位于正南方位的星，依次是"星鸟、星火、星虚、星昴"。法国人卑奥考核推定，《尧典》记录的"四仲中星"，可能是公元前 2357 年北半球春分、夏至、秋分、冬至的所在点。㉑认为《尧典》是实录，尧舜禅让不是小说故事。

　　田野考古证实，大汶口文化（距今六千一百年至四千六百年）晚期，生产力发展，社会分化，已经踏入文明社会的门槛。龙山时代（距今四千六百年至四千年），文明快速发展，万邦时期来临。大大小小的城邦里，都有一个王。可以想象，陶寺超大城里，住着唐尧，城子崖龙山文化城里当不乏耕于历山，陶于河滨、器不苦窳（yǔ，劣）的虞舜身影。嵇康称之为仁爱"先王"，两人先后主政，都坚持公事公议，以民为本，官员公推，协和万邦，达成了禅让制最后的辉煌，这里犹如一座灯塔，照耀着古老中国的文明史，"致君尧舜上，再使风俗淳"。孔子编纂《尚书·尧典》（含舜禹）特别记录尧退位二十八年后的死亡场景："二十有八载，帝乃殂落，百姓如丧考妣，三载，四海遏密八音。"九十八岁的尧死了，老百姓就像死了父母一样的悲痛，中国（大地中心之国）上下，三年不奏乐。"文明国家底一个最低级的警官，都有比氏族社会的全部机关总计起来还要大的'权威';但是文明时代底最有势力的王公和最伟大的政治家或统帅,也许要羡慕那对待极平凡的氏族首长的自发的及无可争辩的尊敬。"㉒

① 《三国志·王粲传》裴松之注引嵇喜《嵇康传》曰:"家世儒学,少有俊才,旷迈不群,高亮任性,不修名誉,宽简有大量。学不师授,博洽多闻,长而好《老》《庄》之业,恬静无欲。性好服食,尝采御上药。善属文论,弹琴咏诗,自足于怀抱之中。以为神仙者,禀之自然,非积学所致。至于导养得理,以尽性命,若安期、彭祖之伦,可以善求而得也。著《养生篇》。知自厚者所以丧其所生,其求益者必失其性,超然独达,遂放世事,纵意于尘埃之表。撰录上古以来圣贤、隐逸、遁心、遗名者,集为传赞,自混沌至于管宁,凡百一十有九人,盖求之于宇宙之内,而发之乎千载之外者矣。故世人莫得而名焉。"吴承仕《经籍旧音·序录》:嵇康,字叔夜,谯国铚人,卒年四十。康之死在景元二年书绝山涛以后,景元四年钟会入蜀以前。《通鉴》书康死于景元三年,差近事理。近人程炎震曰:"康《与山涛绝交书》云'女年十三,男年八岁',按《嵇绍传》'十岁而孤',以是知康卒于景元四年。"

② 白化文、许德楠《阮籍嵇康》,中华书局 1983 年版,第 33 页。

③ 参阅《考古学》编辑委员会《中国大百科全书·考古卷》,中国大百科全书出版社 1986 年版,第 346 页。

④ 鲁迅《魏晋风度及文章与药及酒之关系》,李新宇、周海婴主编《鲁迅大全集》第四卷,长江文艺出版社 2011 年版,第 122 页。

⑤ 题赵景真《与嵇茂齐书》,日本足利学校藏宋刊明州本《六臣注文选》卷四十三,人民文学出版社 2008 年影印本。按,李周翰注:"干宝《晋纪》云:'吕安字仲悌,东平人也。时太祖逐安于远郡,在路作此书与嵇康。'安子绍集云:'景真与茂齐书。'且《晋纪》国史,实有所凭。绍之家集,未足可据。何者?时绍以太祖恶安之书,又父与康同诛,惧时所疾,故移此书于景真。考其始末,是安所作,故以安为定也。"按,翰说是。本篇正文冠以"安白",愤激之情,溢于言表,亦非"州辟辽东从事"的赵至所当有,是吕安作书与嵇康,而非赵至(景真)作书与嵇蕃(茂齐)也。

⑥ 日本足利学校藏宋刊明州本《六臣注文选》卷十六,人民文学出版社 2008 年影印本。

⑦ 参阅戴明扬《嵇康集校注》附《广陵散考》录杨宗稷《广陵散谱·跋》,中

华书局 2014 年版，第 740—742 页。

⑧　吉联抗《音乐家嵇康》，载《人民音乐》1963 年 12 月号。又载于吉联抗译注《嵇康·声无哀乐论》代序，人民音乐出版社 1964 年版。

⑨　司马氏诛锄异己的毒辣残暴，甚至令其子孙都为之不安。《世说新语·尤悔》第三十三：王导、温峤俱见明帝（东晋明帝司马绍，公元 323—325 年在位），帝问温前世所以得天下之由，温未答。顷，王曰：温峤年少未谙，臣为陛下陈之。王乃具叙宣王（司马懿）创业之始，诛夷名族，宠树同己，及文王（司马昭）之末，高贵乡公事。明帝闻之，复面箸床曰，若如公言，祚安得长？"（侯外庐主编《中国思想通史》第三卷，人民出版社 2011 年版，第 117—118 页）

⑩　鲁迅《魏晋风度及文章与药及酒之关系》，《鲁迅大全集》第四卷，长江文艺出版社 2011 年版，第 122 页。

⑪　冯契《〈嵇康美学〉序》，张节末《嵇康美学》卷首，浙江人民出版社 1994 年版，第 4 页。

⑫　罗宗强《玄学与魏晋士人心态》，中华书局 2019 年版，第 110—145 页。

⑬　鲁迅《魏晋风度及文章与药及酒之关系》，《鲁迅大全集》第四卷，长江文艺出版社 2011 年版，第 121 页。

⑭　同上。

⑮　同上，第 123—124 页。

⑯　鲁迅《嵇康集跋》，文学古籍刊行社 1956 年影印鲁迅过录明吴宽丛书堂钞宋本《嵇康集》十卷并辑校稿本，第 209—210 页。

⑰　同上，第 206—207 页。

⑱　鲁迅《魏晋风度及文章与药及酒之关系》，《鲁迅大全集》第四卷，长江文艺出版社 2011 年版，第 121—122 页。

⑲　刘世珩玉海堂影刻毛氏汲古阁旧藏：北宋蜀大字本《孔氏家语》卷七。

⑳　李政道主编《科学与艺术》，上海科学技术出版社，2000 年版，第 18 页。

㉑　高鲁《星象统笺》。国立中央研究院天文研究所发行，1933 年。

㉒　恩格斯《家庭、私有制和国家的起源》，张仲实译，人民出版社，1954 年版，第 165 页。按尧、舜所处的时代，中国已经是高度分化的文明社会，却依然孕育造就了两代终身为公众服务的伟大领导人。第三代大禹，"菲食勤躬，经营四方，心劳形困，趣步失节"（嵇康《答难养生论》）。尧、舜、禹三代领导人，享誉四千年，至今口碑载道。

嵇康集

第一卷

五言古意一首

双鸾匿景曜[1]，戢翼太山崖。

抗首嗽朝露[2]，晞阳振羽仪。

长鸣戏云中，时下息兰池。

自谓绝尘埃[3]，终始永不亏。

何意世多艰[4]，虞人来我维。

云网塞四区[5]，高罗正参差。

奋迅势不便[6]，六翮无所施。

隐姿就长缨[7]，卒为时所羁。

单雄翩独逝[8]，哀吟伤生离。

徘徊恋俦侣[9]，慷慨高山陂。

梁钟嵘《诗品》："陈思《赠弟》、仲宣《七哀》、公干《思友》、阮籍《咏怀》、子卿《双凫》、叔夜《双鸾》……斯皆五言之警策者也。所以谓篇章之珠泽，文采之邓林。"

清陈祚明《采菽堂古诗选》卷八："诗颇矫健低徊。"

鸟尽良弓藏[10]，谋极身必危。

吉凶虽在己，世路多崄巇[11]。

安得反初服[12]，抱玉宝六奇。

逍遥游太清[13]，携手相追随[14]。

清范大士《历代诗发》卷二：“气体直逼东阿。”

[注释]

[1]“双鸾匿景曜（yào）”二句：一对鸾鸟藏匿了自己五彩的羽毛，收敛羽翼栖息在泰山之崖。鸾，传说中凤凰一类的鸟。《逸周书·王会》：周成王时，“氐羌献鸾鸟”。《山海经·西山经》载，女床山有一种鸟，形状像山鸡而有五彩的羽毛，“名曰鸾鸟，见则天下安宁”。景曜，形容鸾鸟的“五采文”。景，大。曜，靓丽。戢（jí），敛，收敛。太山，即泰山，在今山东泰安境内。　[2]“抗首嗽（sòu）朝露”二句：仰首吮吸清晨的露珠，面对朝阳整理着羽毛的仪容。嗽，吸饮。晞（xī），晒。屈原《九歌·少司命》：“与女沐兮咸池，晞女发兮阳之阿。”羽仪，羽翼。《周易·渐》九三：“鸿渐于陆，其羽可用为仪。”　[3]“自谓绝尘埃”二句：自以为断绝世俗尘埃，随天地自然更生变化永不亏损。“太山崖”“云中”“兰池”皆是远离尘俗之地。不亏，暗用《庄子·达生》“形精不亏，是谓能移”，指形体和精神不受亏损。　[4]“何意世多艰”二句：谁料想世事如此艰险，掌管山泽的官吏正在捕捉我。维，系物的大绳，这里是系、缚的意思。一说“维”通“惟”，考虑、谋划，“我维”即算计我。　[5]“云网塞四区”二句：云一般的大网布满四方，高高的鸟网正在上下铺设。网，《玉篇》：“网，罗罟（gǔ）总名。”《尔雅·释器》：“鸟罟谓之罗。”高罗，与“云网”对举，形容危险来自四面八方。　[6]“奋迅势不便”二句：迅猛疾飞势所不便，强劲的翅膀无法施展。六翮（hé），鸟的翅膀。翮，

鸟羽茎下端中空部分，即鸟羽的硬管，这里指长在两翼的大羽毛。扬雄《连珠》："鸾凤养六翮以凌云。"　[7]"隐姿就长缨"二句：隐没天姿忍受绳索的束缚，终于被时世所羁縻。就，趋近，凑近。这里是就范的意思。长缨，长绳索。《汉书·终军传》："愿受长缨，必羁南越王而致之阙下！"颜师古注："言如马羁也。"羁（jī），羁绊，系住。时，时势，时局。这里指得势者。　[8]"单雄翩独逝"二句：雄鸾疾飞独自远去，哀声吟唱着生离的悲伤。翩，底本作"翾"，鲁迅录作"翩"，今从之。　[9]"徘徊恋俦（chóu）侣"二句：它盘旋徘徊不前，眷恋同伴，慷慨悲歌在高高的山坡上。俦，伴侣，匹偶。陂（bēi），山坡。　[10]"鸟尽良弓藏"二句：飞鸟打尽了良弓就要被收藏，智谋用尽自身必遭危亡。《史记·淮阴侯列传》载，韩信被刘邦逮捕之后，感慨道："果如人言：'狡兔死，良狗亨（烹）；高鸟尽，良弓藏；敌国破，谋臣亡。'天下已定，我固当亨（烹）。"谋，智谋，谋划。极，穷尽。　[11]崄巇（xiǎn xī），双声连绵字，形容艰险。　[12]"安得反初服"二句：怎么才能回复到当初自然的生活状态，怀抱美玉珍藏智谋。反，同"返"，返回。初服，最初的衣服，未入仕时的服装。屈原《离骚》："进不入以离忧兮，退将复修吾初服。"抱玉，怀抱自然美质，意指隐藏不外露。《老子》第七十章："圣人被褐怀玉。"六奇，六出奇计，泛指出奇制胜的过人智谋。《史记·陈丞相世家》："（陈平）凡六出奇计，辄益邑，凡六益封。奇计或颇秘，世莫能闻也。"[13]太清：道家有三清境，即玉清、上清、太清。这里泛指天空，清空。　[14]相追随：下有小注："一作长相随。"

[点评]

　　这首五言诗，旧注多以为属赠兄秀才入军诗中的一首，其实不然。"云网塞四区，高罗正参差"，"隐忍就长缨，卒为时所羁"，困顿无奈，愤世嫉俗之情溢于言表，不会是早年之作，很可能写于三十六岁那年，为躲避司马氏征召，被迫出走河东途中。"单雄翩独逝，哀吟伤生离。徘徊恋俦侣，慷慨高山陂"，正是诗人逃难旅途中的自我写照。

全诗二十八句。前八句写两只鸾鸟隐居山林，自然生活，和谐自得；中间八句写管理山林的官员遍置罗网，双鸾身处险境之中；最后十二句写雄鸾不得已独自飞走，慷慨悲歌："安得反初服，抱玉宝六奇。逍遥游太清，携手相追随。"诗人着力描写双鸾自在的生活情态及其被罗网威胁的困局，笔法细腻，语意双关。这首诗，曾受到钟嵘的高度评价："叔夜《双鸾》，五言之警策者也。"（《诗品序》）

四言十八首赠兄秀才入军 [1]

诗人以鸳鸯偕飞、顾盼和鸣为喻，歌咏兄弟二人情谊之笃。

此诗与下一首皆以"鸳鸯于飞"起句，类似《诗经》之重章叠唱，宜合而观之。

鸳鸯于飞 [2]，肃肃其羽 [3]。

朝游高原，夕宿兰渚 [4]。

邕邕和鸣 [5]，顾眄俦侣 [6]。

俯仰慷慨 [7]，优游容与。

[**注释**]

[1] 底本题下小字注："兄秀才公穆入军赠诗。刘义庆曰：嵇喜字公穆，举秀才。"　[2] 鸳鸯：禽鸟，雄曰鸳，雌曰鸯。雌雄偶居不离，古称"匹鸟"，后世多用以比夫妻或恋人。此处用以比

兄弟。于飞：偕飞。于，语助词。　[3] 肃肃：象声词，鸟羽、虫翅振动之声。《诗·小雅·鸿雁》："鸿雁于飞，肃肃其羽。"　[4] 兰渚：长满兰草的小洲。渚，水中的小块陆地。《尔雅·释天》："水中可居者曰洲，小洲曰渚。"曹植《应诏诗》："朝发鸾台，夕宿兰渚。"　[5] 噰（yōng）噰：和鸣声。　[6] 顾盼（pǎn）俦侣：指鸳鸯顾盼着自己的伴侣。盼，眼睛转动，眼睛美的样子。《诗经·卫风·硕人》："巧笑倩兮，美目盼兮。"汉蔡邕《青衣赋》："盼倩淑丽，皓齿蛾眉。"按"盼"相当于《通用规范汉字表》中的"盼"。　[7] "俯仰慷慨"二句：高低翻飞，嬉戏相随，悠闲自得。俯，低头，指向下飞。仰，抬头，指向上飞。慷慨，康乐。优游容与，皆谓悠闲自得。

鸳鸯于飞，啸侣命俦[1]。

朝游高原，夕宿中洲[2]。

交颈振翼[3]，容与清流[4]。

咀嚼兰蕙[5]，俯仰优游。

［注释］

[1] 啸侣命俦：呼唤自己的伴侣。啸、命，皆指呼叫、呼唤。曹植《洛神赋》："众灵杂遝，命俦啸侣。"　[2] 中洲：洲中也。水中可居之地曰洲。　[3] 交颈：脖颈相互依摩，动物间表亲昵的行为。振翼：拍动翅膀。　[4] 容与清流：在清清流水中嬉戏自得。　[5] 兰蕙：皆香草。

泳彼长川，言息其浒[1]。

清王夫之《古诗评选》卷二："二章（引者按：指前两首）往复养势，虽体似风雅，而神韵自别。"

清陈祚明《采菽堂古诗选》卷八："二章（引者按：指前两首）先叙同居之欢，下乃渐入言别，章法转宽。惟言同居极乐，乃觉离别极悲也。但两章中语无深浅，以此不及《三百篇》。"

陟彼高冈 [2]，言刈其楚 [3]。

嗟我征迈 [4]，独行踽踽 [5]。

仰彼凯风 [6]，泣涕如雨。

［注释］

[1] 言息其浒（hǔ）：在水边休息。言，语词，无义。　[2] 陟（zhì）：登，升。《诗经·周南·卷耳》："陟彼高冈，我马玄黄。"　[3] 刈（yì）：割，取。楚：落叶灌木，亦称"牡荆"。《诗经·周南·汉广》："翘翘错薪，言刈其楚。"　[4] 征、迈：皆行也。　[5] 踽（jǔ）踽：孤独貌，此指嵇喜远行在外的孤独样貌。《诗经·唐风·杕杜》："独行踽踽。"毛《传》："踽踽，无所亲也。"　[6] 仰彼凯风：仰面吹着南风。《诗经·邶风·凯风》："凯风自南，吹彼棘心。"毛《传》："南风谓之凯风。"

沐彼长川，言息其沚 [1]。

陟彼高冈，言刈其杞 [2]。

嗟我独征，靡瞻靡恃 [3]。

仰彼凯风，载坐载起 [4]。

［注释］

[1] 沚（zhǐ）：水中小块陆地。　[2] 杞：枸杞，又名枸檵，落叶小灌木，可入药。　[3] 靡瞻靡恃（shì）：没有瞻仰和依恃的人，即孤独无依。曹丕《短歌行》："靡瞻靡恃，泣涕涟涟。"恃，依赖，依靠。　[4] 载坐载起：又是坐下，又是站起，形容坐立不安的样子。载，则，又。

前两诗回顾兄弟二人携手共游之美妙时光，自此开始诉说离别感念之情。诗中的"我"乃诗人想象中的嵇喜。

此诗与下一首皆以"泳彼长川"起句，有重章叠唱之意，亦当合而观之。

清王夫之《古诗评选》卷二："二章（引者按：指"泳彼长川"二首）似可节其一，然欲事安详，故不得不尔，非强学《三百篇》也。"

清陈祚明《采菽堂古诗选》卷八："二章（引者按：指"泳彼长川"二首）语凄切，亦无浅深。"

穆穆惠风[1]，扇彼轻尘。

弈弈素波[2]，转此游鳞[3]。

伊我之劳[4]，有怀遐人[5]。

寤言永思[6]，实钟所亲[7]。

[注释]

[1]"穆穆惠风"二句：柔和的清风，扇起轻轻的尘埃。穆穆，柔和。惠，恩惠，好。 [2]弈（yì）弈素波：诗人描绘惠风和畅，轻拂水面，漾起层层波纹，吹皱一池春水的美景。弈弈，形容精神焕发的样子。弈，通"奕"。 [3]转此游鳞：鱼儿在水下漫不经心地转悠。 [4]"伊我之劳"二句：我心中忧愁，是因想念远方之人。伊，发语词，无义。劳，劳苦忧愁。 [5]遐：远。遐人，指远在他方的嵇喜。 [6]寤：睡醒。永思：长久的思念。 [7]实钟所亲：思念之情凝聚在兄长身上。钟，集中。所亲，所亲之人，亦指兄长嵇喜。

前面两首的"我"乃想象中的兄长，这里的"我"则转为实写诗人自己。

前诗结句云"实钟所亲"，此开篇即谓"所亲安在"，正承接前诗而言，诗意亦如此。

清王夫之《古诗评选》卷二："忽出精警，疑且收矣。下二章（引者按：即下文"人生寿促""我友焉之"两首）又纵，令舒缓。"

所亲安在？舍我远迈。

弃此荪茝[1]，袭彼萧艾。

虽曰幽深[2]，岂无颠沛。

言念君子[3]，不遐有害。

[注释]

[1]"弃此荪（sūn）茝"二句：言嵇喜舍弃了美如香草之初服，改换上臭如恶草的官服。荪，香草，又称荃。茝，白芷，亦香草。

清陈祚明《采菽堂古诗选》卷八："此章用情恳至。味语气，则所去所从，是类非类，中多感叹。其非送入军可知，特不知何所指耳。"

用以比喻嵇喜平居时所佩。袭，衣上加衣。萧艾，艾蒿，臭草。用以比喻嵇喜入仕后所服。　[2]"虽曰幽深"二句：虽说穷居如同处于昏暗幽深之地，但有芳香为伴；为官后仕途凶险，难道就没有颠仆之虞？张衡《怨诗》："虽曰幽深，厥美弥嘉。"　[3]"言念君子"二句：感念像您这样的君子出仕为官，不会有什么灾祸吧？《诗经·邶风·二子乘舟》："愿言思子，不瑕有害。"马瑞辰《毛诗传笺通释》："瑕、遐，古通用。'遐'之言胡也。……'不瑕'犹云'不无'，疑之之词也。"

清陈祚明《采菽堂古诗选》卷八："前数章皆规模《三百篇》，此章忽作健语，体气高古，近似孟德。"

前诗结句云"仰顾我友"，此开篇即谓"我友焉之"，正承接前诗而言，诗意亦如此。

清陈祚明《采菽堂古诗选》卷八："分明是末章语，此下何能忽接入军？且'我友'之云，显非赠秀才。"又："以处此为极欢虞，适彼之有害，思欲登仙，其意不可一世。"

人生寿促[1]，天地长久[2]。
百年之期[3]，孰云其寿？
思欲登仙，以济不朽[4]。
揽辔踟蹰[5]，仰顾我友。

[注释]

[1]寿促：寿命短促。　[2]曹操《秋胡行》其二："天地何长久，人道居之短。"　[3]"百年之期"二句：即使活到一百岁，谁说就是长寿呢？《礼记·曲礼上》："百年曰期颐。"郑玄注："人寿以百年为期，故曰期。"　[4]济：成也。不朽：谓长生永存。　[5]"揽辔（pèi）踟蹰"二句：牵住马的缰绳在路边徘徊，抬头望着远方的亲友。辔，驾驭牲口的缰绳。踟蹰，徘徊，犹疑。

我友焉之[1]？隔兹山梁[2]。
谁谓河广[3]？一苇可航。

徒恨永离^[4]，逝彼路长^[5]。
瞻仰弗及^[6]，徙倚彷徨^[7]。

［注释］

[1] 焉之：往哪里去。焉，哪里。之，往，到。　[2] 兹：此。山梁：指山山水水。梁，桥梁。　[3]"谁谓河广"二句：谁说黄河很宽广？一只小船即可渡过。苇，苇叶。喻小舟。航，渡。《诗经·卫风·河广》："谁谓河广？一苇杭之。"　[4] 徒恨永离：只恨我们就要长久地别离。　[5] 逝彼路长：去路遥远。逝，去，往。　[6] 瞻仰弗及：仰面眺望不见你的容颜。瞻，底本讹作"赡"，今据黄本改。　[7] 徙倚：徘徊。《诗经·邶风·燕燕》："瞻望弗及，实劳我心。"

良马既闲^[1]，丽服有晖。
左揽繁弱^[2]，右接忘归^[3]。
风驰电逝^[4]，蹑景追飞。
凌厉中原^[5]，顾盼生姿。

［注释］

[1]"良马既闲"二句：良马已经训练娴熟，华丽的戎装熠熠生辉。闲，熟习，熟练。《诗经·大雅·卷阿》："君子之马，既闲且驰。"晖，光辉。底本讹作"暉"，今据黄本改。　[2] 繁弱：大弓名。《新序》："楚王载繁弱之弓，忘归之矢，以射兕于云梦。"　[3] 接：插。忘归：良箭名。　[4]"风驰电逝"二句：马儿

清吴淇《六朝选诗定论》卷七："首四句服马之盛，次四句姿态之美，后八句军中游田之乐，分明画出一幅秀才从军图。似从《齐风》'猗嗟名兮'来，然彼是目睹而赋，此神想而赋也。"

清王夫之《古诗评选》卷二："此章突兀拔起，墨气喷雾，而当首只用一意，磅礴成文，不作陡峭腾挪之色，神于勇矣。"

清陈祚明《采菽堂古诗选》卷八："起八句便言入军，激昂有气势，然似嘲之。"

清方廷珪《昭明文选集成》卷二十七评"凌厉中原，顾盼生姿"二句曰："书生践戎马之场，偏写得有气势。"

如风一般奔驰，如闪电般疾行，驱逐日影，追赶飞鸟。景，古同
"影"。躡（niè）景，追逐影子。　　[5]"凌厉中原"二句：马儿迅
猛地奔驰于原野，一回首一注目都展示着英武的姿态。顾眄生姿，
即"顾盼生姿"。

携我好仇[1]，载我轻车。

南凌长皋[2]，北厉清渠。

仰落惊鸿[3]，俯引渊鱼。

槃于游田[4]，其乐只且。

[注释]

[1]"携我好仇"二句：挽着我的伙伴，乘着我的战车。仇，
伴侣，此指秀才军中之伴侣。轻车，一种轻便的战车。　　[2]"南
凌长皋"二句：向南登上连绵的山坡，往北渡过清澈的沟渠。凌，
升，登。皋，土丘。厉，渡。　　[3]"仰落惊鸿"二句：仰面射
落天上之大雁，俯身探取深渊之游鱼。落，作动词，射落。惊
鸿，惊飞的大雁。曹植《洛神赋》："翩若惊鸿，婉若游龙。"引，
取。　　[4]"槃（pán）于游田"二句：醉心于游戏田猎，快乐无
穷。《尚书·无逸》："文王不敢盘于游田，以庶邦惟正之供。"张
衡《西京赋》："盘于游畋，其乐只且。"槃，乐也。只且（jū），
语助词。

凌高远眄[1]，俯仰咨嗟。

怨彼幽絷[2]，室迩路遐。

虽有好音[3]，谁与清歌。

虽有朱颜[4]，谁与发华。

仰诉高云[5]，俯托轻波。

乘流远遁[6]，抱恨山阿。

[注释]

[1]"凌高远眄（miǎn）"二句：我登高远眺，俯首仰面无不感伤。眄，看。咨嗟，感慨貌。　[2]"怨彼幽絷（zhí）"二句：埋怨你入军如同幽拘，你住的离我很近，你却离我如此遥远。怨，底本作"宛"，鲁迅校："各本作'怨'。"今据改。幽絷，幽禁。迩（ěr），近。《诗经·郑风·东门之墠》："其室则迩，其人甚远。"司马相如《琴歌》："室迩人遐毒我肠。"　[3]"虽有好音"二句：虽有美妙的嗓音，谁能与我同声歌唱呢？　[4]"虽有朱颜"二句：虽有青春的容颜，谁能与我一起焕发容光呢？　[5]"仰诉高云"二句：抬头向白云倾诉衷肠，俯首向微波寄托哀伤。　[6]"乘流远遁"二句：让我乘着流水逃遁到遥远的地方，怀抱着遗恨隐于山间。遁，隐遁。阿，山凹。

轻车迅迈[1]，息彼长林。

春木载荣[2]，布叶垂阴。

习习谷风[3]，吹我素琴。

咬咬黄鸟[4]，顾畴弄音[5]。

感寤驰情[6]，思我所钦[7]。

此前两首诗遥想兄长在军中的极游之乐，自此开始，转而叙述自己居家的孤独无伴，两相对比，愈发衬托出诗人的愁思与苦闷。

清王夫之《古诗评选》卷二："'春木'四句，写气写光，几非人造。"

清陈祚明《采菽堂古诗选》卷八："'布叶'句，'顾畴'句，并有隽致。喜其不袭《三百篇》语，故能自作致也。"

清方廷珪《昭明文选集成》卷二十七："此篇因秀才从军，写己别后之思。着眼在'春'字。"又评"感寤驰情，思我所钦"二句曰："以物之求四，触己之怀人。"

心之忧矣[8]，永啸长吟。

[注释]

[1]迅迈：疾驰。　[2]"春木载荣"二句：春天的树木年年繁茂，散布枝叶，垂落浓荫。载，年，岁。荣，草木茂盛。《尔雅》："木谓之华，草谓之荣。"　[3]习习谷风：《诗经·邶风·谷风》："习习谷风，以阴以雨。"《小序》："《谷风》，刺夫妇失道也。"这是一首弃妇诉苦的诗。此以喻女子丈夫盛怒的情形（参北京大学中国文学史教研室选注《先秦文学史参考资料》）。习习，形容风吹得连续不停的状语。谷风，来自大谷的风，是盛怒之风。　[4]咬咬黄鸟：《诗经·秦风·黄鸟》："交交黄鸟，止于棘。谁从穆公？子车奄息。维此奄息，百夫之特。临其穴，惴惴其栗。彼苍者天，歼我良人！如可赎兮，人百其身！"这是一首挽诗。公元前621年秦穆公卒，以一百七十七人殉葬，子车氏之三子奄息、仲行、鍼虎都在其内。国人哀之，为之赋《黄鸟》。黄鸟纷纷鸣叫，反映出秦国人民对三良的悼惜，更是对迫人殉葬的统治者的抗议。马瑞辰《毛诗传笺通释》："交交，通作'咬咬'，鸟声也。"程俊英《诗经译注》："黄鸟咬咬声凄凉。"交交，鸟鸣声。黄鸟，即黄雀。　[5]畴：种类，同类。明州本《文选》吕向注："畴，匹也。亦如我之人也。"　[6]寤：同"悟"。驰情：遐想，神往。　[7]所钦：所敬重之人，这里指嵇喜。　[8]"心之忧矣"二句：心中忧虑，唯有长啸低吟。

浩浩洪流[1]，带我邦畿。

萋萋绿林[2]，奋荣扬晖[3]。

鱼龙瀺灂[4]，山鸟群飞。

元刘履《选诗补注》卷三："此叔夜自叙其与秀才别后之情。言见洪流尚萦带而相近，绿林且荣辉而悦人，鱼龙亦共聚而游，山鸟有群飞之乐，是以览物兴怀，思得同趣之人，相与游娱，以忘晨夕。今乃不获所愿，使我思之不已，至于悲伤也。《魏志》称其'文辞壮丽'，观此诗，亦可见矣。"

清吴淇《六朝选诗定论》卷七："首六句比也，言鱼群游于洪流，鸟群飞于绿树，而人固离群，那得不悲？'驾言出游'，非始出，乃游至日夕，追叙其久。此句正暗补前章之缺意，方使'轻车迅迈'句来得不突。"

驾言游之[5]，日夕忘归。

思我良朋，如渴如饥。

愿言不获[6]，怆矣其悲。

[注释]

[1]"浩浩洪流"二句：浩荡的流水，萦绕着我的家乡。带，作动词，围绕。畿，疆域。邦畿，王城及其周围所属地域。《诗经·商颂·玄鸟》："邦畿千里，维民所止。" [2]萋萋：草木繁盛的样子。 [3]奋荣：花木争荣。扬晖：同"扬辉"，发出光辉。 [4]瀺灂（chán zhuó）：鱼龙在水中沉浮、出没。 [5]言：语词，无义。 [6]"愿言不获"二句：想念你却不能见到，心中深感悲伤。《诗经·邶风·二子乘舟》："愿言思子。"毛《传》："愿，每也。"郑玄《笺》："愿，念也。"《文选》注引张衡诗："愿言不获，终然永思。"怆（chuàng）矣其悲，犹"其悲怆矣"。曹植《责躬诗》："心之云慕，怆矣其悲。"怆，悲伤。

息徒兰圃[1]，秣马华山。

流磻平皋[2]，垂纶长川。

目送归鸿[3]，手挥五弦[4]。

俯仰自得[5]，游心泰玄。

嘉彼钓叟[6]，得鱼忘筌。

郢人逝矣[7]，谁可尽言？

清王夫之《古诗评选》卷二："峥嵘萧瑟者，至'鱼龙瀺灂，山鸟群飞'止矣，过此则为思语。"

清何焯《义门读书记》卷四十六："洪流则鱼龙聚焉，春林则群鸟集焉。此谓生才之盛。然必待同志而招，故思我友朋也。"

清王夫之《古诗评选》卷二："前六句即入为景，较之检书烧烛、看剑引杯，生死自别。"

清陈祚明《采菽堂古诗选》卷八："高致超超，顾盼自得。竟不作《三百篇》语，然弥佳。"

清于光华《重订文选集评》卷六评"目送归鸿，手挥五弦"二句曰："两语意态绝妙。"又："直会心语，非泛然为佳句者。"

[注释]

[1]"息徒兰圃"二句：大家在兰草地上休息，将马儿放养在长满花草的山上。徒，众。秣（mò），喂养。华山，长着花草的山。　[2]"流磻（bō）平皋（gāo）"二句：在平坦的草泽地上射箭击鸟，在长河之中悠闲垂钓。流磻，习射。磻，拴系于箭身丝绳上的小石块。皋，水边高地。垂纶（lún），钓鱼。纶，钓鱼用的丝线。　[3]归鸿：归去的大雁。　[4]五弦：五弦琴。　[5]"俯仰自得"二句：行动自在逍遥，神游于自然无为的大道之中。俯仰，一举一动。泰玄，指道家追求的大道境界。　[6]"嘉彼钓叟"二句：赞赏那钓鱼的老者，捕到了鱼就可以忘掉竹笼。得鱼忘筌（quán），《庄子·外物》："筌者所以在鱼，得鱼而忘筌。蹄者所以在兔，得兔而忘蹄。言者所以在意，得意而忘言。"筌，捕鱼用的长形竹笼。　[7]"郢（yǐng）人逝矣"二句：知己之人已经逝去，谁人可与畅谈？郢人，楚人。《庄子·徐无鬼》载，庄子送葬经过惠施墓，讲了一个故事：从前有位叫石的匠人能够挥斧削去郢人涂在鼻翼上的白粉，而不伤其人，郢人也立不失容。宋元君听说后，请其演示。匠人说：我现在手艺还行，可是我的搭档已死去很久啦！说完故事，庄子对着惠施的坟墓说：自从你老死后，我失去搭档，没有辩论的对手了。尽言，言尽意，畅所欲言。

清吴淇《六朝选诗定论》卷七："此上怀思，俱从田游说起。此当游归而思不置也。其写夜景处，亦自清雅。"

清陈祚明《采菽堂古诗选》卷八："别绪缠绵，言情至深。如此结，颇悠然有余致，不应复须下文。"

清方廷珪《昭明文选集成》卷二十七："此篇是因月夜无与同欢而致其思。"又评"朗（明）月照轩"句："四字是怀人之候。"评"组帐高褰"句："四字全从朗月生情。"评"其馨若兰"句："四字不言思而思可知。"

闲夜肃清[1]，明月照轩。

微风动袿[2]，组帐高褰。

旨酒盈樽[3]，莫与交欢。

琴瑟在御[4]，谁与鼓弹？

仰慕同趣[5]，其馨若兰。

佳人不存^[6]，能不永叹！

[注释]

[1]"闲夜肃清"二句：空闲的夜晚，肃静冷清，明亮的月光照映在窗户上。轩，门、窗或栏杆，这里指窗户。　[2]"微风动袿（guī）"二句：清风拂动衣袖，帏帐高高挂起。袿，衣袖。组帐，华美的帏帐。褰（qiān），揭起，挂。　[3]"旨酒盈樽"二句：杯中盛满美酒，却无人与我共享芬芳。旨酒，美酒。樽，古时盛酒之器具，这里指酒杯。　[4]"琴瑟在御"二句：琴瑟在前，谁能与我合奏？《诗经·郑风·女曰鸡鸣》："琴瑟在御，莫不静好。"御，用，弹奏。　[5]"仰慕同趣"二句：思慕志同道合的人，会心的言语如幽兰一般馨香。《周易·系辞上》："同心之言，其臭如兰。"同趣，志趣相投的人。　[6]"佳人不存"二句：知己已经远去，怎能不让人长声悲叹！

乘风高逝^[1]，远登灵丘^[2]。
结好松乔^[3]，携手俱游。
朝发泰华^[4]，夕宿神洲^[5]。
弹琴咏诗，聊以忘忧^[6]。

[注释]

[1]逝：飞。贾谊《吊屈原赋》："风缥缥其高逝兮。"　[2]灵丘：神话中神仙出没的地方，传说在昆仑山上。王褒《九怀·蓄英》："玄鸟兮辞归，飞翔兮灵丘。"　[3]结好：结交，亲近。松：指赤松子，传说中的仙人。《列仙传》载："赤松子者，神农时雨师也。

清王夫之《古诗评选》卷二评"闲夜肃清""乘风高逝"二首（引者按：《古诗评选》将此二首合为一首）曰："但用'聊以忘忧'，略带风旨，来纵衍作三章，更不似送秀才入军诗矣。"

清陈祚明《采菽堂古诗选》卷八将"乘风高逝"以下三首合题为《四言诗三章》，评曰："皆言轻举远遁之情，都无别绪，与上文（引者按：指"良马既闲""轻车迅迈""浩浩洪流""息徒兰圃""闲夜肃清"五首，《采菽堂古诗选》将此五首合题为《赠秀才入军五章》）定非一篇。"

服水玉以教神农，能入火自烧。至昆仑山上，常止西王母石室中，随风雨上下。"乔：指王子乔，亦传说中的仙人。《列仙传》载："王子乔者，周灵王太子晋也。好吹笙作凤凰鸣。游伊、洛间，道士浮丘公接以上嵩高山。三十余年后，求之于山上，见桓良曰：'告我家：七月七日待我于缑氏山巅。'至时，果乘白鹤驻山头，望之不可到。举手谢时人，数日而去。"　[4]泰华：即太华，传说中的山名。《山海经·西山经》："又西六十里，曰太华之山，削成而四方，其高五千仞，其广十里，鸟兽莫居。"或认为太华山即西岳华山。　[5]神洲：传说中的地名。一说即神州，指中国。《河图括地象》："地中央曰昆仑。昆仑东南，地方五千里，名曰神州。其中有五山，帝王居之。"　[6]聊：姑且。

前诗末云"弹琴咏诗，聊以忘忧"，此开篇谓"琴诗可乐"，诗意亦相衔接，可搭配起来阅读、理解。

清陈祚明《采菽堂古诗选》卷八："无累故无求，名言也。"

琴诗可乐[1]，远游可珍。
含道独往[2]，弃智遗身。
寂乎无累[3]，何求于人。
长寄灵岳[4]，怡志养神。

[注释]

[1]"琴诗可乐"二句：弹琴吟诗可以自乐，轻举远游亦可珍贵。　[2]"含道独往"二句：怀抱大道，独自前行，摒弃智巧，忘却形骸。含，底本作"舍"，鲁迅校："黄、汪、程本作'含'。"今据改。独往，谓超脱万物，独来独往。《庄子·在宥》："独往独来，是谓独有。"弃智遗身，意思是不与人们斗智谋利，抛弃身外之物，与自然融为一体。《老子》第十九章："绝圣弃智，民利百倍。"《庄子·天下》："慎到弃智去己。"遗身，即舍身，遗弃外

在的形体。　[3]寂乎无累：内心清静而无世俗之牵累。《庄子·达生》："弃世则无累。"　[4]"长寄灵岳"二句：永久寄居于灵岳之上，调养精神延年益寿。灵岳，灵秀的山岳，亦特指泰山。怡志，怡悦心志。

流俗难寤[1]，逐物不还。

至人远鉴[2]，归之自然。

万物为一[3]，四海同宅[4]。

与彼共之[5]，予何所惜。

生若浮寄[6]，暂见忽终。

世故纷纭[7]，弃之八戎。

泽雉虽饥[8]，不顾园林。

安能服御[9]，劳形苦心。

身贵名贱[10]，荣辱何在？

贵得肆志[11]，纵心无悔。

阮籍《大人先生传》曰："至人者，不知乃贵，不见乃神。神贵之道存乎内，而万物运于天外矣。故天下终而不知其用也。"又："至人无宅，天地为客；至人无主，天地为所；至人无事，天地为故。无是非之别，无善恶之异。故天下被其泽，而万物所以炽也。"

清陈祚明《采菽堂古诗选》卷八："超语，不恒。"

结句即所谓"卒章显志"。

［注释］

[1]"流俗难寤"二句：世俗之人很难醒悟，追逐名利不知回头。俗，底本作"代"，鲁迅校："各本作'俗'。"今据改。寤，同"悟"，觉悟。逐物，追逐外物。《庄子·天下》："惜乎！惠施之才，骀荡而不得，逐万物而不反，是穷响以声，形与影竞走也，悲夫！"嵇康《答向子期难养生论》云："君子识智以无恒伤生，欲以逐物害性。"　[2]"至人远鉴"二句：至人鉴察深远，将自己归于自然。

至人，《庄子·逍遥游》："若夫乘天地之正，而御六气之辩（变），以游无穷者（绝对自由的境界），彼且恶乎待哉！（那样的人，还要依赖什么呢！）故曰：至人无己（去我顺物），神人无功（不求有功），圣人无名（不求名声）。"《庄子·天下》："不离于宗，谓之天人；不离于精，谓之神人；不离于真，谓之至人。"曹础基《庄子浅注》："宗、精、真，都是'原于一'之'一'，即道。从其主宰万物方面说，称之为宗；从其淳粹不杂方面说，称之为精；从其朴实不伪方面说，称之为真。故天人、神人、至人是同一样人。"三者都是"原于一"的得道之人，有资格逍遥游的超人。　[3]为一：共为一体。《庄子·齐物论》："天地与我并生，而万物与我为一。"　[4]同宅：同居一域。同，底本作"为"，鲁迅校："各本及《诗纪》皆作'同'。"今据改。　[5]"与彼共之"二句：与君共享自然，我有什么恋恋不舍的呢？惜，吝惜，舍不得。　[6]"生若浮寄"二句：生命如同水上浮萍，转瞬即逝。《庄子·刻意》："其生若浮，其死若休。"浮寄，水上漂浮寄生的萍草。暂见（xiàn），短暂地显现。见，同"现"。　[7]"世故纷纭"二句：世事纷繁无定，不如抛在一旁。八戎，古称中原以外的少数民族地区为"八戎"，此指八方。《史记·商君列传》："施德诸侯，而八戎来服。"　[8]"泽雉虽饥"二句：草泽中的野鸡即使挨饿，也不会眷顾被圈养的生活。《庄子·养生主》："泽雉十步一啄，百步一饮，不蕲（qí，希望）畜乎樊（樊笼）中。"顾，底本作"愿"，戴明扬校谓"《诗纪》万历本作'顾'"，今据改。园林，指园囿，养育花木鸟兽之所。　[9]服御：驾驭车马。这里指服御于人，即入仕做官，为人驱策役使。　[10]"身贵名贱"二句：看重自己的身体，轻贱外在虚名，荣辱得失又算得了什么呢？　[11]"贵得肆志"二句：人生最可贵的是施展自己的志向抱负，若能尽情放纵心意，我绝不会后悔。张衡《归田赋》："苟纵心于物外，安知荣辱之所如。"

[点评]

这组四言诗，是为其兄嵇喜从军而作。嵇喜，字公穆，举秀才，"入军"当在其后不久。司马氏代魏后，嵇喜曾任徐州、扬州刺史，官至太仆、宗正卿（九卿之一，掌管皇族宗室事务等）。嵇喜、嵇康两兄弟的生活态度很不一样，但早年当未形成尖锐冲突。嵇康在诗中抒发了送别嵇喜后的思念之情，以及对兄长仕途凶险的担忧。同时，诗人也以丰富的想象，描绘了一种纵情自任的生活状态，以此表露心迹："泽雉虽饥，不顾园林。""寂乎无累（摆脱世俗功利牵累），何求于人？""万物为一，四海同宅。"托物言志，情志悠远。既是对兄长的劝慰与提醒，也是自我形象的刻画。其中"目送归鸿，手挥五弦"被传为千古名句，东晋画家顾恺之曾据此意境刻画嵇康图像。

整组诗皆为四言形式，托物起兴，抒情言志，很大程度上继承了《诗经》及汉魏四言诗的写作体式与风格。从十八首诗的内容来看，恐不尽是赠兄之作。"自非尽为一时之作，后人编辑归入一题耳。"（戴明扬《嵇康集校注》）亦有人认为："其中兼有赠答，而不尽叔夜之作。"（逯钦立《汉魏六朝文学论集》）这些意见都值得参考。今细细体味诗意，大致前十五首作品中时时可见嵇康所追怀之兄长身影与绵绵情思，与诗题比较相符；而最后三首作品以抒写个人心志为主，并不包含离别感念之意，或不属于赠兄诗作。前十五首赠兄作品中，亦有脉络可寻：第一、二首，回顾兄弟二人往日共游之乐；第三、四首，描绘兄长踏上征途后的孤独；第五至第八首，叙述兄长离开后自己对他的思念；第九、十首，假想兄长在军中游畋之欢乐；第十一至第十五首则又回到自身，书写诗人居家生活之苦闷无依。整组诗直抒胸臆，飘逸高妙，很好地继承发扬了《诗经》以来的优良文学传统，堪称嵇康四言诗的代表作。

附：秀才答四首

嵇 喜

华堂临浚沼，灵芝茂清泉。

仰瞻春禽翔，俯察绿水滨。

逍遥步兰渚，感物怀古人。

李叟寄周朝，庄生游漆园。

时至忽蝉蜕，变化无常端。

君子体变通，否泰非常理。

当流则蚁行，时逝则鹊起。

达者鉴通机，盛衰为表里。

列仙殉生命，松乔安足齿。

纵躯任世度，至人不私己。

达人与物化，无俗不可安。

都邑可优游，何必栖山原。

孔父策良驷，不云世路难。

出处因时资，潜跃无常端。

保心守道居，睹变安能迁。

饬车驻驷，驾言出游。南厉伊渚，北登邙丘。

青林华茂，春鸟群嬉。感寤长怀，能不永思。

永思伊何，思齐大仪。陵云轻迈，托身灵螭。

遥集玄圃，释辔华池。华木夜光，沙棠离离。

俯漱神泉，仰叫琼枝。栖心浩素，终始不亏。

幽愤诗一首 [1]

嗟余薄祜 [2]，少遭不造 [3]。

哀茕靡识 [4]，越在襁褓。

母兄鞠育 [5]，有慈无威。

恃爱肆姐 [6]，不训不师。

爰及冠带 [7]，凭宠自放。

抗心希古 [8]，任其所尚。

清何焯《文选评》:"四言不为风雅所羁,直写胸中语,此叔夜所以高于潘、陆也。"

清陈祚明《采菽堂古诗选》卷八："直叙怀来，喜其畅达。怨尤之辞少，而悔祸之意真。如得免者，当知所戒矣！"又："自篇首至'养素全真'，总叙生平。一诗之冒，构祸之端，既含语内，'养素'之云，直贯结尾。'曰余'以下，述事道悔。'仰慕'以下，反覆申之。'噉噉'十语，求免未必，固是实情，亦以起下两段。倘得幸免，则处世处身，庶有善法，可以遂'养素全真'之愿也。"

托好老庄[9]，贱物贵身。

志在守朴[10]，养素全真。

曰余不敏[11]，好善暗人。

子玉之败[12]，屡增惟尘[13]。

大人含弘[14]，藏垢怀耻。

民之多僻[15]，政不由己。

惟此褊心[16]，显明臧否。

感悟思愆[17]，怛若疮痏。

欲寡其过[18]，谤议沸腾。

性不伤物[19]，频致怨憎。

昔惭柳惠[20]，今愧孙登[21]。

内负宿心[22]，外恧良朋。

仰慕严郑[23]，乐道闲居。

与世无营[24]，神气晏如。

咨余不淑[25]，婴累多虞。

匪降自天[26]，寔由顽疏。

理弊患结[27]，卒致囹圄。

对答鄙讯[28]，絷此幽阻。

实耻讼冤[29]，时不我与。

虽曰义直[30]，神辱志沮。

澡身沧浪 [31]，岂云能补。

嗈嗈鸣雁 [32]，奋翼北游。

顺时而动 [33]，得意忘忧。

嗟我愤叹 [34]，曾莫能俦。

事与愿违 [35]，遘兹淹留。

穷达有命 [36]，亦又何求。

古人有言，善莫近名 [37]。

奉时恭默 [38]，咎悔不生。

万石周慎 [39]，安亲保荣。

世务纷纭 [40]，祇搅予情。

安乐必诫 [41]，乃终利贞。

煌煌灵芝 [42]，一年三秀。

予独何人 [43]，有志不就。

惩难思复 [44]，心焉内疚。

庶勗将来 [45]，无馨无臭。

采薇山阿 [46]，散发岩岫。

永啸长吟 [47]，颐性养寿。

宋刘克庄《后村诗话》："嵇康《幽愤诗》云：'性不忤物，频致怨憎。'按康傲钟会，不与语；《与山涛书》自言'薄周、孔而非汤、武'，其所忤也大矣。子元（司马师）、子上（司马昭）见书自无可全之理，况加以士季（钟会）乎？虽欲采薇散发，颐性养寿，岂可得也？"

清沈德潜《古诗源》卷六："通篇直直叙去，自怨自艾，若隐若晦。'好善暗人'，牵引之由也。'显明臧否'，得祸之由也。至云'澡身沧浪，岂云能补'，悔恨之词切矣。末托之'颐性养寿'，正恐未必能然之词。华亭鹤唳，隐然言外。"

[注释]

[1]《文选·幽愤诗》吕向注："叔夜为吕安事连罪收系，遂作此诗。愤，怨也。言幽怨者，人莫能见明也。"　[2] 薄祜（hù）：

宋苏轼《药诵》："稽中散作《幽愤诗》，知不免矣。而卒章乃曰'采薇山阿，散发岩岫。永啸长吟，颐性养寿'者，悼此志之不遂也。司马景王既杀中散而悔，使悔于未杀之前，中散得免于死者。吾知其扫迹灭景于人间，如脱兔之投林也。采薇散发，岂其所难哉！"

福分浅薄。祜，福。蔡琰《悲愤诗》："嗟薄祜兮遭世患。" [3]不造：不幸。《诗经·周颂·闵予小子》："闵予小子，遭家不造，嬛嬛在疚。"郑玄《笺》："造，成也，言家道未成也。"《文选》吕延济注："造，成也。叔夜少失父。" [4]"哀茕（qióng）靡（mí）识"二句：可怜我孤单不懂事，在褓褓中就失去了父亲。茕，孤独无依貌。靡识，无知。越在，远在。褓褓，指背负幼儿的布带和布兜。 [5]"母兄鞠（jū）育"二句：母亲和兄长养育我成人，只有慈爱没有威严。鞠育，养育。《诗经·小雅·蓼莪》："父兮生我，母兮鞠我。拊我畜我，长我育我。"毛《传》："鞠，养也。" [6]"恃爱肆姐"二句：依仗母兄溺爱使我恣意骄纵，不接受训教也不立师傅。姐，底本作"姐"，鲁迅校："《晋书》作'好'。尤袤刻本《文选》李善注作'姐'。唐写本《文选集注》江文通《杂体诗》注引李善仍作'姐'。"马叙伦《读书续记》曰："作'姐'是。'姐'为'媗（jù）'省，《说文》：'媗，骄也。'《与山巨源绝交书》'母兄见骄'可证。"今据改。恃（shì），依仗。 [7]"爱及冠带"二句：等到长大后，依恃宠爱而愈加放纵。爱，句首助词。冠带，加冠束带，指成年。 [8]"抗心希古"二句：心气清高，仰慕古人，任凭意气做自己崇尚的事情。抗，同"亢"，高尚。 [9]"托好老庄"二句：寄心于老庄之道，轻贱外物，宝贵自身。好，爱好。 [10]"志在守朴"二句：志在坚守本体本性，涵养纯朴的素质全真的自我。素、真，皆指本来的样子。 [11]"曰余不敏"二句：我不太机敏，一心向善，却拙于识人。曰，句首助词。暗（àn）人，不懂得人情世故。 [12]子玉之败：春秋时楚国大夫成得臣字子玉，因有战功，被令尹子文举荐为继任者。子玉治军严厉，曾在蒍（wěi）地练兵，一整天下来，鞭七人，穿三人耳。于是众人皆贺子文荐人得当。唯蒍贾不贺，并称子玉带兵必败，子文所举非人。后子玉果在城濮之战中为晋军大败，自杀身亡。按吕安事件中，吕安本欲告发吕巽，经嵇康劝解而作罢，怎知反被吕巽诬告而下狱，嵇康深悔之。因在诗中以吕巽比子玉，而自比子文，言吕巽所作恶果，实由自己识人不明、曲为维护所致，正如子玉之败实由子文举荐不当之故。此句正承上句"曰予不敏，好善暗人"而言。玉，底本误作"王"，今据各本改。　[13]屡增惟尘：言自己屡为小人蔽伤。惟尘，尘土。《诗经·小雅·无将大车》："无将大车，维尘冥冥。"毛《序》："《无将大车》，大夫悔将小人也。"郑玄《笺》："周大夫悔将小人。幽王之时，小人众多，贤者与之从事，反见谮害，自悔与小人并。"惟，同"维"，无义。　[14]"大人含弘"二句：大人先生包容宽宏，藏下垢秽又怀纳诸耻。大人，当政者。《易·乾》："九二，见龙在田，利见大人。"含弘，含容宽宏，此指胸怀广大。《周易·坤·象》："至哉坤元，万物资生。……含弘光大，品物咸亨。"垢、耻，指小人。　[15]"民之多僻"二句：臣下多邪僻之徒，国家大政都不由自己掌握。此承上二句，言当政者包藏奸小，则有如此结果。《诗经·大雅·板》："民之多辟（僻），无自立辟。"郑玄《笺》："民之行多为邪辟者，乃女（汝）君臣之过，无自谓所建为法也。"民，臣民。僻，邪僻。　[16]"惟此褊（biǎn）心"二句：只由于自己气量狭小，一心想让善恶分明。褊心，心胸狭窄、性情急躁。《诗经·魏风·葛屦》："维是褊心，是以为刺。"毛《传》："褊，急也。"显明，作动词，使清楚地显示。臧（zāng），好、善。否（pǐ），坏、恶。　[17]"感悟思愆（qiān）"二句：醒悟思过，心痛如揭开疮疤。愆，罪过，过失。怛（dá），痛。疮，创伤。痏（wěi），伤疤。　[18]"欲寡其过"二句：平生只想少过失，而诽谤议论却像汤水一样沸腾不止。寡，减少。《论语·宪问》："夫子欲寡其过而未能也。"　[19]"性不伤物"二句：我天性不会伤害他人，却不断招致大家的怨恨憎恶。　[20]柳惠：春秋时鲁国大夫展获，字禽，一字季，食邑柳下，谥惠，故称柳下惠。《论语·微子》载，柳下惠为法官，多次被罢免，有人问他："你不可以离开吗？"柳下惠回答道："按正道侍奉君王，到哪里不会被罢免多次呢？不按正道侍奉君王，又何必离开自己的国家呢？"[21]孙登：与嵇康同时之隐士。《三国志·魏书·王粲传》裴松之注引《魏氏春秋》载，当初嵇康在山中采药，遇见隐者孙登，想要和他交谈，而孙登默然不应。一年后嵇康将要离去，问孙登："先生竟然没有话要说吗？"孙登于是说："阁下才多识寡，想要免于今世之祸恐怕很难啊。"[22]"内负宿心"二句：既辜负了自己养生的初衷，又愧对良朋好友。宿心，宿昔之心，本心。恧（nǜ），惭愧。[23]"仰慕严郑"二句：仰慕严君平与郑子真二人，能够安贫乐道、悠然闲居。《汉书·王贡传序》："谷口有郑子真，蜀有严君平，皆修身自保。非其服弗服，非其食弗食。"[24]"与世无营"二句：与世无所争求，精神竟那般安逸平静。营，谋求名利。晏如，悠闲安适的样子。[25]"咨余不淑"二句：可叹我处事不善，总是忧患缠身。咨，嗟，表感叹之声。婴，绕。累，世俗的牵累，忧患，灾祸。《庄子·至乐》："诸子所有，皆生人之大累也。"虞，忧患，灾难。[26]"匪降自天"二句：灾祸并非从天而降，实在是因为自己的愚顽和粗疏。《诗经·小雅·十月之交》："下民之孽，匪降自天。"寔（shí），同实，实际。[27]"理弊患结"二句：真理被遮蔽祸患就生成，终于银铛入狱。弊，同"蔽"，遮蔽。囹圄（líng yǔ），亦作"囹圉"，监狱。[28]"对答鄙讯"二句：回答狱吏粗鄙的审讯，关押在与世隔绝的监牢里。讯，审问。絷（zhí），拘执。幽阻，深幽险阻，借指牢狱。[29]"实耻讼冤"二句：实在耻于申诉冤情，只怪自己生不逢时。冤，底本作"免"，今据各本改。时不我与，即"时不与我"，谓不遇明君，时势使然也。《论语·阳货》："日月逝矣，岁不我与。"与，等待。　[30]"虽曰义直"二句：虽说我大义正直，如今却精神受辱，志意沮丧。沮（jǔ），坏。　[31]"澡身沧浪"二句：即使投身清碧的水中，耻辱岂能洗雪。沧浪，水色清碧。《孟子·离娄》："有孺子歌曰：'沧浪之水清兮，可以濯我缨；沧浪之水浊兮，可以濯我足。'孔子曰：'小子听之：清斯濯缨；浊斯濯足矣。自取之也。'"云，语助，无义。　[32]"噰（yōng）噰鸣雁"二句：噰噰鸣叫的大雁，正振翅向北遨游。噰噰，象声词，形容鸟叫声。　[33]"顺时而动"二句：大雁顺应时节而行动，领会天意，忘却忧愁。　[34]"嗟我愤叹"二句：让人愤慨感叹的是，自己竟不能与之相伴同行。这是羡慕大雁的自由自在。　[35]"事与愿违"二句：事情总是与愿望相违背，我遭到囚禁将久留牢笼。遘（gòu），遇。兹，此。淹留，长久的滞留。　[36]"穷达有命"二句：人生穷困还是显达自有天命，又何必苦苦追求？　[37]善莫近名：做善事不要追求名声。《庄子·养生主》："为善无近名，为恶无近刑。"　[38]"奉时恭默"二句：恭敬沉默尊奉时势，灾祸就不会发生。奉时，遵循天时。　[39]"万石周慎"二句：万石君为人周密谨慎，故能合家安宁永保荣华。万石，即万石君石奋。《汉书·石奋传》："（石）奋长子建、次甲、次乙、次庆，皆以驯行孝谨，官至二千石。于是景帝曰：'石君及四子皆二千石，人臣尊宠乃举集其门。'凡号奋为'万石君'。"　[40]"世务纷纭"二句：世事纷纭繁杂，只会搅乱我的心志。祇（zhǐ）搅予情，《诗经·小雅·何人斯》："胡逝我梁，祇搅我心。"祇，只。　[41]"安乐必诫"二句：身处安乐之时务必警惕，才能最终顺利贞吉。利贞，《周易·乾》："元亨利贞。"孔颖达疏："利，和也。贞，正也。"　[42]"煌煌灵芝"二句：那闪闪发光的灵芝啊，一年开三次花。煌煌，光明的样子。灵芝，郭璞《尔雅注》："芝，一岁三华，瑞草。"秀，开花。　[43]"予独何人"二句：我究竟算什么人呢？空有志向却难以实现。独，唯独，偏偏。　[44]"惩难思复"二句：惩戒于此次灾难，我还想恢复初志，内心感到十分痛苦不安。　[45]"庶勖（xù）将来"二句：希望今后勉励自己，永远隐居，默默无闻。庶，希望。勖，勉励。臭（xiù），气味。《诗经·大雅·文王》："上天之载，无声无臭。"　[46]"采薇山阿"二句：在深山老林中采薇而食，从此披头散发隐居在岩穴中。《史记·伯夷列传》载，伯夷、叔齐反对周武王伐纣，武王灭商纣后，二人遁入首阳山，发誓不食周粟，采薇而食，终于饿死。后遂以"采薇"喻隐居山林。薇，野菜，俗称野豌豆。山阿，山之凹处。岩岫，山洞。《尔雅》："山有穴为岫。"　[47]"永啸长吟"二句：长啸低吟悠闲自在，保养真性永享天年。颐（yí），养。养寿，保养身体以延年益寿。《史记·老子韩非列传》："盖老子百有六十余岁，或言二百余岁，以其修道而养寿也。"

[点评]

此诗乃稽康在狱中所作，抒写幽怨愤懑、怅恨悲苦的复杂情感。对于自己因吕安事件被系狱，不乏懊悔自责之意，但这并非本诗主旨。如李贽所言："夫天下固有不畏死而为义者，是故终其身乐义而忘死，则此死固康所快也，何以自责为也？"（《焚书》卷五）

全诗三百余字，内容丰富，意蕴深厚，相当于一篇言简意赅的"自传"。从幼年丧父，受母兄宠爱到放任性格的养成；从平生宿愿到事与愿违，终被囚禁的人生遭遇，点点滴滴，一一展开。其中既有对自己识人不明、处事不善而终酿祸患的责悔，也有不甘屈服、耻于诉冤的抗争；既夹杂着对黑暗现实的揭露与批判，也明白展现了"穷达有命"的人生态度。尽管身处绝境之中，嵇康依然寄意于将来，庶几超脱俗世、纯任自然，表达高洁的志向。此诗乃嵇康被杀前所作，或即绝笔之辞，而叙事有条不紊，文字张弛有度，夹叙夹议，有情有义，感人至深。清方廷珪评曰："诗之格律，文之结构，意趣纯得之西汉。哀而不伤，怨而不乱，性情品格高出魏晋几许。然卒无救于东市之戮也，哀哉！"（《昭明文选集成》卷二十六）

述志诗二首

潜龙育神躯[1]，跃鳞戏兰池。

延颈慕大庭[2]，寝足俟皇羲。

庆云未垂降[3]，盘桓朝阳陂。

悠悠非我俦[4]，圭步应俗宜。

殊类难遍周[5]，鄙议纷流离。

辗轲丁悔吝[6]，雅志不得施。

耕耨感宁越[7]，马席激张仪。

逝将离群侣[8]，杖策追洪崖。

焦明振六翮[9]，罗者安所羁。

浮游太清中[10]，更求新相知。

清陈祚明《采菽堂古诗选》卷八："超旷沉郁，俯视六合，特愤世之辞。一往太尽，都无含蕴婉转。"

清成书《多岁堂古诗存》卷三评"浮游太清中，更求新相知"曰："此是坐实非吾匹意，不必定作出世想。"

比翼翔云汉^[11]，饮露食琼枝。

多谢世间人^[12]，夙驾咸驱驰^[13]。

冲静得自然^[14]，荣华安足为。

　　结尾一段袭
用曹丕《善哉行》：
"比翼翔云汉，罗
者安所羁。冲静
得自然，荣华何
足为。"

[注释]

[1]"潜龙育神躯"二句：潜伏的蛟龙培育那神灵的身躯，时而跃出水面在兰池中欢游。意思是诗人自喻潜龙，培育超凡的品性，等待时机。潜龙，比喻隐而未显的圣人或失时不遇的贤才。兰池，长满兰草的水池。　　[2]"延颈慕大庭"二句：仰慕上古大庭氏的至治时代，停下脚步静候伏羲氏的降临。延颈，伸长脖颈，引申为仰慕、渴望。大庭，指大庭氏，传说中的上古帝王神农氏的别称。或云古国名。《左传·昭公十八年》孔颖达疏曰："先儒旧说皆云炎帝号神农氏，一曰大庭氏。"寝，停息。俟（sì），等待。皇羲（xī），指伏羲氏。上古三皇之一，相传其始画八卦，造书契，教民渔猎畜牧。　　[3]"庆云未垂降"二句：吉祥的五彩云霞尚未降落人世，潜龙还在朝阳的池沼中徘徊游弋。以此寓指时机尚未到来。庆云，五色云，古人以为喜庆、祥瑞之气。曹植《言志诗》："庆云未时兴，云龙潜作鱼。"槃（pán）桓，徘徊、滞留。槃，同"盘"。陂（bēi），池塘，水岸边，山坡。　　[4]"悠悠非我俦"二句：天下万物却没有我的同伴，世人的步调都与俗事相应。《史记·孔子世家》："桀溺曰：'悠悠者，天下皆是也。'"圭步，即"跬（kuǐ）步"，半步，此指亦步亦趋。圭，底本字被涂，戴明扬录作"圭"，曰："'圭'借为'跬'。"今从之。宜，事宜。　　[5]"殊类难遍周"二句：我与异类之人难以合拍，以致诽谤之言纷纷飞扬。遍，普遍、全面。周，周合。鄙议，粗鄙的评论。流离，放散。　　[6]"辗轲（kǎn kē）丁悔吝"二句：人生的坎坷常使我遭

逢忧患，高尚的志向不能得到施展。辁轲，车行颠簸不平的样子，比喻人困顿不得志。丁，当，遭遇。悔吝，忧虑，忧患。雅志，平素的志愿。　　[7]"耕耨（nòu）感宁越"二句：种田的辛劳触动宁越弃耕求学，坐马鞍席的耻辱激起张仪西去秦国。耨，锄草。宁越，战国时赵人，尝苦于耕稼之劳，立志苦学。别人休息，他不敢休息；别人睡觉，他不敢睡觉。十五年后，终于成为周威公之师。马席，以马鞍的垫子作席位，有怠慢轻贱之意。史载，苏秦激张仪令相秦，以马鞯（jiān）席坐之。张仪，战国时魏人，纵横家，为秦惠王相，以连横之策游说六国服从秦国，瓦解齐楚联盟。　　[8]"逝将离群侣"二句：将要离开这群世俗之人而远去，扬鞭策马追随那长寿的隐士洪崖先生。《诗经·魏风·硕鼠》："逝将去女，适彼乐土。"郑玄《笺》："逝，往也。"策，马鞭。洪崖，传说中的仙人名。《列仙传》："洪崖先生姓张氏，尧时已三千岁。"　　[9]"焦明振六翮（hé）"二句：焦明鸟已经展翅飞翔，张网之人又怎能将它抓住？焦明，亦作"鹪明"，传说中的五方神鸟之一。《广雅·释鸟》："鹪明，凤皇属也。"《史记·司马相如列传》："犹鹪明已翔乎寥廓，而罗者犹视乎薮泽，悲夫！"明，底本误作"鹏"，今据鲁迅校改。六翮，指代鸟之两翼。翮，鸟羽茎下端中空部分。罗者，布置罗网的人。　　[10]浮游：漫游，遨游。太清：天空。　　[11]比翼：翅膀挨着翅膀。云汉：天河。　　[12]谢：告诉，劝告。　　[13]夙：早。《诗经·鄘风·定之方中》："星言夙驾，说于桑田。"咸：都，皆。　　[14]冲静：淡泊虚静。

斥鷃擅蒿林 [1]，仰笑鸾凤飞。
坎井蜷蛙宅 [2]，神龟安所归？

清成书《多岁堂古诗存》卷三评《述志诗二首》曰："嵇叔夜诸诗，都不过如此。其不动人处，只是一律耳。看他说来说去，总依傍一部《庄子》，便非诗人本事。惟此二首特矫健，存之。"又评"斥鷃擅蒿林"句："妙喻。然亦是从《庄子》得来。"评"轻举求吾师"句："亦是'求新相知'意。"

恨自用身拙^[3]，任意多永思。

远实与世殊^[4]，义誉非所希^[5]。

往事既已谬^[6]，来者犹可追^[7]。

何为人事间^[8]，自令心不夷^[9]？

慷慨思古人，梦想见容晖^[10]。

愿与知己过^[11]，舒愤启幽微。

岩穴多隐逸，轻举求吾师^[12]。

晨登箕山岭^[13]，日夕不知饥。

玄居养营魄^[14]，千载长自绥。

清陈祚明《采菽堂古诗选》卷八评"晨登箕山岭，日夕不知饥"句："登山不饥，明明首阳之志矣。通首并直遂。"

[注释]

[1]"斥鷃（yàn）擅蒿林"二句：鷃雀专在蒿草丛间腾跃，仰头嘲笑翱翔在高空的鸾凤。化用《庄子·逍遥游》："穷发之北，有冥海者，天池也。有鱼焉，其广数千里，未有知其修者，其名为鲲。有鸟焉，其名为鹏，背若泰山，翼若垂天之云，抟扶摇羊角而上者九万里，绝云气，负青天，然后图南，且适南冥也。斥鷃笑之曰：'彼且奚适也？我腾跃而上，不过数仞而下，翱翔蓬蒿之间，此亦飞之至也。而彼且奚适也？'"斥鷃，一种小雀。擅，专。底本作"檀"，鲁迅校："各本作'擅'。"今据改。鸾凤，鸾鸟与凤凰，亦比喻贤俊之士。　[2]"坎井蝤（yóu）蛙宅"二句：蜉蝣和青蛙安住在破井里，神龟怎么在这里归宿呢？坎井，亦作"埳井"，指废井。蝤，即蜉蝤，亦作"蜉蝣"，一种寿命很短的小虫。蛙，底本原抄被涂作"蛭"，鲁迅录作"蛙"，今从之。坎井之蛙，典出《庄子·秋水》：埳井之蛙对东海老鳖说："我真

是快乐呀。出来可以在井栏上跳跃，进去可以在井壁破损处休息。跳到水里，水就淹齐我的腋下和腮边；跳到泥里，泥就没到我的脚踝与脚面。回头看那些水中的虷虫、小蟹和蝌蚪，没有能像我这样的。况且我能够享受独占一洼之水、盘踞一口破井的快乐，也算是足够了。先生为什么不经常来参观参观呢？"然而东海之鳖左脚还没有跨入井里，右膝就已经被绊住了（说明埳井之逼仄）。　　[3]用身：处世。拙：笨拙。　　[4]远实：远离现实，远离蒙师。即"学不师受"之意。语出《周易·蒙》六四："困蒙，吝。"又《象》曰："困蒙之吝，独远实也。"意思是：困于蒙昧之中，实因远离刚实之师友。诗人反其意而用之，表面是说自己因脱离实际而困顿，实为表现自己不共流俗的个性。　　[5]义誉：道义上的称誉。《庄子·人间世》："彼其所保与众异，而以义誉之，不亦远乎？"诗人化用其意。希：希慕，期望。　　[6]谬（miù）：错误。　　[7]来者犹可追：典出《论语·微子》："往者不可谏，来者犹可追。"　　[8]何为人事间：戴明扬校曰："《历代诗选》作'何为人间事'。"可从，意为何必因为人间的俗事。《史记·留侯世家》："愿弃人间事，欲从赤松子游耳。"　　[9]心不夷：内心不平和愉悦。《诗经·郑风·风雨》："既见君子，云胡不夷？"毛《传》："夷，说（悦）也。"夷，平坦、平和。　　[10]容晖：同"容辉"，容貌风采。《古诗十九首·凛凛岁云暮》："独宿累长夜，梦想见容辉。"　　[11]"愿与知己过"二句：渴望与知己过往交游，抒发愤懑，敞开心扉。幽微，内心奥秘。　　[12]轻举：轻盈飞升。　　[13]箕（jī）山：山名，在今河南登封东南，相传尧时巢父、许由隐居于此。　　[14]"玄居养营魄"二句：隐居深山怡养精神，千秋万载永世心安。玄，深隐。营魄，魂魄。《老子》第十章："载营魄抱一，能无离乎？"绥（suí），安。

[点评]

这两首诗，心气高洁，充满幻想，表现了诗人不同流俗的志向。第一首诗运用象征手法，以"潜龙""焦明"自喻，表达"雅志不得施"的愤懑与"浮游太清中"的理想。第二首诗则巧妙借用《庄子》寓言形象，分别以"斥鷃"与"鸾凤"、"蟷蛙"与"神龟"进行对比，讽刺世俗小人的无知浅薄，同时突出自己高远的志向。诗人回顾过往，感慨人生，虽也流露出一点悔恨，而更多的是激愤，言明不再接受世事的羁绊，将远走高飞，追随仰慕已久的高士。绚丽多彩的想象，为诗作创造了极美的意境。

游仙诗一首

遥望山上松，隆冬郁青葱[1]。

自遇一何高[2]，独立边无丛[3]。

愿想游其下，蹊路绝不通[4]。

王乔异我去[5]，乘云驾六龙。

飘飘戏玄圃[6]，黄老路相逢。

授我自然道[7]，旷若发童蒙。

采药钟山隅[8]，服食改姿容。

蝉蜕弃秽累[9]，结交家板桐。

临觞奏《九韶》[10]，雅歌何邕邕。

长与俗人别，谁能睹其踪。

清陈祚明《采菽堂古诗选》卷八："轻世肆志，所托不群。非真欲仙也，所愿'长与俗人别'耳。"

[注释]

[1] 冬：底本作"谷"，据戴明扬校改。　　[2] 自遇：自许，自视。　　[3] 边：底本原抄被涂作"迴"，鲁迅录作"边"，今从之。　　[4] 蹊（xī）：小路。　　[5]"王乔异我去"二句：仙人王子乔携我同去，乘着云彩飞驾六龙。王乔，仙人王子乔的省称。参见《四言十八首赠兄秀才入军》第十六首注释 [3]。异，底本作"弃"，鲁迅校："弃当为'异'，《说文》云：'举也。'"今据改。依《说文》段注，"异"跟"異"的假借字"异"，音同、形近，义不同。　　[6]"飘飖（yáo）戏玄圃"二句：飘荡游戏于昆仑玄圃之上，与黄帝、老子在途中相遇。飘，飘扬。玄圃，传说中神仙居住的地方，在昆仑山腰。《离骚》："夕余至乎县（悬）圃。"玄，通"悬"。黄、老，黄帝与老子，道家尊二人为宗祖。　　[7]"授我自然道"二句：传授我自然之道，让我茅塞顿开如同童蒙被启发一般。《老子》第二十五章："人法地，地法天，天法道，道法自然。"旷，开阔，开朗。此处作动词。　　[8] 钟山：《楚辞》严忌《哀时命》："愿至昆仑之悬圃兮，采钟山之玉英。"王逸注："钟山，在昆仑山西北。《淮南》言：钟山之玉，烧之三日，其色不变。言已自知不用，愿避世远去，上昆仑山，游于悬圃，采玉英咀而嚼之，以延寿也。"嵎（yú）：同"隅"，山势弯曲的地方。　　[9]"蝉蜕（tuì）弃秽累"二句：自此脱离俗世，摆脱牵累，与仙人交友，住居在板桐山上。《史记·屈原贾生列传》："自疏濯淖污泥之中，蝉蜕于浊秽，以浮游尘埃之外。"蝉蜕，蝉自幼虫变为成虫时脱下的外壳，比喻解脱、超脱。秽累，秽浊牵累。板桐，传说中的

仙山。《水经注·河水一》:"昆仑之山三级:下曰樊桐,一名板桐;二曰玄圃,一名阆风;上曰层城,一名天庭。"板,底本作"梧",鲁迅校:"各本作'板'。"今据改。　[10]"临觞(shāng)奏《九韶(sháo)》"二句:面对着美酒演奏《九韶》之曲,高唱雅歌多么和谐美妙。觞,古代的酒具,也代指酒。九韶,传说为虞舜时乐曲名。因韶乐九章,故名。《离骚》:"奏《九歌》而舞《韶》兮。"王逸注:"《韶》,《九韶》,舜乐也。《尚书》'《箫韶》九成'是也。"邕(yōng)邕,群鸟和鸣声,引申为和谐的样子。

[点评]

屈原屡遭挫折,在深深的忧患中幻想托配仙人俱游,追求新的境界。嵇康《游仙》,与屈原的《远游》,在精神上是相通的。诗人想象自己能如同蝉脱壳一般抛弃世俗牵累,结交新知,常住昆仑仙境,"长与俗人别,谁能睹其踪?"嵇康不是径直议论,而是通过高山青松、王乔俱游、相逢黄老、娱戏玄圃、采药钟山、临觞奏乐、雅歌和美等具体入微的形象描绘,反衬出现实环境的不堪。"蝉蜕弃秽累",诗人的性格是何等率真可爱!这首诗在写作取材上明显受到《楚辞》的影响。

清朱嘉征《乐府广序》卷二十八:"中散六言歌,内贞自乐闲静也。错序中,衡断不苟,尚论有法,雅似《折杨柳》古辞。"

六言诗十首 [1]

惟上古尧舜 [2]:

二人功德齐均 [3],不以天下私亲。

　　高尚简朴慈顺[4]，宁济四海烝民。

　　[注释]

　　[1]六言诗十首：底本原抄作"六言诗"，今从鲁迅辑校稿本。　　[2]惟：语助词，常用于句首，无义。　　[3]"二人功德齐均"二句：两人的功德相差无几，都不把天下私授给亲人。齐均，齐平均等。《吕氏春秋·去私》："尧有子十人，不与其子而授舜；舜有子九人，不与其子而授禹。至公也。"　　[4]"高尚简朴慈顺"二句：他们高尚简朴慈祥和顺，一心安定救济天下百姓。宁济，安定匡济。烝（zhēng）民，民众、百姓。《诗经·大雅·烝民》："天生烝民，有物有则。"

　　唐虞世道治[1]：

　　万国穆亲无事[2]，贤愚各自得志。

　　晏然逸豫内忘[3]，佳哉尔时可憙。

以上二首言上古治平之世，君贤民洽。

　　[注释]

　　[1]唐虞：唐尧、虞舜二帝。《论语·泰伯》："唐虞之际，于斯为盛。"唐，尧之国号；虞，舜之国号。治：治平，太平。　　[2]"万国穆亲无事"二句：天下和穆相亲，安宁无事，贤愚各得其所。万国，万邦侯国，指天下。穆，和睦、和顺。得志，实现愿望。　　[3]"晏然逸豫内忘"二句：安宁逸乐无虞，尧舜之世真是让人喜悦的好时代。晏然，安宁、平静貌。逸豫，安乐，和缓。内忘，即心忘，内心忘怀一切荣辱得失。尔时，指尧舜之时。憙（xī），《说文》："憙，说也。"段玉裁注："说者，今之悦字。"

知慧用何为 [1]：

法令滋章寇生 [2]，自然相召不停。

大人玄寂无声 [3]，镇之以静自正。

[注释]

[1] 知慧用何为：治理天下为什么要用智慧呢？知，同"智"。何，底本作"有"，据鲁迅校改。　[2]"法令滋章寇生"二句：法令越是繁滋彰明，盗贼就越多，二者相互呼应，层出不穷。法令滋章寇生，《老子》第五十七章："法令滋章，盗贼多有。"滋章，滋生彰显。章，同"彰"。　[3]"大人玄寂无声"二句：君上静默无声，以寂静无为来镇抚国家，天下自然正常无虞。大人玄寂无声，陆贾《新语·至德》："君子之为治也，块然若无事，寂然若无声。"大人，君子，圣人，或居于高位之人。玄寂，玄虚寂静。镇之以静自正，帛书《老子》第三十七章："镇之以无名之朴，夫将不欲。不欲以静，天地将自正。"自正，自然正常。

名与身孰亲 [1]：

哀哉世俗殉荣 [2]，驰骛竭力丧精。

得失相纷忧惊 [3]，自贪勤苦不宁。

[注释]

[1] 名与身孰亲：名誉与生命哪一个更亲近？《老子》第四十四章："名与身孰亲？身与货孰多？得与亡孰病？"　[2]"哀哉世俗殉（xùn）荣"二句：可怜世俗之人追求荣名不顾性命，奔

走追逐精疲力尽。殉，为某种目的而牺牲性命。驰骛（wù），奔走、奔驰。　　[3]"得失相纷忧惊"二句：得失混乱交杂，使人忧心惊惧；自我贪求名利，以致勤苦不得安宁。纷，杂乱。

生生厚招咎[1]：

金玉满屋莫守[2]，古人安此粗丑。

独以道德为友[3]，故能延期不朽。

此所谓"祸福相倚"者，前后数首皆用《老子》文意。

[注释]

[1] 生生厚招咎（jiù）：养生太过优厚招灾。《老子》第五十章："生之徒，十有三；死之徒，十有三；人之生，动之于死地，亦十有三。夫何故？以其生生之厚。"生生，养生，生活。前"生"字为动词，后"生"字为名词。咎，灾也。　　[2]"金玉满屋莫守"二句：即便家里都是钱财，也没人能够永远守住；古代贤人能够安守贫困与简陋。《老子》第九章："金玉满堂（一作：盈室），莫之能守。"　　[3]"独以道德为友"二句：只有将道德作为朋友，才能延年益寿，永世不朽。期，指百年之期。人寿以百年为期。

名行显患滋[1]：

位高势重祸基[2]，美色伐性不疑。

厚味腊毒难治[3]，如何贪人不思？

[注释]

[1] 名行显患滋：名声与品行显赫便会有祸患滋生。　　[2]"位

高势重祸基"二句：位高权重是灾祸的根基，美色会伤害性命确定无疑。 [3]"厚味腊毒难治"二句：醇厚的滋味极毒难治，为何贪婪之人不想一想？厚味腊毒，《国语·周语下》："高位实疾颠，厚味实腊毒。"厚味，醇厚的味道，美味。腊，极。

東方朔名为滑稽，实欲济世。诗中之"东方朔"乃诗人刻意塑造的理想化身。

東方朔至清[1]：
外似贪污内贞[2]，秽身滑稽隐名。
不为世累所缨[3]，所以知足无营。

[注释]

[1] 东方朔至清：东方朔最为清正。东方朔，字曼倩，平原厌次（今山东德州陵城区）人。汉武帝时，为太中大夫。数以辞赋谏，而终不得用。性诙谐滑稽，历代传说颇多，有《答客难》《七谏》等辞赋传世，另有不少托名于他的作品。 [2]"外似贪污内贞"二句：外表好似贪婪污浊，而内心清正，通过污秽自身和滑稽的行为来隐藏自己的声名。《史记·滑稽列传》载，汉武帝曾赐食东方朔，东方朔吃饱后将所剩之肉用衣襟包走，衣服都弄脏了。武帝多次赐下缣帛，东方朔肩扛手提全部拿走，并把这些钱财用来娶长安少妇，一年后即弃去再娶。时人皆以东方朔为"狂"，他回答说："如朔等（像我这样的人），所谓避世于朝廷间者也。古之人，乃避世于深山中。"坐席中，酒酣，歌曰："陆沉于俗，避世金马门。宫殿中可以避世全身，何必深山之中，蒿庐之下！"扬雄《法言·渊骞》："或问：'东方生名过实者，何也？'曰：'应谐，不穷，正谏，秽德。应谐似优，不穷似哲，正谏似直，秽德似隐。'"秽，作动词，使污秽。 [3]"不为世累所缨（yīng）"二句：不被世俗功名束缚，

只是追求自己想要的生活。缨，缠绕、羁绊。无营，无惑，指
放弃权位争夺。《吕氏春秋·尊师》："心则无营。"高诱注："营，
惑也。"营，同"營（yíng）"。《说文·目部》："營，惑也。"段
玉裁注："《淮南鸿烈》《汉书》皆假'营'为'營'，高诱注每
云'营，惑也'，不误。小颜多拘牵'营'字本义，训为回绕，
非也。'营'行而'營'废。"

楚子文善士[1]：
三为令尹不喜[2]，柳下降身蒙耻。
不以爵禄为己[3]，静恭古惟二子。

二人不受荣辱
利禄所累，故为诗
人所尚。

[注释]

[1] 楚子文善士：楚国大夫子文善于为官。子文，名鬬（dòu）
縠於（wū）菟，春秋时楚国大夫。士，通"仕"，做官。　[2]"三
为令尹（yǐn）不喜"二句：子文三次为相而并无骄喜之色，柳下
惠三次被罢官蒙受耻辱。三为令尹不喜，《论语·公冶长》："令尹
子文，三仕为令尹，无喜色；三已之，无愠色。"三，虚指，表多次。
令尹，楚国执政长官，相当于宰相。柳下，柳下惠，春秋时鲁国
大夫。降身，降职、贬官。柳下惠为士师三黜事见前《幽愤诗一首》
注 [20]。《列女传》："柳下惠死，其妻诔之曰：'蒙耻救人，德弥
大兮。'"　[3]"不以爵禄为己"二句：做官不是为了自己，靖恭
奉职唯此二位。爵禄，爵位和俸禄。静恭，恭敬奉职。《诗经·小
雅·小明》："靖共（恭）尔位，正直是与。"毛《传》："靖，谋也。"
静，通"靖"，谋划。

老莱妻贤明[1]：

不愿夫子相荆[2]，将身避禄隐耕。

乐道闲居采蓱[3]，终厉高节不倾。

既受官禄，则受制于人，难免滋生祸患，即前文所谓"位高势重祸基"也。

[注释]

[1] 老莱妻贤明：老莱子之妻既有才德又有见识。老莱子，春秋时楚国隐士。《列女传》载，老莱子避世，耕于蒙山之阳，楚王闻其贤，请其出仕。既已应允，而其妻载畚采薪归来，曰："妾闻之：可食以酒肉者，可随以鞭捶；可授以官禄者，可随以铁钺（刀斧）。今先生食人酒肉，受人官禄，为人所制也，能免于患乎？妾不能为人所制。"遂弃畚而去，至于江南。老莱子乃随其妻而居之。 [2]"不愿夫子相荆"二句：不愿意丈夫做楚国宰相，独自出走逃避官禄，隐居耕种。夫子，旧时妻子对自己丈夫的称呼。相，作动词，为相。荆，荆楚。将身，即动身。将，拿、把。禄，禄位。 [3]"乐道闲居采蓱"二句：老莱子之妻心中喜好圣贤之道，避世隐居，采食浮萍，终于激励老莱子坚守节操没有倾倒。蓱，通"蘋"，蘱蒿。底本被涂作"萍"，鲁迅录作"蓱"，今从之。陆玑《毛诗草木鸟兽虫鱼疏》："苹，叶青白色，茎似箸而轻脆。始生香，可生食，又可蒸食。"谢灵运《拟魏太子邺中集诗八首》其七："自从食蓱来，唯见今日美。"

"乐此屡空饥寒"即前文所谓"古人安此粗丑"；"形陋体逸心宽，得志一世无患"，亦照应前文"独以道德为友，故能延期不朽"之意。

嗟古贤原宪[1]：

弃背膏粱朱颜[2]，乐此屡空饥寒。

形陋体逸心宽[3]，得志一世无患。

[注释]

[1] 嗟古贤原宪：可叹古时贤人原宪啊。原宪，字子思，一说姓原名思，春秋时鲁国人。孔子弟子，孔子死后，隐居于卫。《史记·仲尼弟子列传》："孔子卒，原宪遂亡在草泽中。子贡相卫，而结驷连骑，排藜藿，入穷闾，过谢原宪。宪摄敝衣冠见子贡。子贡耻之，曰：'夫子岂病乎？'原宪曰：'吾闻之，无财者谓之贫，学道而不能行者谓之病。若宪，贫也，非病也。'子贡惭，不怿而去，终身耻其言之过也。" [2] "弃背膏粱朱颜"二句：舍弃了美食与美女，安守贫穷饥寒，乐在其中。膏粱，肥肉与细粮，泛指精美的食物。粱，底本作"梁"，今据张燮本及马叙伦《读书续记》改。屡空，经常空乏，指贫穷困乏。 [3] 形陋体逸心宽：外表简陋，身心却自在宽大。逸，安乐自在。

[点评]

这组诗赞颂唐尧、虞舜、原宪等圣贤高士，可能跟《圣贤高士传赞》是同时期的作品。诗人歌颂尧舜"不以天下私亲"的高风亮节，崇尚自然无为的老庄之道，轻贱外物，宝贵自身，鼓吹得意（志）忘形，形陋体逸，抵制法网密布、宪令滋章的丑恶现实，批评"世俗殉荣""贪人不思"，告诫"位高势重祸基""金玉满屋莫守""生生厚招咎（养生太优厚招致灾祸）"。写得生动具体，简练凝重，不少诗句直接脱胎于《老子》，富有哲理意味。第九首"老莱妻贤明"，老莱子成为配角，妻唱夫随，别出心裁，独具只眼。

代秋胡歌诗七首 [1]

富贵尊荣 [2]，忧患谅独多。古人所惧 [3]，丰屋蔀家。人害其上 [4]，兽恶网罗。惟有贫贱 [5]，可以无他。歌以言之 [6]：富贵忧患多。

[注释]

[1] 代秋胡歌诗七首：底本原作"重作六言诗十首代秋胡歌诗七首"。按《重作六言诗十首》佚，今径题《代秋胡歌诗七首》。稽康沿用汉乐府旧题以写新事，北宋郭茂倩辑入《乐府诗集》卷三十六《相和歌辞·清调曲》，标作《秋胡行七首》。　[2]"富贵尊荣"二句：富贵尊显荣耀固然好，带来的忧患也一定很多。鲁迅校："各本及《乐府诗集》引首二句皆重言。下放此。"　[3]"古人所惧"二句：古人害怕的是，丰大其屋而家设棚席，因为暗藏凶险。语本《周易·丰》上六："丰其屋，蔀其家，窥其户，阒（qù）其无人。三岁不觌（dí），凶。"意为：丰大房屋，障蔽居室，对着窗户窥视，寂静毫无人踪。时过三年仍不见露面，如此深藏自蔽，必有凶险。蔀（bù），搭棚用的席，指遮蔽。　[4]"人害其上"二句：人们害怕他们的上级，就像鸟兽憎恶罗网。《国语·周语》："谚曰：兽恶其网，民恶其上。"其上，指上司、上级。恶（wù），憎恨、厌恶。　[5]"惟有贫贱"二句：只有甘守贫贱，才没有灾害，最安稳。无他，无恙、无害。　[6]"歌以言之"二句：用歌来唱就是：富贵带来的忧患也多呀。

贫贱易居 [1]，贵盛难为工。耻接直言 [2]，与

清朱嘉征《乐府广序》卷十："《秋胡行》歌富贵思寡过也。叔夜自著《琴赋》曰：'清闲静谧，自然神丽。'余尝移赠，以品其诗，乐府尚存古穆之气。"

清陈祚明《采菽堂古诗选》卷八："既称达者之言，乃未知贫贱亦能致患。语特古。"

祸相逢。变故万端^[3]，俾吉作凶。思牵黄犬^[4]，其志莫从。歌以言之：贵盛难为工。

［注释］

[1]"贫贱易居"二句：贫贱容易安居，高贵显赫则难为工巧之事。　[2]"耻接直言"二句：耻于接受直言劝告，故而容易与祸害相逢。　[3]"变故万端"二句：世事变化万千，常使好事变为坏事。俾（bǐ），使。　[4]"思牵黄犬"二句：丞相李斯在获罪之后再想回归平民生活，这种愿望已无法实现了。《史记·李斯列传》载：秦二世即位后，赵高用事，李斯因上书言赵高之短，遭下狱，备受刑罚，论腰斩咸阳市。临刑前，李斯顾谓其中子曰："吾欲与若（你）复牵黄犬，俱出上蔡东门逐狡兔，岂可得乎？"其志，指李斯临死前的愿望。

劳谦无悔^[1]，忠信可久安。天道害盈^[2]，好胜者残。强梁致灾^[3]，多事招患。欲得安乐^[4]，独有无愆。歌以言之：忠信可久安。

［注释］

[1]"劳谦无悔"二句：勤劳谦逊就没有怨悔，忠实守信可得久安。《周易·谦》九三："劳谦，君子有终，吉。"　[2]"天道害盈"二句：自然之道以盈满为患，逞强好胜者必定遭到摧残。　[3]"强梁致灾"二句：强横凶暴将引来灾害，多言多事则会招惹祸患。　[4]"欲得安乐"二句：想要安稳快乐，只有不犯过错。无愆（qiān），没有过失。

清陈祚明《采菽堂古诗选》卷八："此又昔人目睫之喻也。"（《韩非子·喻老》："智如目也，能见百步之外而不能自见其睫。"）

清陈祚明《采菽堂古诗选》卷八："甚有名言。'欲得安乐，独有无愆'，语甚高古。"

役神者弊[1]，极欲令人枯。颜回短折[2]，下及童乌。纵体淫恣[3]，莫不早徂。酒色何物[4]，自令不辜。歌以言之：酒色令人枯。

[注释]

[1]"役神者弊"二句：劳役心神疲敝伤身，肆意纵欲使人萎枯。 [2]"颜回短折"二句：颜回好学而短命，后世又有童乌早死。颜回短折，《论语·雍也》："有颜回者好学，不迁怒，不贰过，不幸短命死矣。"童乌，汉扬雄之子，九岁即能与父讨论《太玄》。早卒。扬雄《法言·问神》："育而不苗者，吾家之童乌乎？九龄而与我《玄》文。" [3]"纵体淫恣"二句：放纵身体不加点检，无不早早丧命。淫恣，放纵不知检束。徂（cú），同"殂"，死亡。 [4]"酒色何物"二句：酒色是什么好东西吗？沉溺其中而自谓无罪。戴明扬引黄节《汉魏乐府风笺》曰："言人至纵恣早徂，仍不悟酒色之为何物，而不以为罪也。"

绝智弃学[1]，游心于玄默。过而弗悔[2]，当不自得。垂钓一壑[3]，所乐一国。被发行歌[4]，和气四塞。歌以言之：游心于玄默。

清陈祚明《采菽堂古诗选》卷八："'遇过而悔（过而弗悔），当不自得'，名言也。言纵使可悔，已不自得矣。'所乐一国'，谓随寓居而安。'和者四塞'，无人不可与群也。"

[注释]

[1]"绝智弃学"二句：断绝智慧抛弃学问，在幽深静默的大道中驰骋思想。绝智弃学，语出《老子》第十九章："绝圣弃智。"玄默，幽深恬默，无忧无为。 [2]"过而弗悔"二句：有了过失

不必懊悔，行为恰当也不自得。《庄子·大宗师》："古之真人……
过而弗悔，当而不自得也。"俞樾《庄子平议》："过者，谓于事
有所过失也；当者，谓行之而当也。在众人之情，于事有所过失
则悔矣；作之而当，则自以为得矣。真人不然，故曰：'过而弗
悔，当而不自得也。'"过而弗悔，底本作"过而复悔"，据戴明
扬校改。　　[3]"垂钓一壑"二句：垂钓于沟壑，所得的快乐抵
得上拥有一个国家。　　[4]"被（pī）发行歌"二句：披头散发，
边走边唱，中和之气充溢四方。被发，亦作"披发"，指发不束
而披散。

思与王乔[1]，乘云游八极。陵厉五岳[2]，忽
行万亿。授我神药[3]，自生羽翼。呼吸大和[4]，
练形易色。歌以言之：思行游八极。

清陈祚明《采
菽堂古诗选》卷八：
"终不能谐俗无违，
故有离世之思。"

[注释]
[1]"思与王乔"二句：想要和王子乔一起，驾乘云彩遨游
八方。《乐府诗集·相和歌辞·吟叹曲·王子乔》："嗟行圣人游
八极。"王乔，指仙人王子乔。八极，八方极远之地。《淮南子·墬
形训》："天地之间，九州八极。"　　[2]"陵厉五岳"二句：飞越五
岳山脉，倏忽之间已行走万里。陵厉，超越、凌驾。五岳，《尔
雅》："泰山为东岳，华山为西岳，霍山（天柱山）为南岳，恒山
为北岳，嵩高（嵩山）为中岳。"后世一般以衡山为南岳。万亿，
万亿里路，形容距离遥远。　　[3]"授我神药"二句：授予我仙
药，让我的身体生出翅膀。曹丕《折杨柳行》："西山一何高，高
高殊无极。上有两仙僮，不饮亦不食。与我一丸药，光耀有五色。
服药四五日，身体生羽翼。轻举乘浮云，倏忽行万亿。"　　[4]"呼

吸大和"二句：呼吸冲和之气，修炼形体，改换容颜。大和，即"太和"，指天地间冲和之气。练形，道家通过修炼形体，以超脱成仙。《神仙传》："仙家有太阴练形之法。"易色，改易颜色，指返老还童。

徘徊钟山[1]，息驾于层城。上荫华盖[2]，下采若英。受道王母[3]，遂升紫庭。逍遥天衢[4]，千载长生。歌以言之：徘徊于层城。

清朱乾《乐府正义》卷七："人未有不生于忧患，而死于安乐。多金者昏志，耽色者伐性，皆此五年宦陈心骄气盈之所致也。故篇中以富贵贫贱发端，以极欲疾枯为戒，而叹脱然于财色之不如神仙也。"

[注释]

[1]"徘徊钟山"二句：在钟山上徘徊，在昆仑山顶休息。钟山，传说中的神山，在昆仑山西北。息驾，停车休息，借指栖隐。层城，传说中昆仑山的最高峰。《水经注·河水一》："昆仑之山三级：下曰樊桐，一名板桐；二曰玄圃，一名阆风；上曰层城，一名天庭，是谓大帝之居。" [2]"上荫华盖"二句：上有五彩华盖笼罩，下采若木之花。华盖，帝王所乘车驾上的伞形遮蔽物。崔豹《古今注·舆服》："华盖，黄帝所作也。与蚩尤战于涿鹿之野，常有五色云气，金枝玉叶，止于帝上。有花葩之象，故因而作华盖也。"此处指五色云气。若，若木，传说中的神木。一说指杜若。英，花。 [3]"受道王母"二句：纳受王母的道术，于是飞升到仙庭。王母，即西王母，传说中的女神。《神仙传》："王母者，神人也，在昆仑山中。"紫庭，神仙所住宫阙。 [4]"逍遥天衢（qú）"二句：自在漫游于天上的街衢，从此长生不老。天衢，天上的道路，泛指天空。

[点评]

《秋胡行》乃汉乐府旧题，本事是：鲁人秋胡，娶妻三月而游宦，三年休，还家。其妇采桑于郊，胡至郊，而不识其妻也。见而悦之，乃遗黄金一镒。妻采桑不顾，胡惭而退。至家，问妻何在，曰：行采桑于郊，未返。既归还，乃向所挑之妇也。夫妻并惭，妻赴沂水而死。"后人哀而赋之，为《秋胡行》"（《乐府诗集》），亦称作《秋胡歌诗》（汉代人把当时由乐府机关所编录和演奏的诗篇称为"歌诗"）。魏晋六朝开始称这些歌诗为"乐府"或"乐府诗"。魏晋以后历代作家仿制的乐府作品，亦归类于乐府体诗之中，其间有大量的沿用乐府旧题，继承和仿效乐府诗的精神及艺术特色，实际已不入乐的诗。曹操、曹丕皆有《秋胡行》之作。嵇康《代秋胡歌诗》七首，虽亦不及秋胡本事，但作品精神不无相通之处。这组诗表现了作者的人生观和处事原则，主题比较明确：富贵尊荣，忧患就特多；贫贱易安居，贵盛难善终；忠信可久安；极欲令人枯；绝智弃学，追踪无欲无忧的古之真人（《庄子·大宗师》描绘的大道体现者）；乘云游八极，最后以隐居游仙超脱尘世，作为诗人追求的理想境界。这些正是嵇康一生中比较稳定的思想倾向。诗作直抒胸臆，质朴自然，借用乐府诗反复咏唱的形制，更强化了主题的表达。"《秋胡行》七首，专以说理，魏武以来乐府盖多有之。遗情名位，游心玄默，固中散之本怀也。"（游国恩《中国文学史讲义》卷三）

思亲诗一首

开篇对悲愁作大力渲染，奠定全诗感情基调。之后方揭示所思之"亲"为母兄。

奈何愁兮愁无聊[1]，恒恻恻兮心若抽。

愁奈何兮悲思多，情郁结兮不可化。

奄无恃兮孤茕茕[2]，内自悼兮欸失声。

思报德兮邈已绝[3]，感鞠育兮情剥裂。

嗟母兄兮永潜藏[4]，想形容兮内摧伤。

阳春滋育万物，以比慈母之恩情。

感阳春兮思慈亲，欲一见兮路无因。

望南山兮发哀叹[5]，感机杖兮涕汍澜。

念畴昔兮母兄在[6]，心逸豫兮寿四海。

忽已逝兮不可追[7]，心穷约兮但有悲。

睹物思人，悲无所诉，读来感人至深。

上空堂兮廓无依，睹遗物兮心崩摧。

中夜悲兮当谁告[8]？独抆泪兮抱哀戚。

亲日远兮思日深，恋所生兮泪流襟。

慈母没兮谁予骄[9]？顾自怜兮心忉忉。

诉苍天兮远不闻，泪如雨兮叹成云。

欲弃忧兮寻复来，痛殷殷兮不可裁。

[注释]

[1]"奈何愁兮愁无聊"二句：为什么忧愁啊，忧愁让人无可奈何；总是悲伤呀，内心如撕裂。奈何，怎么，为何。无聊，无

奈。恒，长久，经常。恻（cè）恻，悲伤，悲痛。抽，抽打，揪扯。　[2]"奄（yǎn）无恃（shì）兮孤茕（qióng）茕"二句：忽然之间没有了依靠，孤孤单单；心中自我伤悼啊，痛哭失声。奄，突然。恃，依靠，依赖。茕茕，孤独无依的样子。欷（xī），抽泣，哭泣。　[3]"思报德兮邈已绝"二句：想要报答恩德啊，你们已经离别远去；感念你们的养育之恩啊，心痛如割。报德，报答恩德。邈，遥远。鞠（jū）育，养育，抚育。《诗经·小雅·蓼莪》："父兮生我，母兮鞠我。拊我畜我，长我育我。"毛《传》："鞠，养也。"剥裂，割裂，撕裂。　[4]"嗟母兄兮永潜藏"二句：可怜我的母亲兄长啊，从此永别了；每每想到你们的音容笑貌，内心都悲伤至极。潜藏，藏在隐蔽处，此指去世。戴明扬谓："嵇喜而外，自当尚有一兄长也。"（《嵇康集校注》）　[5]"望南山兮发哀叹"二句：遥望南山啊，我心中悲叹；看到家中的机杖啊，泪流如雨。机杖，几案与手杖。老年人日常多以几案靠身，用手杖扶持，此指亲人生前所用之物。机，通"几"。汍（wán）澜，泪流不止的样子。　[6]"念畴昔兮母兄在"二句：回忆往昔啊，母兄尚都健在；我心中安乐自在，志佺四海。畴昔，往日，从前。逸豫，安乐、舒缓的样子。寿，韩格平谓通"雠"或"畴"，可释为相等（《竹林七贤诗文全集译注》）。　[7]"忽已逝兮不可追"二句：忽然之间一切消逝，再也无法追寻；心中空空荡荡，只有悲伤。穷约，贫乏穷困，此指心中空虚无依。　[8]"中夜悲兮当谁告"二句：深夜里心中悲痛啊，无人诉告；只能擦掉眼泪，独自哀伤。抆（wěn），擦，拭。　[9]"慈母没（mò）兮谁予骄"二句：慈母走后谁来疼爱我，顾影自怜，心中忧愁。没，同"殁"，指去世。谁予骄，即"谁骄予"，疑问句中宾语前置。予，我。骄，娇宠，疼爱。忉（dāo）忉，忧愁的样子。

[点评]

　　稽康幼年丧父，由母、兄抚育成人。"母兄鞠育，有慈无威。恃爱肆姐（娇），不训不师。"（《幽愤诗》）"吾每读尚子平、台孝威传，慨然慕之，想其为人。少加孤露，母兄见骄，不涉经学。""吾新失母兄之欢，意常凄切。"（《与山巨源绝交书》）《思亲诗》写在母亲去世最初的日子，"上空堂兮廓无依，睹遗物兮心崩摧。中夜悲兮当谁告，独挝泪兮抱哀戚"，空堂无依，至亲永别，物是人非，中情崩摧！这是一首七言骚体诗，节奏舒缓，便于咏叹，痛殷殷兮不可裁！

五言诗三首答二郭 [1]

天下悠悠者 [2]，下京趣上京。

二郭怀不群 [3]，超然来北征 [4]。

乐道托蓬庐 [5]，雅志无所营。

良时遘其愿 [6]，遂结欢爱情。

君子义是亲 [7]，恩好笃平生。

寡智自生灾 [8]，屡使众舛成。

豫子匿梁侧 [9]，聂政变其形 [10]。

顾此怀怛惕 [11]，虑在苟自宁。

今当寄他域 [12]，严驾不得停。

清陈祚明《采菽堂古诗选》卷八："此诗颇类黄初（引者按：魏文帝曹丕年号，此处指曹丕。），以有质直之气故也。'今当'四句，仲宣（引者按：王粲。）、伟长（引者按：徐幹。）之流。"

本图终宴婉^[13]，今更不克并。

二子赠嘉诗，馥如幽兰馨^[14]。

恋土思所亲，能不气愤盈^[15]。

[注释]

[1] 二郭：指郭遐周、郭遐叔兄弟。二人生平不详，与嵇康交厚，分别有赠嵇康诗作（见附录《五言诗三首（郭遐周赠）》《诗五首（郭遐叔赠）》），这三首五言诗是嵇康的回赠之作。　[2]"天下悠悠者"二句：天下芸芸众生，都从各地聚集到繁华的京都。悠悠，众多貌。《史记·孔子世家》："桀溺曰：'悠悠者，天下皆是也。'"裴骃《史记集解》："孔安国曰：'悠悠者，周流之貌也。'"下京，指一般的州郡首府。底本作"不能"，鲁迅校："各本作'下京'。"今据改。趣，趋向。上京，京都，此指洛阳。　[3] 怀不群：胸怀不凡。不群，超群，不凡。　[4] 超然：飘然，高超出众貌。北征：班彪《北征赋》有"遂奋袂以北征兮，超绝迹而远游"之句。新莽代汉，班彪避难凉州，发长安，至安定，作《北征赋》。二郭不"趣上京"而来山阳，跟班彪"北征"暗合。　[5]"乐道托蓬庐"二句：安贫乐道栖身茅舍，志向高雅不为世俗所惑。营，通"瞥"，惑。　[6]"良时遘（gòu）其愿"二句：在美好的时辰实现了会面的心愿，我们结下欢爱深情。遘，遇，遭遇。　[7]"君子义是亲"二句：君子唯义是亲，恩爱友好终生深厚。笃（dǔ），厚。　[8]"寡智自生灾"二句：缺少小聪明会引来无妄之灾，每每招致挑衅纷争。衅，缝隙，争端。　[9] 豫子：指豫让，春秋末战国初晋人。《史记·刺客列传》载：豫让为智伯家臣，赵、韩、魏灭智伯后，豫让漆身为癞，吞炭为哑，潜伏桥下，谋刺赵襄子。事不成，被捕，临死前求赵襄子衣，拔剑三击之，以示报仇，遂

自杀。梁：桥梁。　　[10]聂政：战国时韩人。《史记·刺客列传》载：聂政受恩于严仲子，待母死后，替严仲子复仇，刺杀韩相侠累。事成，自割面挖眼，自屠出肠，自杀而死。变其形：毁容残身，欲令人不识，以保护其姊和知己者严仲子等人。　　[11]"顾此怀怛惕（dá tì）"二句：想到这些令人忧惧心惊，我只想苟且安宁。此，指前代刺客报仇之事。怛惕，担忧恐惧。《史记·文帝本纪》："忧苦万民，为之怛惕不安。"　　[12]"今当寄他域"二句：如今将要寄身他方，正在装束车马不能稍停。严驾，整治马车。曹植《杂诗》："仆夫早严驾，吾将远行游。"　　[13]"本图终宴婉"二句：本来想一直和顺相处下去，现在却情况改变不能再聚合在一块。宴婉，即"嬿婉"或"燕婉"，安和美好的样子。更，改变。克，能。曹植《赠白马王彪》："本图相与偕，中更不克俱。"　　[14]馥（fù）：香气。馨（xīn）：馨香。　　[15]愤盈：充满，积聚。

清陈祚明《采菽堂古诗选》卷八："慨世甚深，故决意高蹈，不能随俗浮沉。'虽逸亦以难'，盖欲矫拂本性，此事诚甚难也。"

昔蒙父兄祚[1]，少得离负荷[2]。

因疏遂成懒[3]，寝迹北山阿。

但愿养性命，终己靡有他[4]。

良辰不我期[5]，当年值纷华[6]。

懔慄趣世教[7]，常恐缨网罗。

羲皇邈以远[8]，拊膺独咨嗟。

朔戒贵尚容[9]，渔父好扬波[10]。

虽逸亦以难[11]，非余心所嘉。

岂若翔区外[12]，餐琼漱朝霞[13]。

遗物弃鄙累[14]，逍遥游太和[15]。

结友集灵岳^[16]，弹琴登清歌^[17]。

有能从此者^[18]，古人何足多。

[注释]

[1]蒙：蒙受。祚（zuò）：福。　[2]负：背负。荷（hè）：担。　[3]"因疏遂成懒"二句：由粗疏进而养成懒散的毛病，隐居在北山之阿。寝迹，隐藏行迹，指隐居。阿，山的凹曲处。　[4]终己：终身。靡（mí）：没有。他：其他想法。　[5]不我期：我没有赶上。期，会，遇。　[6]当年：壮年。纷华：纷繁富丽，此指世事纷乱。　[7]"懔慄（lǐn lì）趣世教"二句：小心翼翼迎合世俗准则，经常害怕被网罗缠绕。懔慄，双声连绵词（双音节词），义存于声，描摹谨小慎微的状态。原抄作"懔慓"，据戴明扬校改。世教，正统教化。缨，缠绕。　[8]"羲皇邈以远"二句：上古伏羲氏渺茫而遥远，我只能轻拍胸脯独自叹息。羲皇，即伏羲，传说中的上古三皇之一，教民佃渔畜牧，始画八卦，造书契。此处用以代指上古之贤君盛世。《楚辞·远游》："高阳邈以远兮，余将焉所程？"拊膺（fǔ yīng），抚摩或捶拍胸口，表示惋惜、哀叹、悲愤等情感。拊，同"抚"。　[9]朔戒贵尚容：东方朔告诫儿子以容身避害为贵。《汉书·东方朔传赞》："朔名过实者"，"非夷、齐而是柳下惠，戒其子以上容"。上容，即"尚容"，崇尚容身避害的人。　[10]渔父好扬波：《楚辞·渔父》："渔父曰：'圣人不凝滞于物，而能与世推移。世人皆浊，何不淈其泥而扬其波？众人皆醉，何不哺其糟而歠其醨？'"　[11]"虽逸亦以难"二句：即使是遁世隐居也很难，这并不是我内心所愿意的。嘉，嘉许。　[12]岂若：哪里比得上。区外：尘世之外，指仙境。蔡邕《郭有道碑文》："翔区外以舒翼。"　[13]漱（shù）：口

中含水洗漱。《楚辞·远游》："餐六气而饮沆瀣兮，漱正阳而含朝霞。" [14]遗物弃鄙累：舍弃外物和俗世的牵累。《庄子·天道》："外天地，遗万物，而神未尝有所困也。" [15]太和：大和，至高至极的和谐，此指太空。 [16]灵岳：灵秀的山岳，仙山。亦特指泰山。 [17]登：上，唱。清歌：没有乐器伴奏的唱歌。张衡《思玄赋》："双材悲于不纳兮，并咏诗而清歌。" [18]"有能从此者"二句：有志同道合的人相追随，古人何足重。

清陈祚明《采菽堂古诗选》卷八："倾夺可憎，功名不足重。深讯典午（引者按：代指司马氏）。语取快意，不能含蓄，固已闵虑其祸。"又："语气古质，有沉杰之气。陶元亮（引者按：陶渊明。）便是此种，而稍能舒婉不迫。"

　　详观凌世务[1]，屯险多忧虞。

　　施报更相市[2]，大道匿不舒[3]。

　　夷路殖枳棘[4]，安步将焉如[5]？

　　权智相倾夺[6]，名位不可居[7]。

　　鸾凤避罻罗[8]，远托昆仑墟[9]。

　　庄周悼灵龟[10]，越搜畏王舆[11]。

　　至人存诸己[12]，隐朴乐玄虚[13]。

　　功名何足殉，乃欲列简书[14]？

　　所好亮若兹[15]，杨氏叹交衢。

　　去去从所志[16]，敢谢道不俱！

清方东树《昭昧詹言》卷一："叔夜《赠二郭诗》，陈义甚高，然文平事繁，以诗论之，无可取则。"

[注释]

[1]"详观凌世务"二句：仔细观察多变的世道，险象环生令人担忧。凌，凌乱。屯（zhūn），困难，艰险。《周易·屯·象》："屯，刚柔始交而难生。" [2]施报：施予与回报。市：交易。这

里指官场腐败。　[3] 大道：即"大同"，指原始共产社会的那种局面。　[4] 夷：平夷，平坦。殖：生长，孳生。枳棘（zhǐ jí），多刺的灌木。枳，也叫枸杞；棘，酸枣树。因二者多刺而被称恶木。这里喻指路障。　[5] 安步：缓步徐行。如：到，往。　[6] 权智：权谋智略。倾夺：倾轧，争夺。　[7] 居：安居，安守。　[8] 罻（wèi）罗：捕鸟的网。《九章·惜诵》："矰弋机而在上兮，罻罗张而在下。"罻，捕鸟的小网。　[9] 昆仑墟：昆仑山的底部，亦指昆仑山。　[10] 庄周悼灵龟：庄子哀悼死后入藏庙堂的灵龟。《庄子·秋水》载，庄子在濮水垂钓，楚王派遣二位大夫来请其出仕。庄子说："我听说楚国有个神龟，已死三千年，楚王用佩巾包着，用竹篮盛着，藏在庙堂之上。这个神龟，它是愿意死了留下遗骨被珍藏在庙堂之上呢，还是愿意活着在泥泞中拖着尾巴爬呢？"二大夫回答说："愿意活着在泥泞中拖着尾巴爬。"于是庄子说："请回去吧！我也愿意在泥泞中拖着尾巴爬。"　[11] 越搜畏王舆：越国王子搜害怕乘坐国君的舆驾。《庄子·让王》载，越人把连续几任的国君都杀掉了，王子搜很担忧，于是逃亡到丹穴。当时越国没有国君，国人就寻找王子搜，找到了丹穴。王子搜不肯出来，于是越人用艾草把他熏出来，让他乘坐"王舆"。王子搜牵住挽索上了车，仰天而呼曰："君位呀君位，难道不能放过我吗？"文末评价道："王子搜非恶为君也，恶为君之患也。"搜，底本作"稷"，马叙伦《读书续记》曰：此用《庄子·让王》篇文义，文中王子名"搜"不名"稷"。今据改。　[12] 至人存诸己：语出《庄子·人间世》："古之至人，先存诸己，而后存诸人。"意思是，古代的至人，先要养成自我的道德修养，然后才能培养他人。存，立。诸，"之于"的合音。　[13] 隐：凭靠。朴：原始自然质朴的存在，指"道"。《老子》第三十二章："道常，无名，朴。虽小，天下莫能臣。"玄虚：玄远虚无，一般用以指深邃的道家思想。《韩非子·解老》："圣人观其玄虚，用其周行，强字之曰'道'。"　[14]列简书：在史书上留名。古人将文字写于竹简上，称为"简书"。后用来泛指文书、信函，这里指史册。郭遐周赠诗谓："所贵身名存，功烈在简书。"（见附录）此二句为诗人对郭遐周所说的回应。　[15]"所好亮若兹"二句：你们（二郭）的偏好若确实如此，那我只能像杨朱一样发出歧路之叹。《列子·说符》载：杨子之邻人亡（丢失）羊，既率其党（亲友），又请杨子之竖（童仆）追之。杨子曰："嘻！亡一羊何追者之众？"邻人曰："多歧路。"既反（返），问："获羊乎？"曰："亡之矣。"曰："奚（为何）亡之？"曰："歧路之中又有歧焉，吾不知所之（往），所以反也。"杨子戚然变容，不言者移时（很久），不笑者竟（终）日。门人怪之。心都子曰："大道以多歧亡羊，学者以多方丧生。学非本不同，非本不一，而末异若是。"因为郭氏赠诗称"所贵身名存，功烈在简书"，与嵇康"功名何足殉"的主张不同，故借杨朱叹歧路的故事，表示自己与二郭兄弟虽同样好古乐道，但途径不完全一致。亮，通"谅"，确实，诚然。杨氏，指杨朱，战国时魏人，思想家。交衢（qú），道路交错的地方。　[16]"去去从所志"二句：我仅仅遵从自己的行为方式，岂敢说我们的信仰有何不同！去去，即离去。敢，谦词，表示不敢。谢，告。俱，等同。

[点评]

公元258年前后，嵇康被迫"避地河东"。郭遐周、郭遐叔赠诗挽留，嵇康作诗以答之。第一首回顾与二郭交往情深，说明此次远行是迫不得已，"恋土思所亲，能不气愤盈"？第二首写隐遁非所愿："虽逸亦以难，非余心所嘉。岂若翔区外，餐琼漱朝霞。"表示要绝世仙游。

第三首描写世道不好，"详观凌世务，屯险多忧虞。施报更相市，大道匿不舒"！"权智相倾夺，名位不可居"，不值得为功名而殉身。诗作充满愤懑和忧伤的情绪，幻想求老庄为之解脱。执着与超脱的结合，构成了"嵇志清峻"（刘勰《文心雕龙·明诗》）的艺术风格。

附：五言诗三首　　郭遐周赠

亮无佐世才，时俗所不量。

归我北山阿，逍遥以相伴。

同气自相求，虎啸谷风凉。

惟余与嵇生，面分好文章。

古人美倾盖，方此何不臧。

援筝执鸣琴，携手游空房。

栖迟衡门下，何愿于姬姜。

予心好永年，年永怀乐康。

我友不斯卒，改计适他方。

严车感发日，翻然将高翔。

离别在旦夕，惆怅以增伤。

风人重离别，行道犹迟迟。

宋玉哀登山，临水送将归。

伊此往昔事，言之以增悲。

叹我与嵇生，忽然将永离。

俯察渊鱼游，仰观双鸟飞。

厉翼太清中，徘徊于丹池。

钦哉得其所，令我心独违。

言别在斯须，慰焉如朝饥。

离别自古有，人非比目鱼。

君子不怀土，岂更得安居。

四海皆兄弟，何患无彼姝。

岩穴隐傅说，空谷纳白驹。

方各以类聚，物亦以群殊。

所在有智贤，何忧不此如。

所贵身名存，功烈在简书。

年时易过历，日月忽其除。

勖哉乎嵇生，敬德以慎躯。

附：**诗五首**　郭遐叔赠

每念遘会，惟曰不足。昕往霄归，常苦其速。

欢接无厌，如川赴谷。如何忽尔，将适他俗。

言驾有日，巾车命仆。思言君子，温其如玉。
心之忧矣，视丹如绿。

如何忽尔，超将远游。情以怵惕，惟思惟忧。
展转反侧，寤寐追求。驰情运想，神往形留。
心之忧矣，增其劳愁。

不见可欲，使心不乱。譬彼造化，抗无崖畔。
封疆画界，事利任难。惟予与子，本不同贯。
交重情亲，欲面无算。如何忽尔，时适他馆。
明发不寐，耿耿极旦。心之忧矣，增其愤怨。

天地悠长，人生若忽。苟非知命，安保旦夕。
思与君子，穷年卒岁。优哉逍遥，幸无陨越。
如何君子，超将远迈。我情愿关，我言愿结。
心之忧矣，良以切（怛）[怛]。

君子交有义，不必常相从。
天地有明理，远近无异同。
三仁不齐迹，贵在等贤踪。

众鸟群相追，挚鸟独无双。

何必相呴濡，江海自踪容。

愿各保遐年，有缘复来东。

五言诗一首与阮德如 [1]

含哀还旧庐 [2]，感切伤心肝。

良时遘吾子 [3]，谈慰臭如兰 [4]。

畴昔恨不早 [5]，既面侔旧欢。

不悟卒永离 [6]，念隔怅增叹 [7]。

事故无不有 [8]，别易良会难。

郢人忽以逝 [9]，匠石寝不言。

泽雉穷野草 [10]，灵龟乐泥蟠。

荣名秽人身 [11]，高位多灾患。

未若捐外累 [12]，肆志养浩然。

颜氏希有虞 [13]，隰子慕黄轩 [14]。

涓彭独何人 [15]，唯在志所安。

渐渍殉近欲 [16]，一往不可攀。

生生在豫积 [17]，勿以怵自宽。

清陈祚明《采菽堂古诗选》卷八："下方元亮（引者按：指陶渊明。）以调生，故不近；上类伟长（引者按：指徐干。）以词繁，故不高。"

南土旱不凉[18]，衿计宜早完。

君其爱德素[19]，行路慎风寒。

自力致所怀[20]，临文情辛酸。

[注释]

[1] 阮德如：阮侃，字德如，尉氏人，为嵇康友人。《世说新语》刘孝标注引《陈留志名》载："阮共，字伯彦，尉氏（今河南尉氏县）人。……少子侃，字德如，有俊才，而饬以名理，风仪雅润。与嵇康为友。仕至河内太守。"　[2] "含哀还旧庐"二句：嵇康送别阮德如，伤心地回到家中。　[3] 遘（gòu）：相遇。吾子：对对方的敬称。一般用于男性之间。　[4] 谈慰：交谈慰解。臭（xiù）如兰：气味像兰草一样芬芳。《周易・系辞上》："二人同心，其利断金；同心之言，其臭如兰。"　[5] "畴昔恨不早"二句：当时相见恨晚，一见面就如同老朋友一般。畴昔，往昔。侔（móu），等，齐。　[6] 不悟：不料，想不到。卒（cù）：同"猝"，突然。永：久。　[7] 隔：隔离，阔别。　[8] 事故：变故，意外事件。　[9] "郢人忽以逝"二句：刷墙涂鼻尖的郢人飘然远逝，高超的匠石只能静寂无语。郢人，楚国人。匠石，一位名叫石的工匠。典出《庄子・徐无鬼》，参见《四言十八首赠兄秀才入军》第十四首注释 [7]。这里的"郢人"喻指阮德如，"匠石"为作者自拟。　[10] "泽雉穷野草"二句：野鸡情愿终身生活在草泽里，供在庙堂之上的灵龟宁愿拖着尾巴在泥泞中爬。泽雉，草泽中的野鸡。典出《庄子・养生主》，参见《四言十八首赠兄秀才入军》第十八首注释 [8]。灵龟，庙堂供奉的灵龟。典出《庄子・秋水》，参见《五言诗三首答二郭》第三首注释 [10]。蟠，屈曲，盘伏。　[11] 荣名：美名，显名。秽：作动词，污秽，玷

辱。人身：人的生命。　[12]"未若捐外累"二句：不如捐弃名位，全心修养自己的浩然之气。外累，指荣誉、禄位等外在牵累。肆，极，尽。浩然，指浩然之气，浩大刚正的精神气质。《孟子·公孙丑上》："我知言，我善养吾浩然之气。"　[13]颜氏：颜回，字子渊，孔子弟子。希：希慕，仰慕。有虞：虞舜。有，前缀词，无义。《孟子·滕文公上》："颜渊曰：'舜，何人也？予，何人也？有为者亦若是。'"意思是：舜是什么样的人？我是什么样的人？有所作为的人就应当像他那样。　[14]隰（xí）子：隰朋，春秋时齐国大夫，辅佐齐桓公四十一年。黄轩：黄帝，姓公孙，名轩辕，一说号轩辕。《庄子·徐无鬼》载，管仲病重，齐桓公请其推荐继任之人，管仲对曰："勿已，则隰朋可。其为人也，上忘而下畔（畔，通"伴"），愧不若黄帝，而哀不己若者（如果非让我说不可，我认为隰朋可以。隰朋的为人，对上无心窥察，无心计较，对下亲善、团结；对自己比不上黄帝感到惭愧，而怜爱不如自己的人。）。"　[15]"涓彭独何人"二句：涓子、彭祖是什么样的人，一心只追求心安理得。涓，涓子，传说中的仙人。《列仙传》："涓子者，齐人也。好饵术，接食其精，至三百年乃见（现）于齐。著《天人经》四十八篇。后钓于菏泽，得鲤鱼，腹中有符。隐于宕山，能致风雨。受《伯阳九仙法》。"彭，彭祖，传说中的长寿之人。《神仙传》："彭祖者，姓籛，讳铿，帝颛顼之玄孙。至殷末世，年七百六十岁，而不衰老。彭祖曰：'仆遗腹而生，三岁而失母，遇犬戎之乱，流离西域，百有余年。加以少怙，丧四十九妻，失五十四子，数遭忧患，和气折伤，荣卫焦枯，恐不度世。所闻浅薄，不足宣传。'乃去，不知所在。其后七十余年，闻人于流沙之西见之。"独，语助词，犹"其"。　[16]"渐渍（zì）殉近欲"二句：沉溺于眼前的欲望，一旦陷入不可挽回。渐渍，浸润。攀，攀援。　[17]"生生在豫积"二句：养生之道在于愉悦安适，不因诱惑而自乱。生生，养生。语出《老子》，见《六言诗十首》第五首注[1]。豫积，逸悦的积累。怵（chù），诱惑。底本作"休"，鲁迅校："各本作'怵'。"今据改。叶渭清、戴明扬谓："怵"通"訹（xù）"，诱也。　[18]"南土旱不凉"二句：南方虽然因干旱尚不觉得冷，但御寒的衣物也要早早准备完善。南土，阮德如要去的地方在嵇康所居的山阳之南。衿（jīn），本指衣服的交领，引申为衣服或怀抱。底本作"衿"，今据黄本改。完，戴明扬曰："此谓当于未凉之时，早完冬计也。"或释"衿计"为"胸中的打算"。　[19]君其爱德素：希望你善自珍重。德素，德性。　[20]"自力致所怀"二句：提笔之时万般心酸涌上心头，只能尽力表达心中的感怀。自力，尽自己的力量。临文，写作之时。

[点评]

阮侃（德如）与嵇康志趣相投，相识不久即结为好友，曾就宅之吉凶摄生问题展开辩难，分别留下了《宅无吉凶摄生论》《释难宅无吉凶摄生论》和《难宅无吉凶摄生论》《答释难宅无吉凶摄生论》（见第八卷、第九卷）等论文。

阮侃罢官，被迫还乡，"旦发温泉庐，夕宿宣阳城"，驿站歇脚，写诗怀念嵇康："临舆执手诀，良诲壹何精。佳言盈我身，援带以自铭。""东野（阮侃自称）多所患，暂往不久停。幸子无损思，逍遥以自宁。"嵇康接着写下了《五言诗一首与阮德如》，开头就是"含哀还旧庐"，对阮德如的仓促离开深表不舍。不过想到"荣名秽人身，高位多灾患"的险恶现实，诗人劝勉友人"未若捐外累，肆志养浩然"，抛弃世俗羁绊，修养自己的浩然正气！浓浓深情，拳拳厚意，歌咏坚贞友情，更明白宣示共同的志趣与追求："肆志养浩然"！

附：五言诗二首　　阮德如答

旦发温泉庐，夕宿宣阳城。

顾眄怀惆怅，言思我友生。

会遇一何幸，及子遘欢情。

交际虽未久，思我爱发诚。

良玉须切磋，玙璠就其形。

随珠岂不曜，雕莹启光荣。

与子犹兰石，坚芳互相成。

庶几弘古道，伐檀俟河清。

不谓中离别，飘飘然远征。

临舆执手诀，良诲壹何精。

佳言盈我身，援带以自铭。

唐虞旷千载，三代不我并。

洙泗久以往，微言谁为听。

曾参易箦毙，仲由结其缨。

晋楚安足慕，屡空以守贞。

潜龙尚泥蟠，神龟隐其灵。

庶保吾子言，养真以全生。

东野多所患，暂往不久停。

幸子无损思，逍遥以自宁。

双美不易居，嘉会故难常。

爰自憩斯土，与子遘兰芳。

常愿永游集，拊翼同回翔。

不悟卒永离，壹别为异乡。

四牡一何速，征人去路长。

步顾怀想像，游目屡大行。

抚轸增叹息，念子安能忘。

恬和为道基，老氏恶强梁。

患至有身灾，荣子知所康。

神龟实可乐，明戒在刳肠。

新诗何笃穆，申咏增恺慷。

舒衿话良讯，终然永厌藏。

还誓必不食，复得同林房。

愿子荡忧虑，无以情自伤。

俟路忘所次，聊以酬来章。

酒会诗一首 [1]

乐哉菀中游 [2]，周览无穷已 [3]。

百卉吐芳华，崇台邈高跱 [4]。

林木纷交错，玄池戏鲂鲤 [5]。

轻丸毙飞禽 [6]，纤纶出鳣鲔 [7]。

坐中发美赞 [8]，异气同音轨 [9]。

临川献清酤 [10]，微歌发皓齿 [11]。

素琴挥雅操 [12]，清声随风起。

斯会岂不乐 [13]，恨无东野子 [14]。

酒中念幽人 [15]，守故弥终始 [16]。

但当体七弦 [17]，寄心在知己。

清陈祚明《采菽堂古诗选》卷八："'酒中'二句，致淡情长。"又："风格在魏、晋之间，去汉益远。"

[注释]

[1]酒会诗一首：诗题底本原抄作"酒会诗"，今从鲁迅辑校稿本。　[2]菀（yuàn）：通"苑"，园林。　[3]周：遍。穷已：穷尽，穷了。　[4]崇：高。跱（zhì）：耸立，屹立。　[5]玄池：传说中的水池名，此指苑中池塘。《穆天子传》："天子西征，至于玄池。天子三日休于玄池之上。"鲂（fáng）：鱼名，形似鳊鱼。　[6]丸：弹丸。　[7]纤纶：钓丝。纶，钓鱼的丝线。鳣（zhān）鲔（wěi）：两种鱼。鳣，鳇鱼；鲔，鲟鱼。　[8]坐中：座席之中。　[9]异气同音轨：异口同声。异气，不同秉性。轨，道。　[10]临川：面对着河川。酤（gū）：清酒，酿造时间很短的酒。　[11]微歌：

美妙的歌声。发：展开。皓齿：洁白的牙齿。曹植《杂诗》："时俗
薄朱颜，谁为发皓齿。"　[12] 素琴：未经涂漆雕饰的琴。雅操：
高雅的曲调。　[13] 斯：这，此。　[14] 东野子：指阮侃。阮侃
与嵇康为友，罢官返乡途中，作诗怀念嵇康："东野多所患，暂往
不久停。幸子无损思，逍遥以自宁。"　[15] 中：半。幽人：幽静
闲适之人，三国时期一般指高士。这里当指东野子阮德如。《周
易·履》九二："履道坦坦，幽人贞吉。"又："幽人贞吉，中不自
乱也。"　[16] 守故：保持本心。弥：满，谓始终坚持。　[17] 体：
体现。七弦：七弦琴。

[点评]

　　这首诗作于阮德如离去之后不久。诗中写林木芳华，
崇台流水，挥弦献酬，雅咏清谈，异气同音，或为竹林
七贤之游。"斯会岂不乐，恨无东野子（阮德如）。酒中
（半）念幽人（阮德如），守故弥终始。"举杯怀念那位幽
人高士，"但当体七弦，寄心在知己"。笔致灵动，余味
悠长，基调还是"肆志养浩然"！

四言诗十一首[1]

淡淡流水[2]，沦胥而逝[3]。

泛泛柏舟[4]，载浮载滞。

微啸清风[5]，鼓楫容裔[6]。

放棹投竿[7]，优游卒岁。

清陈祚明《采
菽堂古诗选》卷
八："兴意不近。"

[注释]

[1] 四言诗十一首：诗题底本原抄作"四言"，今从鲁迅辑校稿本。　[2] 淡淡：水流平满貌。　[3] 沦胥：相率。《诗经·小雅·雨无正》："若此无罪，沦胥以铺。"毛《传》："沦，率也。"郑玄《笺》："胥，相也。"　[4]"泛泛柏舟"二句：漂浮河面的柏木舟，半浮半沉走走停停。《诗经·小雅·菁菁者莪》："泛泛杨舟，载沉载浮。"又《诗经·邶风·柏舟》："泛彼柏舟，亦泛其流。"泛泛，漂流貌。载，又。　[5] 啸：撮口作声，即打呼哨。　[6] 鼓枻（jí）：划桨，划船。鼓，击也。枻，船桨。容裔：同"容与"，徘徊。　[7] 放棹（zhào）：乘船，行船。棹，船桨。投竿：投钓竿于水，即垂钓。《庄子·外物》："任公子为大钩巨缁，五十犗以为饵。蹲乎会稽，投竿东海。"

清王夫之《古诗评选》卷二："赋即事自远，浅夫或以比求之。"

婉彼鸳鸯[1]，戢翼而游[2]。

俯唼绿藻[3]，托身洪流。

朝翔素濑[4]，夕栖灵洲[5]。

摇荡清波，与之沉浮。

清陈祚明《采菽堂古诗选》卷八："每能于风雅体外，别造新声，淡宕有致。"

[注释]

[1] 婉：美好和顺。　[2] 戢（jí）翼：收敛羽翼。　[3] 唼（shà）：水鸟或鱼儿争食貌。绿藻：水中的绿色藻类植物。《楚辞》宋玉《九辩》："凫雁皆唼夫梁藻兮。"曹丕《济川赋》："俯唼菁藻，仰餐若芳。"　[4] 素濑（lài）：从沙石上流过的清水。素，清澈。《楚辞》东方朔《七谏·哀命》："戏疾濑之素水兮。"　[5] 灵洲：对水中沙洲的美称。

藻汜兰沚^[1]，和声激朗^[2]。

操缦清商^[3]，游心大象^[4]。

倾昧修身^[5]，惠音遗响^[6]。

锺期不存^[7]，我志谁赏。

清陈祚明《采
菽堂古诗选》卷
八："'倾昧修身'，
'鸡鸣不已'之意。
其嫉世也深矣。"

[注释]

[1] 藻汜（sì）：生长绿藻的水涯。屈原《天问》："出自汤谷，次于蒙汜。"王逸注："汜，水涯也。"兰沚（zhǐ）：生长兰草的小洲。沚，水中的小块陆地。　[2] 激朗：激切明朗，此指乐曲声。马融《长笛赋》："激朗清厉，随光之介也。"　[3] 操缦（màn）：操弄琴瑟之弦。《礼记·学记》："不学操缦，不能安弦。"清商：本指古代五音中的商音，因音调凄清悲切，故称"清商"。此处为乐曲名，即清商乐，汉魏六朝时期的乐府音乐。　[4] 大象：大道。《老子》第三十五章："执大象，天下往。"河上公注："象，道也。"　[5] 倾昧：趋于暗昧境界，指达到"明道"的境界。《老子》第四十一章："明道若昧，进道若退。"河上公注："明道之人，若暗昧无所见。进取道者，若退不及。"　[6] 惠音：清扬和畅之声。遗：余下。　[7]"锺期不存"二句：知音锺子期已经不在了，我的志趣还有谁能够欣赏呢？典出《吕氏春秋·本味》："伯牙鼓琴，锺子期听之。方鼓琴而志在太山，锺子期曰：'善哉乎鼓琴，巍巍乎若太山。'少选之间，而志在流水，锺子期又曰：'善哉乎鼓琴，汤汤乎若流水。'锺子期死，伯牙破琴绝弦，终身不复鼓琴，以为世无足复为鼓琴者。"

敛弦散思^[1]，游钓九渊^[2]。

清陈祚明《采
菽堂古诗选》卷
八：“'重流'二句，
名言。造语亦健，
类孟德。”

重流千仞 [3]，或饵者悬。

猗欤庄老 [4]，栖迟永年 [5]。

实惟龙化 [6]，荡志浩然 [7]。

[注释]

[1] 敛弦：收敛琴弦，即放下琴瑟。散思：发散心思。　[2] 九渊：九重之渊，指深渊。《庄子·列御寇》：“夫千金之珠，必在九重之渊，而骊龙颔下。”　[3] “重流千仞（rèn）”二句：重重深渊八千尺，受惑于饵香的鱼还是会被悬钓而起。重流，重重深流。仞，古代计量单位，八尺为一仞。或，通“惑”，迷惑，诱惑。《吕氏春秋·功名》：“善钓者出鱼乎十仞之下，饵香也。”　[4] 猗（yī）欤：表赞叹。《诗经·周颂·潜》：“猗与漆沮。”郑玄《笺》：“猗与，叹美之言也。”　[5] 栖迟：游息，安身。《诗经·陈风·衡门》：“衡门之下，可以栖迟。”永年：长久，长寿。　[6] 惟：同“唯”。龙化：龙所化生。《庄子·天运》：“孔子见老聃归，三日不谈。弟子问曰：'夫子见老聃，亦将何规哉？'孔子曰：'吾乃今于是乎见龙。龙，合而成体，散而成章，乘乎云气而养乎阴阳。予口张而不能嗋（xié，口合拢）。予又何规老聃哉？'”　[7] 荡志：恣逞情志。浩然：广阔盛大貌。

肃肃苓风 [1]，分生江湄 [2]。

却背华林 [3]，俯溯丹坻。

含阳吐英 [4]，履霜不衰。

嗟我殊观 [5]，百卉具腓。

心之忧矣，孰识玄机[6]。

观物穷理，体物参道。

[注释]

[1]肃肃：象声词，指风声。苓（líng）风：带着苓香之风。苓，香草名，卷耳。原抄作"冷"，据鲁迅校改。　[2]湄：水岸，水草交接之地。　[3]"却背华林"二句：上面紧靠着繁茂的树林，下面对着红色的小洲。溯，本义为逆流而上，此指流向、朝向。坻，水中小块高地。　[4]"含阳吐英"二句：吸收阳光开出花朵，经霜亦不衰败。　[5]"嗟我殊观"二句：可叹只有我有这种独特的景观，百草都已枯萎凋零。百卉（huì）具腓（féi），《诗经·小雅·四月》："秋日凄凄，百卉俱腓。"卉，草的总称。腓，病也，此指草木枯萎。　[6]孰：谁。玄机：道家所指奥妙的道理。

猗猗兰霭[1]，殖彼中原[2]。

绿叶幽茂，丽蕊秾繁[3]。

馥馥蕙芳[4]，顺风而宣[5]。

将御椒房[6]，吐薰龙轩[7]。

瞻彼秋草[8]，怅矣惟骞。

清王夫之《古诗评选》卷二："整刷留放，无不矜爱，但此去《小雅》不遥。盖《诗》自有教，或温或惨，总不可以赤颊热耳争也。"

[注释]

[1]猗（yī）猗：柔弱美盛貌，一说柔弱下垂貌。《诗经·卫风·淇奥》："瞻彼淇奥，绿竹猗猗。"兰霭（ǎi）：兰草如云霭一般。形容兰草繁茂，连成一片。霭，云气。　[2]殖：生长。　[3]丽蕊（ruǐ）：艳丽的花蕊。秾（nóng）繁：繁盛。　[4]馥（fù）馥：

形容香气很浓。蕙：蕙兰。底本作"惠"，今据黄本改。芳：芳香。　[5]宣：传播，散开。　[6]御：用，奉。椒房：西汉未央宫皇后所居殿名，以椒和泥涂墙壁，使其温暖、芳香，并有多子的象征。后泛指后妃住处。　[7]薰：香。龙轩：皇帝的车驾。　[8]"瞻彼秋草"二句：看那秋草呀，可惜都已枯萎了。瞻，向上看或向前看。底本误作"赡"，今据各本改。骞（qiān）：亏损。此指枯萎。

洗洗白云[1]，顺风而回。

渊渊绿水[2]，盈坎而颓。

乘流遥迈[3]，息躬兰隈。

杖策答诸[4]，纳之素怀。

长啸清原[5]，惟以告哀[6]。

览景以抒怀，
长歌以当哭。

[注释]

[1]洗（yì）洗：轻飘飘的样子。　[2]"渊渊绿水"二句：幽深的绿水，盈满坎坑向下流淌。坎（kǎn），坑穴，低陷的地方。颓，水向下流。　[3]"乘流遥迈"二句：顺着水流远行，歇息于兰草芬芳的水湾。枚乘《七发》："汩乘流而下降兮，或不知其所止。"息，栖息、休息。底本作"自"，鲁迅校："案：或'息'字之误。"今据改。隈（wēi），水流弯曲处。　[4]"杖策答诸"二句：拄杖吟诗赠答友人，融入我生平怀抱。诸，代词，相当于"之"。此处指代嵇康友人。素，平素。　[5]清原：清静的原野。　[6]告哀：倾诉哀愁，宣泄哀苦。

眇眇翔鸾[1]，舒翼大清[2]。

俯眺紫辰^[3]，仰看素庭^[4]。

凌蹑玄虚^[5]，浮沉无形^[6]。

将游区外^[7]，啸侣长鸣。

神□不存^[8]，谁与独征^[9]？

化身鸾凤，翱翔天际，欲作逍遥游也。

[注释]

[1]眇眇：高远貌。底本作"抄抄"，鲁迅校："案：或'眇眇'之误。"今据改。　[2]大清：同"太清"，指太空、高空，亦指大道。　[3]紫辰：即星辰。道家尚"紫"，多以"紫"冠事物之前，如紫虚、紫台、紫皇等。　[4]素庭：苍穹，天庭。　[5]凌：升，登。蹑：踩，踏。玄虚：指天空，亦指道家玄妙虚无的道理。《吴越春秋·勾践入臣外传》载越王夫人歌曰："仰飞鸟兮乌鸢，凌玄虚兮翩翩。"　[6]无形：犹"玄虚"。　[7]区外：世外，尘外。　[8]神□不存：底本作"神不存"，"神"字后当阙一字，疑作"神人不存"。神人，非凡之人，得道之人。存，在。　[9]与：和，跟。征：远行。

有舟浮覆^[1]，绋缅是维^[2]。

栝楫松棹^[3]，泛若龙微^[4]。

□津经险^[5]，越济不归^[6]。

思友长林^[7]，抱朴山嵋。

守器殉业^[8]，不能奋飞。

志在山林，专致修身。

［注释］

[1]浮覆：浮沉。覆，倾覆。　[2]绋缡（fú lí）是维：《诗经·小雅·采菽》："泛泛杨舟，绋缡维之。"毛《传》："绋，縛也；缡，綏也。"郑玄《笺》："舟人以绋系其綏以制行之。"绋缡，船缆。绋，系船的麻绳；缡，拉船的竹索。维，系，连结。　[3]栝（guā）：桧树。楫：短桨。棹：长桨。　[4]泛：漂浮。微：《说文》："隐行也。"　[5]□津经险：底本作"津经险"，其前当阙一字，疑为"历"字。津，渡口。　[6]越：越过，经过。济：渡过。　[7]"思友长林"二句：期盼与长林为友，隐居于山中。长林，高大繁茂的树林。抱朴，保持质朴自然的天性。朴，底本误抄作"扑"，鲁迅录作"朴"，今从之。《老子》第十九章："见素抱朴，少私寡欲。"嵋，山巅。　[8]"守器殉业"二句：意谓如不能舍弃物质享受，一心经营所谓的事业，身心就不能得到自由。《左传·成公二年》："名以出信，信以守器。"杜预注："器，车服。"指车服等物质享受。《文选》谢瞻《于安城答灵运》："殉业谢成操，复礼愧贫乐。"李善注："司马彪《庄子》注曰：'殉，营也。'"

乘龙御凤，仙人开路，仿佛《离骚》《远游》。

羽化华岳[1]，超游清霄。

云盖习习[2]，六龙飘飘。

左佩椒桂[3]，右缀兰茗。

凌阳赞路[4]，王子奉轺。

婉娈名山[5]，真人是要[6]。

齐物养生[7]，与道逍遥[8]。

[注释]

[1]"羽化华岳"二句：在华山上羽化成仙，超然遨游于清澄的云霄。　　[2]"云盖习习"二句：云彩车盖飘忽忽，六龙驾车轻盈盈。六龙，传说日神所乘之车，驾以六龙，羲和为御。　　[3]"左佩椒桂"二句：左边佩戴着椒实与菌桂，右边点缀着兰花与紫蔚。椒、桂、兰、苕（tiáo），皆香木、香草也。　　[4]"凌阳赞路"二句：陵阳子明在前引路，仙人王子乔来驾车。凌阳，即"陵阳"，传说中的仙人陵阳子明。刘向《列仙传》："陵阳子明者，铚乡人也。好钓鱼，于旋溪钓得白龙。子明惧，解钩，拜而放之。后得白鱼，腹中有书，教子明服食之法。子明遂上黄山，采五石脂，沸水而服之。三年，龙来，迎去。止陵阳山上百余年。"王子，指仙人王子乔。奉，侍奉。轺（yáo），轻便的小马车。　　[5]婉娈（luán）：徘徊貌。娈，底本作"变"，今据各本改。　　[6]真人：仙人。《庄子·大宗师》有所谓"古之真人"，指洞察天道、了解事物本原之人，是天道的体现者。后世道家亦称修真得道之人为真人。要，通"邀"，邀请。　　[7]齐物：齐同事物之彼此与是非；齐同万物之间的差别。或理解为齐同物论。为道家重要哲学思想之一，《庄子·齐物论》中有详细阐释。养生：保养生命。亦为道家思想，《庄子·养生主》有详细阐释。"生"，底本作"坐"，今据各本改。　　[8]道：老庄等道家所认为的宇宙的本体及其规律。《老子》第二十五章："有物混成，先天地生。寂兮寥兮，独立而不改，周行而不殆，可以为天地母。吾不知其名，强字之曰'道'。"又："人法地，地法天，天法道，道法自然。"

微风轻扇[1]，云气四除。

皦皦朗月[2]，丽于高隅[3]。

清吴淇《六朝诗选定论》卷七："首四句递逊相承。夫月曷为而'皦皦'？以云气之四除也。云气何由而除？以微风之扇也。月丽高隅，可代秉烛夜游也。'兴命'云云，携友访友也。'光灯'云云，乐于友庐之词。妙有次第浅深。末二语从《孟子》'得志行乎中国，若合符节'来。盖前圣后圣，合节异世之间；此贤彼贤，分符一室之内。"

明许学夷《诗源辨体》卷四:"虽调越《风》《雅》,而情兴跃如,盖三曹乐府之流也。"

兴命公子[4],携手同车。

龙骥翼翼[5],扬镳踟蹰。

肃肃宵征[6],造我友庐[7]。

光灯吐耀[8],华幔长舒。

鸾觞酌醴[9],神鼎烹鱼[10]。

弦超子野[11],叹过绵驹。

流咏大素[12],俯赞玄虚。

孰克英贤[13],与尔剖符。

清方廷珪《昭明文选集成》卷二十三:"由对月而命驾访友,由访友而张灯布筵,由布筵而听乐咏诗,写出自适其适。末直吐露心胸,真看仕宦如土。"

[注释]

[1]"微风轻扇"二句:微风轻吹,云气四散。　[2]皦(jiǎo)皦:同"皎皎",洁白明亮貌。　[3]丽:附着。隅(yú):角落,此指天空的一角。　[4]兴命:乘兴呼唤。　[5]"龙骥(jì)翼翼"二句:高大的骏马肩并着肩,举步欲发。龙骥,指骏马。《周礼·夏官·庾人》:"马八尺以上为龙。"翼翼,齐整貌。一说壮健貌。《诗经·小雅·采薇》:"四牡翼翼,象弭鱼服。"扬镳(biāo),提起马嚼子。扬,底本误作"杨",今据各本改。镳,马嚼子两端露出马口的部分。踟蹰(chí chú),徘徊,这里用以形容骏马昂首踏步即将出发时的情态。　[6]肃肃宵征:《诗经·召南·小星》:"肃肃宵征,夙夜在公。"肃肃,疾速、匆忙的样子。宵,夜晚。征,行。　[7]造:到,往。　[8]"光灯吐耀"二句:明亮的灯火发出耀眼的光芒,华丽的帏帐长垂舒展。　[9]鸾觞(luán shāng):雕刻有鸾鸟纹饰的酒杯。觞,古代盛酒器具。醴(lǐ):本义为甜酒,亦泛指酒。　[10]神鼎:鼎

的美称。 [11]"弦超子野"二句：琴技高妙超过师旷，歌声动人胜过绵驹。子野，即师旷，字子野，春秋时晋国著名乐师，目盲而善琴。叹，咏叹，此指唱歌。绵驹，春秋时齐国著名歌者。 [12]"流咏大素"二句：歌咏那万物始基的混沌元气，俯首赞颂那无求无欲的玄妙大道。大素，即"太素"，指构成宇宙万物始基的最初物质形态。《列子·天瑞》："太初者，气之始也；太始者，形之始也；太素者，质之始也。"玄虚，参见《五言诗三首答二郭》第三首注释[13]。 [13]"孰克英贤"二句：谁能堪称英才贤士，我当与之结盟同乐。克，能。尔，你。剖符，剖分符契。古时帝王分封诸侯、功臣，将符节剖分为二，君臣各执其一，以表盟誓约信。此处表心志契合，相约共乐之意。

[点评]

这组诗歌可能不是一时所作，其中部分作品，当创作于七贤竹林之游时段。诗人几乎是用白描的手法，淡淡几笔，描绘出山水、花草、禽鸟的自然自得情态；接着笔锋一转，抒发"锺期不存，我志谁赏""心之忧矣，孰识玄机""长啸清原，惟以告哀"的孤寂、无奈而又执着的情怀；然后到老子、庄子那里去寻求超脱："猗与庄老，栖迟永年""齐物养生，与道逍遥"。这正是刘勰、钟嵘所说"嵇志清峻""托喻清远"的艺术风格。置身自然美景之中，却难以排遣心头的忧思，现实世界的执着追求与精神世界的寻求超脱，这就是矛盾的嵇康，真实的嵇康。这组诗可以说是诗人质性的自然流露。

五言诗三首 [1]

人生譬朝露，世变多百罗 [2]。

苟必有终极 [3]，彭聃不足多 [4]。

仁义浇淳朴 [5]，前识丧道华。

留弱丧自然 [6]，天真难可和。

郢人审匠石 [7]，钟子识伯牙。

真人不屡存 [8]，高唱谁当和 [9]。

人生苦短，世事多变，伪诈勃兴，天性难存，知音无有，真人不存，可不悲叹哉！

[注释]

[1] 五言诗三首：诗题底本原抄作"五言诗"，今从鲁迅辑校稿本。　[2] 罗：罗网。一说罗通"罹"，表苦难、忧患。《诗经·王风·兔爰》："我生之后，逢此百罹。"　[3] 苟：假如。终极：终了。这里是善始善终，享尽天年的意思。　[4] 彭聃（dān）：彭祖、老聃，皆为长寿之人。彭祖相传为帝颛顼之玄孙，善于养生，通引导之术，活到八百多岁。老聃，即老子，姓李名耳，字伯阳，谥曰聃，周之守藏史，后退隐，著《道德经》五千言。《史记·老子韩非列传》："盖老子百有六十余岁，或言二百余岁，以其修道而养寿也。"多：称许。　[5]"仁义浇淳朴"二句：仁义使得淳厚朴实的风俗变得浇薄，礼法（前识）更令淳朴浑厚的自然之道丧失净尽。《老子》第三十八章："夫礼者，忠信之薄，而乱之首。前识者，道之华，而愚之始。"前识，先见，先知。此指假借上古大道名义，炮制礼法罗网者也。　[6]"留弱丧自然"二句：强留青春年少违背自然之道，自然流露的率真天性难以附和。天真，

指不受礼俗拘束的天然品性。《庄子・渔父》："圣人法天贵真，不拘于俗。"　[7]"郢人审匠石"二句：刷墙的郢人详知匠人石的高超技艺，善听的钟子期能从音乐中识别伯牙的志向。郢人、匠石，典出《庄子・徐无鬼》，参见《四言十八首赠兄秀才入军》第十四首注释[7]。　[8]真人：《庄子・大宗师》篇中的"古之真人"，是天道的体现者，最高境界的人。后来方士服食求仙的对象亦习称为"真人"。东汉以后，道士登仙者称为"真人"。嵇康诗文中的"真人"所指不一，当详察上下文而审定。这里的"真人"当指像郢人、钟子期那样的有真才实学的知音和搭档。屡存：常存，常有。　[9]高唱谁当和（hè）：高士放歌又有谁能跟着应和？和，跟着唱。

修夜家无为[1]，独步光庭侧[2]。
仰首看天衢[3]，流光曜八极[4]。
抚心悼季世[5]，遥念大道逼[6]。
飘飘当路士[7]，悠悠进自棘[8]。
得失自己求[9]，荣辱相蚕食。
朱紫杂玄黄[10]，太素贵无色[11]。
渊淡体至道[12]，色化同消息。

寂夜咏怀，与阮籍诗有同趣之妙。

[注释]

[1]修：长。家：同"寂"，底本误作"家"，据鲁迅校改。　[2]光：夜光。　[3]天衢（qú）：天上四通八达的道路。　[4]流光：谓月光明澈闪耀如同流水。曜（yào）：照耀，照亮。八极：八

方极远之地。　[5] 季世：末世，衰世。指原始共产社会被瓦解。　[6] 大道："大道之行也，天下为公"之大道。逼：逼仄，变得狭窄、局促。　[7] 当路士：泛指飘飘然追名逐利的官场士人。即第三首的"当路人"。　[8] 悠悠：众多貌。棘（jí）：酸枣树，茎上多刺，亦泛指有刺的草木。这里喻指众多士人陷在荆棘中艰难地竞进。　[9] 自：因为，由于。　[10] 朱紫：红色和紫色，喻指显贵。杂：底本误作"虽"。鲁迅校："疑当作'杂'。"据改。玄黄：黑色和黄色，喻指仕途不顺。　[11] 太素：物质起始的最初形态。《列子·天瑞》："太初者，气之始也；太始者，形之始也；太素者，质之始也。"贵：以无色为贵。　[12] "渊淡体至道"二句：亲近、践行至简的大道，随着自然的变化而变化。《礼记·学记》："就贤体远。"郑玄注："体，犹亲也。"至道，大道。色，鲁迅校："案：当误。"同消息，谓与道俱。消息，消长更替。《周易·丰·彖》："日中则昃，月盈则食，天地盈虚，与时消息，而况于人乎？"

去国仙游，文意结构一如《离骚》，而结尾一反《离骚》临睨旧乡、难舍故土之情怀，直言俗世难久存，秉承一贯的遗世之想。拟古而能翻出新意，难得。

俗人不可亲，松乔是可邻[1]。

何为秽浊间[2]，动摇增垢尘？

慷慨之远游[3]，整驾俟良辰[4]。

轻举翔区外[5]，濯翼扶桑津[6]。

徘徊戏灵岳[7]，弹琴咏泰真。

沧水澡五藏[8]，变化忽若神。

恒娥进妙药[9]，毛羽翕光新。

一纵发开阳[10]，俯视当路人。

哀哉世间人[11]，何足久托身。

[注释]

[1] 松乔：赤松子、王子乔，皆为传说中的仙人。参见《四言十八首赠兄秀才入军》第十六首注释 [3]。　[2]"何为秽浊间"二句：为何要生活在秽浊的俗世之间，动辄沾惹麻烦。　[3]慷慨：志气昂扬。之：往。　[4]整驾：整备车马。俟（sì）：等待。　[5]区外：尘世之外。　[6]濯（zhuó）：洗。扶桑：传说中的神木，为太阳初升之处。其下有汤谷，为太阳洗浴之所。《山海经·海外东经》："汤谷上有扶桑，十日所浴。"《离骚》："饮余马于咸池兮，总余辔乎扶桑。"　[7]"徘徊戏灵岳"二句：徘徊嬉戏于神仙居住的灵秀山岳上，弹奏雅琴歌咏太真。泰真，同太真，指天地未分时的原始混沌之气。　[8]"沧水澡五藏"二句：用山涧的清水洗净五脏六腑，变易化生如同神人般迅速。　[9]"恒娥进妙药"二句：嫦娥进献长生仙药，令我羽毛聚簇光洁如新。恒娥，即嫦娥，相传本为后羿之妻，后羿请不死之药于西王母，恒娥盗食之，得仙，奔入月中为月精也。翕（xī），收敛，聚集。一说美盛貌。　[10]"一纵发开阳"二句：纵身飞到北斗星旁，俯视尘世间为名利奔走的俗人。开阳，星名，为北斗七星中的第六星。当路人，指为仕途奔波之人，即上一首诗所云"当路士"。　[11]世间人：鲁迅校："疑当作'人间世'。"可从。人间世，即人世间。

[点评]

这组诗歌富有哲理意味。第一首"人生譬朝露"写生命短暂，罗网密布，人们受到仁义、礼法的束缚，丧失了淳朴自然的真性，"真人不屡存，高唱谁当和"？第二首"修夜寂无为",写世道衰微,礼法之士、利禄之徒求索不止,殊不知"得失自己求,荣辱相蚕食",更不知万物始基的浩浩元气贵在无色无欲,渊静和淡泊体现着自然大道。第三首"俗人不可亲",写自己慷慨远游,离开秽浊的俗世,追随仙人赤松子、王子乔,"徘徊戏灵岳,弹琴咏泰真",又服食嫦娥进献的妙药,纵身飞到北斗星旁,俯视可悲的人世间,"何足久托身"?诗歌颇具浪漫主义色彩,在嵇康诗作中是不多见的。

第二卷

琴赋 并序

余少好音声[1]，长而玩之[2]，以为物有盛衰，而此无变；滋味有猒[3]，而此不倦[4]。可以导养神气[5]，宣和情志，处穷独而不闷者[7]，莫近于音声也[8]。是故复之而不足[9]，则吟咏以肆志[10]；吟咏之不足，则寄言以广意[11]。

然八音之器[12]，歌舞之象[13]，历世才士，并为之赋颂[14]，其体制风流[15]，莫不相袭。称其材干[16]，则以危苦为上[17]；赋其声音[18]，则以悲哀为主[19]；美其感化[20]，则以垂涕为贵。丽则丽矣[21]，然未尽其理也[22]。推其所由[23]，似元不解音声[24]；览其旨趣[25]，亦未达礼乐之情也[26]。众器之中，琴德最优[27]，故缀叙所

清何焯《义门读书记》卷四十五："嵇之《琴》，潘之《笙》，二赋发端便是文章。各各排突前人之法。"

吉联抗《琴赋探绎》："音乐，不同于一般事物，无盛无衰，不厌不倦，总是起着提高人的精神品德，宣泄人的思想感情的作用。对于不得意的人尤其是最好的安慰，最好的伴侣。"

吉联抗《琴赋探绎》："序文对前人的音乐诸赋提出了尖锐的评论，说那些作者原来并不懂得音乐，也不懂得音乐的意义，只是陈陈相因地追求词藻的华丽。"

清于光华《重订文选集评》卷四引何义门曰："音乐诸赋，虽微妙古奥不一，而精当完备，神解入微，当以叔夜此作为冠。"

怀[28]，以为之赋。其辞曰：

惟椅梧之所生兮[29]，托峻岳之崇冈[30]。披重壤以诞载兮[31]，参辰极而高骧。含天地之醇和兮[32]，吸日月之休光[33]。郁纷纭以独茂兮[34]，飞英蕤于昊苍。夕纳景于虞渊兮[35]，旦晞干于九阳。经千载以待价兮[36]，寂神踌而永康[37]。

清庄臻凤《琴学心声谐谱》："嵇赋，琴学文字之祖也。此赋出而琴之能事备矣。"

[注释]

[1]音声：音乐，亦泛指声音。　[2]玩：习，研习。　[3]猒（yàn）：饱，满足，讨厌。　[4]倦：倦怠，懈怠。　[5]以：用。　[7]处穷独而不闷：身处于不得仕进不能显贵的孤独境况中而不忧闷。处，居处，引申为立身、存身。穷，阻塞不通，发展为不得仕进、不能显贵，跟"通""达"相对。　[8]近：犹"过"也（《文选》李周翰注）。　[9]复之：反复弹奏。　[10]吟咏：以诗歌谱之音声。　[11]寄言：谓创作赋颂。寄，托。　[12]八音：指金、石、丝、竹、匏、土、革、木等八种音声。器：乐器。　[13]象：容，仪容。　[14]赋颂：作赋作颂。赋、颂为两种文体。　[15]风流：风格。　[16]称：扬，誉。材干：材料主体。干，体。　[17]危苦：高危艰苦之地段，谓生于高峻也。上：通"尚"，尊崇，崇尚。　[18]赋：通"敷"，铺陈，陈述。　[19]主：事物的根本。　[20]感化：音乐的感化效应。　[21]丽：辞藻华丽。　[22]理：（音乐的）道理。　[23]由：原因。　[24]元：同"原"，原本。　[25]旨趣：意旨。趣，意。　[26]达：通晓。情：情实。　[27]琴德：琴的德性。桓谭《新论》："八音广博，琴德最优。"　[28]故缀叙所怀：所以附叙心怀。　[29]椅梧：梧桐树。

一说"椅梧"指高大疏理的泡桐，制琴材料的最优选。　[30]岳：泛指大山或山的最高峰。崇：高。　[31]"披重壤以诞载兮"二句：冲开厚重的土层而诞生啊，直参辰星而高骧在天空。披，开。载，生。参（cān），接近。　[32]醇和：纯净谐和之气。　[33]休：美好。　[34]"郁纷纭以独茂兮"二句：枝叶纷繁而独自茂盛啊，落花飘飞于苍天。英蕤（ruí），花。英，花。蕤，下垂的花。昊苍，苍天。昊、苍，皆天名也。　[35]"夕纳景于虞渊兮"二句：傍晚息影于日落的虞渊啊，早晨晒枝干于日出的九阳。景，同"影"。虞渊，传说中的地名，日落之所。《淮南子·天文训》："日至于虞渊，是谓黄昏。日入于虞渊之汜。"晞（xī），晒。九阳，九天之崖，传说中的日出之处。　[36]待价：即"待贾"，价（價）、贾古字通。《论语·子罕》记载孔子与子贡的对话："子贡道：这里有一块美玉，把它放在柜子里藏起来呢？还是找个识货的人（善贾）卖掉呢？孔子道：卖掉，卖掉！我是在等待识货者（待贾）哩。"　[37]跱（zhì）：立。

且其山川形势，则盘纡隐深[1]，碻嵬岑嵓[2]，互岭巉岩[3]，岞崿岖崄[4]，丹崖崄巇[5]，青壁万寻[6]。若乃重巘增起[7]，偃蹇云覆[8]，邈隆崇以极壮[9]，崛巍巍而特秀[10]。蒸灵液以播云[11]，据神渊而吐溜。

尔乃颠波奔突[12]，狂赴争流，触岩抵隈[13]，郁怒彪休[14]，汹涌腾薄[15]，奋沫扬涛[16]，瀄汩澎湃[17]，蛞蟺相纠[18]。放肆大川[19]，济乎中州。

吉联抗《琴赋探绎》："这几段文字铺排宏丽，作为美文来欣赏是十分引人的，但还未具体接触音乐问题，而是在创造一种产生音乐的环境、意境。"

清于光华《重订文选集评》卷四："每于顿挫处入情，见心闲手敏之致。"

以上数段描写制作琴面的材料梧桐树的生育环境极其优美。它托身于峻岭高岗之上，"含天地之醇和兮，吸日月之光"。周围是层峦叠嶂，云雾缭绕；山泉淙淙，溪流扬涛；宝石美玉，春兰沙棠，玄云翔鸾，清露惠风，全是赏心悦目的自然神丽之物。

安回徐迈[20]，寂尔长浮。澹乎洋洋[21]，萦抱山丘。

详观其区土之所产毓[22]，奥宇之所宝殖[23]，珍怪琅玕[24]，瑶瑾翕艳[25]，丛集累积，奂衍于其侧[26]。若乃春兰被其东[27]，沙棠殖其西[28]；涓子宅其阳[29]，玉醴涌其前[30]；玄云荫其上[31]，翔鸾集其巅；清露润其肤[32]，惠风流其间。竦肃肃以静谧[33]，密微微其清闲。夫所以经营其左右者[34]，固以自然神丽[35]，而足思愿爱乐矣[36]。

[注释]

[1] 盘纡（yū）隐深：屈折回环幽僻深邃。　　[2] 磪嵬（cuī wéi）：同"崔嵬"，山势高峻貌。岑嵒（cén yán）：山势危险貌。嵒，山岩。　　[3] 互岭巉（chán）岩：犬牙交错高高低低。巉岩，峻险貌。　　[4] 岝崿（zuò è）：险峻貌。岖崟（qū yín）：山势高险貌。　　[5] 崄巇（xiǎn xī）：险要高峻貌。　　[6] 寻：古代长度单位，八尺为寻。一说：七尺为寻；六尺为寻。　　[7] 若乃：至于。嵃（yǎn）：形状似甑的山（上大下小）；或指险峻的山峰。　　[8] 偃蹇（yǎn jiǎn）：高貌。云覆：言高在上，偃蹇然如云覆下也（《文选》李善注）。　　[9] 邈：远。隆崇：竦起。　　[10] 崛：崛起。　　[11] "蒸灵液以播云"二句：山气蒸腾而布为行云，据神渊而泉涌。溜，水流。　　[12] 颠波奔突：山间溪水泛着浪花狂跑直冲。　　[13] 抵：抵达。隑：山弯曲处。　　[14] 郁怒彪休：如怒气大作。彪休，发怒貌。　　[15] 腾薄：翻腾冲撞。　　[16] 奋沫：激起浪花。　　[17] 潎

汩（zhì gǔ）：水流激荡冲击声。　　[18]蜿蟺（wān dàn）：屈曲盘旋貌。　　[19]"放肆大川"二句：汇入大川，到达中州。　　[20]"安回徐迈"二句：静静回旋，慢慢流淌。　　[21]"澹（dàn）乎洋洋"二句：平静的水面非常宽阔，萦抱着一座座山丘。澹，定，安定，这里指水面平静貌。洋洋，盛大。　　[22]毓（yù）：同"育"。　　[23]奥宇：宇内。　　[24]琅玕（láng gān）：像玉的石头。[25]瑶瑾：都是美玉。翕赩（xī xì）：形容玉色美盛。　　[26]奂衍：散布。奂，散貌。衍，溢也。　　[27]被：覆盖。　　[28]沙棠：树名。见《山海经·西山经》："有木焉，其状如棠，黄华赤实，其味如李而无核，名曰沙棠。可以御水，食之使人不溺。"殖：繁殖。　　[29]涓子：传说中的仙人。参见《五言诗一首与阮德如》注释[15]。阳：此指南面。　　[30]玉醴（lǐ）：指甘美的泉水。　　[31]"玄云荫其上"二句：黑云遮蔽在它的上空，飞翔的凤凰栖息在它的枝头。　　[32]"清露润其肤"二句：清露滋润着它的皮肤，和顺的风儿吹过它的空隙间。　　[33]"竦（sǒng）肃肃以静谧"二句：它高高耸立而静谧，枝叶幽密而自然清闲。竦，肃敬，耸立。　　[34]经营：附靠。　　[35]固：本来。　　[36]思愿：思慕。

　　于是遁世之士[1]，荣期绮季之俦[2]，乃相与登飞梁[3]，越幽壑[4]，援琼枝[5]，陟峻崿[6]，以游乎其下。周旋永望[7]，邈若凌飞。邪睨昆仑[8]，俯阚海湄。指苍梧之迢递[9]，临回江之威夷。悟时俗之多累，仰箕山之余辉[10]。羡斯岳之弘敞[11]，心恺慷以忘归。情舒放而远览[12]，接轩

清于光华《重订文选集评》卷四引何义门曰："专拈遁世之士，与琴德相宜，推出至人，为一篇眼目，与结处相呼应也。"

吉联抗《琴赋探绎》:"稽康对琴的起源提出了自己的看法。他们(荣期、绮季)之所以要造出琴来,是为了'假物以托心',而不是为了'禁止淫邪,正人心',达到统治的目的。这是和传统的说法很不相同,更有人民性,也是更接近于实际的。"

清于光华《重订文选集评》卷四引何义门曰:"说到琴制,□及声律,正好接入下段,机趣流洽。"

以上数段写琴的起源和琴的制作。稽康认为,古琴的创制出自遁世隐居的高士,修养极高的"至人"之手。琴的制作过程,从面板、底板的准量合缝,到琴轸、琴弦、琴徽等的选配,无一不凝结着山林之士的清高之气。

辕之遗音。慕老童于騩隅[13],钦泰容之高吟[14]。顾兹梧而兴虑[15],思假物以托心。乃斫孙枝[16],准量所任[17],至人摅思[18],制为雅琴。

乃使离子督墨[19],匠石奋斤[20],夔襄荐法[21],般倕骋神[22],镂会裛厕[23],朗密调均,华绘雕琢[24],布藻垂文[25],错以犀象[26],籍以翠绿[27],弦以园客之丝[28],徽以钟山之玉[29],爰有龙凤之象[30],古人之形。伯牙挥手[31],钟期听声,华容灼爠[32],发采扬明,何其丽也。伶伦比律[33],田连操张[34],进御君子[35],新声嘹亮,何其伟也。

[注释]

[1]遁世之士:隐居的人。　[2]荣期:即荣启期,春秋时人。《列子·天瑞》载:孔子游泰山,见荣启期行于郕(鲁国邑名。今山东汶上县北二十里有郕城)之野。孔子与之语,其自言有三乐:一曰为人,二曰为男子,三曰行年九十。孔子曰:"善乎!能自宽者也。"绮(qǐ)季:即绮里季,秦末隐士。与园公、夏黄公、甪(lù)里先生隐居商山,须眉皓白,时称"商山四皓"。汉高祖刘邦闻而召之,不至。吕后用张良计,使太子卑辞厚礼,迎而致之。四人既至,从太子见高祖,客而敬之。俦:同类,同辈。　[3]飞梁:飞桥。　[4]幽壑(hè):深谷。　[5]援:攀援。　[6]陟(zhì):登。峻崿(è):高峻山崖。　[7]"周旋永望"二句:盘桓流连,

久久地观望，飘飘然如同凌空飞翔。　　[8]"邪睨（nì）昆仑"二句：斜视昆仑山，俯瞰大海边。睨，斜视。阚（kàn），通"瞰"。俯视。　　[9]"指苍梧之迢递"二句：指点遥远的苍梧，面对迂回的江流。苍梧，山名，又名九嶷山。在今湖南宁远县境内，相传舜死葬苍梧。威夷，曲折迂回。　　[10]仰箕（jī）山之余辉：仰慕高士许由之遗风。箕山，山名，在今河南登封东南。相传尧让天下于许由，许由遁于中岳，颍水之阳，箕山之下。　　[11]"羡斯岳之弘敞"二句：羡慕此山的恢弘敞亮，心里快乐而忘记了归去。恺慷，乐也，快乐。底本作"慷慨"，据鲁迅校改。　　[12]"情舒放而远览"二句：舒畅旷达而极目远望，神接轩辕黄帝时代的律吕遗音。轩辕，即黄帝，传说姓公孙，名曰轩辕，号黄帝。遗音，《文选》李善注："谓琴也。"吕延济注："昔黄帝使伶伦入嶰谷，取竹调律。今远览，思接其遗音，欲取椅桐为琴也。"梁章钜曰："黄帝使伶伦截竹，乐律起于黄帝，故云接轩辕之遗音。"　　[13]老童：一作"老僮"，黄帝之玄孙，帝颛顼高阳之子。见于《大戴礼记·帝系》。騩（guī）隅：騩山之一角，老童居之。《山海经·西山经》："（三危之山）又西一百九十里曰騩山。神耆童居之，其音常如钟磬。"郭璞注："耆童，老童，颛顼之子。"騩山，在今青海东部。　　[14]钦：钦敬。泰容：相传为黄帝的乐师。　　[15]"顾兹梧而兴虑"二句：回头看着这里的梧桐而兴起作琴的念头，要借助外物以寄托心愿。　　[16]斫，砍，砍伐。孙枝：（梧桐）侧生的枝条。《太平御览》卷九百五十六引《风俗通》曰："梧桐生于峄山之阳，岩石之上，采东南孙枝为琴，声极清丽。"　　[17]准量所任：度量（制琴）所需用的。准，平。任，使，用。　　[18]"至人揽思"二句：得道的人，抒发智慧，取椅桐制作雅琴。至人，传说黄帝发明雅琴，这里指"情舒放而远览，接轩辕之遗音"的遁世高人，继承自黄帝以来迭代生成的乐理智慧，施展历代能工巧匠的高超技艺，采取峻洁的椅桐制作雅琴，"思假物以托心"。　[19]离子：即离娄。黄帝时人，视力特强。传说黄帝亡其玄珠，使离娄索之。能视百里（一说：百步）之外，见秋毫之末。督墨：打正墨线（量直）。督，正。　[20]匠石奋斤：匠石挥舞斧头。典出《庄子·徐无鬼》，参见《四言十八首赠兄秀才入军》第十四首注释[7]。　[21]夔（kuí）襄荐法：按夔和师襄的方法校准音律。夔，传说为尧舜时代的乐师。襄，师襄。春秋时期卫国乐师，孔子曾向他学习弹琴。荐，进，进献。　[22]般：即鲁班，一作鲁般、公输般，春秋时期鲁国的能工巧匠。倕（chuí）：即工倕，传说为尧时巧匠，是他制作规矩准绳，使天下仿焉。骋神：施展绝技。　[23]"锼会裒厕"二句：把木材镶得天衣无缝，疏密调均。锼（sōu），镂刻，指加工琴的面板和背板。会，合缝，指把面板、背板合拢。裒（yì），缠裹。厕，同"侧"，边沿。　[24]华绘：华美的彩绘。雕琢：雕琢的玉饰。　[25]布藻垂文：扬美藻之采垂典雅之文。　[26]错以犀象：琴轸和雁足分别做成犀牛、大象二兽之形。琴轸在琴头部位，用木制或玉制，转动琴轸使绒剅因松紧而改变长短以调音或转调。雁足在琴底近琴尾部位，一般是两个木柱，以固定琴弦。错，间杂，二物相间之意。　[27]籍以翠绿：琴荐和琴囊分别铺以翠绿两种色彩。籍，通"藉"，铺，垫，凭借。　[28]弦以园客之丝：琴弦采自仙人园客的蚕丝。弦，这里用作动词，谓用园客之丝作琴弦。园客，仙人。《列仙传》载："园客者，济阴（今山东菏泽定陶区西北）人也。……常种五色香草，积数十年，食其实。一旦，有五色蛾止其香树末，（园）客收而荐之以布，生桑蚕焉。至蚕时，有好女夜至，自称（园）客妻，道蚕状。（园）客与俱收蚕，得百二十头。蚕（茧）皆如瓮大。缲一蚕，六十日始尽。讫则俱去，莫知所在。"　[29]徽以钟山之玉：采用钟山产的玉石制作琴徽。徽，琴徽，又称徽位，指琴面外侧的十三个圆点，一般用贝壳、磁或金属制成，是泛音的标志，也是音位的重要根据。在任一徽位处用左手指轻按琴弦，右手指挑弦，即可奏出"泛音"。 [30]"爰有龙凤之象"二句：于是琴体具有了龙凤的气象，古人的形貌。《文选》李善注引《西京杂记》曰："赵后有宝琴曰凤凰，皆以金玉隐起，为龙螭鸾凤古贤列女之象。"优良的琴经常有人写诗题词刻在琴背，并根据琴的特点、造型和制作者的意愿命名。琴体的某些部位，也已形成以龙凤命名之定制。如琴额的"龙舌"，琴尾的"龙龈"，琴底的"龙池""凤沼"等。 [31]"伯牙挥手"二句：伯牙弹琴，钟子期知音。伯牙、钟期，参见《四言诗十一首》第三首注释[7]。 [32]"华容灼爚（yuè）"以下三句：华丽的声音像火光一样，灿烂鲜明，多么美丽呀！（吉联抗《琴赋探绎》）灼爚，同"灼烁"，艳色，光亮。 [33]伶伦：相传为黄帝时代的乐官，是发明律吕据以制乐的始祖。《吕氏春秋·古乐》记载"昔黄帝令伶伦作为律"，说伶伦模拟自然界的凤凰鸣声，选择内腔和腔壁生长均匀的竹管，制作了十二律，暗示着"雄鸣为六"，是六个阳律；"雌鸣为六"，是六个阴吕。比律：校定律吕。比，次第，校订。 [34]田连操张：田连弹奏。田连，一作"成连"，春秋时代善弹琴者。传说伯牙曾向其学琴，三年不成。成连乃携伯牙至东海蓬莱山，留其独宿。伯牙但闻海水澎湃，山林寂寞，群鸟悲号，因情思专一，终有启悟，遂成天下妙手。 [35]"进御君子"以下三句：文人雅士，抚弄着琴，发出嘹亮的新声，是多么壮观的音乐之美呀！（吉联抗《琴赋探绎》）熮，同"嘹"。

及其初调[1]，则角羽俱起[2]，宫徵相证，参发并趣[3]，上下累应。蹁蹮磥硌[4]，美声将兴。

吉联抗《琴赋探绎》："'及其初调'一段，并非讲调弦，而是概括地描写音乐的构成。由于音乐中各种乐声的'俱起''相证''参发''上下'，由于音乐的变化无常（蹁蹮）宏大丰富（磥硌），所以总是使人感到和畅而沉浸在里面的。"

固以和昶 [5]，而足耽矣。

尔乃理正声 [6]，奏妙曲，扬《白雪》，发《清角》。纷淋浪以流离 [7]，奂淫衍而优渥 [8]。粲奕奕而高逝 [9]，驰岌岌以相属。沛腾遌而竞趣 [10]，翕韡晔而繁缛。状若崇山，又象流波。浩兮汤汤 [11]，郁兮峨峨。怫愊烦冤 [12]，纡余婆娑。陵纵播逸 [13]，霍濩纷葩。检容授节 [14]，应变合度。兢名擅业 [15]，安轨徐步。洋洋习习 [16]，声烈遐布。含显媚以送终 [17]，飘余响乎泰素。

[注释]

[1] 初调（tiáo）：开始试音。 [2]"则角（jué）羽俱起"二句：角、羽声迸发，宫、徵声相互验证。角羽，古代乐律五声音阶中的两个音级。宫徵（zhǐ），五声音阶中的两个音级。中国古代五声音阶包括宫、商、角、徵、羽五级，相当于现代七声音阶中的 1（do）、2（re）、3（mi）、5（sol）、6（la）五个音阶。 [3]"参发并趣"二句：一会儿交替发声，一会儿一齐弹奏，徽位上下移动和声相应。趣，趋。上下，指徽位上下。 [4]"躞蹀碟硌（chěn chuō lěi gè）"二句：音声多变而响亮，美妙的音乐即将兴起。躞蹀，行走不定貌，形容音乐的变化无常。碟硌，亦作"磊硌"，指音乐的宏大丰富。《文选》李善注："躞蹀，无常也。碟硌，壮大貌。碟，与'磊'同。" [5]"固以和昶"二句：本就是凭着协和通畅，而使人乐在其中啊。耽（dān），乐。 [6]"尔乃理正声"以下四句：接着便演奏以平和为体的音乐，弹奏美妙的琴曲，

高雅的《白雪》播扬，《清角》嘹亮。正声，吉联抗谓："结合着《声无哀乐论》来看，'正声'即'以和平为体'的音乐，与一般儒家典籍所说的'雅正之声'有所不同，而与'声音之至妙'的'妙曲'相近。"《白雪》，高雅乐曲名称，传说为春秋时期晋国著名音乐家师旷所演奏。清角，弦急，其声清也。一说：《清角》，乐曲名，相传为黄帝所作。　　[7]纷淋浪以流离：琴声琳琅而悠扬。吉联抗谓此句"是说荡人心魂"。　　[8]奂淫衍而优渥：音乐繁富厚实而异常优美。优渥，优裕丰厚。吉联抗谓此句"是说美妙无限"。　　[9]"粲奕奕而高逝"二句：如闪光的流星在天际消逝，如连绵的高山在奔驰起伏。吉联抗谓上句"是说神采奕奕"，下句"是说意境高远"。属，联，连接。　　[10]"沛腾遌（è）而竞趣"二句：五声竞相争发，音色华美而丰赡。吉联抗谓上句"是说情调多样"，下句"是说色采丰富"。遌，接触。翕（xī），聚合。韡晔（wěi yè），光彩盛明。　　[11]"浩兮汤（shāng）汤"二句：浩大宽博，意境巍峨。吉联抗谓"用高山流水来比拟"。汤汤，浩大貌。　　[12]"怫愲（fú wèi）烦冤"二句：有时蕴积不散，曲折多繁。吉联抗谓上句"是说声音蕴积不散"，下句"是说曲调转折复杂"。怫愲，声音郁结不畅。纡（yū）余，婉转曲折。　　[13]"陵纵播逸"二句：琴声激越奔放，如水流泻下，似繁花盛开。吉联抗谓上句"是说高音飞扬"，下句"是说起伏抑扬"。陵纵，声音高。霍濩（hù），波浪声。　　[14]"检容授节"二句：端正容止，收敛繁乱之声，一节一拍变化有度。　　[15]"兢（jīng）名擅业"二句：乐声小心翼翼，循规蹈矩。兢，小心谨慎貌，戒慎。以上四句吉联抗谓"讲的应该都是弹琴的方法，也就是音乐演奏的道理：要按照音乐的需求来演奏（创作），各种变化都要符合音乐的发展，要更番使用乐音（我这样理解"名"字，是为了从音乐方面疏通它），擅于安排全局（把"业"理解为全局，理由同上），要按照吉联抗《琴赋探绎》："'若乃高轩飞观'一段，是进一步把音乐放在具体的情境中来加以考察。这里值得注意的是'器泠弦调，心闲手敏，触批如志，唯意所拟'这些话，是说乐器应手弦音协调，心情舒畅手指灵活，触弦运转都能任随着自己的意志。这是嵇康弹琴的经验之谈，也是要使音乐感人的先决条件。这种得心应手的本领，则是艰苦磨练的结果。"

《汉魏名文乘》引明余元熹曰："'器冷（泠）弦调，心闲手敏'八字，便可悟琴道之妙，所谓以无累之神，合有道之器也。"

清于光华《重订文选集评》卷四引何义门曰："插入此段，正为至人写照。"

音乐的规律逐步发展下去"。　[16]"洋洋习习"二句：洋洋洒洒，琴声远播。　[17]"含显媚以送终"二句：含其明媚之音以送初终之曲，余音在太空中袅绕。泰素，即"太素"，质之始也。指构成宇宙的原始物质，原始混沌之气。这里指太空。以上四句吉联抗释曰："洋洋习习的美妙的音乐，宏扬地到处传播，使人沉浸在里面直到曲终，还感到余音不绝充满着天空。"

若乃高轩飞观[1]，广厦闲房[2]，冬夜肃清[3]，朗月垂光，新衣翠粲[4]，缨徽流芳[5]。于是器泠弦调[6]，心闲手敏[7]，触批如志[8]，唯意所拟[9]。初涉《渌水》[10]，中奏《清徵》[11]，雅昶《唐尧》[12]，终咏《微子》[13]，宽明弘润[14]，优游躇跱[15]，拊弦安歌[16]，新声代起[17]。

歌曰：凌扶摇兮憩瀛洲[18]，要列子兮为好仇。餐沆瀣兮带朝霞[19]，眇翩翩兮薄天游。齐万物兮超自得[20]，委性命兮任去留。激清响以赴会[21]，何弦歌之绸缪。

[注释]

[1]高轩飞观：高高的窗廊飞起的楼阙。轩，有窗的长廊。观，古代宫门外高台上的望楼，亦称为阙。泛指高大的建筑物。　[2]闲：大。　[3]肃清：清静，安静清爽。　[4]翠粲：鲜色也（《文选》李周翰注）。　[5]缨徽：女子佩带的香囊。　[6]泠

（líng）：轻妙。底本作"泠"，鲁迅校："《文选》李善本作'泠'，《书钞》引同。"今据改。　　[7]闲：通"娴"，熟练。　　[8]触搊（pī）如志：弹击自如。搊，同"批"，反手相击。　　[9]唯意所拟：随心所欲。　　[10]涉：指弹奏。《渌水》：舞曲名。　　[11]《清徵》：乐曲名。　　[12]雅昶：通"雅畅"，高雅流畅。《唐尧》：古乐曲名。　　[13]《微子》：微子为殷纣王之兄，此处指古曲《微子操》。《文选》李善注引《七略》："微子伤殷之将亡，终不可奈何，见鸿鹄高飞，援琴作操。"操，乐曲体裁之一。　　[14]宽明：宽厚明朗。弘润：宏大圆润。　　[15]优游：悠闲从容。躇跱（chú zhì）：即"跱躇"，与踟蹰、踌躇等皆相通。　　[16]拊：拍，轻击。安歌：安然放歌。　　[17]新声代起：新的声乐接着升起。　　[18]"凌扶摇兮憩（qì）瀛洲"二句：乘着旋风啊到瀛洲去栖息，邀请列御寇啊结个好伴侣。扶摇，旋风。憩，休息。瀛洲，古代方士相传渤海有蓬莱、方丈、瀛洲等三神山。要，通"邀"。列子，列御寇，战国初期郑国人。传说他很穷，以清静无为、特立独行处世。据说他曾经仙人指点，能"御风而行"。仇（qiú），同"雠"，伴侣。　　[19]"餐沆瀣（hàng xiè）兮带朝霞"二句：饱餐深夜的水汽啊再披上绚丽的朝霞，翩翩起飞啊到天宫遨游。沆瀣，夜间的水气，露水。薄，至，迫近。　　[20]"齐万物兮超自得"二句：齐同万物啊我超然自得，委随性命啊任其去留。齐，齐同，齐等。委，安，随。　　[21]"激清响以赴会"二句：激发清亮的歌喉与琴声节奏相符，弦声歌声啊是何等地缠绵谐和。赴会，交会，交响，谓歌声与琴声节奏相符。会，节会。绸缪（chóu móu），缠绵，纠结。

于是曲引向阑[1]，众音将歇。改韵易调[2]，奇弄乃发。扬和颜[3]，攘皓腕[4]，飞纤指以驰

吉联抗《琴赋探绎》："'于是曲引向阑'一段，又转进一层，结合着弹琴的手法描述音乐的动人。"

清于光华《重订文选集评》卷四引孙月峰曰："叔夜最精于琴，然形容处尚不如季长《长笛》之工。盖季长刻意雕虫之技，叔夜则懒疏，或怠于深思极炼耳。"又眉批曰："写正声处安详和雅，由初至终，次第井井。奇弄不拘一调，见变态无穷，然毕竟归到中和为大要也。"

以上数段描写在高轩飞观、广厦闲房里，在冬天的月夜，弹琴唱歌的情景。作者以富有想象力的笔触，对琴声的美妙变化，作了形象的描摹。

骛[5]，纷傟𥔥以流漫。或徘徊顾慕[6]，拥郁抑按；盘桓毓养[7]，从容秘玩；阂尔奋逸[8]，风骇云乱；牢落凌厉[9]，布濩半散；丰融披离[10]，斐韡奂烂；英声发越[11]，采采粲粲。或间声错糅[12]，状若诡赴；双美并进[13]，骈驰翼驱。初若将乖[14]，后卒同趣。或曲而不屈[15]，直而不倨；或相凌而不乱[16]，或相离而不殊。时劫掎以慷慨[17]，或怨𡢃而踌躇。忽飘飖以轻迈[18]，乍留联而扶疏。或参谭繁促[19]，复叠攒仄；从横骆驿[20]，奔遁相逼；拊嗟累赞[21]，间不容息；瑰艳奇伟，殚不可识。

[注释]

[1]于是曲引向阑：此时序曲接近尾声。引，乐曲体裁之一。阑，将结束之音。《文选》李善注："引亦曲也。半在半罢谓之阑。"　[2]"改韵易调"二句：改了韵换了调，美妙的乐音生发出来。奇弄，美妙得简直使人惊奇的音乐。弄，小曲，乐曲。《文选·洞箫赋》李善注："弄，小曲也。"　[3]扬和颜：抬起表情平和的脸庞。　[4]攘皓腕：伸出白皙的手臂。　[5]"飞纤指以驰骛"二句：飞动的手指十分快疾，发出纷乱急促的长音。傟𥔥（sè tà），声音纷繁。　[6]"或徘徊顾慕"二句：或者在弦上徘徊往复，有时按有时抑。　[7]"盘桓毓养"二句：有时盘桓不去培养情感，从容抚弄着发出安静的弱音。　[8]"阂（tà）尔奋逸"二

句：突然又奋发起来，有"风骇云乱"之概。阕尔，快速貌。骇，惊起。　　[9]"牢落凌厉"二句：忽而断断续续，欲散还聚。牢落，犹寥落，稀疏。布濩（hù），遍布。半，分开。　　[10]"丰融披离"二句：丰厚的声音，盛大而烂漫。斐韡（wěi），鲜明貌。奂（huàn）烂，绚烂。　　[11]"英声发越"二句：美妙的声音，光辉而灿烂。采采，众多也。粲粲，繁盛貌。　　[12]"或间声错糅"二句：或者夹杂着变音，和原来的声音不同。间声，变音。诡赴，异趋。　　[13]"双美并进"二句：这两种声音"双美并进"，相辅相成。骈，并也。　　[14]"初若将乖"二句：先像互相背离，终于殊途同归。　　[15]"或曲而不屈"二句：音乐的表现，或者婉曲但所表现的情志却并不卑下，或者刚直但所表现的情志却并不倨傲。《文选》李周翰注："其声虽曲而志不屈，其声直而志不倨傲也。"《左传·襄公二十九年》："直而不倨，曲而不屈。"杜预注："倨，傲也。"[16]"或相凌而不乱"二句：或者重叠而不乱，或者相离而不分。殊，断，绝。　　[17]"时劫掎（jǐ）以慷慨"二句：有时慷慨激昂，有时怨沮踌躇。劫掎，激切。怨娵（jù），哀怨而娇媚。　　[18]"忽飘飘以轻迈"二句：忽然轻盈飘摇，忽然留连扶疏。乍，忽然。扶疏，回旋貌。《淮南子·修务训》："舞扶疏。"高诱注："扶疏，盘跚貌。"[19]"或参谭繁促"二句：或者参差地弹得很急促，声音好像积聚重叠在一起。参谭，相随貌。攒仄（zè），聚声。马融《长笛赋》："繁手累发，密栉叠重，蹋跙攒仄，蜂聚蚁同。"[20]"从横骆驿"二句：纵横不断络绎相连，犹如奔腾相迫。骆驿，同"络绎"，连续不断。　　[21]"拊嗟累赞"以下四句：一声一声紧接着，使听者要屏住呼吸，那种奇伟的壮观，简直无法认识。瑰（guī）艳，瑰丽艳美。殚（dān），尽。识，赏识，领悟。（本节各句大意串讲，录自吉联抗《琴赋探绎》。）

若乃闲舒都雅[1]，洪纤有宜，清和条昶，案衍陆离。穆温柔以怡怿[2]，婉顺叙而委蛇。或乘险投会，邀隙趋危。譻若离鹍鸣清池[3]，翼若浮鸿翔层崖。纷文斐尾[4]，慊縿离缅；微风余音，靡靡猗猗；或搂捊櫟捋[5]，缥缭潎冽[6]；轻行浮弹[7]，明嫿�慧；疾而不速[8]，留而不滞；翩绵飘邈[9]，微音迅逝。远而听之，若鸾凤和鸣戏云中；迫而察之[10]，若众葩敷荣曜春风。既丰赡以多姿[11]，又善始而令终。嗟姣妙以弘丽[12]，何变态之无穷。

[注释]

[1]"若乃闲舒都雅"以下四句：或者弹得很幽雅，大声细声各自符合于需要，清和舒畅，起伏有致。条昶，条贯通畅。昶，同"畅"。　[2]"穆温柔以怡怿"以下四句：那样温柔亲切，那样婉转逶迤，或者若断若续，似乎不能连接。委蛇（wēi yí），同"逶迤"。　[3]"譻（yīng）若离鹍（kūn）鸣清池"二句：像水禽在池塘边嘤嘤和鸣，似鸿雁在高山顶展翅飞翔。譻，同"嘤"，鸟鸣声，此指音乐和鸣。离鹍，失去伴侣的鹍鸡。浮鸿，飞鸿。层崖，重崖。　[4]"纷文斐尾"以下四句：那样丰富的文采，像下垂着的彩羽，像微风中的余音，袅袅娜娜。斐尾，亦作"斐亹（wěi）"，绚丽貌。慊縿（qiè shān），羽毛下垂貌。离缅（lí），连绵不断。靡靡，顺随貌。猗（yī）猗，柔美貌。　[5]搂捊（pī）櫟（lì）

清于光华《重订文选集评》卷四引方伯海曰："以下专言琴声，合始终而赞其美。不就度曲说，别上二段，更以详上文未尽之意。"

描绘弹奏动作，协调娴雅，琴声美妙，变化无穷。

捋（luō）：弹琴的四种指法，皆手抚琴弦之貌。搂，抹，一说以指勾弦。底本作"楼"，今据张燮本、张溥本等改。抛，同"批"，反手击弦。栎，《广雅》曰："击也。"捋，轻滑。　[6]缥缭潎冽（piāo liáo piē liè）：声音如烟般飘渺缭绕，如水般澎湃激荡。一说皆状声之词，形容四种指法弹弦发出的四种琴声。　[7]"轻行浮弹"二句：在弦上轻轻地滑动浅浅地弹弄，发音明亮灵活。明婳（huà），明快美好。瞁（qì）慧，观赏赞美。　[8]"疾而不速"二句：弹得快时不紧迫，弹得慢时不滞重。　[9]"翩绵飘邈"二句：连绵的声音远远地飞开去，微细的声音迅速地消逝。　[10]"迫而察之"二句：近处细听，宛如百花盛开笑迎春风。葩（pā），花。敷（fū）荣，盛开。曜（yào），放光彩。　[11]"既丰赡（shàn）以多姿"二句：既丰满而多姿，又善始而善终。丰赡，乐声繁富。令，善，美。　[12]"嗟姣妙以弘丽"二句：使人赞叹的美妙而壮丽的音乐，多么变化无穷！姣妙，美妙。（本节句意串讲，录自吉联抗《琴赋探绎》。）

　　若夫三春之初[1]，丽服以时[2]，乃携友生[3]，以遨以嬉。涉兰圃[4]，登重基[5]，背长林[6]，翳华芝[7]，临清流，赋新诗。嘉鱼龙之逸豫[8]，乐百卉之荣滋[9]，理重华之遗操[10]，慨远慕而长思。若乃华堂曲宴[11]，密友近宾，兰肴兼御[12]，旨酒清醇[13]。进《南荆》[14]，发《西秦》[15]，绍《陵阳》[16]，度《巴人》[17]。变用杂而并起[18]，竦众听而骇神[19]，料殊功而比操[20]，岂笙簧之

清于光华《重订文选集评》卷四："前言冬夜，此言三春，亦两相映带处。"

描写阳春三月，在山林清溪之间，在华堂曲宴之际，演奏琴曲的美景，绝非其他乐器所可比拟。

清于光华《重订文选集评》卷四：“曰曲引，已见前文，此复悉数其余，渐为收局，以叙感化之效也。”

吉联抗《琴赋探绎》：“嵇康对于琴曲的评价，从‘次其曲引所宜’的一段中可以看到。他所肯定的琴曲分为两类。第一类是富于‘自然’美感，情深意切，使人听了就心神安定烦闷消除的。第二类则比第一类略微低一层，所以说‘下逮’，是属于间或弹奏一下，以补琴曲之不足的，所以说‘承间篷乏’，它们本来是民间谣曲俗乐，却‘亦有可观者焉’。”

能伦。

若次其曲引所宜[21]，则《广陵》《止息》[22]，《东武》《太山》，《飞龙》《鹿鸣》，《鹍鸡》《游弦》。更唱迭奏[23]，声若自然，流楚窈窕[24]，惩躁雪烦[25]。下逮谣俗[26]，蔡氏五曲[27]，《王昭》《楚妃》[28]，《千里》《别鹤》[29]，犹有一切[30]，承间篷乏，亦有可观者焉。

然非夫旷远者[31]，不能与之嬉游[32]；非夫渊静者[33]，不能与之闲止[34]；非夫放达者[35]，不能与之无吝[36]；非夫至精者[37]，不能与之析理也[38]。

[注释]

[1] 三春：农历三月。农历正月称孟春，二月称仲春，三月称季春。 [2]以时：因时，入时。 [3]友生：朋友。《诗经·小雅·常棣》：“虽有兄弟，不如友生。” [4]涉兰圃：经过兰圃。 [5]重基：高山。 [6]背：背靠。长林：高大的树林。 [7]翳华芝：《文选》李周翰注：“翳，荫也。华芝，盖也。言长林之荫如盖也。” [8]逸豫：闲逸自得。 [9]荣滋：生长繁茂。 [10]“理重（chóng）华之遗操”二句：弹起虞舜当年遗留下来的琴曲，心中慨然仰慕思念圣贤的美德。重华，《楚辞·离骚》：“济沅湘以南征兮，就重华而陈词。”王逸注：“重华，舜名也。《帝系》曰：瞽叟生重华，是为帝舜，葬于九疑山，在于沅湘之南。”《文选》李善注引《琴

道》："《舜操》者，昔虞舜圣德玄远，遂升天子。喟然念亲，巍巍上帝之位不足保，援琴作操。"操，琴曲的一种。长，底本作"常"，鲁迅校："各本作'长'。"今据改。　[11]华堂：华丽的厅堂。曲宴：小型宴会。　[12]兰肴：兰花、佳肴。兼御：并用。　[13]旨酒：美酒。　[14]《南荆》：《文选》李善注："《南荆》，即《荆艳》，楚舞也。"　[15]《西秦》：秦乐。　[16]绍：接续。《陵阳》：古代高雅乐曲，即《阳春》。　[17]度：弹奏。《巴人》：古代俗乐曲。　[18]变用杂而并起：雅曲俗调交响齐鸣。杂，本义是五采相合，引申为凡参错之称。这里借为聚集字。　[19]竦（sǒng）众听而骇神：使人悚然动听心神摇荡。竦，竦动，振动。　[20]"料殊功而比操"二句：这种奇异的功效，超过其他乐器上发出来的声音。料，衡量。比操，比较其他乐器音色之优劣。笙（shēng）、籥（yuè），皆管乐器。伦，相比，比拟。　[21]若次其曲引所宜：若按适当的次序把各种琴曲排列起来。曲引，乐曲。引也是曲。　[22]"则《广陵》《止息》"以下四句：所列八种皆古琴曲名。《广陵》，即《广陵散》，今有琴谱传世。吉联抗谓："唐写本梁丘明所传《碣石调幽兰谱》后所附曲名，以'广陵止息'为一曲，但《宋书·戴颙传》则说：'颙衣野服为义季鼓琴，并新声变曲，其三调：游弦、广陵、止息之流，皆与世异。'刘宋在梁以前，则作为一曲的说法显然是后起的。但现在并无独立的《止息》传谱。其余各曲也都没有传下来，只见于文献的记载。"　[23]更唱迭奏：交替弹唱。　[24]流楚窈窕：流利清晰窈窕悦耳之声。一说《流楚》《窈窕》亦古琴曲名。　[25]惩：惩止。雪：洗去，除去。　[26]逮（dài）：及。　[27]蔡氏：蔡邕（133—192），东汉末年文学家，雅善书法，精通音律。五曲：指蔡邕所作《游春》《渌水》《坐愁》《秋思》《幽居》等五种琴曲。宋郭茂倩《乐府诗集》卷五十九引《琴书》："邕性沉厚，雅好琴道。熹平初，入青

吉联抗《琴赋探绎》："要求琴家'旷远''渊静''放达'，固是也体现了嵇康对琴的音乐的推崇备至，但也体现了他的局限性，这是与前一段所反映的重雅轻俗思想相一致的。嵇康的这种思想，实质是逃避现实，一方面源于道家的出世思想，一方面也体现了他和司马氏集团不合作的态度。"

溪访鬼谷先生。所居山有五曲，一曲制一弄。山之东曲，常有仙人游，故作《游春》；南曲有涧，冬夏常渌，故作《渌水》；中曲即鬼谷先生旧所居也，深邃岑寂，故作《幽居》；北曲高岩，猿鸟所集，感物愁坐，故作《坐愁》；西曲灌水吟秋，故作《秋思》。三年曲成，出示马融，甚异之。”曲谱失传，其词载于郭茂倩《乐府诗集》。　[28]《王昭》：指乐曲《昭君怨》，其谱传世。《楚妃》：指乐曲《楚妃叹》。传息妫所制，其谱失传。　[29]《千里》：指乐曲《千里吟》，已佚。《别鹤》：指乐曲《别鹤操》。商陵牧子所制，谱传世。《文选》李善注引蔡邕《琴操》：“商陵牧子，娶妻五年，无子，父兄欲为改娶。牧子援琴鼓之，叹别鹤以舒其愤懑，故曰《别鹤操》。”　[30]“犹有一切”以下三句：乃有权宜以承古雅之间，杂陈于困顿穷乏之际，也是可以欣赏的。《文选》李周翰注：“言此诸曲，权时以承古雅之间，以杂于顿乏之际，亦有可观也。”一切，权时，权宜。簉（zào），杂，杂厕。　[31]旷远者：心胸开阔的人。　[32]之：代词，指琴。　[33]渊静者：深沉安详的人。　[34]闲止：悠闲相处。　[35]放达者：放纵豁达的人。　[36]吝：贪欲，私心。　[37]至精者：道德修养最纯粹的人。　[38]与之析理：与琴明理。

清于光华《重订文选集评》卷四评“器和”四句曰：“四语写出琴道本色，他乐器莫能当也。”

黄侃《文选平点》卷十八：“‘是故怀戚者闻之’段，与《声无哀乐论》相应。”

　　若论其体势[1]，详其风声[2]，器和故响逸[3]，张急故声清，间辽故音庳[4]，弦长故徽鸣。性洁静以端理[5]，含至德之和平，诚可以感荡心志[6]，而发泄幽情矣[7]。

　　是故怀戚者闻之[8]，莫不憯懔惨凄[9]，愀怆伤心[10]，含哀懊咿[11]，不能自禁。其康乐者闻之，则欤愉懽释[12]，抃舞踊溢[13]，留连澜漫[14]，嗢噱终日[15]；若和平者听之，则怡养悦愉，淑穆玄真[16]，恬虚乐古[17]，弃事遗身[18]。

是以伯夷以之廉[19]，颜回以之仁[20]，比干以之忠[21]，尾生以之信[22]，惠施以之辩给[23]，万石以之讷慎[24]。其余触类而长[25]，所致非一[26]，同归殊途，或文或质[27]，总中和以统物[28]，咸日用而不失。其感人动物[29]，盖亦弘矣。

于时也[30]，金石寝声[31]，匏竹屏气[32]，王豹辍讴[33]，狄牙丧味[34]。天吴踊跃于重渊[35]，王乔披云而下坠[36]，舞鹙鹭于庭阶[37]，游女飘焉而来萃[38]。感天地以致和，况蚑行之众类[39]，嘉斯器之懿茂[40]，咏兹文以自慰。永服御而不猒[41]，信古今之所贵。

清于光华《重订文选集评》卷四引何义门曰："感兼哀乐，而以和平为归，故曰'总中和以统物'。"

清于光华《重订文选集评》卷四引邵子湘曰："前言'感天地之醇和'，末言'感天地以致和'，照应紧密。"

[注释]

[1]体势：琴体结构。　[2]风声：琴的声音。　[3]"器和故响逸"二句：各部位和谐则音响闲逸，弦紧则琴声清越。器和，琴体各部分搭配和谐。张急，弦紧。　[4]"间辽故音庳（bēi）"二句：琴弦距岳山愈远，则发音次第低沉；琴弦长长的，则需纠紧徽索以便取音演奏。戴明扬曰："间者，谓岳山（引者按：指琴额用以架弦的横木）与左手取音处之间隔。去岳愈远，则音愈低。

琴之间隔最远，故能取庳下之音也。"庳，低沉。底本作"痹"，周校本录作"庳"，今据改。徽鸣，纠徽索而取音也。朱骏声《说文通训定声》谓：琴轸系弦之绳谓之徽，后人乃以琴面识点为徽。　[5]"性洁静以端理"二句：本性洁净而正直，蕴含至德于和平之象。和平，平和，心平气和。　[6]感荡：感动。　[7]发泄：抒发。　[8]怀戚者：心怀忧虑的人。　[9]憯懔（cǎn lǐn）：哀伤畏惧。　[10]愀怆（qiǎo chuàng）：忧伤。　[11]懊咿（ào yī）：内悲。　[12]欤（xū）愉：欣悦貌。欤，笑貌。懽（huān）释：欢乐开怀。释，纵，解。　[13]抃（biàn）舞：鼓掌舞蹈。踊溢：跳跃。　[14]留连：同"流连"。　[15]喝噱（wà jué）：大笑。　[16]淑穆：恬淡闲适。玄真：归于淳朴之境。　[17]恬（tián）虚：恬淡虚静。《庄子·天道》："夫虚静恬淡，寂漠无为者，天地之平，而道德之至。"　[18]弃事遗身：摆脱事累，置身物外。　[19]伯夷：殷商末期孤竹国（今河北卢龙县南）君的儿子。孤竹君想在死后立叔齐为君，他死后，叔齐让位给哥哥伯夷。伯夷不肯，说："这是父亲的意思。"随后伯夷就出走了。叔齐不肯继位，就也出走了。国人立了孤竹君的仲子为君。兄弟二人来到周地，这时西伯姬昌已死，周武王继位，帅师伐纣，两人扣马而谏。武王灭商，伯夷、叔齐以武王的做法可耻，义不食周粟，隐居于首阳山（今山西永济南），采食野菜山果，饥饿而死。　[20]颜回：孔子最赏识的弟子。字子渊，特好学，安贫乐道，只活了三十岁（一说四十一岁），英年早逝，孔子极为痛惜。《列子·仲尼》："子夏问孔子曰：'颜回之为人奚若？'子曰：'回之仁，贤于丘也。'"　[21]比干（gàn）：殷纣王叔父，一说纣王庶兄。纣王淫乱祸国，比干犯颜强谏，纣王大怒，剖其心而死。　[22]尾生：人名，生平不详。《庄子·盗跖》："尾生与女子期于梁（桥）下，女子不来，水至不去，抱梁柱而死。"　[23]惠施：战国中期宋国人，名家代表人物之一，认为一切事物的差别、对立，都是相对的。很善于辩论。曾做过魏国相。辩给（jǐ）：能言善辩。给，口才敏捷。　[24]万石：即"万石君"石奋，汉初人。参见《幽愤诗一首》注释[39]。讷（nè）慎：慎言。石奋父子以训行孝谨著称于世。　[25]触类而长：以此类推。《周易·系辞上》："引而伸之，触类而长之，天下之能事毕矣。"孔颖达疏："谓触逢事类而增长之。"长，增长，类推。　[26]"所致非一"二句：琴声带给各人的感受千差万别，但殊途而同归。　[27]文：文采。质：质朴。　[28]"总中和以统物"二句：都是中和天地之气，统理万物趋向和谐，终日用之而不可失。中和，《礼记·中庸》："喜怒哀乐之未发谓之中，发而皆中节谓之和。……致中和，天地位焉，万物育焉。"[29]"其感人动物"二句：琴音的感人动物，应该说是很弘大的呵！　[30]于时：指雅琴发声之际。　[31]金石：泛指金、石制作的乐器。寝声：失声。　[32]匏（páo）竹：泛指匏、竹制作的乐器。　[33]王豹：春秋时卫人，善歌。《孟子·告子下》："昔者王豹处于淇，而河西善讴。"（从前王豹住在淇水旁边，连河西的人都会唱歌。）辍讴（ōu）：停止了唱歌。　[34]狄（dí）牙：即易牙，春秋时齐国名厨，以善烹调得宠于齐桓公。《文选》李善注引《淮南子》曰："淄、渑之水合，狄牙尝而知之。"丧味：丧失了味觉。　[35]天吴：水神。《山海经·海外东经》："朝阳之谷，神曰天吴，是为水伯。……其为兽也，八首，人面，八足八尾，皆青黄。"重渊：深渊。　[36]王乔：即王子乔，传说中的仙人。　[37]舞：起舞。鹙鸑（yuè zhuó）：神鸟，凤类。　[38]游女：传说中的汉水女神。萃（cuì）：聚会。　[39]况蚑（qí）行之众类：更何况一般的各色人物。蚑，《说文》："蚑，行也。"《文选》李善注引申曰："凡生之类，行皆曰蚑。"盖谓动物行走。嵇康"蚑行"并用，统指名人、仙人、水神、女神、神鸟之下的能力不同的各吉联抗《琴赋探绎》:"乱词则不单极力赞颂'琴德',而且颇有寄托。那就是肯定'今世'有'良质美手'(有自况之意),为'众艺'之'冠',只是'识音者希',无人珍惜。谁能'识音',尽'雅琴'之妙呢?'惟至人兮'!"

明邹思明《文选尤》卷三:"中散品格超异,妙解音律,既得琴中趣,复知弦上声。言言会意,语语传神。风云吐于行间,珠玉生于字里。奇郁词峰,光浮笔海。"

式各样的人物。　[40]"嘉斯器之懿(yì)茂"二句:赞雅琴之美盛,咏此赋以自慰。懿茂,美盛。兹文,指此篇《琴赋》。　[41]"永服御而不猒(yàn)"二句:一生弹奏而不知满足,难怪从古至今对它如此珍重。服御,使用,享用。指弹琴。猒,同"厌"。

乱曰[1]:愔愔琴德[2],不可测兮。体清心远,邈难极兮[3]。良质美手[4],遇今世兮。纷纶翕响[5],冠众艺兮。识音者希[6],孰能珍兮。能尽雅琴[7],惟至人兮。

[注释]

[1]乱:终章。这里的"乱曰"实际上是全篇的结束语。　[2]"愔(yīn)愔琴德"二句:平和恬静的琴德,深不可测啊。愔愔,安静和悦貌。　[3]邈难极兮:殊难穷尽啊。邈,远。　[4]"良质美手"二句:佳琴高手,幸遇于今世啊。　[5]"纷纶翕(xī)响"二句:琴音浩瀚谐和,稳居众乐器之首啊。翕,合,和顺。　[6]"识音者希"二句:知音稀少,有谁会珍惜它啊。希,同"稀"。　[7]"能尽雅琴"二句:能尽知雅琴之至善至美的,唯有"至人"呀!至人,达到无我境界的人。参见《四言十八首赠兄秀才入军》第十八首注释[2]。

[点评]

这是嵇康传世作品中唯一的一篇赋。赋是文体的一种,由《诗经》、楚辞发展而来,一般包括三个部分:前面有序,中间是赋的本身,末尾有"乱"或"讯"等。

其中"序"用以说明作赋的缘由，"乱"或"讯"用以概括全篇的大意。

　　在开篇的序中，嵇康对前人一味追求辞藻华丽，而"不解音声""未尽其理"的音乐诗赋提出了批评。中间赋作主体部分，则运用大段篇幅，铺排夸张的手法，形象地描绘出弹奏琴曲的美妙意境。他写到琴的材料、琴的起源、琴的制作、弹琴技法、琴曲曲名、演奏场景等等；通过这些描写，表达了对琴乐的喜爱和对音乐的见解。尤其"改韵易调，奇弄乃发"至"何变之无穷"这一段文字，"它反复描写了音乐的形象，使我们骄傲地惊叹于一千七百余年前，我国就有了那样高度发展的音乐艺术。它描述的弹琴时的体态，栩栩如在目前，很可以从中体会音乐表演的道理。它还提到了几种指法的名称，从这里还能使我们体会到音乐创作的道理。从这里的描写来看，有变音，有重叠，可以想象，我国音乐在当时已经客观上存在着和声（现代意义的和声）复调了"（吉联抗《琴赋探绎》）。

　　嵇康把琴曲的听众区分为两类：一类是"闻之"者，即不甚解乐而善怀多感，声激心移，触绪动情的人，怀戚者、康乐者均属此类；一类是"听之"者，即聚精会神以领略乐之本体的人，"若和平者听之，则怡养悦愉，淑穆玄真，恬虚乐古，弃事遗身"。只有心平气和的"和平者"，才是"解音""识音"的人。结尾"乱曰"总结道：平和恬静的琴德，深不可测；浩瀚谐和的琴声，冠众器之首；尽知雅琴之妙者，唯有"至人"！

　　吉联抗论曰：统观全赋，作者是从各个方面极力歌

　　清方廷珪《昭明文选集成》卷二一："凡赋物总要分截形容，方能尽物之情状与其变态。此赋佳处已详于各段中。但从来赋物，多彼此可移用。合此赋前中后观之，定是切琴，非中散思敏心精，亦不能刻画至此，自是千秋绝调。"

颂音乐，赞美音乐。既然音乐本身没有一定的情感内容，只是"中和"，那么音乐之所以值得称赞就只是由于这种"中和"的美了。而这，倒也正是赋中十分着力地加以描写的。鲁迅在《魏晋风度及文章与药及酒之关系》中说："他（曹丕）说诗赋不必寓教训，反对当时那些寓训勉于诗赋的见解，用近代的文学眼光来看，曹丕的一个时代可以说是'文学的自觉时代'，或如近代所说是为艺术而艺术的一派。"看来，嵇康之于音乐，正是属于曹丕的一派。他也正是在音乐领域里提倡为艺术而艺术，以反对两汉过分强调"移风易俗莫善于乐"的寓训勉于音乐的思想的，而这篇《琴赋》，则更体现了他对音乐艺术的提倡（《琴赋探绎》）。

这篇赋作，文字铺陈而艳丽，用典繁复而精当，句式齐整而多变，结构体式继承了前代咏物赋的优良传统，亦包含个人的新变，是一篇不可多得的咏物佳作。同时，这也是一篇藉咏物以抒情的赋作。刘熙载《艺概》云："赋必有关著自己痛痒处，如嵇康叙琴，向秀感笛，岂可与无病呻吟者同语！"可谓一语中的。

清于光华《重订文选集评》卷十引孙月峰曰："《绝交》字立意甚奇。彼时亦只是直吐胸臆，乃遂成一段伟迹。其文格宏润，亦是古今一篇大文字。"

与山巨源绝交书 [1]

康白 [2]：足下昔称吾于颍川 [3]，吾常谓之知言 [4]。然经怪此 [5]，意尚未熟悉于足下，何从便得之也？前年从河东还 [6]，显宗、阿都说足下议以吾自代[7]，事虽不行[8]，知足下故不知之[9]。足下傍通[10]，多可而少怪；吾直性狭中[11]，多所不堪[12]，偶与足下相知耳[13]。间闻足下迁[14]，惕然不喜，恐足下羞庖人之独割[15]，引尸祝以自助，手荐鸾刀[16]，漫之膻腥。故具为足下陈其可否。

[注释]

[1]山巨源：山涛（205—283），字巨源，河内怀县（今河南武陟县西南）人。父曜，宛句（qú，今山东菏泽牡丹区西南四十里）令。涛早孤，少有器量。性好《老》《庄》，每隐身自晦。与嵇康、吕安善，后遇阮籍，便为竹林之交，著忘言之契。山涛与司马懿为姻亲，懿与曹爽争权时，他隐居在家。司马师执政时，举秀才，除郎中，转骠骑将军王昶从事中郎。司马昭执政时，拜赵国相（259），迁尚书吏部郎，大将军从事中郎。晋武帝司马炎时期，任吏部尚书、尚书右仆射等高官。著作有《山涛集》，已佚，今有辑本。　[2]白：陈述，说明。　[3]足下：对人的敬称，此处指山涛。称：称说，称道。《文选》李善注："称，谓。说其情不愿仕也。"颍川：指山嵚（qīn），山涛族父，曾作颍川（今河南许昌东）太守，此以官称之。　[4]常：鲁迅校："五臣本《文选》作'尝'。"知言：知己之言。　[5]"然经怪此"以下三句：然而我常常奇怪这件事，心想我还没有为足下所熟悉，您从何处得知我的志趣呢？经，常。此，指上述"知言"之事。意，心里想。　[6]前年：指甘露四年（259），这一年嵇康从河东返回山阳。河东：今山西夏县西北。　[7]显宗：公孙崇，字显宗，谯国（今

河南夏邑县）人，曾为尚书郎。阿都：吕安，字仲悌，小名阿都，与嵇康为至交。以吾自代：山涛举荐嵇康替代自己出任赵国相职位。按魏明帝太和六年（232），曹操第二十五子钜鹿王曹幹改封赵王。景初、正元、景元中，累增邑，并前五千户。　[8]事：指山涛举荐嵇康自代之事。不行：不成。　[9]故：通“固”。不知之：不晓得我的初心。　[10]“足下傍通”二句：您博通众艺，善于应对，遇事多许可而少疑怪。　[11]狭中：心地狭窄。中，通“衷”，心。　[12]堪：忍受。　[13]相知：相识。　[14]“间（jiān）闻足下迁”二句：近来听闻足下高升，我深为忧惧不快。间，近来。《左传·成公十六年》：“君之外臣至从寡君之戎事，以君之灵，间蒙甲胄，不敢拜命。”杜预注：“间，犹近也。”迁，升官，指山涛由尚书吏部郎迁大将军从事中郎。惕然，忧惧貌。　[15]“恐足下羞庖人之独割”二句：恐怕足下独自做这样的官害羞，要拉我给你当助手。这是一种比喻说法，以“庖人”比作山涛，以“尸祝”比作自己。典出《庄子·逍遥游》：“庖人虽不治庖，尸祝不越樽俎而代之矣。”庖人，厨师。尸，古代祭祀时请来代表死者受祭的活人；或以神主、神像代之，亦曰“尸”。祝，祭祀时执祭版对“尸”祝祷之人，即主持祭祀仪式的人，有大祝、小祝之别。　[16]“手荐鸾（luán）刀”二句：让我手执屠刀，沾染一身腥臊之气。鸾，刀把上装饰的铃。漫，污。底本作“谩”，鲁迅校：“各本作‘漫’。”今据改。羶（shān），羊膻味。腥，鱼腥味。

竹林士贤之一的山涛，居官平心处中，居家贞慎俭约，周遍内外，享有宿望。

张亚新《嵇康集详校详注》引洪若皋《梁昭明文选越裁》卷八："并，谓兼善；介，谓自守。"又："（并介之人）应指将这两种品格和行为集于一身的人……揣摩句意，'今乃信其真有耳'，其'真有'之人必具体有所指，这个人只能是山涛，说指下文提到的任何一个人都不合适，说指嵇康自己更说不通。"

吾昔读书，得并介之人[1]；或谓无之，今乃信其真有耳。性有所不堪，真不可强[2]。今空语同知有达人[3]，无所不堪，外不殊俗，而内不失正；与一世同其波流[4]，而悔吝不生耳。老子、庄周[5]，吾之师也，亲居贱职[6]；柳下惠、东方朔[7]，达人也，安乎卑位[8]；吾岂敢短之哉[9]！又仲尼兼爱[10]，不羞执鞭；子文无欲卿相[11]，而三登令尹；是乃君子思济物之意也[12]。所谓达则兼善而不渝[13]，穷则自得而无闷[14]。以此观之，故知尧舜之君世[15]，许由之岩栖[16]，子房之佐汉[17]，接舆之行歌[18]，其揆一也[19]。仰瞻数君[20]，可谓能遂其志者也[21]。故君子百行[22]，殊途而同致。循性而动[23]，各附所安。故有处朝廷而不出[24]，入山林而不返之论。且延陵高子臧之风[25]，长卿慕相如之节[26]。志气所托，不可夺也[27]。

《三国志·魏书·王粲传》注引嵇喜《嵇康传》曰：嵇康有《圣贤高士传》，"撰录上古以来圣贤隐逸遁心遗名者，集为传、赞。"

[注释]

[1]并介之人：能兼善天下而又耿介孤直的人。介，罗振玉《增订殷墟书契考释》以为"象人著介（甲）形"。　[2]强：勉强。　[3]"今空语同知有达人"以下四句：现在空说什么人人共知有这样一种通达之人，而无所不能忍受，外表与俗人无异，而内心又没有失去正道。　[4]"与一世同其波流"二句：他能与世俗随波逐流，而不生悔恨之心。悔吝，语出《周易·系辞上》，意为灾祸，这里指悔恨。按《晋书·山涛传》："与尚书和逌交，

又与钟会、裴秀并申款昵。以二人居势争权，涛平心处中，各得其所，而俱无根焉。"　[5]老子：即老聃，春秋时楚国苦县（今河南鹿邑县东）人。与孔子同时而年稍长，道家鼻祖，著有《道德经》（一作《德道经》）五千余言。庄周：战国时蒙（今河南商丘县）人，大约和孟子同时或稍后。他继承并发展了老子的思想，是道家学派代表人物，与老子并称老庄。传世《庄子》共三十三篇，学界一般认为其中的《内篇》（七篇）大体是庄周自著，《外篇》《杂篇》则是庄周后学所作。　[6]贱职：卑下的职位。老子曾为周朝柱下史（管理藏书的史官），庄周曾为漆园史。　[7]柳下惠：即春秋时鲁国大夫展获，字禽，一字季。食邑在柳下，卒谥"惠"，后人因称之为"柳下惠"。曾任士师（掌管刑狱的官）。参见《幽愤诗一首》注释[20]。东方朔：字曼倩，西汉平原厌次（今山东惠民县）人。性诙谐，善辞赋，有《答客难》《七谏》等。　[8]乎：于。卑位：地位低的官职。　[9]短：缺点，过失。此处用作动词，意为轻视。　[10]"仲尼兼爱"二句：是说孔子兼爱众人，为了道义，即使做个车夫也不在意。兼爱，没有差等的爱，此处指孔子的仁爱。羞，意动用法，以为羞耻。执鞭，拿马鞭，指当车夫，泛指低贱的工作。　[11]"子文无欲卿相"二句：楚国人子文没有当卿相的欲望，但三登令尹高位。子文，即鬬縠於菟（wū tú），芈（mǐ）姓，曾自毁其家，以纾国难，为楚国强盛作出过重要贡献。楚成王八年（前664）担任令尹。三登令尹，指楚成王三十五年（前637）让位于子玉。此后二十八年间，几次被罢免又被任命。孔子对他评价很高，《论语·公冶长》载："子张问曰：'令尹子文，三仕为令尹，无喜色。三已之，无愠色。旧令尹之政，必以告新令尹。何如？'子曰：'忠矣！'"令尹，楚国最高官职，掌管军政大权，相当于后世的宰相。　[12]济物：救世济人。物，人。　[13]兼善：使他人受益。渝：改变。　[14]穷：困厄，

不得志。无闷：语出《易·乾卦》："遁世无闷。"孔颖达疏："谓逃
遁避世，虽逢无道，心无所闷。"　[15]知：底本无，鲁迅校："各
本'故'下有'知'字。"今据补。君世：为君于世。君，作动词，
为君。　[16]许由：尧时隐士。尧打算让位于许由，许由不愿接受，
逃到箕山隐居起来。岩栖：隐居山林。　[17]子房：张良字子房，
曾辅佐刘邦统一天下，建立汉朝。　[18]接舆：春秋时楚国隐士，
曾唱着歌走过孔子车旁，劝讽孔子归隐。　[19]其揆一也：意思
是上述人物的行为虽然不同，但做人的原则是一样的。揆，法度，
原则。一，一致，相同。　[20]仰瞻：举目而视，表示敬仰。瞻，
底本误作"赡"，今据各本改。　[21]遂：实现，成功。"能遂其
志者也"是嵇康在表达自己的处世态度。　[22]"君子百行"二
句：是说君子行为各有不同，但最终会到达同一目标。《周易·系
辞下》："天下同归而殊途，一致而百虑。"　[23]"循性而动"二
句：遵循本性而行，各得其所安。附，归附。　[24]"故有处朝
廷而不出"二句：所以古书上就有"处朝廷而不出，入山林而不
返"之类的说法。语出《韩诗外传》："朝廷之士为禄，故入而不
能出；山林之士为名，故往而不能返。"　[25]延陵：春秋时吴国
公子，姓延陵，名季札，吴王寿梦第四子，被封于延陵，因以为姓。
高：以为高，这里是推崇、崇尚的意思。子臧：曹国公子，一名
欣时。前578年曹宣公去世，诸侯与曹人欲立子臧，子臧因非本
分，离国而去。前559年吴国诸樊欲立季札，季札辞绝，并引子
臧不做曹国国君之事以自勉。　[26]长卿：司马相如（前179—
前118），幼名犬子，后仰慕蔺相如之为人，更名相如，字长卿，
西汉辞赋家。相（xiāng）如：蔺相如，战国时期赵国人，不惧强秦，
以"完璧归赵"拜上大夫，"渑池之会"以后拜上卿。　[27]不：
底本前原有"亦"字，鲁迅校："各本字无，《文选》同。"今据删。

吾每读尚子平、台孝威传[1]，慨然慕之[2]，想其为人。加少孤露[3]，母兄见骄，不涉经学[4]。性复疏懒[5]，筋驽肉缓。头面常一月十五日不洗，非大闷痒[6]，不能沐也[7]。每当小便而忍不起[8]，令胞中略转乃起耳[9]。又纵逸来久[10]，情志傲散，简与礼相背，懒与慢相成。而为侪类见宽[11]，不攻其过。又读《庄》《老》，重增其放[12]，故使荣进之心日颓[13]，任实之情转笃。此犹禽鹿[14]，少见驯育，则服从教制；长而见羁[15]，则狂顾顿缨，赴汤蹈火。虽饰以金镳[16]，飨以嘉肴，愈思长林，而志在丰草也。

[注释]

[1]尚子平：即向子平，名向长，字子平，河内朝歌（今河南淇县附近）人。生活于两汉之间。通《老》《易》，有道术，潜隐于家，不仕王莽。《后汉书·逸民列传》载：尚子平读《易》至《损》《益》卦，喟然叹曰："吾已知富不如贫，贵不如贱，但未知死何如生耳。"后与同好北海禽庆俱游五岳名山，不知所终。台孝威：台佟字孝威，魏郡邺（今河北临漳县）人，东汉隐士。隐于武安山中，凿穴为居，采药自给。"刺史执枣栗之贽往"（《后汉书·逸民传》注引嵇康《高士传》），说他居身清苦。他答道："佟幸得保终性命，存神养和。如明使君（指刺史）奉宣诏书，夕惕庶事，反不苦邪？"　[2]"慨然慕之"二句：深深地赞叹仰慕尚子

清于光华《重订文选集评》卷十引方伯海曰："'疏嬾（懒）'二字是一篇眼目，乃其不堪入世处。"

叙述自己的生活遭遇，表明由此而养成的放荡不羁的性格难以改变，犹如野外长大的禽鹿，受不了人为的束缚，总是"思长林，而志在丰草也"。

平、台孝威二人，想象他们的为人。　[3]"加少孤露"二句：加之以幼年丧父，体格瘦弱，受到母亲和哥哥的娇宠。孤露，"六朝时习语，谓父亡为孤露。孤单而无所庇护的意思"（武秀成《嵇康诗文选译》）。　[4]涉：涉猎。经学：儒家经典之学。　[5]"性复疏懒"二句：性情疏顽懒惰，不受约束；身上筋骨迟钝，肌肉松弛。驽（nú），原指劣马，此处喻指人的筋骨迟钝。缓，松弛。　[6]非大闷痒：如果不是特别发闷发痒。非，底本作"不"。鲁迅校："《御览》作'非'。"今据改。　[7]沐：洗头，此处解释为沐浴（洗澡）亦可。　[8]当：底本作"常"，鲁迅校："《御览》作'当'。"今据改。　[9]令胞中略转乃起耳：令尿在膀胱中略略转动而将胀出时才起身。胞，本指胞衣，这里指膀胱。　[10]"纵逸来久"以下四句：上文讲"懒"，这里说"慢"，体现在放纵游逸、孤傲散漫、简略背礼，懒与慢相辅相成。志，底本作"意"，鲁迅校："《御览》作'志'。"今据改。　[11]"而为侪（chái）类见宽"二句：却为同辈和朋友们所宽容，并不受到责备。侪，辈，类。其，指自己的性情举止。攻，攻击，责备。过，过错。　[12]重：增益，加重。放：放任，放荡。　[13]"故使荣进之心日颓"二句：荣誉仕进之心日渐减弱，放任本性之情更加强烈。实，指自然本性。笃，厚。　[14]"此犹禽鹿"以下三句：这就好比一头鹿，从小捉来驯育，那它就会服从主人的管教和约制。禽，同"擒"。　[15]"长而见羁（jī）"以下三句：已经长大的鹿被捉住，就会疯狂挣扎，赴汤蹈火也不怕。羁，束缚。顾，回头，摆头。顿，坏。缨，丝绳，此处指拴鹿的缰绳。　[16]"虽饰以金镳（biāo）"以下四句：即使给鹿戴上金笼头，给它吃最好的饲料，它还是会更加怀念茂密的丛林，只想回到那无拘无束的丰茂原野中去。金镳，用金子做的笼头，言其装饰华丽。飨（xiǎng），宴享，享受。

黄侃《文选平点》卷四十三："'阮嗣宗'至'唯饮酒过差耳'。据此，是叔夜不溺于酒也。《集》载《家戒》云：'见醉薰薰便止，慎不当至困醉，不能自裁也。'此稽、阮之异。"

黄侃《文选平点》卷四十三："'久与事接'四句。叔夜虞祸之明，盖不自赋《幽愤》时始。而龙性难驯，终于被祸。哀哉！"

《鲁迅大全集》卷四《魏晋风度及文章与药及酒之关系》："吃药（引者按指五石散）之后，因皮肤易于磨破，不能穿新的而宜于穿旧的，衣服便不能常洗。因不洗，便多虱。所以在文章上，虱子的地位很高，'扪虱而谈'，当时竟传为美事。"

阮嗣宗口不论人过[1]，吾每师之[2]，而未能及。至性过人[3]，与物无伤，唯饮酒过差耳[4]。至为礼法之士所绳[5]，疾之如仇雠[6]，幸赖大将军保持之耳[7]。吾以不如嗣宗之资[8]，而有慢弛之阙[9]。又不识人情，暗于机宜，无万石之慎[10]，而有好尽之累[11]。久与事接，疵衅日兴[12]。虽欲无患，其可得乎？又人伦有礼，朝廷有法。自惟至熟[13]，有必不堪者七[14]，甚不可者二。卧喜晚起，而当关呼之不置[15]，一不堪也。抱琴行吟，弋钓草野[16]，而吏卒守之，不得妄动，二不堪也。危坐一时[17]，痹不得摇[18]；性复多虱[19]，把搔无已，而当裹以章服[20]，拜揖上官；三不堪也。素不便书[21]，又不喜作书[22]；而人间多事，堆案盈机[23]；不相酬答，则犯教伤义；欲自勉强，则不能久[24]；四不堪也。不喜吊丧，而人道以此为重[25]，已为未见恕者所怨[26]，至欲见中伤者；虽惧然自责[27]，然性不可化[28]，欲降心顺俗[29]，则诡故不情[30]，亦终不能获"无咎无誉"[31]，如此五不堪也。不喜俗人，而当与之共事，或宾客盈坐[32]，鸣声聒耳，嚣尘臭处，

千变百伎，在人目前，六不堪也。心不耐烦，而
官事鞅掌[33]，机务缠其心[34]，世故烦其虑，七
不堪也。又每非汤、武而薄周、孔[35]，在人间
不止此事[36]，会显世教所不容[37]，此甚不可一
也。刚肠嫉恶[38]，轻肆直言，遇事便发，此甚
不可二也。以促中小心之性[39]，统此九患[40]，
不有外难，当有内病，宁可久处人间耶[41]？

[注释]

[1] 阮嗣宗：阮籍（210—263），字嗣宗，陈留尉氏（今河南
尉氏县）人，"竹林七贤"之一，与嵇康齐名。《初学记》卷十八
引袁宏《山涛别传》："陈留阮籍、谯国嵇康，并高才远识，少有
悟其契者。"阮籍后期"口不臧否人物"。他的主要作品是八十二
首五言《咏怀诗》。　[2] 师之：以之为师，指学习阮籍口不论人
过的长处。　[3] 至性：性情纯厚。过人：超过一般人。　[4] 过
差（cī）：超过限度。差，界限，限度。《文选》张铣注以"差"
为过失，指阮籍酒后有过失，可备一说。　[5] 所绳：被弹
劾。　[6] 疾：恨。仇雠（chóu）：仇敌。底本无"仇"字，鲁迅校：
"《晋书》'如'下有'仇'字。"今据补。《国语·越语上》："夫吴
之与越也，仇雠敌我之国也。"　[7] 幸赖：幸亏依靠。大将军：指
司马昭（211—265），河内温县（今河南温县西）人，司马懿之子，
司马师之弟，继司马师之后为曹魏大将军。保持：保护。据《文选》
李善注引孙盛《晋阳秋》记载，阮籍任性放荡，败礼伤教，何曾
建议"投之四裔，以洁王道"。司马昭说："此贤素羸病，君当恕

清于光华《重
订文选集评》卷十
引何义门曰："意
谓不肯仕耳，然全
是愤激，并非恬
淡，宜为司马昭所
忌也。"

宋刘克庄《后
村诗话》："嵇康
以'非汤武'三
字杀身。"

嵇康《答难养
生论》指责汤、武
"奇谋潜构，爰及
干戈，威武杀伐，
功利争夺者"。批
评周、孔"神驰于
利害之端，心骛于
荣辱之途"。

之。"据《晋书·阮籍传》，阮籍又能为青白眼，见礼俗之士，以白眼对之。"由是礼法之士，疾之若雠，而帝每保护之。" [8] 资：《文选》李善注："资，材量也。"底本作"贤"，鲁迅校："《晋书》作'资'，唐本《文选》同，今本亦误'贤'。"今据改。 [9] 慢：傲慢。弛：懒散。阙：缺点，缺失。 [10] 万石：即万石君，名石奋（？—前124）。据《史记·万石张叔列传》载，石奋在汉文帝时先后任太中大夫、太子太傅，其子四人皆官至二千石，景帝说："石君及四子皆二千石，人臣尊崇乃集其门。"号奋为"万石君"。石氏父子为官处事驯行孝谨，恭谨无与比，以谨慎闻名于世。 [11] 好：喜好，喜爱。尽：直言尽情，不知避忌。累：负累，意犹"毛病"。 [12] 疵（cī）：小毛病。衅：事端。 [13] 自惟：自思，自己思考。至熟：烂熟。 [14] "必不堪者七"二句：一定受不了的有七件，绝对不允许做的有两件。《文选》张铣注："不堪、不可，皆不中任用也。" [15] 当关：门房，汉代对守门差役的称呼。不置：不停歇。 [16] 弋（yì）钓：射鸟钓鱼。弋，用绳系在箭上射。 [17] 危坐：端坐。一时：一定的时间，指官府规定的办公时间。 [18] 痹（bì）：《说文》："痹，湿病也。"这里指因长时间坐着，导致腿脚麻木。 [19] "性复多虱"二句：我身上又多虱子，抓挠不止。 [20] "而当裹以章服"二句：穿上符合礼法制度的官服，去拜见官长。章服，古代以日、月、星辰、龙、蟒、鸟兽等图文作为等级标志的礼服，这里指官服。拜，以推手表示敬意的礼节。揖（yī），古之拱手礼。段玉裁《说文解字注》："凡拱其手使前曰揖。" [21] 便：熟习。书：书法。 [22] 作书：写书信，这里指写公文信件。 [23] 机：同"几"，这里指办公的案桌。 [24] 久：底本作"之"，鲁迅校："各本作'久'。"今据改。 [25] 人道：人情世故。 [26] "己为未见恕者所怨"两句：自己的这种行为不见有人宽恕而为人所恨，甚至还有人藉此对我进行中伤。　[27]惧然：警惕貌。　[28]化：变化。　[29]降心：抑制本心。　[30]诡：违背。故：本来的样子。情：真实，真情。　[31]无咎无誉：语出《周易·坤》六四："括囊，无咎无誉。"意思是束紧囊口，免遭灾祸，不求赞誉。这里比喻谨慎处世的道理。　[32]"或宾客盈坐"以下五句：嵇康不喜欢宾客满座，嘈杂刺耳，污秽不良的环境，不能忍受各种花招伎俩全摆在眼前。聒（guō），喧闹，嘈杂。嚣尘，声音嘈杂，尘埃飞扬，这里指世间纷扰。臭（xiù），本义是气味，此处指秽气，污浊。伎，伎俩。百伎，鲁迅校："原作'万数'，据《文选》及《类聚》改。"今从之。　[33]鞅掌：形容忙迫纷扰的样子。语出《诗经·小雅·北山》："或栖迟偃仰，或王事鞅掌。"毛《传》："鞅掌，失容也。"　[34]机务：底本作"万机"，据马叙伦《读书续记》校改。机，官府要务。　[35]每非汤、武而薄（bó）周、孔：自己常常责怪商汤、周武王，慢待周公、孔子。此四人是汉以来儒家奉为正统的明君圣人。非，责怪，反对。汤，商汤，公元前16世纪攻灭夏桀，建立商朝。武，周武王姬发，公元前11世纪攻灭商纣王，建立周朝。薄，轻视，看不起，慢待。周，周公旦，周武王之弟，因采邑在周（今陕西岐山县北），称为周公，曾助武王灭商。周武王灭商后两年病死，成王年幼，由周公摄政，制礼作乐，功绩卓著。孔，孔子（前551—前479），儒家创始人。　[36]人间：指出仕而言。此事：指前文"非汤武而薄周孔"。　[37]会：恰好。显：明显，显然。世教：指正统礼教。　[38]"刚肠嫉恶"以下三句：我性情刚直，嫉恶如仇，轻率放肆，稍不如意便会发作。《文选》张铣注："刚肠，谓强志也。"　[39]促中小心：心胸狭隘。中，同"衷"，心胸。小心：义同"促中"，同义词连用。　[40]九患：指上述七必不堪、二甚不可九件事情。　[41]宁：句首疑问词，怎能，怎会。

又闻道士遗言[1]，饵术、黄精[2]，令人久寿[3]，意甚信之。游山泽，观鱼鸟，心甚乐之。一行作吏[4]，此事便废。安能舍其所乐，而从其所惧哉！

[注释]

[1]道士：泛指有道之士。稽康喜服食养性，有《养生论》。《三国志·魏书·王粲传》注引《稽康传》："（稽康）性好服食，尝采御上药。" [2]饵（ěr）：食用。《文选》李善注引《仓颉篇》："饵，食也。"术（zhú）、黄精：皆药名。《文选》李善注引《本草经》曰："术、黄精，久服轻身延年。" [3]久：鲁迅校："《类聚》作'益'。" [4]一行：犹言"一去"。

夫人之相知[1]，贵识其天性[2]，因而济之。禹不迫伯成子高[3]，全其节也[4]；仲尼不假盖于子夏[5]，护其短也；近诸葛孔明[6]，不逼元直以入蜀，华子鱼不强幼安以卿相：此可谓能相终始，真相知者也。足下见直木不可以为轮，曲木不可以为桷[7]，盖不欲枉其天才[8]，令得其所也。故四民有业[9]，各以得志为乐，唯达者为能通之。此似足下度内耳[10]。不可自见好章甫[11]，强越人以文冕也；自己嗜臭腐[12]，养鸳雏以死鼠也。

吾顷学养生之术^[13]，方外荣华，去滋味，游心于寂寞，以无为为贵。纵无九患^[14]，尚不顾足下所好者。又有心闷疾^[15]，顷转增笃^[16]。私意自试，必不能堪其所不乐。自卜已审^[17]，若道尽途穷，则已耳。足下无事冤之，令转于沟壑也^[18]。

［注释］

[1] 夫：句首发语词。　　[2]"贵识其天性"二句：朋友相交相知，贵在了解对方的天性，并能顺其天性而助成之。因，循，顺势。济，成就，帮助。　　[3] 伯成子高：传说中的三代贤者。据《庄子·天地》载述，夏禹曾去访问伯成子高，伯成子高正在野外耕地。夏禹趋就下风，站着问道：从前帝尧做天子的时候，您立为诸侯。尧传授天子之位给舜，舜又传给我，而您却辞退诸侯之位而回家种地。请问这是什么原因？子高回答说：从前尧做天子时，用不着奖赏，人们都很积极；用不着惩罚，人们都不敢做坏事。现在你赏罚并用，人们反而不善良，道德从此衰败，刑罚从此建立，后世之乱自此始矣！你还不快走开，不要耽误了我种地。　　[4] 全：保全，成全。节：节操，操守。　　[5] 假：借。盖：雨伞。子夏：卜商字子夏，孔子弟子。据《孔子家语·致思》记载，子夏为人吝啬，故孔子不向他借伞，以免暴露他的短处。孔子说："吾闻与人交，推其长者，违其短者，故能久也。"　　[6]"近诸葛孔明"以下三句：诸葛亮不逼迫徐庶入蜀，华歆不勉强管宁当卿相。诸葛孔明，诸葛亮（181—234），字孔明，琅琊阳都（今山东沂南县）人，蜀汉刘备的主要谋臣，著名政治家、军事家。元直，徐庶字元直。庶本追随刘备集团，后因其母被曹操俘

《鲁迅大全集》卷四《魏晋风度及文章与药及酒之关系》："既然是超出于世，则当然连诗文也没有。诗文也是人事，既有诗，就可以知道于世事未能忘情。""刘勰说：'嵇康师心以遣论，阮籍使气以命诗。'这'师心'和'使气'，便是魏末晋初的文章的特色。正始名士和竹林名士的精神灭后，敢于师心使气的作家也没有了。"

清于光华《重订文选集评》卷十引方伯海曰："'冤'字妙甚。欲以荣其生，反以速其死。"又眉批曰："决言不可之意。曲曲写出，言并非好高辞荣，直是多病，不能堪耳，所以绝顾望之意也。"

获，不得已而投曹操，诸葛亮并未加以阻留。华子鱼，华歆（xīn）字子鱼，三国魏文帝时司徒。强，勉强。幼安，管宁字幼安。魏文帝诏举独行君子，华歆举荐管宁，管宁举从辽东家浮海而归。魏明帝时，华歆为太尉，再次举荐管宁，仍推辞不受。　[7]桷（jué）：方形的椽子。　[8]枉：屈，枉曲。　[9]四民：指士、农、工、商。　[10]度：识度，见识。　[11]“不可自见好章甫”二句：不能自以为华冠好，就强迫断发文身的越人戴上饰有图纹的帽子。典出《庄子·逍遥游》：“宋人资章甫而适诸越，越人断发文身，无所用之。”章甫，始于殷商，以黑布做成的礼帽。或谓儒者之冠。　[12]“自己嗜臭腐”二句：自己嗜好臭腐之物，就给鹓雏吃死老鼠。这里使用的是《庄子·秋水》所载惠施相梁的故事，庄子把相位视为“腐鼠”，把惠施比作吃腐鼠的“鸱”（chī，鸱鹰），自喻为“非梧桐不止，非练实不食，非醴泉不饮”的“鹓雏”。自己，底本作“自以”，鲁迅校“各本二字作一‘己’字，《文选》同。唐本、五臣本作‘自以’。”案“以”当作“己”，古体形近而讹。今据改。鹓雏，鸟名，一作“鹓（yuān）雏”。死鼠，喻官位，权位。　[13]“吾顷学养生之术”以下五句：我近来学习养生之术，正鄙弃荣华，摒除美味，倾心于安静无虑之境，把“无为”当作最高追求。养生之术，谓保养身心、延年益寿的方法。魏晋时期，盛行养生之风，当时名士如何晏（？—249）、王弼（226—249）、夏侯玄（209—254）等皆服用五石散（又名寒食散）以养生。鲁迅先生说：“五石散的基本，大概是五样药：石钟乳，石硫磺，白石英，紫石英，赤石脂；另外怕还配点别样的药。”（《魏晋风度及文章与药及酒之关系》）。嵇康服食养生有年，著有《养生论》《答难养生论》等文章。“顷学养生之术”，或即指此。　[14]“纵无九患”二句：即使没有上述九种灾患，我也不屑于你喜欢的那些东西。九患，指“必不可者七”，“甚不可者二"。　[15]心闷疾：心闷的毛病。　[16]笃：加重。　[17]"自卜已审"以下三句：我自己考虑已定，如果实在无路可走，也就算了。已，止。　[18]沟壑（hè）：溪谷、山沟，这里指死地。

黄侃《文选平点》卷四十三："'女年十三'一节，由此观之，叔夜之颓放，有所为明矣。岂独'陶潜避俗翁，未必能达道'也哉！"

清于光华《重订文选集评》卷十引孙月峰曰："三'耳'字连用，自是不斫削一种风调，却劲快可喜，亦未尝不具法。"

　　吾新失母、兄之欢[1]，意常凄切。女年十三，男年八岁，未及成人；况复多病。顾此恨恨[2]，如何可言！今但愿守陋巷[3]，教养子孙，时与亲旧叙离阔[4]，陈说平生，浊酒一杯，弹琴一曲，志愿毕矣。足下若嬲之不置[5]，不过欲为官得人，以益时用耳[6]。足下旧知吾潦倒粗疏[7]，不切事情[8]，自惟亦皆不如今日之贤能也[9]。若以俗人皆喜荣华，独能离之以为快，此最近之[10]，可得言耳。然使长才广度[11]，无所不淹，而能不营，乃可贵耳。若吾多病[12]，因欲离事自全，以保余年，此真所乏耳。岂可见黄门而称贞哉[13]！若趣欲共登王途[14]，期于相致[15]，时为欢益[16]，一旦迫之，必发狂疾。自非重怨[17]，不至此也。

［注释］

　　[1]"吾新失母兄之欢"二句：我刚死了母亲和兄长，失去了他们的欢爱，心中时常悲切。　[2]恨（liàng）恨：悲伤，惆怅。

清方廷珪《昭明文选集成》卷四十二："按通篇大意，是言人之出处不必相谋，要皆各附其性之所安。若以素无包容之量，有疏懒之癖，强使入仕，非欲益之，适以损之。凤无仇怨，何至于此？此真是涂泥轩冕，语语从腑肺流出。视后代饰情辞宠，判若霄壤矣。行文无所承袭，杼轴予怀，自成片断。予友畹村云：'有真性情，则有真格律，遂为千古绝调。'信然！"

南朝梁刘勰《文心雕龙·书记》："嵇康《绝交》，实志高而文伟矣。"

叶渭清《嵇康集校记》："按中散与山公交契至深，此书特以寄意，非真告绝也。"

底本作"恨恨"，今据黄本改。　[3]陋巷：狭小简陋的巷子。语出《论语·雍也》："子曰：'贤哉，回也！一箪食，一瓢饮，在陋巷，人不堪其忧，回也不改其乐。贤哉，回也！'"　[4]离阔：离别。阔，分开。　[5]嬲（niǎo）：纠缠。不置：不放。　[6]耳：语气词，有而已、罢了的意思。　[7]粗：鲁莽。疏：散漫。　[8]不切：不符合。情：情实，情理。　[9]自惟：自思，自己想。贤能：贤达能人。　[10]之：这里指性情。　[11]"然使长才广度"以下四句：假如原来是个才能高、度量大，无所不通的人，而又不营谋于仕途，那才可贵。然，底本下原有"后"字。鲁迅校曰："唐本《文选》字无，注云五家本有。"今据删。　[12]"若吾多病"以下四句：至于像我这样因为多病多累，而想躲开世事、顾全自己，以保余年的人，那真是不长于做官的。乏，底本作"之"，今据马叙伦《读书续记》校改。或云"真"指天性，言天性短于此。亦通。以上八句大意，参北京大学中国文学史教研室选注《魏晋南北朝文学史参考资料》。　[13]岂可见黄门而称贞哉：宦官不能为人道之事，近妇人无所谓失德，这是天性有缺，不能说是守贞。黄门，阉者，指宦官，因东汉时黄门令、中黄门等职均由宦官担任而得名。贞，正。　[14]趣（cù），通"趋"。急。王途：仕途。这里隐指山涛迁大将军从事中郎，可能引嵇康做助手之事。　[15]期：寄望，期望。致：招致，指一起做官。　[16]时：经常。欢：欢乐。益：饶，多。　[17]自非：若不是。重怨：深仇大恨。

野人有快炙背而美芹子者[1]，欲献之至尊，虽有区区之意，亦已疏矣。愿足下勿似之。其意如此[2]，既以解足下，并以为别。嵇康白[3]。

[注释]

[1]"野人有快炙背而美芹子者"以下四句：村野之人有以太阳晒背为快活、以芹子为美味的，想要献给最尊贵的人，虽然有诚挚心意，也太不切实际了。典出《列子·杨朱》。 [2]"其意如此"以下三句：这封信的意思就是告诉你不要再引荐我，向你告别。解，摆脱。《文选》吕向注："解，谓解足下举我之意也。" [3]白：禀告。《玉篇·白部》："白，告语也。"《正字通·白部》："下告上曰禀白，同辈述事陈意亦曰白。"

[点评]

嵇康说："前年从河东还，显宗、阿都说足下议以吾自代，事虽不行，知足下故不知之。""前年"就是甘露四年（259），以山涛履历推断，"举康自代"，当在四年前，山涛拟任赵国相时，嵇康避居河东，不知情。嵇康回到山阳的第二年（260）五月己丑，曹髦大呼"司马昭之心，路人所知也，吾不能坐受废辱，今日当与卿等自出讨之！"遂率"童仆数百，鼓噪而出"。被司马昭心腹贾充的部下挥戈直刺，洞胸而"刃出于背"。曹魏皇帝死于非命，家国形势更趋凶险。"间闻足下迁"，近来听说你升官，这是嵇康回到山阳的第三年，曹髦被司马氏集团杀害的第二年（261），山涛由吏部郎迁大将军从事中郎，嵇康闻讯"惕然不喜"，更担心山涛再次引荐自己，"共登王途（隐指司马昭大将军府）"，"故具为足下陈其可否"，这就是《与山巨源绝交书》的写作缘起。如果山涛有二次"举康自代"之议，嵇康就不需要从"前年"的旧闻说起了。至于声称与山涛"绝交"，不是真的。实情是借题发挥，主动出击，以满腔愤慨抨击时政，跟司马氏集团决裂。

鲁迅说："最引起许多人的注意，而且与生命有危险的，是《与山巨源绝交书》中的'非汤武而薄周孔'，司马懿［昭］因这篇文章，就将嵇康杀了。非薄了汤武周孔，在现时代是不要紧的，但在当时却关系非小。汤武是以武定天下的；周公是辅成王的；孔子是祖述尧舜，而尧舜是禅让天下的。嵇康都说不好，那么，教司马懿［昭］篡位的时候，怎么办才是好呢？没有办法。在这一点上，嵇康于司马氏的办事上有了直接的影响，因此就非死不可了。"（鲁迅《魏晋风度及文章与药及酒之关系》，《鲁迅大全集》第四册，长江文艺出版社，2011 年版，第 122 页。）

揣摩"七不堪"，感觉嵇康特高傲，满眼都是俗人俗事，无法合作。"到曹魏末年，由于政治环境的残酷，许多文人对此既无法忍受，又难以公开反抗，于是纷纷宣称'越名教而任自然'，寄情药酒，行为放旷，毁弃礼法，以表示对现实的不满和不合作。在魏晋时期以老庄思想为出发点的一些论著中，表现了十分强烈的批判精神和叛逆精神。如嵇康的《与山巨源绝交书》，对儒家道德的虚伪性加以尖锐的讽刺，甚至对儒家的'圣人'公然表示非薄；阮籍的《大人先生传》和鲍君言的《无君论》，以传说中的上古社会为理想模式，对君权以及封建等级制度的合理性，从根本上提出了怀疑乃至否定。"（章培恒、骆玉明主编《中国文学史》上卷，复旦大学出版社，1996 年 3 月第一版，第 292 页。）

嵇康临终，对儿子说："巨源在，汝不孤矣。"（《晋

书·山涛传》）年长嵇康十八岁的"并介之人"山涛，
其实是嵇康终生信赖的朋友。

与吕长悌绝交书[1]

康白：昔与足下年时相比[2]，以数面相亲。
足下笃意[3]，遂成大好[4]，由是许足下以至交。
虽出处殊途[5]，而欢爱不衰也。及中间少知阿
都[6]，志力开悟，每喜足下家复有此弟。而都去
年向吾有言[7]，诚忿足下[8]，意欲发举[9]，吾深
抑之；亦自恃每谓足下不得迫之[10]，故从吾言。
间令足下因其顺吾[11]，与之顺亲。盖惜足下门
户[12]，欲令彼此无恙也。又足下许吾[13]，终不
击都，以子、父交为誓。吾乃慨然感足下重言[14]，
慰解都，都遂释然，不复兴意。足下阴自阻疑[15]，
密表击都，先首服诬都。此为都故信吾[16]，又
无言，何意足下包藏祸心耶？都之含忍足下[17]，
实由吾言。今都获罪[18]，吾为负之。吾之负都，
由足下之负吾也。怅然失图[19]，复何言哉！若
此，无心复与足下交矣！古之君子[20]，绝交不

《汉魏名文乘》
引明余元熹："虽是
峻拒之意，不失和
平之旨。名士风流，
往往如此。"

《世说新语·
简傲》第四则刘孝
标注引《晋阳秋》：
"（安）志量开旷，
有拔俗风气。"

出丑言，从此别矣！临书恨恨[21]。稽康白。

[注释]

[1] 吕长悌：吕巽字长悌，东平（今山东泰安东平县）人，镇北大将军、冀州牧吕昭（？—246）长子，为相国掾，与稽康友善。巽庶弟吕安，字仲悌，小字阿都，有俊才，又有济世志力，与稽康亲善，"每一相思，千里命驾"（《世说新语·简傲》第四则）。两人曾一起灌园于山阳，或率尔相携，观原野，极游浪之势，经日乃归。（《太平御览》卷四百九引《向秀别传》）吕安妻徐氏貌美。景元二年（261），吕巽使徐氏醉而淫之，丑行发露。吕安忿极，欲告巽遣妻。稽康尽力调解，劝止。不料吕巽背弃誓言，偷偷诬告吕安"挝（zhuā，击、打的意思）母"不孝，吕安因此下狱。稽康极力为吕安辩诬，表明其事。同时写下这封《绝交书》，指斥吕巽"包藏祸心"。　[2]"昔与足下年时相比"二句：（我）与你年龄相近，因多次见面而相亲密。比，并列，紧靠，近。　[3] 笃意：厚意。　[4] 大好：朋友。　[5] 出处殊途：典出《周易·系辞上》："子曰：君子之道，或出或处，或语或默。"出，出任官员。处，处家隐居。语，能言会道。默，沉默寡言。　[6]"及中间少知阿都"以下三句：来往中间略微了解到阿都心旷放达，常常为你家里还有这样一个弟弟而欣喜。志力，心力。开悟，颖悟，旷达。　[7] 去年：景元二年。　[8] 忿：忿恨。　[9]"意欲发举"二句：有意要告发，我竭力阻止他。发举，告发。　[10]"亦自恃（shì）每谓足下不得迫之"二句：也是我自许多次跟你讲过不得再犯，所以他才听从了我的劝告。自恃，自负，自许。　[11]"间令足下因其顺吾"二句：趁机使你因他顺着我而与他顺亲。间，间隙，此指乘吕安不再发举之间隙。趁机。　[12] 门户：家庭，门庭。意谓门户声誉。　[13]"又足下许吾"以下三句：足下还

曾答应我，终究不会打击阿都，并以先父在天之灵的洞察和自己无后为誓言。　[14]"吾乃慨然感足下重言"以下四句：我竟慨然感激足下的庄重之言，宽慰劝解阿都，他释然谅解，不再有告发之意。　[15]"足下阴自阻疑"以下三句：你却私自疑虑，偷偷上书攻击阿都，发难诬陷阿都。阻疑，疑虑不解。首服，首事，制造事端。犹言发难。诬都，指吕巽诬告吕安挝母不孝。　[16]"此为都故信吾"以下三句：这都是因为阿都相信我的话，没有告发，哪里会想到你口是心非，包藏祸心呢？此，指上文"都遂释然，不复兴意"。　[17]含忍：含恨容忍。　[18]获罪：被污以罪名，指吕巽诬告吕安事母不孝被囚禁。获，作"辱""污"解（参王念孙《读书杂志》三之五）。　[19]图：谋，谋划。　[20]"古之君子"二句：《战国策·燕策》载乐毅《报燕惠王书》曰："臣闻古之君子，交绝不出恶声。"《绝交书》写"阿都去年向吾有言，诚忿足下，意欲发举"，嵇康并未和盘托出吕巽奸污弟妻丑行。直到吕巽"密表击都"，嵇康也仅仅指责其"包藏祸心"而已。　[21]书：鲁迅校："各本作'别'。"恨恨："恳恳，诚款也。"（桂馥《札樸》）这里是遗憾不止的意思。

[点评]

文章简述作者与吕氏兄弟订交的过程，嵇康视为君子之交。吕巽犯错，兄弟反目，嵇康积极斡旋，调解平息，"盖惜足下门户，欲令彼此无恙也"。不料吕巽"阴自阻疑，密表击都"，陷吕安于大狱之中。面对严重失信的吕巽，嵇康"怅然失图"，声明自己"无心复与足下交矣"！"随笔写去，不立格局，而风度自佳，所谓不假雕琢，大雅绝伦者也。"（《汉魏别解》载茅坤评语）

第三卷

卜疑 [1]

有宏达先生者 [2]，恢廓其度 [3]，寂寥疏阔。方而不制 [4]，廉而不割。超世独步，怀玉被褐 [5]。交不苟合 [6]，仕不期达。常以为忠信、笃敬，直道而行之 [7]，可以居九夷 [8]，游八蛮 [9]，浮沧海，践河源 [10]。甲兵不足忌，猛兽不为患。是以机心不存 [11]，泊然纯素 [12]，从容纵肆，遗忘好恶，以天地为一指 [13]，不识品物之细故也。然而大道既隐 [14]，智巧滋繁。世俗胶加 [15]，人情万端。利之所在，若鸟之逐鸢 [16]。富为积蠹 [17]，贵为聚怨。动者多累，静者鲜患。尔乃思丘中之隐士 [18]，乐川上之执竿也 [19]。于是远念长想，超然自失。郢人既没 [20]，谁为吾质？圣人吾不得

宏达先生固守儒家忠信笃敬之教，真诚奉行，以为这样便可走遍天下，然而现实情况是"大道既隐，智巧滋繁。世俗胶加，人情万端"。

见，冀闻之于数术^[21]。乃适太史贞父之庐而访之^[22]，曰：“吾有所疑，愿子卜之。”贞父乃危坐揲蓍^[23]，拂几陈龟^[24]，曰：“君何以命之？”

《汉魏名文乘》引明张运泰：“机轴胎于屈平《卜居》，而玄致素衷，冲静闲放，则如《广陵》一曲，声调绝伦。”

[注释]

[1]卜疑：指对心中的疑惑进行占卜。卜，古人用火灼龟甲或牛骨，依据裂纹的走向来预测吉凶。后泛指预测吉凶。　[2]宏达先生：作者假托的人物，实为作者本人的化身。　[3]“恢廓其度”二句：气度恢宏，意态恬静而开阔。恢廓，广大，宽广。疏阔，粗疏简略。谓不拘小节。　[4]“方而不制”二句：为人方正自然而无需裁制，棱角分明而无需削割。廉，棱边。割，削割。　[5]怀玉被褐（hè）：怀揣美玉身穿粗麻衣服。被，披，穿。褐，粗麻衣服。　[6]“交不苟合”二句：不苟且交友，做官亦不求飞黄腾达。苟合，苟且求合。　[7]直道：正道。这里指自然、真诚，不掺杂一点虚伪。　[8]九夷：古称东方边远地区居民为夷，其类有九：一玄菟，二乐浪，三高骊，四满饰，五凫臾，六索家，七东屠，八倭人，九天鄙。　[9]八蛮：古称南方边远地区居民为蛮，其类有八：一天竺，二咳首，三焦侥，四跂踵，五穿胸，六儋耳，七狗轵，八旁脊。　[10]河源：黄河源头。　[11]机心：巧诈之心。　[12]泊然纯素：淡泊纯朴。　[13]“以天地为一指”二句：以天地自然为一个概念，不知道区别各类事物的具体差别。语出《庄子·齐物论》：“天地一指也，万物一马也。”底本作“天道一指”，据《庄子》校改。“指”“马”是先秦理论界争论名（概念）、实（客观事物）关系的中心问题，公孙龙提出“指非指”“白马非马”命题，前面的“指”“白马”是物质、具体的，后面的“指”“马”是概念、抽象的。公孙龙强调名、实对立，生出

是是非非。庄子不赞成，故接着说：如果说概念，那天地的一切也可以说是概念；如果说马，那么万马都可以说是马。　[14]大道：即"大同"之道。语出《礼记·大同》："大道之行也，天下为公。""大道既隐，天下为家。"（天下为公的大道已经消逝不见，天下成为私家的。）　[15]胶加：古代双声字，纠葛难分的样子。　[16]鸾（luán）：凤凰。　[17]"富为积蠹（dù）"二句：富有积累了灾害，尊贵聚集了怨恨。蠹，蛀虫。　[18]尔乃：于是就。　[19]执竿：钓鱼。　[20]"郢人既没"二句：那个配合匠石运斤成风的郢人已经死了，有谁能堪当与我配合的对手呢？参见《四言十八首赠兄秀才入军》第十四首注释[7]。　[21]术数：方术，有关天文、历法、占卜的知识之类。　[22]乃适太史贞父之庐：就前往太史贞父的寄居之所。太史，官名，主管祭祀、历数、法典等。贞父，假托的人名。庐，暂时止宿之处。　[23]危坐：端正坐着。揲蓍（shé shī）：拿着蓍草的茎。　[24]"拂几陈龟"二句：轻拂小桌子，摆出龟壳，说道："先生想要我占卜什么事呢？"几，摆置物件的小桌子。底本作"占"，据鲁迅校改。

钱基博《中国文学史》第三编《中古文学》评曰："依仿屈原《卜居》而为《卜疑篇》，有意振奇，而票姚之势，铿訇之致，终远逊之。性识所无，不可强也。"

先生曰："吾宁发愤陈诚[1]，谠言帝廷，不屈王公乎？将卑懦委随[2]，承旨倚靡，为面从乎？宁恺悌弘覆[3]，施而不德乎？将进趋世利[4]，苟容偷合乎？宁隐居行义，推至诚乎？将崇饰矫诬[5]，养虚名乎？宁斥逐凶佞[6]，守正不倾，明否臧乎？将傲倪滑稽[7]，挟智任术[8]，为智囊乎？宁与王乔、赤松为侣乎？将追伊挚而友尚父乎[9]？宁隐鳞藏彩，若渊中之龙乎？将舒翼扬声[10]，若云间之鸿乎？宁外化其形[11]，内隐其情；屈身随时[12]，陆沉无名[13]；虽在人间，实处冥冥乎？将激昂为清[14]，锐思为精；行与世异，心与俗并；所在必闻，恒荧荧乎[15]？宁寥落闲放[16]，无所矜尚[17]；彼我为一，不争不让；游心皓素[18]，忽然坐忘[19]；追羲农而不及[20]，行中路而惆怅乎？将慷慨为壮[21]，感慨为亮；上干万乘，下凌将相；尊严其容，高自度抗；常如失职，怀恨怏怏乎？宁聚货千亿，击钟鼎食[22]，枕藉芬芳[23]，婉娈美色乎[24]？将苦身竭力，剪除荆棘，山居谷饮，倚岩而息乎？宁如伯奋、仲堪[25]，二八为偶，排摈共骸，令失所乎？将如箕山之夫[26]，白水之女[27]，轻贱唐虞，而笑大禹乎？宁如泰伯之隐德[28]，潜让而不扬乎？将如季札之显节[29]，义慕为子臧乎？宁如老聃之清净微妙[30]，守玄抱一乎[31]？将如庄周之齐物变化[32]，洞达而放逸乎？宁如夷吾之不吝束缚[33]，而终立霸功乎？将如鲁连之轻世肆志[34]，高谈从容乎？宁如市南子之神勇内固[35]，

本段是全文的核心部分，作者一口气提出二十八种处世方式，有些是正、反对应关系，有些在可否疑似之间，反映出作者思想上的矛盾。在经历数十年现实生活磨练之后，人的思想认识也会发生变化，前后交织在一起。本段主旨是批判"好贵慕名"这类当时社会上流行的世俗虚伪风气，表明自己不同流合污的志向。

山渊其志乎？将如毛公、蔺生之龙骧虎步[36]，慕为壮士乎？此谁得谁失？何凶何吉？时移俗易，好贵慕名。臧文不让位于柳季[37]，公孙不归美于董生[38]；贾谊一当于明主[39]，绛灌作色而扬声[40]。况今千龙并驰，万骥俱征。纷纭交竞，逝若流星。敢不惟思[41]，谋于老成哉？"

[注释]

[1]"吾宁发愤陈诚"以下三句：我是宁可发出憋闷在心头的话，陈述自己的一片忠诚，直言于朝廷，不向王公贵族屈服呢？宁，宁愿，与后面的"将"搭配构成选择疑问句，"宁愿……还是……"的意思。谠（dǎng）言，直言，善言，正直的言论。　[2]"将卑懦委随"以下三句：还是卑怯软弱，秉承旨意，驯服顺从，唯唯诺诺呢？委随，四肢伸屈不灵，疲软病态，这里形容拘谨的状态。倚靡，树被风吹得披拂摇摆的样子，这里是形容顺从（旨意）的样子。　[3]"宁恺悌（kǎi tì）弘覆"二句：宁可和乐平易地庇护万物，施惠而不显示自己的美德呢？恺悌，和乐平易。弘覆，广庇万物。《左传·襄公二十九年》载：宋国发生饥荒，司城子罕（乐喜）请于宋平公，出国库之粮借百姓，令大夫亦借粮于百姓。司城子罕借粮给百姓却不立字据，还替家中缺粮的大夫借粮。叔向听闻后，赞扬道："施而不德，乐氏加焉。"　[4]"将进趋世利"二句：还是追逐世俗之利，苟且偷生呢？　[5]崇饰矫诬：聚集巧伪以曲为直以假为真。崇，充，聚。饰，文饰，伪装。矫，假托，诈称。诬，欺骗，虚妄不实。　[6]"宁斥逐凶佞"以下三句：是宁可驱逐凶恶佞幸之人，守正不倾，明

示好坏呢？否臧（pǐ zāng），好坏。否，坏。臧，好。 [7]傲倪（ní）：骄矜，轻视，傲视。滑稽：圆滑随俗。《楚辞·卜居》："将突梯滑稽，如脂如韦，以洁楹乎？"王逸注："转随俗也。" [8]任术：玩弄权术。 [9]伊挚（zhì）：即伊尹，商汤的贤相，辅佐商汤攻灭夏桀。汤死后，又辅佐外丙、仲壬二王。尚父：即吕望。姜姓，吕氏，名望，字子牙，又称吕尚、姜尚。早年困于殷都朝歌，一度为屠宰之人。后遇周文王，始被举用，官太师，也称"师尚父"。文王死后，辅佐武王灭商有大功，封于齐。有"太公"之称，俗称"姜太公"。 [10]将：底本无，据鲁迅校补。 [11]外化其形：外在的形体渐渐变化，指人体逐渐衰老。 [12]随时：顺应时俗。 [13]陆沉：无水而沉，喻指埋没于世俗，不为人知。《庄子·则阳》："方且与世违，而不屑与之俱，是陆沉者也。"郭象注："人中隐者，譬无水而沉也。" [14]"将激昂为清"以下四句：还是激昂清醒，锐思精明；行为与众不同，而内心却认同世俗。 [15]荧荧：光彩耀眼貌。 [16]寥落：空寂，寂寞。闲放：闲静旷达。 [17]矜（jīn）尚：夸耀。 [18]游心：用心，向往。皓素：即太素，道家指称未曾污染过的质体。《列子·天瑞》："太素者，质之始也。" [19]坐忘：静坐而心虚静。道家提倡的淡泊无为、物我两忘的精神修养境界。《庄子·大宗师》："堕肢体，黜聪明，离形去知，同于大通，此谓坐忘。" [20]羲农：传说中的远古帝王。羲，伏羲氏。农，神农氏。 [21]"将慷慨为壮"以下八句：还是慷慨激昂显示雄壮，感慨长叹显示亮节，对上游说天子，对下驾驭将相；使仪容尊贵，气度不凡，自以为高；时时如丢失了官职，心怀忿恨，怏怏不乐呢？干，求，游说。万乘（shèng），万乘之君，代指天子。度抗，气度高昂。抗，同"亢"。 [22]鼎食：列鼎而食，形容豪侈生活。 [23]枕藉（jiè）：枕垫。 [24]婉娈（luán）：年少而美好的样子，这里指亲爱。　[25]"宁如伯奋、仲堪"以下四句：是宁愿如伯奋、仲堪等十六才子同被虞舜举用，排弃共工和鲧，使他们流离失所呢？伯奋、仲堪，传说为高辛氏手下的两个才子。二八，据《左传·文公十八年》载述，昔高阳氏有才子八人，谓之"八恺"；高辛氏有才子八人，谓之"八元"；"舜臣尧，举八恺，使举后土；举八元，使布五教于四方。"共，共工。鲧（gǔn），同"鲧"，禹之父。《左传·文公十八年》载："舜臣尧，宾于四门，流四凶族：浑敦、穷奇、梼杌、饕餮，投诸四裔，以御螭魅。"杜预注："穷奇谓共工，梼杌谓鲧。"　[26]箕山之夫：指尧时隐士许由。《吕氏春秋·求人》载，尧曾想把天下让给许由，由不愿接受，遁居于箕山之下。　[27]白水之女：《文选·难蜀父老》李善注引《庄子》曰：两个袒露臂膊的女子在白水边洗衣裳，大禹过白水而趋前问道："治理天下怎么样？"二女子说："（你）大腿上没有白肉，小腿不生毛，脸面烈日暴晒雨淋，手上脚上长满老茧，怎么弄成这个样子啊！"白，底本字被涂，今据鲁迅说补。　[28]"宁如泰伯之隐德"二句：应该像吴太伯那样隐没自己的德行，暗暗让位于小弟而不张扬呢？泰伯，即太伯。古公亶父（周太王）之长子。古公看好少子季历的儿子昌，欲立季历以便传位给姬昌（文王）。长子太伯、次子仲雍得知太王之意，便一起避居江南（今江苏苏州一带），并改从当地风俗，断发文身，表示再也不回岐下继君位。太伯自号勾吴（一作"句吴"），周武王追封为"吴伯"，史称"吴太伯"。　[29]"将如季札之显节"二句：还是像季札那样显明守节，追随子臧的义行呢？季札，吴王梦寿少子，寿梦见其贤而欲立之，季札辞；梦寿卒，长子诸樊将立季札，季札谢曰："曹宣公之卒也，诸侯与曹人不义曹君（因曹成公负刍杀太子自立），将立子臧（子臧与负刍皆宣公庶子），子臧去之，以成曹君。君子曰：能守节矣。君（指诸樊），义嗣，谁敢干君！

有国，非吾节也。札虽不才，愿附于子臧之义！"（《史记·吴太伯世家》）后封于延陵，号"延陵季子"。　[30] 老聃（dān）：即老子。　[31] 守玄抱一：守其深远莫测怀抱着道。抱一，守道。"一"即道的别称。《老子》第三十九章："天得一以清，地得一以宁，神得一以灵，谷得一以盈，万物得一以生，侯王得一以为天下贞。"　[32] 齐物：谓齐同事物之彼此与是非。庄子有《齐物论》一篇。庄子主张，万物是齐同的，物论（人们对客观事物的评论）也应该是齐同的。　[33] 如夷吾之不吝束缚：如同管仲那样不以身受束缚桎梏之辱为遗憾。夷吾，即管仲（？—前645），春秋时齐国颍上人，著名政治家，辅佐齐桓公成为春秋时期第一个霸主。不吝束缚，指的是管仲初事公子纠奔鲁，鲍叔牙事公子小白奔莒。齐襄公被杀，齐国内乱，无君。公子纠、公子小白争立，小白先入，立为君，即桓公。威胁鲁国杀死公子纠，管仲被束缚押回齐国。至齐，由鲍叔牙推荐，桓公拜管仲为相，赢得"九合诸侯一匡天下"的霸主地位。吝，恨惜也。　[34] 鲁连：即鲁仲连，战国时齐人。善于游说列国，主张合纵以拒秦。轻世肆志：轻视世俗荣禄，随意放纵。《史记·鲁仲连邹阳列传》载，鲁仲连助田单攻下了被燕将占领的聊城，"归而言鲁连，欲爵之。鲁连逃隐于海上，曰：'吾与（与其）富贵而诎（屈服）于人，宁贫贱而轻世肆志焉'"。　[35] "宁如市南子之神勇内固"二句：是宁愿像市南子那样神勇坚定，志向如同山渊般不可动摇呢？市南子，姓熊，名宜僚，楚国勇士。《左传·哀公十六年》载，白公胜欲杀令尹子西，事先跟石乞谋曰："王与二卿士（令尹子西、司马子期），皆五百人当之，则可矣。"乞曰："不可得也。"曰："市南有熊宜僚者，若得之，可以当五百人矣。"乞乃从白公见市南子，与之言，说（悦）；告之故（杀子西），辞；承之以剑（拔剑指其喉），不动。市，底本作"韦"，今据各本改。山渊其志，谓其志向像山一样崇高，像渊海一样深邃。渊，底本作"泉"，鲁迅校："各本作'渊'。"今据改。　[36]毛公：毛遂，战国时赵人，平原君门下食客。秦兵围攻邯郸，赵王使平原君求救于楚。毛遂自荐偕行。至楚，平原君见楚王，日出言之，日中不决，毛遂按剑历阶而上，楚王叱下，毛遂按剑而前曰："王之命，悬于遂手……合从（纵）者，为楚非为赵也！"楚王曰："唯唯，诚若先生之言，谨奉社稷而以从（纵）。"平原君返赵，楚使春申君将兵救赵。蔺（lìn）生：蔺相如，战国时赵人。宦者令缪贤舍人。赵惠文王得楚和氏璧，秦昭王表示愿以十五城易之，蔺相如奉璧入秦，秦王得璧而无意偿城，相如以其勇敢和智谋，面斥秦王，完璧归赵，拜为上大夫。其后，又以在渑池之会上立大功，拜为上卿。骧（xiāng）：腾跃。　[37]臧文：即臧文仲，鲁国的大夫臧孙辰，历仕鲁庄公、闵公、僖公、文公四朝。不让位：指臧文仲知贤不举，偷安于位。孔子曾说："臧文仲大概是个做官不管事的人，他明知柳下惠贤良，却不给他官位。"（见《论语·卫灵公》）柳季：鲁僖公时贤者，本名展获，字禽，五十岁后改字季。食邑名柳下，又称"柳下季"，这里省称"柳季"；卒谥曰"惠"，后世一般称为"柳下惠"。　[38]公孙不归美于董生：公孙弘不肯赞美董仲舒。公孙，公孙弘（前200—前121），字季，西汉菑川薛（今山东滕州南）人。少为狱吏，年四十余始治《春秋公羊传》，以熟悉文法吏事，被武帝任为丞相。董生，即董仲舒（前179—前104），西汉广川（今河北景县）人。专治《春秋公羊传》，著有《春秋繁露》等，学术水平在公孙弘之上，因批评公孙弘阿谀奉承，遭弘忌恨。时汉武帝之兄胶西王十分凶暴，多次残害国相，公孙弘趁机对汉武帝说，只有董仲舒可以做胶西王的国相。"胶西王闻董仲舒大儒，善待之。仲舒恐久获罪，病免。"（见《史记·儒林列传》）　[39]贾谊一当于明主：贾谊刚刚遇上明主。贾谊（前200—前168），西汉洛阳（今河南洛阳东）人，时称贾生。年少有才气，汉文帝召以为博士，超迁，一岁中至太中大夫，天子议以为贾生任公卿之位。明主，指汉文帝。　[40]绛灌作色而扬声：周勃、灌婴脸色一变而大说贾谊的坏话。绛（jiàng），指周勃（？—前169），西汉沛县（今江苏沛县）人。早年随刘邦起事，以军功封绛侯。吕后死，平定诸吕叛乱，迎立文帝，任右丞相。灌，指灌婴（？—前176），西汉睢阳（今河南商丘睢阳区）人。早年随刘邦起事，后与周勃等迎立文帝，官至丞相。《史记·屈原贾生列传》载："天子议以为贾生任公卿之位。绛、灌、东阳侯、冯敬之属尽害之，乃短贾生曰：'洛阳之人，年少初学，专欲擅权，纷乱诸事。'于是天子后亦疏之，不用其议，乃以贾生为长沙王太傅。"　[41]"敢不惟思"二句：在这种形势下，我哪敢不反复思虑，而求教于德高望重的老人您呢？惟，思。老成，德高望重的老人，指太史贞父。

太史贞父曰："吾闻至人不相[1]，达人不卜[2]。若先生者，文明在中[3]，见素抱朴。内不愧心，外不负俗。交不为利，仕不谋禄。鉴乎古今，涤情荡欲。夫如是[4]，吕梁可以游，阳谷可以浴。方将观大鹏于南溟[5]，又何忧于人间之委曲[6]！"

侯外庐《中国思想通史》第三卷："在《卜疑篇》中，嵇康假托'有宏达先生者'来比拟自己的志量，末后又借太史贞父的赞语，作为对自己心性行为的慰解，也是一篇有价值的性格上自觉的抒陈。"

[注释]

[1] 至人不相：至人不看相。至人，达到无我境界的人。参见《四言十八首赠兄秀才入军》第十八首注释 [2]。　[2] 达人不卜：通达之人卜占卜。　[3] "文明在中"二句：心明眼亮，平凡质朴。　[4] "夫如是"以下三句：像这般水平，即使是吕梁那样

的瀑布激流中也可以游水，太阳洗澡的旸谷中也可以沐浴。吕梁，在今江苏徐州铜山区东南。《水经注·泗水》："吕，宋邑也，县对泗水。泗水之上，有石梁焉，故曰吕梁也。……悬涛灂濟，实为泗险。孔子所谓'鱼鳖不能游'，又云'悬水三十仞，流沫九十里'，今则不能也。"孔子游览吕梁，见一丈夫游水的故事，见载于《庄子·达生》。阳谷，即旸谷，一作汤谷，传说中太阳升起洗澡的地方。   [5]方将观大鹏于南溟：（我）正要在南海观看大鹏。意思是说：你将像大鹏一样高飞南海。《庄子·逍遥游》："北冥（北海）有鱼，其名为鲲。鲲之大，不知其几千里也；化而为鸟，其名为鹏。鹏之背，不知其几千里也。怒而飞，其翼若垂天之云。是鸟也，海运（海动）则将徙于南冥（南海）。"大鹏，大鸟，神鸟。   [6]又何忧于人间之委曲：还忧虑什么人世间的曲折变故！

[点评]

本文在写作形式上明显地模拟《楚辞·卜居》，内容主旨亦大略相近。文章采用主客问答的结构，写有位宏达先生，本是尊奉"忠信、笃敬"之教的虔诚儒者，处在"大道既隐"的时代，现实生活令他失望，于矛盾彷徨之中，向太史贞父求卜。他一口气提出来二十八个问题，包含着人生道路上的诸多反思与抉择，其中有些是正、反对应，实际上是无疑而卜，借占卜以抒发内心的不平之气；有些在可否疑似之间，反映出作者思想上的矛盾和苦闷的心境。总的来看，其主旨还是批判"好贵慕名"这类当时社会上流行的世俗虚伪风气，表明自己不肯同流合污的志向。太史贞父对宏达先生提出的具体问题，表面上不置可否，但十分赞许宏达先生之人格，誉之为庄周笔下的"大鹏"，翱翔于九万里的高空，还顾虑什么世俗的是非曲直！这实际上就是劝他从幽愤中解脱出来，转入旷达逍遥之境界。文中的宏达先生，就是嵇康的自我写照。他提出的种种疑问，反映了当时士人群体普遍的焦虑心态，有助于我们更好地认识嵇康所处时代的社会政治环境。

嵇苟录（亡）

养生论

世或有谓神仙可以学得[1]，不死可以力致者。或云上寿百二十[2]，古今所同；过此以往，莫非妖妄者。此皆两失其情[3]。请试粗论之。

[注释]

[1]"世或有谓神仙可以学得"二句：世上有人认为，神仙是可以通过学习修炼得到的，不死也可以通过人的力量达到的。　[2]"或云上寿百二十"以下四句：也有人说，最高寿命是一百二十岁，古往今来都相同，超过这个岁数以上，全都是妖言妄说。　[3]情：情实，真实。

清于光华《重订文选集评》卷十三引邵子湘曰："神仙纵出自然，而养生可学，此一篇之大旨。"

牟宗三《才性与玄理》第九章《嵇康之名理》："嵇康深信道家养生之术，并深信服食白术、黄精足以延年久寿，并信神仙实有，但不以为'神仙可以学得，不死可以力致'。神仙'似特受异气，禀之自然，非积学所能致也'。其《养生论》即旨在辨明以上二义。"

明高濂《遵生八笺》卷二："嵇叔夜云：'服药求汗，或有勿获；愧情一集，涣然流离。'是皆情发于中，而形于外也。因知喜怒哀乐，宁不伤人。故心不挠者神不疲，神不疲则气不乱，气不乱则身泰寿延矣。"

清于光华《重订文选集评》卷十三引张伯起曰："证喻明快。"又引方伯海曰："此段引喻，皆言诚于内必形于外，见外不能为功于内，内能为功于外，见内不可不养。"

夫神仙虽不目见[1]，然记籍所载，前史所传，较而论之，其有必矣。似特受异气[2]，禀之自然，非积学所能致也。至于导养得理[3]，以尽性命，上获千余岁，下可数百年，可有之耳[4]。而世皆不精，故莫能得之。何以言之？夫服药求汗[5]，或有弗获；而愧情一集，涣然流离。终朝未餐[6]，则嚣然思食；而曾子衔哀[7]，七日不饥。夜分而坐[8]，则低迷思寝；内怀殷忧，则达旦不寐。劲刷理鬓[9]，醇醴发颜，仅乃得之；壮士之怒[10]，赫然殊观，植发冲冠。由此言之，精神之于形骸[11]，犹国之有君也。神躁于中[12]，而形丧于外，犹君昏于上，国乱于下也。

[注释]

[1]"夫神仙虽不目见"以下五句：神仙虽然没有亲眼见过，但是根据典籍记载的，史书传述的，概略论之，神仙一定是有的了。　[2]"似特受异气"以下三句：神仙似乎是接受了独特之气禀，受之于自然，并非一般人累积学习所能达到的。　[3]导养得理：导引养生得法。导养，《庄子》作"道引"，陆德明《庄子音义》："道，音导。"《素问·异法方宜论》作"导引"。意思是导通气血，柔和肢体，延长寿命。《庄子·刻意》是这样具体描述的："吹呴（xū）呼吸，吐故纳新，熊经鸟申，为寿而已矣。此道引之士，养形之人，彭祖寿考者之所好也。"出气快叫吹，出气慢

叫呴。吹呴呼吸，疑似腹式呼吸，吐故纳新。呴，通"嘘"。吐故，
吐出体内混浊的空气。纳新，吸进新鲜的空气。经，悬吊。熊经，
像熊一样悬吊在树上。鸟申，像鸟一样伸展身体。都是锻炼肢体
的动作。申，通"伸"。《后汉书·华佗传》记有华佗锻炼身体的
五禽之戏：一曰虎，二曰鹿，三曰熊，四曰猿，五曰鸟。1973 年，
长沙马王堆三号墓出土帛画有四十四个人物的导引图。　[4]可：
底本作"不"，今据黄本改。　[5]"夫服药求汗"以下四句：那
些借服药来发汗的人，有的却出不了汗；但羞愧之情一集聚，则
大汗淋漓。　[6]"终朝（zhāo）未餐"二句：没吃早饭的人，不
到下一餐就盼着吃东西。终朝，自太阳升起至隅中时段。太阳正
中时叫日中，将近日中的时间叫隅中。古人一日两餐，朝食在日
出之后，隅中之前，这段时间就叫作食时。嚣（xiāo）然，饥饿
求食貌。　[7]"而曾子衔哀"二句：传说曾子内心哀痛，七天
不吃不喝。曾子（前 505—前 436），鲁国南武城（今山东费县
南九十里）人，名参（骖），字子舆。孔子学生，以孝著称。《礼
记·檀弓上》："曾子谓子思曰：'伋，吾执亲之丧也，水浆不入于
口者七日。'"衔，怀在心中。　[8]"夜分而坐"以下四句：半夜
里坐着，就会神志模糊想要睡觉；若是内心怀着深深的忧虑，直
到天亮也难以入睡。殷忧，深忧。寐（mèi），入睡。　[9]"劲
刷理鬓"以下三句：用毛刺很硬的刷子梳理头发才能使头发顺直，
喝醇厚的美酒才仅能使颜面发红。醴（lǐ），甜酒，这里指美酒。
仅，才。　[10]"壮士之怒"以下三句：而壮士发怒就会面红耳赤，
头发直竖连帽子都顶了起来。赫（hè）然，大怒貌。植，使动用
法，使竖立。　[11]"精神之于形骸"二句：精神对于形体，如
国家有君王一般。　[12]"神躁于中"以下四句：内在精神躁动
不安，外在形体便失去常态；犹如国君昏庸在上，国家混乱于下
一样啊！

冯契《中国古代哲学的逻辑发展》第六章第三节《嵇康："越名教而任自然"》："在'形神'问题上，嵇康认为形、神两者是互相依赖的。"

黄侃《文选平点》卷五十三："寿有仙无，生原有养。文谓'仙非学致'，又云'可过常期'，皆为照理未精，独言养生之理是耳。'故修性以保神'一节，亦当知有形失其养，而神为之瘁。饥寒迫身而神不病，未之有也。"

《三国志·魏书·王粲传》附《嵇康传》裴松之注引孙盛《魏氏春秋》："康寓居河内之山阳县，与之游者，未尝见其喜愠之色。"

夫为稼于汤之世[1]，偏有一溉之功者，虽终归于焦烂，必一溉者后枯。然则一溉之益[2]，固不可诬也。而世常谓一怒不足以侵性，一哀不足以伤身，轻而肆之[3]，是犹不识一溉之益，而望嘉谷于旱苗者也。是以君子知形恃神以立[4]，神须形以存；悟生理之易失，知一过之害生。故修性以保神[5]，安心以全身。爱憎不栖于情[6]，忧喜不留于意。泊然无感[7]，而体气和平。又呼吸吐纳[8]，服食养身[9]；使形神相亲[10]，表里俱济也。

[注释]

[1]"夫为稼于汤之世"以下四句：在商汤大旱之年种庄稼，只有灌溉过一次的功绩，虽然终归要焦枯，但浇溉过一次的庄稼一定在最后枯死。《文选》李善注："言种谷于汤之世，值七年之旱，终归是死。而彼一溉之苗则在后枯；亦犹人处于俗，同皆有死，能摄生者则后终也。"为稼，种庄稼。偏，单单，仅。溉，灌溉。　[2]"然则一溉之益"二句：那么这浇灌一次的益处就不可抹杀。诬，抹杀。　[3]肆：不受拘束，放纵。　[4]"是以君子知形恃神以立"以下四句：所以君子知道形体依赖精神而树立，精神必须依赖形体而存在；领悟养生的道理易被忽略，知道一次过失也会伤害生命。　[5]"故修性以保神"二句：因此修养性情来保养精神，平衡心理来保全身体。　[6]"爱憎不栖于情"二句：

情感上无爱憎之分，喜怒哀乐不留于心胸。栖，止。意，心。《庄子·田子方》："喜怒哀乐，不入于胸次。" [7]"泊然无感"二句：淡泊无所触动，而身体血气平和。泊然，淡然，淡泊。《说文》："泊，无为也。" [8]呼吸吐纳：吐故纳新。《淮南子·泰族》："呼而出故，吸而入新。" [9]服食养身：道家提倡服用丹药，轻身益气，延年度世。 [10]"使形神相亲"二句：使身体与精神互相亲近，外形与内心都得到益处。济，补益。

　　夫田种者，一亩十斛[1]，谓之良田。此天下之通称也。不知区种[2]，可百余斛。田种一也[3]，至于树养不同，则功收相悬。谓商无十倍之价[4]，农无百斛之望，此守常而不变者也。且豆令人重[5]，榆令人瞑[6]，合欢蠲忿[7]，萱草忘忧[8]，愚智所共知也。薰辛害目[9]，豚鱼不养[10]，常世所识也。虱处头而黑[11]，麝食柏而香[12]，颈处险而瘿[13]，齿居晋而黄[14]。推此而言[15]，凡所食之气，蒸性染身，莫不相应。岂惟蒸之使重而无使轻[16]，害之使暗而无使明[17]，薰之使黄而无使坚[18]，芬之使香而无使延哉[19]？故《神农》曰"上药养命，中药养性"者[20]，诚知性命之理，因辅养以通也[21]。

清于光华《重订文选集评》卷十三引孙月峰曰："旁引曲证，剖析殆尽，却并无一迂语。"又："质率而不失其华，笔力自畅。"

《晋书·嵇康传》："（嵇康）又遇王烈，共入山，烈尝得石髓如饴，即自服半，余半与康，皆凝而为石。"

[注释]

[1] 斛（hú）：古代容量单位，这里是指收获的粮食。　[2] 区（ōu）种：一种种植方式，称区种法，也叫"区田法"。把作物种在带状低洼或方形浅穴的小区内的一种农作法。种在低洼或浅穴是为了在干旱地区蓄水保墒（shāng，耕地时开出的垄沟），区内深耕细作，集中施肥、灌水，可以提高产量。战国时代已有种在低洼的，汉赵过在此基础上发展为代田法，氾胜之又进一步总结关中一带农民的经验，发展为区田法。《文选》李善注引氾胜之《田农书》说："上农区田，大区方深各六寸，相去七寸，一亩三千七百区。丁男女治十亩，至秋收，区三升粟，亩得百斛也。"　[3]"田种一也"以下三句：田地里都要播种是一样的，至于种植、培育的方式方法不同，收获的成果却相差悬殊。　[4]"谓商无十倍之价"以下三句：说商人没有十倍之价，农夫没有百斛之望，这些都是墨守常规而不知变通的人。　[5] 豆令人重：吃大豆使人增重。《文选》李善注引陈延之《经方小品》云："仓公对黄帝曰：'大豆多食，令人身重。'"　[6] 榆令人瞑：榆树的荚仁使人瞑眼。张华《博物志》载："啖榆则瞑，不欲觉也。"榆，即榆树，春生荚仁，可食。瞑，合眼，眠也。　[7] 合欢蠲（juān）忿：合欢能免除人的忿怒。《文选》李善注引崔豹《古今注》曰："合欢树似梧桐，枝叶繁，互相交结，每一风来，辄自相离，了不相牵缀，树之阶庭，使人不忿也。"蠲，通"捐"，除去。　[8] 萱草忘忧：萱草能使人忘记忧愁。《诗经·卫风·伯兮》："焉得谖（萱）草，言树之背。"毛《传》："谖草令人忘忧。背，北堂也。"任昉《述异记》："萱草，一名紫萱，又呼为忘忧草，吴中书生呼为疗愁花。"　[9] 薰辛害目：辛辣的食物损害眼睛。薰辛，刺激性气味的食物。　[10] 豚鱼不养：河豚鱼不能养人。豚鱼，河豚鱼，有毒。　[11] 虱处头而黑：虱子长在头发里会变黑。　[12] 麝

（shè）食柏而香：麝食用柏叶就会生出香气。麝，形状像鹿而小，雄的脐部有香腺，可以分泌麝香。　　[13] 颈处险而瘿（yǐng）：久处险阻境地，人的脖子上就会长瘤子。瘿，囊状瘤子，多生于患者颈部，俗称大脖子病。《玉篇·疒部》："瘿，颈肿也。"　　[14] 齿居晋而黄：居住晋国的人牙齿会变黄。罗愿《尔雅翼》："晋人尤好食枣……食无时，久之齿皆黄。"这是地方性高氟病，山西南部地区水质含氟量高，影响牙齿表面釉质，导致牙齿变黄。（见李仁众《"齿居晋而黄"是地方性高氟病》，《上海中医药杂志》，1990 年第 3 期）晋，山西，古晋国地。底本作"唇"，据鲁迅校改。黄，变黄。　　[15] "推此而言"以下四句：由此判断，凡是所吃东西的气味气质，都会熏染改变其身体本来的特性，没有不应验的。蒸，热气上升，指熏染。染，意同"蒸"。　　[16] 惟：同"唯"，仅仅。蒸之使重：指"豆令人重"。　　[17] 害之使暗：指"薰辛害目"。　　[18] 薰之使黄：指"齿居晋而黄"。　　[19] 芬之使香：指"麝食柏而香"。延：《方言》云"年长也"。一说"延"当作"脡（shān）"，此指膻气，与"香"相反。　　[20] 故《神农》曰"上药养命，中药养性"者：《文选》李善注引《神农本草经》曰："上药一百二十种为君，主养命以应天，无毒，久服不伤人，轻身益气，不老延年。中药一百二十种为臣，主养性以应人。"又引《养生经》曰："上药养命，五石练形，六芝延年；中药养性，合欢蠲忿，萱草忘忧也。"上药，上等药。中药，中等药。　　[21] 辅养：辅助，保养。"辅养以通"即上文"树养不同，则功收相悬"之意的发挥。

　　而世人不察，惟五谷是见 [1]，声色是耽；目惑玄黄 [2]，耳务淫哇；滋味煎其府藏 [3]，醴醪煮

"五谷是见，声色是耽"是世人短命的内在主要原因，"风寒所灾，百毒所伤"是外部次要原因。

其肠胃，香芳腐其骨髓；喜怒悖其正气[4]，思虑销其精神，哀乐殃其平粹。夫以蕞尔之躯[5]，攻之者非一途；易竭之身，而外内受敌[6]；身非木石，其能久乎？其自用甚者[7]，饮食不节，以生百病；好色不倦，以致乏绝。风寒所灾，百毒所伤，中道夭于众难，世皆知笑悼[8]，谓之不善持生也。至于措身失理[9]，亡之于微，积微成损，积损成衰，从衰得白，从白得老，从老得终，闷若无端[10]，中智以下，谓之自然。纵少觉悟[11]，咸叹恨于所遇之初，而不知慎众险于未兆。是犹桓侯抱将死之疾[12]，而怒扁鹊之先见；以觉痛之日，为受病之始也。害成于微[13]，而救之于著，故有无功之治；驰骋常人之域，故有一切之寿[14]，仰观俯察，莫不皆然。以多自证[15]，以同自慰，谓天地之理尽此而已矣。纵闻养生之事，则断以所见，谓之不然；其次狐疑[16]，虽少庶几，莫知所由；其次自力服药，半年一年，劳而未验[17]，志以厌衰，中路复废；或益之以沟浍[18]，而泄之以尾闾，欲坐望显报者；或抑情忍欲，割弃荣愿[19]，而嗜好常在耳目之前，所希在数十

清于光华《重订文选集评》卷十三引方伯海曰："内外俱失所养，欧公《秋声赋》末段本此。"

清于光华《重订文选集评》卷十三引孙执升曰："其所谓生，不过却病延年；其所谓养，不过清心寡欲。不涉虚幻，正是不堕研削也。透快明确，可以豁愚蒙，可以砭金石。"

清于光华《重订文选集评》卷十三引张伯起曰："必至之势，所以慎之于微。"

清于光华《重订文选集评》卷十三引陆生生曰："声色利欲，世所谓养生，皆其伐生者也。谁其知之？谁其知而能之？"

年之后，又恐两失，内怀犹豫[20]，心战于内，物诱于外，交赊相倾，如此复败者。夫至物微妙[21]，可以理知，难以目识。譬之豫章[22]，生七年然后可觉耳。今以躁竞之心[23]，涉希静之途，意速而事迟，望近而应远，故莫能相终。夫悠悠者既以未效不求[24]，而求者以不专丧业，偏恃者以不兼无功，追术者以小道自溺，凡若此类，故欲之者[25]，万无一能成也。

刘大杰《魏晋思想论》第五章《魏晋时代的人生观》："现在人类的短命，都是自己的摧残。这种摧残是多方面的，第一是情的摧残，他（引者按：嵇康）认为情欲对于身体的影响，有非常大的力量。其次是物的力量。情是属于内，物是属于外，养生者要内外一致，方可得到中和。"

明邹思明《文选尤》卷十一："此论绮丽华美，如幽谷烟萝；音韵悠扬，若天风环佩。"

［注释］

[1]"惟五谷是见"二句：只看到五谷美味，沉溺于声色。五谷，菽、麦、黍、稷、稻，一说为菽、麦、黍、稷、麻。　[2]"目惑玄黄"二句：眼睛被鲜艳的色彩所迷惑，耳朵专爱听各种淫侈之声。玄黄，黑色和黄色，这里指各种漂亮色彩。务，致力于。淫哇，淫荡之音。　[3]"滋味煎其府藏"以下三句：五脏六腑被美味煎熬，肠胃被各色美酒烹煮，各种芳香腐蚀着他们的骨髓。府藏，同"腑脏"，即脏腑。醴醪（lǐ láo），美酒。醴，甜酒。醪，汁滓（zǐ，杂质）混合的酒，即酒酿，引申为浊酒。胃，底本误作"胄"，今据黄本改。　[4]"喜怒悖（bèi）其正气"以下三句：喜怒哀乐违背了他们的正气，过度的思虑销毁着他们的精神，哀乐殃及他们平和纯粹的心灵。悖，违背，违反。销，本意指熔化金属，这里指思虑过度，精神为之消解。　[5]蕞（zuì）尔：很小的样子。躯：人的躯体。　[6]外：指沉溺于声色美味。内受：底本作"受内"，据鲁迅、戴明扬校乙正。内，指情感上的喜怒、哀乐、忧

虑。　[7]"其自用甚者"以下五句：那些过分放任的人，饮食没有节制而生出各种疾病，好色不倦而招致乏绝。自用，只凭自己的主观意图行事。　[8]笑悼：《文选》李善注曰："谓笑其不善养生，而又哀其促龄也。"悼，哀也。　[9]"至于措身失理"二句：至于他们平日举措不合养生之法，衰亡从微小处开始。措身，置身。失理，丧失养生之道。指"惟五谷是见，声色是耽"。　[10]闷：不明貌。无端：无头绪，无端绪。　[11]"纵少觉悟"以下三句：纵然稍有觉醒，也都是感叹悔恨于病痛之初，而不知道在各种致人死亡的灾病萌发之前谨慎预防。所遇之初，指"风寒所灾，百毒所伤"之初，或生病之初。众险，指"惟五谷是见，声色是耽；目惑玄黄，耳耽淫哇"等"攻之者非一途"诸事。未兆，未发生朕兆之时。　[12]"是犹桓侯抱将死之疾"二句：这就好比蔡桓公患了将死之病，却愤怒于扁鹊的先见之明。桓侯，战国时期的蔡桓公。抱，患（病）。扁鹊，战国时医学家，姓秦，名越人，渤海郡鄚（mào，今河北任丘）人。有丰富的医疗实践经验，医名甚著，后为秦武王太医令妒忌杀害。先见，指扁鹊早已看出蔡桓公有病，四次劝他治疗，桓侯不相信，且大不悦，怒曰："医之好治不病以为功！"一个多月以后，"桓侯体痛，使人索扁鹊，已逃秦矣。桓侯遂死"。（详见《韩非子·喻老》篇）　[13]"害成于微"以下三句：病害成于隐微之时，而救治要等到显著之后，因此才有无功之治。微，细，小，隐而不现。著，明，显明。无功，无效。　[14]一切之寿：一时苟且之寿命。一切，一时。　[15]"以多自证"以下三句：于是以多数人都如此来证明自己的看法合乎自然，以众人同如此而自我安慰，说什么天地之理尽在其中了。同，众人相同的做法。　[16]"其次狐疑"以下三句：其次是怀疑，虽然稍有一点期盼行养生之道，却不知道从何做起。狐疑，犹豫不决，怀疑。庶几，也许可以，表示希望或推测之词。　[17]"劳而未验"以下三句：未见效应，心中厌倦，半途而废。衰，变弱。　[18]"或益之以沟浍"以下三句：有的人以小沟渠来增加水，用尾闾来排泄水，却深深期望显著的效果。浍，田间水沟。尾闾，传说为海水排泄处。《文选》李善注引司马彪曰："尾闾，水之从海水出者也。"又曰："尾者，在百川之下，故称尾。闾者，聚也，水聚族之处，故称闾也。"坐望，深望。坐，深。　[19]荣愿：荣华富贵的愿望。　[20]"内怀犹豫"以下四句：犹豫不决，内心非常矛盾，情欲、荣愿、嗜好等外物却时时在诱惑，远近、内外相互排挤。交，近的，接触的，指"嗜好常在耳目之前"。赊（shē），远的，渺茫的。指"所希在数十年之后"。　[21]至物：最高境界的事物，此处指养生之道、性命之理。　[22]"譬之豫章"二句：譬如豫章树，生长七年之后才能识别出来。豫章，木名，樟类。《淮南子·修务》："豫章之生也，七年而后知。"《文选》李善注引延笃曰："豫章与枕（yóu）木相似，须七年乃可别耳。"　[23]"今以躁竞之心"以下四句：现在人们用躁动竞争之心，步入虚静的养生之途，意图迫切而事情却是迟缓的，希望立竿见影但效应却很遥远。希静之途，指养生之道。希，今本《老子》十四章云："听之不闻，名曰希。"速，速成，急切。事，指养生的工夫。望，希望，盼望。近，意同"速"，立竿见影。应远，效应邈远。　[24]"夫悠悠者既以未效不求"以下四句：芸芸众生既因没有见到效果而不去追求，而追求的人又因为小事而荒废其事，偏执一端的人因不能内外兼顾、做不到形神相亲而终无结果，追求方术的人又因小技而自我沉溺。悠悠者，众多的人，芸芸众生。不求，指不追求养生之道。丧业，荒废（养生）事业，指"中路复废"者、"欲坐望显报者"、"交赊相倾，如此复败者"。兼，全，指"形神相亲，表里俱济"。　[25]"故欲之者"二句，想要实现延年益寿以尽性命的人，万人之中没有一人能成功的。欲之者，想"导养得理，

《三国志·魏书·王粲传》附《嵇康传》裴松之注引嵇喜《嵇康传》："（嵇康）长而好老、庄之业，恬静无欲。性好服食，尝采御上药。善属文论，弹琴咏诗，自足于怀抱之中。以为神仙者，禀之自然，非积学所致。至于导养得理，以尽性命，若安期、彭祖之伦，可以善求而得也，著《养生篇》。知自厚者所以丧其所生，其求益者必失其性，超然独达，遂放世事，纵意于尘埃之表。"

清于光华《重订文选集评》卷十三引张伯起曰："此段即承前'修性''保神'二句意而申详之。"

以尽性命"的人。

善养生者则不然矣。清虚静泰[1]，少私寡欲。知名位之伤德，故忽而不营[2]，非欲而强禁也；识厚味之害性[3]，故弃而弗顾，非贪而后抑也。外物以累心不存[4]，神气以醇白独著；旷然无忧患[5]，寂然无思虑[6]。又守之以一[7]，养之以和；和理日济，同乎大顺。然后蒸以灵芝[8]，润以醴泉，晞以朝阳，绥以五弦。无为自得[9]，体妙心玄。忘欢而后乐足[10]，遗生而后身存。若此以往，庶可与羡门比寿、王乔争年[11]，何为其无有哉？

[注释]

[1]"清虚静泰"二句：指内心清静平和，私心和欲望都变得很小。《老子》第十九章曰："见素抱朴，少私寡欲。"《庄子·在宥》载黄帝向广成子请教治身之道，广成子回答说："至道之极，昏昏默默。无视无听，抱神以静，形将自正。必静必清，无劳女（汝）形，无摇女（汝）精，乃可以长生。"　[2]"故忽而不营"二句：所以轻视名位而不去追求，并非有欲念而强行禁止。《文选》张铣注曰："不是心中实欲而强自禁止，盖真不欲之，故能养生也。"营，求，追求。　[3]厚味：脂膏丰腴的食物。　[4]"外物以累心不存"二句：累心的声色一类的外物不复存在，精神因为心地醇白而特别显明。醇，同"纯"。白，空白。《庄子·人间

世》："瞻彼阕（què）者，虚室生白。"意思是眼看着那个空虚的境界，就会使淡漠的心室呈现纯白的映象。　[5]旷然：开朗宽大貌。　[6]寂然：虚静貌。　[7]"又守之以一"以下四句：又守之以道，养之以德，德、道修养工夫日渐成熟，达到与天理相一致。一，道。和理，指德和道。《庄子·缮性》："夫德，和也；道，理也。德无不容，仁也。道无不理（没有不合理的），义也。"和，和顺，调和，指德。《庄子·在宥》载广成子曰："我守其一，以处其和。故我修身千二百岁矣，吾形未常衰。"济，成功，成就。大顺，指天理。　[8]"然后蒸以灵芝"以下四句：然后用灵芝来滋养，取甘泉水来滋润，用朝阳来沐浴，用音乐来安抚。蒸，热气上升，此处是滋补的意思。醴（lǐ），一作"澧"。晞（xī），晒。绥（suí），安，安抚。五弦，本是乐器名，形状似琵琶而小，这里指音乐。　[9]"无为自得"二句：顺其自然天性，身体和精神都达到玄妙的境界。无为，顺其自然。《庄子·缮性》："当是时也，莫之为而常自然。"　[10]"忘欢而后乐足"二句：忘了欢乐而后感到欢乐的满足，遗忘了生命而有身体的长存。　[11]"庶可与羡门比寿、王乔争年"二句：或许可以跟仙人羡门齐寿，与王子乔争年龄大小，凭什么说长寿的人没有呢？羡门，传说中的古代仙人。《史记·秦始皇本纪》："始皇之碣石，使燕人卢生求羡门。"比，并列，紧靠。王乔，亦仙人名，即王子乔。西汉刘向《列仙传》："王子乔者，周灵王太子晋也，道人浮丘公接以上嵩高山。"其，指长寿者。

牟宗三《才性与玄理》第九章《嵇康之名理》评《养生论》曰："最后一段甚佳。养生虽是生理之事，而亦必在心上作工夫。一方面在心上作工夫，一方面在生理上作导养，不唯可以延年久寿，即真人、至人、神人、天人，亦不外乎此也。嵇康此文，说理皆极精当切实，亦为'养生'之所必含。"

[点评]

　　嵇康否认"神仙可以学得"，但是"导养得理"，超过一百二十岁是可能的。所谓"导养得理"，来源于他的哲学观，即形神的辩证关系。形神关系是自先秦以来探讨人的生命的重要哲学范畴，或以神出于虚无之道（《庄子·知北游》），或以形具神生（《荀子·天论》），或以神贵于形（《淮南子·精神》）。嵇康提出的"形恃神以立，神须形以存"，"形神相亲，表里俱济"，应是导源于黄老之学《黄帝内经》一派，《黄帝内经》中强调人在形体上"不妄作劳"，精神上要"恬澹虚无"。但嵇康把形神关系的唯物性向前推进了一步，既重视精神的超越性，又突出形体的物质性。论证围绕"养生"主题展开，层层推进，析理周密，比喻贴切自然，化抽象为具体，形象生动。"论贵于允理，不求支离，若嵇康之论成文矣。"（《太平御览》引李充《翰林论》）

养生包括精神和形体两个方面：以精神修养而言，"修性以保神，安心以全身，爱憎不栖于情，忧喜不留于意，泊然无感，而体气和平"；以形体调养而言，"凡所食之气，蒸性染身，莫不相应"，"呼吸吐纳，服食养身，使形神相亲，表里俱济"。养生，重在养神。嵇康批评"世皆不精，故莫能得之。"他举例说：感冒的人服药发汗，或有未获；而愧情一集，涣然流离。夜分而坐，则低迷思寝；内怀殷忧，则达旦不瞑；更不用说"怒发冲冠"的故事了。嵇康据此判断："精神之于形骸，犹国之有君也。神躁于中，而形丧于外；犹君昏于上，国乱于下也。""他的论辩文独高一世的原因，在于析理缜密，辞喻丰博，兼综名法之家与道家论理之特长，做到精核而不失之苛察，通贯而不失之虚浮，从而将论辩文推到新的高度。"（参见袁行霈《中国文学史》第二卷）

嵇康列举世人不懂养生的各种表现。或"惟五谷是见"，饮食不节，以生百病；或"声色是耽"，好色不倦，以致乏绝；或不明"亡之于微"之理，图一时之快，不知慎众险于未兆；或"自力服药，半年一年，劳而未验，志以厌衰，中路复废"。他说："至物微妙，可以理知，难以目识"，"故欲之者，万无一能成也"。嵇康强调，善养生者，必须"外荣华，去滋味，游心于寂寞，以无为为贵"。"又守之以一，养之以和，和理日济，同乎大顺。""清虚静泰，少私寡欲。"超尘脱俗，追求"醇白独著"的精神境界。静泰，平和，无为，大顺，得意忘言。《养生论》超越了养生的边界，《声无哀乐论》超越了音乐的边界，生发出深邃的时空魅力。"王丞相（导）过江左，止道《声无哀乐》《养生》《言尽意》三理而已。"（《世说新语·文学》第二十一则）"三理"者，名理精论也。王丞相者，得意忘言之大政治家也！

　　"养生"原为道家倡导的一种生活方式，本文的写作亦明显受到《老子》《庄子》的影响，某些用语都是相近的；但嵇康更受到汉末以来道教神仙长生之说的启示，偏向"服药"养生，跟《老子》《庄子》学说已有明显的区别。《养生论》写成之后，嵇康又就此话题与向秀互相辩难，进一步阐述了个人的"养生"思想。此一系列文章在魏晋时期极负盛名，对后世产生了很大影响。

第四卷

答难养生论 [1]

向秀《难养生论》:"且夫嗜欲,好荣恶辱,好逸恶劳,皆生于自然。"

针对向秀反对"窒情欲",主张"以顺欲为得生"的观点,嵇康认为"嗜欲虽出于人,而非道德之正",不利于养生(欲与生不并久,名与身不俱存),必须弃酒色,远名位;使动足资生,用智遂生。

答曰:所以贵智而尚动者 [2],以其能益生而厚身也。然欲动则悔吝生 [3],智行则前识立;前识立则心开而物遂,悔吝生则患积而身危。二者不藏之于内而接于外 [4],只足以灾身,非所以厚生也。夫嗜欲虽出于人,而非道德之正,犹木之有蝎 [5],虽木之所生,而非木之所宜也。故蝎盛则木朽 [6],欲胜则身枯。然则欲与生不并久 [7],名与身不俱存,略可知矣。而世未之悟 [8],以顺欲为得生,虽有厚生之情,而不识生生之理,故动之死地也。是以古之人,知酒色为甘鸩 [9],弃之如遗 [10];识名位为香饵 [11],逝而不顾 [12]。使动足资生 [13],不滥于物;知正其身,不营于外；背其所凶，守其所吉。此所以用智遂生之道也[14]。故智之为美，美其益生而不羡[15]；生之为贵，贵其乐和而不交[16]。岂可疾智而轻身[17]，勤欲而贱生哉！

《汉魏名文乘》引明余元熹："发古今人未有之秘义，有含道独往，弃智遗身，朝发太华，夕宿神州之概。快绝！奇绝！"

[**注释**]

[1] 答难养生论：鲁迅校："原钞无此五字，据各本及旧校加。案：无者是也。《文选》江文通《杂体诗》李善注引《养生》有五难云云十一句，为康答文，而称《向秀难嵇康养生论》，即为唐时旧本，亦二篇连写之证。"　[2] "所以贵智而尚动者"二句：人们之所以看重智慧而崇尚行动，是因为它能益生，对身体有利。　[3] "然欲动则悔吝生"以下四句：然而欲念萌动小过失就会发生，智慧运作就会形成事前之认识；先见确立则会多思多虑，心被外物所诱惑；小过错产生则忧患滞留危及身体。悔吝，小错，小过失。前识，事前（行动前）的认识，先见，预期。　[4] "二者不藏之于内而接于外"以下三句：才智和欲念不藏在里面，而与外物接触，那只能是祸害及身，而决不可能用来养生。　[5] 蝎（hé）：木中蠹虫。　[6] "故蝎盛则木朽"二句：所以蛀虫繁盛树木就会朽腐，欲望耗尽身体就会枯竭。胜，尽。　[7] 生：生命。鲁迅校："原作'身'，依各本及《医心方》改。"今从之。　[8] "而世未之悟"以下五句：但是世人没有悟到，反将顺从欲念视为养生，虽然有厚待生命的愿望，却不明白生命得以不息的道理，所以欲念一动就走向死地。生生，前"生"字作动词，使动用法，后"生"字作名词，生命。　[9] 甘鸩（zhèn）：甘甜的毒药。鸩，一种有毒的鸟，其羽剧毒。　[10] 弃之如遗：如同废物一般抛弃

它。　[11] 香饵：味香的诱饵。饵，诱鱼上钩的食物。　[12] 逝而不顾：远离它而不屑一顾。　[13] "使动足资生" 以下六句：使自己的行动足以资助生命，不滥于酒色诸物；智慧善养其身，不钻营名位外物；丢弃凶恶害生的，坚守吉利益生的。知，同 "智"。　[14] 遂生：养育生命。遂，育，养育。　[15] 不羡：不多余，不过分。指 "不营于外"。　[16] 乐和而不交：乐于和调、和谐而不苟合、混同。交，合，同，指 "不滥于物"。　[17] "岂可疾智而轻身" 二句：怎么可以竭尽智慧而轻卑自身，放纵欲望而作贱生命呢？疾，亟，尽力。《吕氏春秋·尊师》："凡学，必务进业，心则无营。疾讽诵，谨司闻。" 高诱注："疾，力。"《墨子·尚同下》："凡使民尚同者，爱民不疾，民无可使。曰必疾爱而使之，致信而持之，富贵以道其前，明罚以率其后。为政若此，唯欲毋与我同，将不可得也。" 孙诒让《墨子间诂》："《吕氏春秋·尊师篇》高诱注：'疾，力' 也。" 勤欲，纵欲。

以下二段，析论圣人之 "富贵" 与俗人所谓 "富贵" 的区别。

牟宗三《才性与玄理》第九章《嵇康之名理》："向秀此论，纯是世间俗情之言。然康之答难，几每句予以开导辩白，辞不惮烦，思理绵密。自今日观之，本有许多不必置答者而亦一一辨示。此可谓以思辨为乐者，甚可贵也。盖此为致生哲学之道也。"

　　且圣人宝位 [1]，以富贵为崇高者，盖谓人君贵为天子，富有四海，民不可无主而存，主不能无尊而立；故为天下而尊君位，不为一人而重富贵也。又曰 "富与贵，是人之所欲" 者 [2]，盖为季世恶贫贱而好富贵也，未能外荣华而安贫贱，且抑使由其道；犹不争不可令，故许其心竞；中庸不可得，故与其狂狷。此俗之谈耳，不言至人当贪富贵也。至人不得已而临天下 [3]，以万物为心，在宥群生，由身以道，与天下同于自得，穆然以无事为业，坦尔以天下为公。虽居君位，飨万国[4]，恬若素士接宾客也[5]；虽建龙旂[6]，服华衮，忽若布衣在身也。故君臣相忘于上[7]，烝民家足于下。岂劝百姓之尊己，割天下以自私，以富贵为崇高，心欲之而不已哉[8]？且子文三显[9]，色不加悦；柳惠三黜，容不加戚。何者？令尹之尊，不若德义之贵；三黜之贱，不伤冲粹之美[10]。二人尝得富贵于其身，终不以人爵婴心也[11]，故视荣辱如一。由此言之，岂云欲富贵之情哉[12]？

[注释]

[1]"且圣人宝位"二句：《周易》上写的"圣人之大宝曰位""崇高莫大乎富贵"这些话。见《周易·系辞下》《周易·系辞上》，向秀《难养生论》引作论据。 [2]"又曰'富与贵，是人之所欲'者"以下八句：《论语》又说"富和贵，这是人的欲望"，指的是处在衰乱之中的人们，厌恶贫贱而爱好富贵，不能排斥荣华而安于贫贱，姑且抑制他们，使他们遵循道义而得之；就是说不能强制他们不争，所以允许其以心智竞争；中庸之道不可得，所以允许狂者进取于善道而不知退、狷者守节无为而不知进。富与贵，是人之所欲，《论语·里仁》："子曰：'富与贵，是人之所欲也；不以其道得之，不处也。贫与贱，是人之所恶也；不以其道得之，不去也。'"季世，末世。孔子说话的时代是春秋

末期，诸侯争霸，已是乱世。中庸不可得，故与其狂狷（juàn），《论语·子路》："子曰：'不得中行而与之，必也狂狷乎？狂者进取，狷者有所不为也。'"狂，激进。进取于善道，知进而不知退。狷，保守。守节无为，应进而退。　[3]"至人不得已而临天下"以下七句：至人不得已而君临天下，以万物为心，任群生自然发展，跟天道运行同步，跟天下万物同样自由自在，静默无为以无事为大业，心胸坦然以天下为公。至人，《庄子》塑造的去我顺物、融己于道、有资格逍遥游的超人。嵇康在这里指的是原始共产时期，以三皇五帝为代表的领导人群体形象。　[4]飨（xiǎng）：同"享"。　[5]恬（tián）：恬静。素士：布衣人士。　[6]"虽建龙旂（qí）"以下三句：虽然高树龙旗，身穿帝王礼服，却毫不介意，如同布衣穿在身上一般。龙旂，绘饰有龙图案的旗帜，为天子之旗。旂，同"旗"。华衮（gǔn），绘饰龙图案的礼服，古代王公贵族的礼服，这里指帝王之服。忽，忽略，不在意。　[7]"故君臣相忘于上"二句：所以在上层君主和臣子相互忘记自己的地位和身份，在下层老百姓家给人足。烝（zhēng）民，庶民，百姓。　[8]不已：不停止。　[9]"且子文三显"以下四句：还有楚国的令尹子文，三次做宰相，脸上没有增添喜悦之色；鲁国的狱官柳下惠多次被罢免，也没有增加愁容。《论语·公冶长》："令尹子文，三仕为令尹，无喜色；三已之，无愠色。"《论语·微子》："柳下惠为士师，三黜。人曰：'子未可以去乎？'曰：'直道而事人，焉往而不三黜？枉道而事人，何必去父母之邦？'"子文，楚国大夫，即鬭縠於（wū）菟。楚成王时被任命为令尹（楚国最高行政长官），曾多次被罢免又多次复职。三显，多次地位显赫。柳惠，柳下惠，姓展名获，字禽，春秋时鲁国大夫。三黜（chù），多次遭贬斥、罢免。　[10]冲粹：淡泊虚静纯粹不杂。冲，冲虚，淡泊虚静。粹，纯。　[11]人爵：人世间的官爵或禄位。《孟子·告子上》："有天爵者，有人爵者。仁义忠信，乐善不倦，此天爵也；公卿大夫，此人爵也。"婴：环绕，羁绊。　[12]岂云欲富贵之情哉：怎么能说（至人）有欲求富贵的情实呢？

　　请问：锦衣绣裳[1]，不陈于暗室者，何必顾众而动以毁誉为欢戚也？夫然[2]，则欲之患其得，得之惧其失；"苟患失之，无所不至矣"。在上何得不骄[3]，持满何得不溢，求之何得不苟，得之何得不失耶？且君子出其言善[4]，则千里之外应之，岂在于多，欲以贵得哉？奉法循理，不缨世网[5]，以无罪自尊，以不仕为逸；游心乎道义，偃息乎卑室，恬愉无遌[6]，而神气条达。岂须荣华，然后乃贵哉？耕而为食，蚕而为衣，衣食周身，则余天下之财[7]；犹渴者饮河，快然以足，不羡洪流。岂待积敛，然后乃富哉？君子之用心若此，盖将以名位为赘瘤，资财为尘垢也，安用富贵乎？故世之难得者，非财也，非荣也。患意之不足耳[8]！意足者，虽耦耕畎亩[9]，被褐啜菽，莫不自得；不足者，虽养以天下[10]，委以万物，犹未惬然[11]。则足者不须外[12]，不足者无外之不须也。无不须[13]，故无往而不乏；

以上二段针对向秀《难养生论》中引用的"圣人宝位，以富贵为崇高""富与贵，是人之所欲也"等论据，展开反驳。

冯契《中国古代哲学的逻辑发展》第六章第三节《嵇康："越名教而任自然"》："在'力'和'命'的关系上，他（引者按：嵇康）强调人力。至于富与贵，他认为善养生者是视之为身外之物的。"

牟宗三《才性与玄理》第九章《嵇康之名理》："康云：'不足者，虽养以天下……故无适而不足。'此皆极美之文、极妙之理，真可谓'高致'矣。"

无所须，故无适而不足。不以荣华肆志[14]，不以隐约趋俗[15]。混乎与万物并行，不可宠辱，此真有富贵也。故遗贵欲贵者[16]，贱及之；忘富欲富者，贫得之。理之然也[17]。今居荣华而忧，虽与荣华偕老，亦所以终身长愁耳。故老子曰："乐莫大于无忧[18]，富莫大于知足。"此之谓也。

[注释]

[1]"锦衣绣裳"以下三句：锦衣绣裳，不陈列在黑暗的屋子里，为什么一定要眷念众人，动不动就以他们的或誉或毁作为自己的欢乐与忧戚呢？　[2]"夫然"以下五句：这样的话，则欲求之物生怕得不着，得着了又惟恐失去。假如生怕失去，会无所不用其极了。语出《论语·阳货》："子曰：'鄙夫可与事君也与哉？其未得之也，患得之。既得之，患失之。苟患失之，无所不至矣。'"　[3]"在上何得不骄"以下四句：如此一来，在上的人怎么可能不骄（而无患）？保持满盈之业的人怎么可能（以损敛而）不溢？求取富贵的人怎么可能不苟（非义）？得到富贵的人又怎么可能不再失去呢？按向秀《难养生论》曰："但当求之（指富贵）以道，不苟非义。在上以不骄无患，持满以损敛不溢。"此数句即为回应向秀之言。　[4]"且君子出其言善"以下四句：《周易·系辞上》又说："君子居其室，出其言善，则千里之外应之。"岂在于多说多言，想依靠地位得到响应呢？　[5]绖（guà）：同"挂"，受阻，绊住。世网：世俗之网。　[6]"恬愉无遻（è）"二句：恬淡愉快，不会遭遇尘世干扰，神气畅达。无遻，不遭遇（世网干涉）。遻，遇。　[7]余天下之财：以天下之财为多余。余，用如

动词，意动用法。　[8]患意之不足：担心不能满足的欲望。意，意念，意图，欲望。　[9]"虽耦（ǒu）耕甽（quǎn）亩"二句：即使耕田种地，披着麻布衣服，吃着豆类杂粮。耦耕，古时耕地法，两人各执一犁、同耕一尺宽之地谓之耦耕。此处泛指务农。甽亩，田地，田间。甽，同"畎"，田沟。亩，田埂。被，同"披"。啜，食，吃。菽（shū），豆。　[10]虽养以天下：即使以天下来奉养他。　[11]惬（qiè）然：满意的样子。　[12]"则足者不须外"二句：那么，知足者不依靠身外之物，不知足的人没有什么外物是不依赖的。　[13]"无不须"以下四句：无不依赖，所以无往而不困乏；无所依赖，所以无处不感到满足。　[14]肆：放纵。　[15]隐约：静寂简约，不显贵。　[16]"故遗贵欲贵者"以下四句：所以忘了已得之尊贵还想要更尊贵的，卑贱就找上了他；忘了已得之财富还想要更富有的，贫乏就要临头了。及，赶上，追上。　[17]理之然也：道理必定是这样的。　[18]"乐莫大于无忧"二句：没有什么比无忧无虑更快乐的了，没有什么比知足更富有的了。此二句不见于今本《老子》，而《老子》第三十三章云："知足者富。"第四十六章云："祸莫大于不知足。"戴明扬谓："此处随意引用也。"

难曰："感而思室[1]，饥而求食，自然之理也。"诚哉是言[2]！今不使不"室"不"食"[3]，但欲令"室""食"得理耳。夫不虑而欲[4]，性之动也；识而后感，智之用也。性动者[5]，遇物而当，足则无余；智用者，从感而求，倦而不已。故世之所患，祸之所由，常在于智用，不在于性

牟宗三《才性与玄理》第九章《嵇康之名理》："康云：'世之所患，祸之所由，常在于智用，不在于性动。'此意极深刻，可谓精矣。"

侯外庐等《中国思想通史》第三卷第五章第三节《嵇康的政治观文化论与人生论》："对于食色等生理的要求，嵇康虽然并不加以抹杀，却也有他的一套'收之''纠之'的办法。他把不虑而欲的，称为性之动，识而后感的，称为智之用。其区别不但在乎一是先天的，一是后天的；而且也在乎一是容易满足的，一是勤求不已的。前者简单，后者麻烦。因此对付性之动，用'纠之'的办法，对付智之用，用'收之'的办法。一面杜绝万物的诱惑，一面让理性来克制感性。"

动。今使瞽者遇"室"[6]，则西施与嫫母同情；聩者忘味[7]，则糟糠与精稗等甘。岂识贤愚、好丑，以爱憎乱心哉？君子识智以无恒伤生[8]，欲以逐物害性。故智用则收之以恬[9]，情动则纠之以和；使智止于恬，性足于和。然后神以默醇[10]，体以和成；去累除害[11]，与彼更生。所谓"不见可欲，使心不乱者也"[12]。纵令滋味尝染于口[13]，声色已开于心，则可以至理遣之[14]，多算胜之[15]。何以言之也？夫欲官不识君位[16]，思室不拟亲戚。何者？知其所不得，则不当生心也。故嗜酒者自抑于鸩醴，贪食者忍饥于漏脯[17]。知吉凶之理，故背之不惑，弃之不疑也。岂恨不得酖饮与大嚼哉？且逆旅之妾[18]，恶者以自恶为贵，美者以自美得贱。美恶之形在目[19]，而贵贱不同；是非之情先著[20]，故美恶不得移也。苟云理足于内[21]，乘一以御外，何物之能默哉？由此言之，性气自和[22]，则无所"困于防闲"；情志自平，则无"郁而不通"。世之多累，由见之不明耳。又常人之情：远虽大[23]，莫不忽之；近虽小，莫不存之。夫何故哉？诚以交赊相夺[24]，识见异情也。三年丧[25]，不内御，礼之禁也，莫有犯者。酒色乃身之雠也[26]，莫能弃之。由此言之，礼禁交[27]，虽小不犯；身雠赊，虽大不弃。然使左手据天下之图[28]，右手旋害其身，虽愚夫不为：明天下之轻于其身。酒色之轻于天下，又可知矣；而世人以身殉之[29]，毙而不悔。此以所重而要所轻[30]，岂非背赊而趣交耶？智者则不然矣。审轻重然后动，量得失以居身；交赊之理同[31]，故备远如近，慎微如著；独行众妙之门[32]，故终始无虞[33]。此与夫耽欲而快意者[34]，何殊间哉？

清焦袁熹《此木轩四书说》卷七《古之狂也肆》："嵇叔夜云：'三年丧，不内御，礼之禁也，莫有犯者。'观此言，孰谓魏晋之世荡闲佚检有甚后代乎！嵇阮之徒，盖犹孔子所谓古之狂者与？"

[注释]

[1]"感而思室"二句：心动而产生情欲，饥饿而求取食物。感，有所感触，情欲萌动。室，妻，妻室。　[2]诚哉是言：说得很是真诚。　[3]不使：不是让人。　[4]"夫不虑而欲"以下四句：不用思虑而产生的欲念，是本性的冲动；知觉以后感生的欲念，则是用智的结果。　[5]"性动者"以下三句：性本能冲动的人，行为适当，满足了就没有多余的要求。当，适切，恰当。无余，没有余味，不再多欲求。　[6]"今使瞽（gǔ）者遇'室'"二句：现在如果让盲人遇到妇人，则美女和丑妇是一样的。瞽者，盲人。室，妇人。西施，春秋时越国美女。嫫（mó）母，传说"黄帝妃嫫母，于四妃之班居下，貌甚丑而最贤"（《尚书大传》）。同

情，同实，一样。情，实。　[7]"聩（kuì）者忘味"二句：饥饿的人会忘记辨别口味，糟糠与精米一样甘美。聩，本指耳聋，此指昏聩，一作"昏愦"，昏乱，糊涂。按"聩"疑当作"饥"。《孟子·尽心上》："饥者甘食，渴者甘饮。是未得饮食之正也，饥渴害之也。"　[8]"君子识智以无恒伤生"二句：君子懂得智慧因变化无常而有伤养生，欲念因追逐外物而有害性命。　[9]"故智用则收之以恬"二句：所以用恬静来节制智慧的运用，用平和来纠正欲念的冲动。　[10]"然后神以默醇"二句：这样做以后，精神因恬静而淳朴，身体因平和而安定。　[11]"去累除害"二句：除去累赘和祸害，与天道自然更新生长。累，负担，累赘。彼，天道，自然。　[12]所谓"不见可欲，使心不乱者也"：这就是《老子》所说的："无视那些引发欲念的东西，使心志不被扰乱。"语出《老子》第三章。　[13]尝：曾。　[14]遣：排遣。　[15]多算：多思，权衡得失。　[16]"夫欲官不识君位"二句：那些想做官的人都不知道要去谋求君主的位置，想娶妻的人决不会去打亲人的主意。拟，打主意。　[17]漏脯（fǔ）：变质的肉干。漏，当为"蝼"，蝼蛄臭也。　[18]"且逆旅之妾"以下三句：再说到那旅店主人的两个妾，丑的妾因自以为丑而受人们尊重，美的妾因自以为美而被人们排斥。故事源自《庄子·山木》："阳子之宋，宿于逆旅。逆旅人有妾二人，其一人美，其一人恶，恶者贵而美者贱。阳子问其故，逆旅小子对曰：'其美者自美，吾不知其美也；其恶者自恶，吾不知其恶也。'"逆旅小子，堂倌。知，觉也。逆旅，旅舍。　[19]"美恶之形在目"二句：美和丑的形象就摆在眼前，而所得贵贱却不相应。　[20]"是非之情先著"二句：这是因为旅店堂倌心中的是非之见已先生成，所以美与丑的外形不能改变其感觉。　[21]"苟云理足于内"以下三句：主旨是"室、食得理"之人，不受外物所左右，而自行其是，不存在"闭而默之”一说。这几句是针对向秀《难养生论》所谓“有动以接物，有智以自辅。若闭而默之，则与无智同”的论调提出反驳。一，道，指“室、食得理”之养生之道。　[22]“性气自和”以下四句：性气自和，就用不着硬性地防备禁止；情志自平，就不会郁结不通畅。这几句是针对向秀《难养生论》“苟心识可欲而不得从，性气困于防闲，情志郁而不通”而言。　[23]“远虽大”以下四句：离得遥远的，即使再大的事也没有人不忽视它；近在眼前的，即使小事也没有人不记在心上。　[24]“诚以交赊（shē）相夺”二句：实在是因为眼前的和长远的利益相互淆乱，而人们的认识和见解往往有异于情实。交，近的，现实的。赊，远的，预期的。相夺，相乱，相互对立。　[25]“三年丧”以下四句：在服丧的三年时间内，不与妻子同房，这是礼法所禁制的，没有谁来违犯。　[26]雠（chóu）：仇敌。　[27]“礼禁交”四句：礼法所禁制的近在眼前，即使很小也不违犯；身体的仇敌远在将来，即使很大也不抛弃。　[28]“然使左手据天下之图”以下四句：《淮南子·精神训》：“尊势厚利，人之所贪也。使之左据天下图，而右手刎其喉，愚夫不为。由此观之，生贵于天下也。”左手据天下之图，左手据有天下的版图，指拥有天下。旋，立即。虽愚夫不为，即使最愚蠢的人也不干。　[29]“而世人以身殉之”二句：然而世人以身殉酒色，直至毙命也不知悔悟。　[30]“此以所重而要所轻”二句：这是拿贵重的去换取轻微的，岂非背弃长寿的愿望而走向短命的灾祸？以所重而要所轻，《庄子·让王》：“以隋侯之珠弹千仞之雀，世必笑之。是何也？则其所用者重，而所要者轻也。”所重，指身体、性命。要，求，取。所轻，指天下之图、酒色之类。　[31]“交赊之理同”以下三句：眼前的、长远的利害其道理相同，所以慎重地对待远的如同近的一样，对待隐微的苗头如同显著的问题一样。　[32]独行众妙之门：独自行走于一切秘奥的门径之见。众妙，众多奥秘。　[33]虞：忧虑。　[34]"此与夫耽欲而快意者"二句：这跟那种沉溺在嗜欲之中而一求快意的人，距离是何等的大啊！夫，彼，那。殊，大。间，间隙。

嵇康认为圣人禀受的天命是有限的，依靠导养才得以享尽天年。

牟宗三《才性与玄理》第九章《嵇康之名理》："各种圣人固极可佩，然'比之于内视反听'云云，'吾所不能同也'。此等句法，皆魏晋至美之文。向（引者按：向秀）、郭（引者按：郭璞）注《庄》，沿用此种句法，屡见而不一见，如……吾读《庄注》至此等语句，辄感极大之快适，初不知其源于嵇康也。然则康之高致，其所影响于向秀者深矣。"

嵇康由此提出了一种比圣人层次更高的养生者。

难曰："圣人穷理尽性[1]，宜享遐期，而尧、孔上获百年，下者七十，岂复疏于导养乎？"案论尧、孔虽禀命有限[2]，故导养以尽其寿。此则穷理之致[3]，不为不养生得百年也。且仲尼穷理尽性，以至七十；田父以六弊蠢愚[4]，有百二十者。若以仲尼之至妙，资田父之至拙，则千岁之论，奚所怪哉[5]？且凡圣人：有损己为世，表行显功[6]，使天下慕之，三徙成都者[7]。或菲食勤躬[8]，经营四方，心劳形困，趣步失节者[9]。或奇谋潜构[10]，爰及干戈，威武杀伐，功利争夺者。或修行以明污[11]，显智以惊愚，藉名高于一世，取准的于天下；又勤诲善诱[12]，聚徒三千，口倦谈议，身疲磬折；形若救孺子[13]，视若营四海；神驰于利害之端[14]，心骛于荣辱之途，俯仰之间[15]，已再抚宇宙之外者。若比之于内视反听[16]，爱气啬精，明白四达，而无执无为，遗世坐忘，以宝性全真，吾所不能同也。今不言松柏不殊于榆柳也，然松柏之生，各以良殖遂性[17]，若养松于灰壤[18]，则中年枯陨[19]；树之于重崖，则荣茂日新。此亦毓形之一观也[20]。窦公无所服御[21]，而致百八十，岂非鼓琴和其心哉？此亦养神之一征也[22]。火蚕十八日[23]，寒蚕三十余日，以不得逾时之命，而将养有过倍之隆；温肥者早终[24]，凉瘦者迟竭，断可识矣。圉马养而不乘[25]，用皆六十岁；体疲者速凋[26]，形全者难弊，又可知矣。富贵多残[27]，伐之者众也；野人多寿，伤之者寡也。亦可见矣。今能使目与瞽者同功，口与聩者等味[28]，远害生之具，御益性之物，则始可与言养性命矣。

[注释]

[1]"圣人穷理尽性"以下五句：圣人精通养生之道，应享高寿。但是帝尧、孔子这些圣人最高活到百年，下寿只有七十，难道他们也会疏忽了导养吗？见向秀《难养生论》。 [2]禀命有限：禀受于自然的生命有限。 [3]"此则穷理之致"二句：这就是精通养生之道的结果，不是不养生就得了百年之寿。 [4]六弊：六种弊端。《论语·阳货》记述孔子提出"六言六蔽"说，"六言"指仁、智、信、直、勇、刚，爱这六种品德，却不爱学问，则相应产生"六蔽"："好仁不好学，其蔽也愚（容易被人利用）；好知不好学，其蔽也荡（放荡而无所守）；好信不好学，其蔽也贼（被

人利用反而害了自己）；好直不好学，其蔽也绞（说话尖刻，刺痛人心）；好勇不好学，其蔽也乱（捣乱闯祸）；好刚不好学，其蔽也狂（胆大妄为）。'"　　[5]奚（xī）：疑问词，如何，为何。　　[6]表行显功：特别突出的品行和显赫的功绩。表，特，突出。　　[7]三徙成都：三次迁徙形成了都邑。《庄子·徐无鬼》："舜有膻（shān）行，百姓悦之，故三徙成都。"《史记·五帝本纪》："舜耕历山，历山之人皆让畔；渔雷泽，雷泽之人皆让居；陶河滨，河滨器皆不苦窳（yǔ，劣）。一年而所居成聚，二年成邑，三年成都。"　　[8]或菲食勤躬：有的饮食菲薄身体劳累，这里说的是禹。《论语·泰伯》："子曰：禹，吾无间然矣。菲饮食而致孝乎鬼神，恶衣服而致美乎黼冕，卑宫室而尽力乎沟洫（水利）。"　　[9]趣步失节：快步行走失去节奏。《吕氏春秋·求人》："禹忧其黔首，颜色黧黑，窍藏不通，步不相过，至劳也。"趣步，趋步，疾步。　　[10]"或奇谋潜构"以下四句：有的奇谋韬略，发动战争，威武杀伐，争夺功利。奇谋，说的是商汤伐夏桀的事。潜构，说的是周文王、周武王伐纣的事。构，底本作"遘"，据鲁迅校改。　　[11]"或修行以明污"以下四句：有的修洁自身品行以彰明俗人之污秽，显示才智以振起愚蠢的人，凭藉名高一世，成为天下人行动的准则。《庄子·山木》："孔子围于陈蔡之间，七日不火食。大公任往吊之曰：子其意者饰知以惊愚，修身以明污，昭昭乎若揭日月而行，故不免也。"明污，使污者显明。惊愚，使愚者震惊。准的（dì），准则，标准。准，法也。的，射准也。　　[12]"又勤诲善诱"以下四句：又殷勤教导，循循善诱，聚集了三千弟子，嘴巴倦于言谈议论，身躯疲于折腰作揖。聚徒三千，《淮南子·泰族训》："孔子弟子七十，养徒三千。"磬（qìng）折，同"罄折"，像磬一般弯折。磬，古代乐器，用玉或石雕成，呈曲折形状。这里是形容孔子遇人曲体作揖之形状。　　[13]"形若救孺子"二句：形状好像要拯救小孩，目光又像在经营天下。《庄子·外物》："老莱子之弟子出薪，遇仲尼，反以告，曰：'有人于彼，修（长）上而趋（短）下，末偻（头向前伸而背弓起来）而后耳（耳朵向后），视若营四海，不知其谁氏之子。'老莱子曰：'是丘也。召而来！'"营，经营，治理。　[14]"神驰于利害之端"二句：精神驰逐于利害之间，心灵追逐于荣辱之途。端，端绪，头绪。骛（wù），乱驰，追求。　[15]"俯仰之间"二句：俯仰之间的一刹那工夫，心神已多次往来于天地之外。《庄子·在宥》："人心排下而进上（向上爬）……其疾俯仰之间而再抚四海之外。"形容心神活动极其迅速。再，二次。此亦虚指，表多次。抚，触及，到。　[16]"若比之于内视反听"以下七句：如果拿这些圣人的行为跟以自我为中心"宝性全真"的养生家比较，我不能等量齐观。按《史记·商君列传》：商君曰："子不说（悦）吾治秦与？"赵良曰："反听之谓聪，内视之谓明，自胜之谓强。虞舜有言曰：'自卑也尚矣。'君不若道虞舜之道，无为问仆矣。"赵良是引述圣人虞舜之道来开导商鞅。嵇康反其意而用之，"内视反听，爱气啬精"云云，就是闭目塞听，爱惜保养精气，以自身为中心的养生家高论，跟圣人的所作所为相反。若，底本作"若此"，今据黄本等删。内视，审视自身。反听，听相反的话。自胜，克制自己。司马贞《史记索隐》："谓守谦敬之人是为自胜，若是者乃为强。若争名得胜，此非强之道。"　[17]各以良殖遂性：都因为良好的生长环境而顺遂本性。　[18]灰壤：据《管子·地员》说，掘地至深层遇到灰壤，就不可能有泉源。　[19]中年：隔年，第二年。　[20]此亦毓（yù）形之一观也：这也是养育形体的一个例子。毓，同"育"。一观，一个看得见的例子。　[21]"窦公无所服御"以下三句：窦公没有服食什么特别之物，而达到一百八十岁，这难道不是弹琴使他心气平和的缘故吗？窦公，传说为盲乐师，以长寿著名。

桓谭《新论》载述云:"余前为王翁典乐大夫,见乐家书记,言文帝时,得魏文侯时乐人窦公,年百八十岁,两目皆盲。文帝奇而问之曰:'何因能服食而至此邪?'对曰:'臣年十三失明,父母哀其不及众技事,教臣为乐,使鼓琴,日讲习以为常事。臣不能导引,无服饵也。不知寿得何力。'余以为窦公少盲,专一内视,精不外鉴,恒逸乐,所以益性命也。"[22]此亦养神之一征也:这也是涵养精神的一个有效验的例证。之,底本无此字,据鲁迅校加。　[23]"火蚕十八日"以下四句:用火给蚕室加温,只要十八天蚕就成熟了,不加温,蚕的生长期有三十多天,以同样一定时限的寿命,养育不同而相差竟有一倍之多。火蚕,戴明扬《校注》:"此谓养蚕室中,以火炽之,欲其早老而省食,非指炎州之火蚕也。"寒蚕三十余日,《淮南子·说林训》:"蚕食而不饮,三十二日而化。"　[24]"温肥者早终"以下三句:(养育条件)温肥者(寿命)早终结,(养育条件)凉瘦者迟衰竭,这是断然可以肯定的了。温肥,底本作"肥温",今据各本改。　[25]"圉(yǔ)马养而不乘"二句:蓄养送葬的马不驾车,因而都能活到六十岁。桓谭《新论》:"卫后园有送葬时乘舆马十匹,吏卒养视,善饮不能乘,而马皆六十岁乃死。"圉,蓄养。用,因,因而。　[26]"体疲者速凋"二句:身体疲劳的马衰竭得快,不驾车形体保养完好的马难以毁败。体疲者,指乘马。凋,伤。形全者,指圉马。弊,同"敝",毁伤。　[27]"富贵多残"二句:富贵的人多夭折,是因为攻伐伤害他的事物众多。　[28]聩(kuì):疑系"饥"之讹。等味:味觉相同,饥饿的人不知辨味。

难曰:"神农唱粒食之始[1],鸟兽以之飞走,生民以之视息。"今不言五谷非神农所唱也[2]。

既言"上药"[3]，又唱五谷者，以上药希寡，艰
而难致[4]；五谷易殖，农而可久[5]，所以济百姓
而继天[6]，故并而存之。唯贤者志其大[7]，不肖
者志其小耳。此同出一人[8]。至当归止痛[9]，用
之不已；枲耜垦辟[10]，从之不辍。何至养命[11]，
蔑而不议？此殆玩所先习[12]，怪于未知。且平
原则有枣栗之属，池沼则有菱芡之类[13]，虽非
上药，犹愈于黍稷之笃恭也[14]。岂云视息之
具，唯立五谷哉？又曰："黍稷惟馨[15]，实降神
祇。"蘋繁蕴藻[16]，非丰肴之匹；潢污行潦，非
重酎之对。荐之宗庙[17]，感灵降祉。是知神飨
德与信[18]，不以所养为生。犹九土述职[19]，各
贡方物，以效诚耳。

[注释]

[1]"神农唱粒食之始"以下三句：神农最早倡导播种五谷，
鸟兽因此能飞能跑，人民因此能够生息。节引自向秀《难养生论》。
意谓神农倡导农业，人以五谷为食，不再伤及鸟兽，因而鸟兽能
自由飞跑，得以终享天年。神农，炎帝，中国上古原始社会末期
的社会部落或部落联盟领袖之一。《淮南子·修务训》："神农乃始
教民播种五谷。"唱，同"倡"，提倡，发始。以之，依靠它（指
播殖之业）。走，跑。视息，观察和呼吸，生存的意思。　[2]不

《汉魏名文乘》
引明张运泰："叔夜
此论绝佳。乍读颇
缠绵难晓，然微文
幽旨，有神于修真
养生，正不得以常
等相视也。"

言：不是说。　[3]"既言上药"二句：神农既说"上药"又倡导五谷的原因。上药，《神农本草》载"上药一百二十种为君，主养命以应天，无毒，久服不伤人，轻身益气，不老延年"。　[4]致：罗致，得到。　[5]农而可久：耕者勤勉便可以长久播种。农，勉力。　[6]继天：延续天然之利。　[7]"唯贤者志其大"二句：只有贤明的人认识那些上药，普通的人只认识那些五谷罢了。大，指上药。小，指五谷。　[8]此同出一人：其实这是同出于神农氏一个人的。　[9]当归，中药名。《博物志》引《神农经》曰："下药治病，谓大黄除实，当归止痛。"　[10]"耒耜（lěi sì）垦辟"二句：耒耜能够开辟土地，人们就操纵它不停地使用。耒耜，古代耕地翻土的农具。垦，底本作"恳"，今据各本改。从，同"纵"，操纵。辍（chuò），停止。　[11]"何至养命"二句：为什么对养命延生的上药，却忽视不谈呢？养命，指上药。　[12]"此殆玩所先习"二句：这大概是习惯于赏识先前熟悉的东西，对不知道的东西则认为奇怪。玩，欣赏，赏识。　[13]芡（qiàn）：俗呼鸡头，水生植物名。叶似荷，叶下有针刺，果壳有坚刺，果实可食，味鲜美。　[14]愈：胜过。底本无此字，鲁迅校："各本'犹'下空一格。"今据严可均《全上古三代秦汉三国六朝文》补。笃（dǔ）恭：厚实和顺。　[15]"黍稷惟馨"二句：黍稷馨香，招致神祇下降。此二句语出向秀《难养生论》。惟，只，只有。馨，芳香，特指散布很远的香气。神祇（qí），天地之神。神，天神。祇，地神。底本误作"祇"，今据各本改。　[16]"蘋（pín）繁荇（xìng）藻"以下四句：蘋、繁、荇、藻这些水草，不属于丰盛的佳肴之类；停聚的塘水和沟中的积水，不属于重酿的醇酒之类。蘋、繁（通"蘩"）、荇、藻，四者皆水草，可食。潢（huáng）污，停聚不流的水，即塘水。行潦（liáo），沟中的积水。酎（zhòu），经过两次以至多次复酿的醇酒。对，匹，类。　[17]"荐之宗庙"二句：把它们进献在宗庙中，照样感动神灵而降福。　[18]"是知神飨（xiǎng）德与信"二句：由此知道神所享用的是德与信，不是靠祭品生存的。飨，同"享"，享用。所养，飨神之物，指祭品。　[19]"犹九土述职"以下三句：九州之长官向天子陈述职守，各贡地方名物，以献其忠诚之心。贡，献，指纳贡。

又曰："肴粮入体，益不逾旬"[1]，以明"宜生之验"。此所以困其体也[2]。今不言肴粮无充体之益[3]，但谓延生非上药之偶耳。请借以为难[4]：夫所知麦之善于菽，稻之胜于稷，由有效而识之[5]。假无稻稷之域[6]，必以菽麦为珍养，谓不可尚矣。然则世人不知上药良于稻稷，犹守菽麦之贤于蓬蒿，而必天下之无稻稷也。若能杖药以自掩[7]，则稻稷之贱，居然可知[8]。君子知其如此，故准性理之所宜[9]，资妙物以养身，殖玄根于初九[10]，吸朝霞以济神[11]。今若以春酒为寿[12]，则未闻高阳有黄发之叟也[13]；若以充性为贤[14]，则未闻鼎食有百年之宾也[15]。且冉生婴疾[16]，颜子短折[17]。穰岁多病[18]，饥年少疾。故狄食米而生癫[19]，疮得谷而血浮[20]，马秣粟而足重[21]，雁食粒而身留[22]。从此言之，

五谷虽有"充体之益"，但非"上药"之匹。对于养生来说，"上药"才是最重要的。

唐孙思邈《备急千金要方》卷八十一："嵇康云：'穰岁多病，饥年少疾。'信哉不虚！是以关中土地，俗好俭啬，厨膳肴羞，不过菹酱而已，其人少病而寿；江南岭表，其处饶足，海陆鲑肴，无所不备，土俗多疾而早夭。"

鸟兽不足报功于五谷[23]，生民不足受德于田畴也。而人竭力以营之，杀身以争之，养亲献尊，则唯菊芪粱稻[24]；聘享嘉会，则唯肴馔旨酒[25]。而不知皆淖溺筋液[26]，易糜速腐；初虽甘香，入身臭腐[27]；竭辱精神，染污六府[28]；郁秽气蒸[29]，自生灾蠹；饕淫所阶[30]，百疾所附；味之者口爽[31]，服之者短祚。岂若流泉甘醴，琼蕊玉英[32]，金丹石菌[33]，紫芝黄精[34]；皆众灵含英[35]，独发奇生，贞香难歇，和气充盈。澡雪五脏[36]，疏彻开明，吮之者体轻。又练骸易气[37]，染骨柔筋，涤垢泽秽，志凌青云。若此以往，何五谷之养哉[38]？且"螟蛉有子，蜾蠃负之"[39]，性之变也；橘渡江为枳[40]，易土而变，形之异也。纳所食之气[41]，还质易性，岂不然哉？故赤斧以练丹赪发[42]，涓子以术精久延[43]；偓佺以松实方目[44]，赤松以水玉乘烟[45]；务光以蒲韭长耳[46]，邛疏以石髓驻年[47]；方回以云母变化[48]，昌容以蓬累易颜[49]。若此之类，不可详载也。孰云五谷为最，而上药无益哉？

列举赤斧、涓子、偓佺、赤松、务光、邛疏、方回、昌容等服食"上药"的效果，以证"上药"之益。

[注释]

[1]"'肴粮入体，益不逾旬'"二句：丰盛的饭菜进入身体，益处不到十天就显示出来，以表明其适于养生的效验。语出向秀《难养生论》。　[2]此：戴明扬校曰："'此'字当为'非'字之误。谓肴粮宜生，非困体者也。"　[3]"今不言肴粮无充体之益"二句：现在不是说肴粮无充体之益，而是说在延生方面它不是上药的对手。　[4]难：即《难养生论》之"难"，诘责，驳诘。　[5]由有效而识之：从已有效果来认识它。　[6]"假无稻稷之域"以下三句：假若没有稻子和小米的地方，一定把豆麦作为珍贵的营养品，认为没有什么可以超过它的了。尚，超过。　[7]若能杖药以自掖（yè）：如果能依仗上药来保养自己。杖，依仗，依靠。掖，扶持。　[8]居然：当然。　[9]"故准性理之所宜"二句：以性理之所宜为准，借助妙物以养身。　[10]玄根：幽深莫测的变化之根。初九：《周易·乾卦》第一爻："初九，潜龙勿用。"居第一爻之位，故称"初"；以其阳爻，故称"九"；"潜"者隐伏之名；"龙"者变化之物。"初九"为《周易》第一卦第一爻，为一切变化的开端，故"植玄根于初九"。　[11]霞：底本作"露"，鲁迅校："各本作'霞'。"今据改。　[12]今若以春酒为寿：语出《诗经·豳风·七月》："为此春酒，以介眉寿。"向子期《难养生论》引为论据。　[13]高阳：酒徒的代称。《史记·郦生陆贾列传》附朱建列传："郦生叱使者曰：'走复入言沛公，吾高阳酒徒也！'"郦其食（lì yì jī）为高阳人。黄发之叟：高寿老人。《诗经·商颂·烈祖》："绥我眉寿，黄耇无疆。"（黄耇，鬓发变黄的九十岁老人）向子期《难养生论》曾引以为据。　[14]若以充性为贤：如果以肴粮充体之益为善养生。充性为贤，即向子期《难养生论》中"肴粮入体，不逾旬而充"的"充体之益"。性，底本作"悦"，据鲁迅校改。　[15]鼎食：列鼎而食，诸侯五鼎（牛、

羊、豕、鱼、麋），卿大夫三鼎。这里泛指豪侈生活之家。百年之宾：百岁之客。　[16]冉生婴疾：《论语·雍也》载："伯牛有疾，子问之，自牖执其手，曰：'亡之，命矣夫！斯人也，而有斯疾也！斯人也，而有斯疾也！'"冉生，冉耕，字伯牛，孔子的学生。婴疾，得病。婴，触。　[17]颜子短折：《论语·雍也》："哀公问：弟子孰为好学？孔子对曰：有颜回者好学，不幸短命死矣。"颜子，颜回。短折，短命夭折。　[18]穰（ráng）岁：丰收之年。　[19]狄（dí）：古族名，因为他们主要居住于北方，故又通称北狄。秦汉以后，"狄""北狄"曾是中原人对北方各族的泛称之一。癞（lài）：通"癞"，癞痢（là lì），发生在头皮和头发的癣。《淮南子·原道训》："雁门之北，狄不谷食。"　[20]疮得谷而血浮：生疮的人吃了谷子便化脓。疮，皮肤病名，指一切体表浅显的外科疾患。底本作"创"，据鲁迅校改。　[21]秣（mò）：喂养。足重：脚力沉重。　[22]身留：身躯飞不起来。张华《博物志》："马食谷则足重不能行，雁食粟则翼垂不能飞。"　[23]报功：酬答其功劳。　[24]苽（gū）：即菰米，此指谷类。梁：通"粱"。　[25]肴馔：丰盛的饭菜。旨酒：美酒。　[26]淖溺（nào nì）：消融，溶解。筋液：筋肉血液。底本作"筋腋"，今据各本改。　[27]入身臭腐：进入身体便腐烂发臭。　[28]六府：六腑，指胃、胆、大肠、小肠、膀胱、三焦。　[29]"郁秽气蒸"二句：郁积的污秽之气上升，自然生出灾难害虫。灾蠹（dù），灾害。蠹，蛀虫。　[30]饕（tāo）淫所阶：贪欲淫乱的阶梯。饕，贪，贪甚。所阶，所由来。　[31]"味之者口爽"二句：品味它则口舌无法辨味，服用它则减缩寿命。口爽：指口舌失去辨别味道的能力。味之者口爽，《老子》第十二章："五味令人口爽。"爽，丧失。短祚（zuò）：短命。　[32]琼蕊玉英：琼树的花蕊和玉苗。　[33]金丹：道家以金为上药，炼之成丹，谓金丹，服用以炼人身体。金，底本作"留"，鲁迅校："各本作'金'。"今据改。石菌：神草，相传海中神山所有，仙人所食者。   [34]紫芝：木耳类，可入药。《神农本草》称"利关节，保身，益精气，坚筋骨，好颜色，久服轻身，不老延年"。黄精：药名，传说久服轻身延年。   [35]"皆众灵含英"以下四句：这些都是灵丹妙药的精英，稀世少有，生长神奇，淳正的芳香永不断绝，平和之气充盈。   [36]澡雪五脏：洗涤五脏。雪，底本作"云"，据各本改。   [37]"又练骸易气"以下四句：又炼形换气，熏染筋骨，洗涤污垢，除去秽气，令人壮志凌云。   [38]何五谷之养哉：哪里需要五谷来调养呢？   [39]"且'螟蛉（míng líng）有子，蜾蠃（guǒ luǒ）负之'"二句：螟蛉虫有儿子，蜾蠃蜂背负养育它们，本性发生了改变。"螟蛉有子，蜾蠃负之"，语出《诗经·小雅·小宛》。螟蛉，稻螟蛉的幼虫，亦泛指多种鳞翅目昆虫的幼虫。蜾蠃，即蜾蠃蜂，亦称细腰蜂，主要捕食螟蛉幼虫。蜾蠃蜂捕螟蛉为食，并以产卵管刺入螟蛉体内，注射蜂毒使其麻痹，然后负之置于蜂巢内，作以后由蜾蠃卵孵化出的幼虫的食料。"螟蛉有子，蜾蠃负之"，描写的正是这一自然现象。但古人错认为蜾蠃蜂自己不生育，而养螟蛉为子。嵇康接受了这种看法，作为"树养不同"可以改变本性（螟蛉之子变成蜾蠃蜂之子）的证据，藉以宣传养生服药是何等重要。   [40]橘渡江为枳（zhǐ）：橘树过了长江变成枳。《淮南子·原道训》："橘树之江北则化为橙。"《晏子春秋》："婴闻之：橘生淮南则为橘，生于淮北则为枳。叶徒相似，其实味不同。所以然者何？水土异也。"枳，亦称"枸橘"或"臭橘"，我国北至山东、南至广东，均有分布，果实味酸，可入药。   [41]"纳所食之气"以下三句：接纳了所食东西的元气，便会还归本质，改变性能，难道不正是这样吗？   [42]赤斧以练丹赪（chēng）发：仙人赤斧因为炼丹而毛发变成红色。《列仙传》载："赤斧者，巴戎人也。为碧鸡祠主簿，能作水濒（水银）炼丹，与硝石服之。三十年，反如童子，毛发生皆赤。后数十年，上华山，取禹余粮饵，卖之于苍梧湘江间。累世传见之，手掌中有赤斧焉。"赤斧，仙人名，以手掌中有赤斧图案而名。赨，赤色。　　[43] 涓子以术（zhú）精久延：仙人涓子以服食术精而延生。涓子，仙人名。参见《五言诗一首与阮德如》注释 [15]。术精，中药名。　　[44] 偓佺（wò quán）以松实方目：仙人偓佺因吃松实而两眼变方。《列仙传》载："偓佺者，槐山采药父也。好食松实，形体生毛，长数寸，两目更方，能飞行逐走马。以松子遗尧，尧不暇服也。松者，简松也。时受服者，皆至二三百岁焉。"　　[45] 赤松以水玉乘烟：仙人赤松因为服食水晶而能自烧乘烟。赤松，即赤松子。参见《四言十八首赠兄秀才入军》第十六首注释 [3]。《抱朴子·仙药》："赤松子以玄虫血渍玉为水而服之，故能乘烟上下也。"水玉，水晶。水，鲁迅校："原作'濒'，从各本改。"今从之。　　[46] 务光以蒲韭长耳：仙人务光因为服食蒲韭而使耳朵变长。《列仙传》载："务光者，夏时人也。耳长七寸，好琴，服蒲韭根。……后四百余岁，至武丁时复见。"蒲韭，草名，可食。　　[47] 邛（qióng）疏以石髓驻年：仙人邛疏因为服食石髓而不衰老。《列仙传》载："邛疏者，周封史也。能行气炼形，煮石髓而服之，谓之石钟乳。至数百年，往来入太室山中，有卧石床枕焉。"石髓，石钟乳。　　[48] 方回以云母变化：仙人方回因为练食云母而能变化形体。《列仙传》载："方回者，尧时隐人也。尧聘以为闾士。炼食云母，亦与民人有病者。隐于五柞山中。夏启末为宦士，为人所劫，闭之室中，从求道。回化而得去。"　　[49] 昌容以蓬蔂（léi）易颜：仙人昌荣因食蓬蔂根而改变容颜。《列仙传》载："昌容者，常山道人也。自称殷王子，食蓬蔂根，往来上下，见之者二百余年，而颜色如二十许人。"蓬蔂，草名，可供药用。

又责千岁以来[1]，目未之见，谓无其人。即问谈者[2]，见千岁人，何以别之？欲校之以形[3]，则与人不异；欲验之以年[4]，则朝菌无以知晦朔，蜉蝣无以识灵龟。然则千岁虽在市朝[5]，固非小年之所辨矣。若彭祖七百[6]，安期千年[7]，则狭见者谓书籍妄记[8]。刘根遐寝不食[9]，或谓偶能忍饥；仲都冬裸而体温[10]，夏裘而身凉，桓谭谓偶耐寒暑；李少君识桓公玉碗[11]，则阮生谓之逢占而知；尧以天下禅许由[12]，而杨雄谓好大为之。凡若此类，上以周、孔为关键[13]，毕志一诚；下以嗜欲为鞭策，欲罢不能。驰骛于世教之内[14]，争巧于荣辱之间，以多同自减[15]，思不出位，使奇事绝于所见[16]，妙理断于常论[17]；以言通变达微[18]，未之闻也。久恬闲居[19]，谓之无欢；深恨无肴，谓之自愁[20]。以酒色为供养，谓长生为无聊[21]。然则子之所以为欢者，必结驷连骑[22]，食方丈于前也[23]。夫俟此而后为足[24]，谓之天理自然者，皆役身以物[25]，丧智于欲[26]。原性命之情[27]，有累于所论矣。夫渴者唯水之是见[28]，酗者唯酒之是求，人皆知乎

世人"驰骛于世教之内，争巧于荣辱之间"，不明至理（奥妙精微的大道），难以推究性命本源的真情。

生于有疾也。今若以从欲为得性^[29]，则渴、酗者非病^[30]，淫湎者非过^[31]，桀、跖之徒皆得自然^[32]，非本论所以明至理之意也^[33]。

[注释]

[1]"又责千岁以来"以下三句：（向子期）又责难从来没有见过千岁之人，便认为没有其人。按稽康《养生论》谓："导养得理，以尽性命，上获千余岁，下可数百年。"向秀《难养生论》引此语而表示怀疑，称："若信可然，当有得者。此人何在，目之未见。此殆景响之论，可言而不可得。"稽康针对向秀的怀疑作出回应。　[2]谈者：谈论者，指向子期。　[3]校（jiào）：验，验证。形：形貌。　[4]"欲验之以年"以下三句：要想凭年岁来验证，那么活不到一天的朝菌无法知道月末月初，蜉蝣小虫活不到三天更不可能识别神龟。朝菌，菌类，生长期很短，朝生暮死。蜉蝣（fú yóu），小虫，活不到三天。灵龟，神龟，据说能活三千岁。　[5]"然则千岁虽在市朝"二句：千岁之人即使出现在集市，当然也不是一般常年之人所能辨认。小年，短命。这里指一般常人之寿命。　[6]彭祖：传说为古帝颛顼之玄孙，历虞、夏，至商末已七百多岁，特别长寿，为养生家所乐道，见《列仙传》。　[7]安期：即安期生，亦传说中的长寿之人。《列仙传》："安期先生者，琅琊阜乡人也。卖药于东海边，时人皆言千岁翁。"　[8]狭见者：见识狭窄短浅的人。妄：底本误作"忘"，今据黄本改。　[9]"刘根遐寝不食"二句：仙人刘根能长久睡觉不吃饭，有的人就说他是偶然能够忍受饥饿。刘根，字君安，京兆长安人。弃世学道，后入鸡头山仙去。见《列仙传》。遐寝，久寝。遐，远。　[10]"仲都冬裸而体温"以下三句：王仲都冬天

不穿衣服而体温，夏天穿裘衣而身凉，桓谭说他是偶然能耐寒暑
而已。仲都，王仲都，汉代道士，传说性耐寒暑。桓谭，字君山，
汉代学者，著有《新论》等。《新论》载述王仲都事迹云："元帝
被病，广求方士，汉中送道士王仲都。诏问所能，对曰：'能忍
寒暑。'乃以隆冬盛寒日，令祖载驷马，于上林昆明池上，环冰
而驰。御者厚衣狐裘寒战，而仲都独无变色，卧于池台上，曛然
自若。夏大暑日，使曝坐，环以十炉火，不言热，又身不汗。"《博
物志》引《典论》曰："王仲都当盛夏之月，十炉火炙之不热；当
严冬之时，裸之而不寒。桓君山以为性耐寒暑。君山以无仙道，
好奇者为之。"［11］"李少君识桓公玉碗"二句：汉代的李少君
能认出齐桓公的玉碗，阮种却说他是靠占测知道的。事见《史
记·封禅书》："少君见上（皇帝），上有故铜器，问少君。少君
曰：'此器齐桓公十年陈于柏寝。'已而案其刻，果齐桓公器。一
宫尽骇，以少君为神，数百岁人也。"李少君，汉代人。桓公，
春秋时齐国国君姜小白，前685—前643年在位，春秋五霸之
一。玉碗，指齐桓公用过的碗（铜器）。阮生，阮种，字德猷，
陈留尉氏（今河南尉氏县）人，与嵇康为友。逢占，逢人所问而
占之。　［12］"尧以天下禅（shàn）许由"二句：尧把天下让给
许由，而扬雄却认为这是喜欢夸大其事的人编造出来的。禅，以
帝位让人。许由，尧时隐士。杨雄，即扬雄（前53—18），字
子云，蜀郡成都（今四川成都）人，西汉文学家、哲学家、语言
学家。曾仿《论语》作《法言》，其中写道："或问：'尧将让天下
于许由，由耻。有诸？'曰：'好大者为之也。顾由（许由）无
求于世而已矣！'"扬雄本指"由耻"而言，嵇康引作指"尧以
天下禅许由"一事。　［13］"上以周、孔为关键"二句：上以周
公、孔子的思想作为指导，视同关键，终身以一颗诚心效法周孔。
毕，尽。志，志向。　［14］驰骤于世教之内：竞相驰逐于世俗的

礼教之内。　[15]"以多同自减"二句：因迎合多数人而减弱自己的主张，思虑不超出自己的工作岗位。多同，与多数人相同。位，岗位。　[16]绝：止，绝迹。　[17]断：断绝。　[18]"以言通变达微"二句：而谈到能通晓变化之理，明白精微之道，还没有听说过。　[19]久愠（yùn）闲居：长期不满意赋闲境遇。愠，怒。　[20]自愁：自找苦吃。　[21]无聊：没有根据，没有依凭。聊，依赖，依托。　[22]结驷连骑：车马相接，随从众多。驷，一车套四马。骑，一人一马的合称。　[23]食方丈于前：食物在面前摆设一丈见方。　[24]俟：等待。　[25]役身以物：用外物役使自身。　[26]欲：欲望，嗜欲。　[27]"原性命之情"二句：推究性命之情实，就会妨碍您的高论了。原，推究本原。累，牵连，妨碍。所论，指向子期《难养生论》中的主张。　[28]"夫渴者唯水之是见"以下三句：干渴的人只看见水，想喝酒的人只寻求酒，人们都知道这是产生于不正常状态。是见，与下文"是求"，两"是"字皆代词，分别指水和酒。有疾，亟待解决的非正常状态。　[29]从：同"纵"，放纵。　[30]病：病态，非正常状态。　[31]淫湎（miǎn）者非过：沉溺于酒色的人不算过度。　[32]桀、跖（zhí）之徒皆得自然：夏桀、盗跖这类人物都合乎天理自然。桀，夏桀，夏朝最后一位君主，以暴虐荒淫著称。跖，盗跖。一说他是秦时大盗，一说他是黄帝时大盗，古无定说。但在战国以前的著作中未见提到过，因而可能是春秋末期的人。　[33]非本论所以明至理之意也：这不是本文所要阐明养生之道、性命之理的用意。

　　夫至理诚微[1]，善溺于世[2]，然或可求诸身而后悟[3]，校外物以知之[4]。人从少至长，隆杀好恶有盛衰[5]。或稚年所乐，壮而弃之；始之所薄，终而重之。当其所悦，谓不可夺；值其所丑[6]，谓不可欢；然还成易地[7]，则情变于初也。苟嗜愿有变[8]，安知今之所耽，不为臭腐；曩之所贱[9]，不为奇美耶？假令厮养暴登卿尹[10]，则监门之类，蔑而遗之。由此言之，凡所区区一域之情耳[11]，岂必不易哉？又饥餐者[12]，于将获所欲，则说情注心；饱满之后，释然疏之，或有厌恶。然则荣华酒色，有可疏之时。蚺蛇珍于越土[13]，中国遇而恶之；黼绂贵于华夏[14]，裸国得而弃之。当其无用，皆中国之蚺蛇，裸国之黼绂也。若以大和为至乐[15]，则荣华不足顾也；以恬澹为至味[16]，则酒色不足钦也。苟得意有地[17]，俗之所乐，皆粪土耳，何足恋哉？今谈者不睹至乐之情，甘减年残生，以从所愿，此则李斯背儒[18]，以殉一朝之欲；主父发愤，思调五鼎之味耳。且鲍肆自玩[19]，而贱兰茝，犹海鸟对太牢而长愁[20]，文侯闻雅乐而塞耳。故以荣华为生具[21]，谓"济万世不足以喜"耳。此皆无主于内[22]，借外物以乐之[23]；外物虽丰，

只有"以大和为至乐""以恬澹为至味"，做到外物无以累之，才能因自然以托身，并天地而不朽。

骆鸿凯《文选学》附编一《文选分体研究举例·论》："向氏以乐生为主义，乐生之具，偏重物质。稽氏则持唯心唯理之说以破之，曰理足于内，曰有主于内，曰以内乐外，曰以至乐易俗乐，凡此皆以理智制情欲，而否定一切物质之生活。是则向、稽同言乐生，而一主唯物，一主唯心，所持之主义适相反也。向氏持论，以宜生与自然为根据，说崇儒家。稽氏持论之根据，内证诸自悟，外验之物理，推人之情，其言自然，本道家之旨归，与向氏所定之界说异。言养性命之法，又神仙家言。此又两家持论根据之各殊也。"

哀亦备矣[24]。有主于中，以内乐外，虽无钟鼓，乐已具矣。故得志者[25]，非轩冕也；有至乐者，非充屈也[26]，得失无以累之耳。且父母有疾[27]，在困而瘳，则忧喜并用矣。由此言之，不若无喜可知也。然则无乐岂非至乐耶[28]？故顺天和以自然[29]，以道德为师友[30]；玩阴阳之变化[31]，得长生之永久[32]；因自然以托身，并天地而不朽者[33]，孰享之哉？

[**注释**]

[1]至理：最高境界的理，即道，养生之道。微：微妙。 [2]溺：湮没，谓隐而不露。 [3]求诸身：求之于自身。 [4]校（jiào）：比对，验证。 [5]隆杀好恶：丰厚、减降、爱好、憎恶。隆，底本作"降"，鲁迅校："张燮本作'隆'。"今据改。戴明扬《校注》谓："'隆'上当夺（缺）三字，此与下句（好恶有盛衰）相对为文。" [6]"值其所丑"二句：碰上他讨厌的时候，认为是不可欢喜的。 [7]还成易地：事物经历过一遍之后或者改换环境。成，底本作"城"，鲁迅校："各本作'成'。"今据改。奏乐一曲为"一成"，即一遍也。 [8]"苟嗜愿有变"以下三句：如果嗜好愿望有变化，怎么能知道今天所醉心的东西，改日不会成为臭腐之物？臭，底本作"败"，鲁迅校："各本作'臭'。"今据改。 [9]曩之所贱：从前所鄙视的事物。 [10]"假令厮（sī）养暴登卿尹"以下三句：假使让伙夫、厨子突然登升卿相高位，那么看门的小官之类就会被他蔑视遗弃。厮，析薪为厮，即伙夫。养，炊烹为

养，即厨子。暴，暴发，突然。卿尹，指高官。监门，看门的小官。　[11]"凡所区区一域之情耳"：凡是小小一个方面的情感，哪里会一定不变呢？　[12]"又饥餐者"以下六句：又如饥肠辘辘想要吃饭的人，对于将要获得食物，喜悦之情发自内心；吃饱之后，喜食之情便消失得无影无踪，或许有的人还会产生厌恶。说（yuè），同"悦"。注心，心神专注。释然，抛开貌。　[13]"蚺（rán）蛇珍于越土"二句：蟒蛇在百越之乡被视为珍品，中原地区的人看见则讨厌它。蚺蛇，蟒蛇。越，古族名，秦汉以前已广泛分布于长江中下游以南，部族众多，故又有"百越""百粤"之称。越土，南方百越所居之地。中国：嵇康所指当是河南省及其附近地区为中心的黄河中下游一带，与下句中的"华夏"含义相同。　[14]黼绂（fǔ fú）：古代礼服上绣饰的花纹。　[15]以大和为至乐：以顺调万物为最大欢乐。大和，顺调，与万物十分谐和。　[26]恬澹（dàn）：恬淡。　[17]苟得意有地：如果修身有所得心中自有天地。地，谛，真谛。　[18]"此则李斯背儒"以下四句：这就如同李斯背叛儒家，以贪求一朝之欲望；主父偃发露愤闷之气，想享受五鼎美味之类。李斯（？—前208），楚国上蔡（今河南上蔡县）人。早年师事儒学大师荀卿，后背叛儒家，西说秦王，秦王任为客卿，升廷尉。秦始皇统一六国后，任丞相，主张焚《诗》《书》，禁私学，以加强专制主义中央集权的统治。秦二世二年七月，"具斯五刑，论腰斩咸阳市"（详《史记》本传）。朝，早晨，一日（一整天）。主父，即主父偃（？—前126，"主父"为复姓），西汉临淄人。任中大夫，大臣皆畏之，贿赂至千金，有人为之担心，主父偃曰："臣结发游学四十余年。身不得遂，亲不以为子，昆弟不收，宾客弃我，我阸（è，困厄）日久矣。丈夫生不五鼎食，死则五鼎烹耳！"（《汉书·主父偃传》）五鼎之味，即五鼎食，列五鼎而食，诸侯一级的饮食规格。　[19]"且鲍肆自玩"二句：何况自己闻惯了咸鱼店铺的腥臭味，反而会轻贱兰茝香草。《孔子家语·六本》："子曰：'与善人居，如入芝兰之室，久而不闻其香，即与之化矣；与不善人居，如入鲍鱼之肆，久而不闻其臭，亦与之化矣。'"鲍，鲍鱼，咸鱼，味腥臭。玩，习惯。兰茝，两种香草。　　[20]"犹海鸟对太牢而长愁"二句：就如同那飞到鲁国庙堂上的海鸟对着三牲太牢而发愁良久，创建魏国的文侯一听到高雅音乐就塞住耳朵。海鸟对太牢而长愁，《庄子·至乐》："昔者，海鸟止于鲁郊，鲁侯御而觞之于庙，奏《九韶》以为乐，具太牢以为膳。鸟乃眩视忧悲，不敢食一脔（肉块），不敢饮一杯，三日而死。"太牢，祭祀的三牲具全（包括牛、羊、猪三种）。文侯闻雅乐而塞耳，《礼记·乐记》："魏文侯问于子夏曰：'吾端冕而听古乐，则唯恐卧；听郑卫之音，则不知倦。'"文侯，魏文侯，名斯，前445—前396年在位。曾任用李悝为相、吴起为将、西门豹为邺令，奖励耕战，兴修水利，推行改革，使魏国成为当时的强国。雅乐，古乐，正声。　　[21]"故以荣华为生具"二句：所以拿荣华富贵作为生存的工具，即使千秋万代长生不老也不值得高兴。　　[22]主：主见，主张。　　[23]借：底本作"备"，据各本改。　　[24]备：具备。　　[25]"故得志者"二句：所以古人云，得志者，非荣华富贵之谓也。源出《庄子·缮性》："乐全之谓得志。古之所谓得志者，非轩冕之谓也。谓其无以益其乐而已矣。"轩冕，指高官厚禄、荣华富贵。轩，车。冕，大夫以上戴的帽子。　　[26]充屈：同"充诎"，欢喜失节之状貌。《礼记·儒行》："儒有不陨获于贫贱，不充诎于富贵。"　　[27]"且父母有疾"以下三句：譬如父母有病，先是处于病痛困苦之中，后来痊愈了，那么先是忧虑接着又欢喜，两种情绪先后表现出来。瘳（chōu），痊愈。　　[28]无：底本无此字，据鲁迅校补。《庄子·至乐》："至乐，无乐；至誉，无誉。"　　[29]顺天和以自然：顺应自然以得"天和"之乐。天和,上天的和气。《庄子·天道》:"与人和者,谓之人乐;与天和者,谓之天乐。"　[30]道德:《庄子·天道》:"夫虚静恬淡,寂漠无为者,天地之平,而道德之至(顶峰)。"　[31]玩阴阳之变化:熟习阴阳二气之变化。玩,玩习,犹言掌握。阴阳,古人认为阴阳二气变化而生万物。　[32]永:底本误作"求",今据各本改。　[33]并天地:与天地并存。

　　养生有五难:名利不灭,此一难也;喜怒不除,此二难也;声色不去,此三难也;滋味不绝[1],此四难也;神虑精散[2],此五难也。五者必存,虽心希难老[3],口诵至言[4],咀嚼英华[5],呼吸太阳[6],不能不回其操、不夭其年也[7]。五者无于胸中[8],则信顺日济,玄德日全;不祈喜而有福[9],不求寿而自延,此养生大理之都所也[10]。然或有行逾曾、闵[11],服膺仁义[12],动由中和[13],无甚大之累[14],便谓人理已毕[15],以此自臧[16],而不荡喜怒[17],平神气,而欲却老延年者,未之闻也[18]。或抗志希古[19],不荣名位,因自高于驰骛;或运智御世[20],不婴祸故,以此自贵[21]。此于用身[22],甫与乡党齿者同耳,以言存生,盖阙如也。或弃世不群[23],志

　　此段为嵇康以"先觉者"的身份,告诫后觉者的养生之道。

气和粹^[24]，不绝谷茹芝^[25]，无益于短期矣^[26]。或琼糇既储^[27]，六气并御；而能含光内观^[28]，凝神复璞^[29]，栖心于玄冥之崖^[30]，含气于莫大之涘者^[31]；则有老可却^[32]，有年可延也。凡此数者，合而为用，不可相无，犹辕、轴、轮、辖^[33]，不可一乏于舆也。然人若偏见，各备所患，单豹以营内忘外^[34]，张毅以趋外失中；齐以诚济西取败^[35]，秦以备戎狄自穷。此皆不兼之祸也^[36]。积善履信^[37]，世屡闻之；慎言语，节饮食，学者识之。过此以往^[38]，莫之或知。请以先觉^[39]，语夫将来之觉者。

[注释]

[1] 滋味不绝：美味不能断绝。　[2] 神虑精散：心神焦虑，精气消散。　[3] 难老：难以衰老，即长寿之意。语出《诗经·鲁颂·泮水》："既饮旨酒，永锡难老。"[4] 至言：指养生的至理真言。　[5] 英华：延年益寿之灵丹妙药。　[6] 太阳：指至阳之气。　[7] 不能不回其操：不能不使其"心希难老"的志向（操）发生改变。　[8] "五者无于胸中"以下三句：如果胸中全无此"五难"，那将逐渐做到人和与天和，潜在的深厚品德日渐完善。信，取信于人，谓与人和。顺，顺应于天，谓与天和。《周易·系辞上》："天之所助者，顺也；人之所助者，信也。"玄德，《老子》第十章："生之畜之，生而不有，为而不恃，长而不宰，是谓玄德。"意谓：

牟宗三《才性与玄理》第九章《嵇康之名理》："全篇严整周洽，无余蕴矣。经向秀之难而盛发之，比原论更进一步也。其持论甚质实，而玄义亦赅其中。向秀承其'高致'，发为《庄子注》，益精练而肆。《晋书》秀传所谓'发明奇趣，振起玄风'，信不误也。然读此《答难》，则知其渊源固有自矣。"

任民众自生自长，自作自息，而圣人不去管理或干涉，这就是潜在的深厚品德。　[9]祈：求。　[10]都所：聚集处。　[11]行逾曾、闵：德行超过曾参、闵子骞。曾参、闵子德行都是孔子弟子，以孝行著称。《新语·道基》：“曾闵以仁成大孝。”　[12]服膺（yīng）：心中信服。膺，胸。　[13]中和：调和喜怒、哀乐、好恶之情。《礼记·中庸》：“喜怒哀乐之未发谓之中，发而皆中节谓之和。”　[14]无甚大之累：没有过分大的拖累。　[15]便谓人理已毕：便说什么做人的道理已经完备。　[16]自臧（zāng）：自以为美善。臧，善。　[17]荡：荡除。　[18]未之闻：没有听说过。　[19]“或抗志希古”以下三句：有的人高亢其志、效法古人，不视名位为荣耀，就自以为超越了追逐名利的人。希古，慕古，效法古人。　[20]“或运智御世”二句：有的人运用智慧对应世事而不致遭遇灾祸。御世，治理社会。婴，同“撄”，触，遭遇。　[21]自贵：自以为尊贵。自，底本作“言”，鲁迅校：“各本作‘自’。”今据改。　[22]“此于用身”以下四句：这两种人的用身行事，不过与乡里的年长老人相同罢了，以此来谈论保全性命的养生之道，则是完全不懂的。乡党，乡里。觬（ní），底本作“不”，据戴明扬校改。“觬齿，寿也。”（《尔雅》）阙如，空无，指完全不通养生之道。　[23]弃世：远离人世间。不群：不合群。　[24]和粹：和顺纯粹。　[25]不绝谷茹（rú）芝：不断绝五谷而食用灵芝。茹，食。　[26]无益于短期：不能增加短暂的生命。　[27]“或琼糇（hóu）既储”二句：有的人储备好琼玉做的干粮，驾御六气之变化。糇，干粮。六气，指阴、阳、风、雨、晦、明。　[28]含光内观：含日月之光观察自身体内。内观，内视。　[29]复璞：返璞归真，即回复到自然状态。　[30]玄冥：渺茫，深远幽寂的奥秘境界。　[31]莫大之涘（sì）：天地之间。莫大，没有谁比它大，指天地。涘，同“涯”，边界。　[32]有老可却：可以阻止衰老。却，阻止，退却。　[33]"犹辕、轴、轮、辖"二句：如同辕、轴、轮、辖这些重要部件，对于车子来说一样也不能少。　[34]"单豹以营内忘外"二句：单豹因为注重本性的保养而忘了外在的危险，张毅因为追逐外在的荣利而忽略了本性的保养。单豹，鲁国隐士。《庄子·达生》："鲁有单豹者，岩居而水饮，不与民共利。行年七十，而犹有婴儿之色。不幸遇饿虎，饿虎杀而食之。"营内忘外，经营内部而忘记了外界环境。原抄作"营忘外内"，据戴明扬校改。张毅，生平不详，见《庄子·达生》："有张毅者，高门县薄（悬帘），无不走（趋）也。行年四十，而有内热之病，以死。豹养其内而虎食其外，毅养其外而病攻其内。"趋（qū），同"趋"。中，本性的保养。　[35]"齐以诫济西取败"二句：齐国因在济西戒备赵国而被秦国打败，秦国因防备狄戎使得自己陷入困境。齐以诫济西取败，《战国策·燕策》："济西不役，所以备赵也。"（养兵以备敌）齐湣王三十九年，秦伐齐，拔九城。四十年，燕、秦、楚、三晋合谋，各出锐师伐齐，败齐于济西。燕将乐毅，遂入临淄，尽取齐之珍宝器藏。湣王出亡走莒，终被楚将淖齿所杀。此谓齐不役济西，但知备赵，终乃败于秦也。诫，通"戒"，备也。济西，齐地名，在济水以西。秦以备戎狄自穷，《史记·秦始皇本纪》载，始皇三十二年，燕人卢生入海还，献图书曰："亡秦者胡也。"始皇遂派蒙恬发兵三十万人北击胡。三十三年，斥逐匈筑亭障以逐戎人。三十四年，发民筑长城。而终困窘，二世胡亥立而亡。　[36]此皆不兼之祸也：这都是不能兼顾造成的祸害。　[37]履信：履行诺言，守信用。　[38]"过此以往"二句：超过这些之外，就没有谁知道了。　[39]"请以先觉"二句：请允许我把先领悟的道理，告诉暂时未觉悟的人。将来之觉者，后觉，后觉悟者。

[点评]

嵇康作《养生论》之后，向秀作《难养生论》，对"绝五谷，去滋味，窒情欲，抑富贵"等养生主张提出批评，嵇康故作《答难养生论》进行答辩。

嵇康认为："世之难得者，非财也，非荣也，患意之不足耳。""不可宠辱，此真富贵也。"他主张"用智遂生""室食得理"，反对"丧智于欲""耽欲而快意"的放纵行为。他进而提出：以大和（无乐）为至乐，以恬澹（无味）为至味，是为养生之至理。嵇康的养生理论，注重精神修养，富有启发意义。至于绝五谷、御六气、食琼糇云云，"千岁虽在市朝，固非小年之所辨"之类，谬悠荒忽，莫可究诘，恰如清人蒋超伯所说："叔夜所说，固未免愤世嫉俗之谈耳。"（《南漘楛语》）

"圣人穷理尽性，宜享遐期"一段，嵇康说："且凡圣人，有损己为世，表行显功，使天下慕之，三徙成都者。或菲食勤躬，经营四方，心劳形困，趣步失节者。""又勤诲善诱，聚徒三千，口倦谈议，身疲罄折，形若救孺子，视若营四海"者。细加品味，可以察觉到，对国家发展贡献多多的圣人先哲，嵇康骨子里是敬畏的。

附：黄门郎向子期难养生论

黄门郎向子期难曰：若夫节哀乐，和喜怒，适饮食，调寒暑，亦古人之所修也。至于绝五谷，去滋味，窒情欲，抑富贵，则未之敢许也。何以言之？夫人受形于造化，与万物并存，有生之最灵者也。异于草木，草木不能避风雨、辞斧斤；殊于鸟兽，鸟兽不能远网罗而逃寒暑。有动以接物，有智以自辅，此有心之益，有智之功也。若闭而默之，则与无智同，何贵于有智哉！有生则有情，称情则自然得。若绝而外之，则与无生同，何贵于有生哉。

且夫嗜欲好荣恶辱，好逸恶劳，皆生于自然。夫"天地之大德曰生，圣人之大宝曰位"，"崇高莫大于富贵"。然则富贵，天地之情也。贵则人顺已行义于下，富则所欲得以财聚人，此皆先王所重，开之自然，不得相外也。又曰："富与贵，是人之所欲也。"但当求之以道，不苟非义；在上以不骄无患，持满以损敛不溢。若此何为其伤德耶？或睹富贵之过，因惧而背之，是犹见食之有噎，因终身不餐耳。

神农唱粒食之始，后稷纂播殖之业。鸟兽以之飞走，生民以之视息。周、孔以之穷神，颜、冉以之树德。贤圣珍其业，历百代而不废。今一旦云五谷非养命之宜，肴醴非便性之物，则"亦有和羹""黄耇无疆""为此春酒，以介眉寿"，皆虚言也。博硕肥腯，上帝是飨，黍稷惟馨，实降神祇，神祇且犹重之，而况于人乎？肴粮入体，不逾旬而充，此自然之符，宜生之验也。

夫人含五行而生，口思五味，目思五色，感而思室，饥而求食，自然之理也，但当节之以礼耳。令五色虽陈，目不敢视，五味虽存，口不得尝，以言争而获胜则可焉，有勺药为荼蓼，西施为嫫母，忽而不欲哉。苟心识可欲，而不得从，性气困于防闲，情志郁而不通，而言养之以和，未之闻也。

又云"导养得理以尽性命，上获千余岁，下可数百年"，未尽善也。若信可然，当有得者。此人何在，目之未见。此殆景响之论，可言而不可得。纵时有耆寿耇老，此自特受一气，犹木之有松柏，非导养之所致。若性命以巧拙为长短，则圣人穷理尽性，宜享遐期。而尧、舜、禹、汤、文、武、周、孔，上获百年，下者七十，岂复疏于导养耶？顾天命有限，非物所加耳。

且生之为乐，以恩爱相接，天理人伦，燕婉

娱心，荣华悦志，服馔滋味，以宣五情；纳御声色，以达性气，此天理自然，人之所宜，三王所不易也。今舍圣轨而恃区种，离亲弃欢，约己苦心，欲积尘露，以望山海，恐此功在身后，实不可冀也。纵令勤求，少有所获，则顾影尸居，与木石为邻，所谓不病而自灸，无忧而自默，无丧而蔬食，无罪而自幽，追虚徼幸，功不答劳，于以养生，未闻其宜。故相如曰："必若长生而不死，虽济万世犹不足以喜。"言背情失性，而不本天理也。长生且犹无欢，况以短生守之耶？若有显验，且更论之。

第五卷

声无哀乐论 [1]

有秦客问于东野主人曰 [2]："闻之前论曰 [3]：'治世之音安以乐，亡国之音哀以思。'夫治乱在政 [4]，而音声应之。故哀思之情 [5]，表于金石；安乐之象，形于管弦也。又仲尼闻《韶》[6]，识虞舜之德；季札听弦，知众国之风。斯已然之事 [7]，先贤所不疑也。今子独以为声无哀乐 [8]，其理何居？若有嘉讯 [9]，请闻其说。"

[注释]

[1]声无哀乐论：按，本篇注释，对中央音乐学院吉联抗教授《嵇康·声无哀乐论》译注多有参考采录。 [2]秦客：嵇康设计的辩论对手。东野主人：作者自况。 [3]"闻之前论曰"以下三句：按照传统的说法是"治世"的音乐安详而且欢乐，"亡国"的

刘勰《文心雕龙·论说》："魏之初霸，术兼名法；傅嘏、王粲，校练名理。迄至正始，务欲守文；何晏之徒，始盛玄论。于是聃、周当路，与尼父争涂矣。详观兰石（傅嘏）之《才性》，仲宣（王粲）之《去代》，叔夜（嵇康）之《辨声》，太初（夏侯玄）之《本玄》，辅嗣（王弼）之《两例》，平叔（何晏）之《二论》，并师心独见，锋颖精密，盖人伦之英也。"

牟宗三《才性与玄理》第九章《嵇康之名理》："此文甚长，首段标宗综述，此后开为七难七答。一主有哀乐，一主无哀乐。主有哀乐者，一般之常情；主无哀乐者，嵇康之独唱。此亦中国音乐思想中之特出者也。往复论辩，思理因之而精。间有琐碎，未能切当，然哲学心灵不可掩也。吾故谓中国哲学传统开自道家与名家，而魏晋继之，姿态尤显。王弼、嵇康、向秀、郭象，皆极高之哲学心灵也。嵇康被害，司马昭之罪大矣。"

《汉魏名文乘》引明余元熹："以无碍辨才，发声律妙理。回旋开合，层折不穷，如游武夷三十六峰，愈转愈妙，使人乐而忘倦。"

音乐悲哀而且忧虑。《礼记·乐记》："治世之音安以乐，其政和；乱世之音怨以怒，其政乖；亡国之音哀以思，其民困。声音之道，与政通矣。"《吕氏春秋·适音》："故治世之音安以乐，其政平也；乱世之音怨以怒，其政乖也；亡国之音悲以哀，其政险也。"此即所谓"前论"。　[4]"夫治乱在政"二句：国家的治和乱在于政事，而声音应和着它。音声，音乐，亦泛指声音。　[5]"故哀思之情"以下四句：所以悲哀和思虑的感情，表露于钟磬之声；安详和欢乐的形象，显现于管弦之曲。金石，与下文"管弦"皆泛指乐器，引申为音乐。管弦，箫、笛等管乐器与琴、瑟等弦乐器。　[6]"又仲尼闻《韶》"以下四句：又如孔子听到《韶》乐，体察到虞舜的德行；季札听到弦歌，识别出各国的谣曲。《韶》，上古乐曲名，传说是舜时的乐曲。《论语·八佾》记述孔子论到《韶》，说："尽美矣，又尽善也。"（美极了，而且好极了。）《论语·述而》记载："子在齐闻《韶》，三月不知肉味，曰：'不图为乐之至于斯也。'"季札，春秋时吴王寿梦少子，称公子札，一称季札，一称季子，又称延陵季子或延州来季子。寿梦死，国人欲立季札为王，他固辞不受。鲁襄公二十九年（前544），季札出使鲁国，听乐工演奏周乐，即《诗三百》中的《风》《雅》《颂》各章，每一曲罢，他都能分别给以评价，并判断出属于哪一诸侯国地方的风土乐调。　[7]"斯已然之事"二句：这些都是以前的事实，前代贤人也不曾怀疑的。　[8]"今子独以为声无哀乐"二句：现在您独自以为音乐本身没有哀乐，这么说的理由是什么呢？　[9]"若有嘉讯"二句：倘使有高论，请说给我听听。

主人应之曰："斯义久滞[1]，莫肯拯救，故令历世滥于名实。今蒙启导[2]，将言其一隅焉。

夫天地合德[3]，万物资生，寒暑代往，五行以成，章为五色，发为五音。音声之作[4]，其犹臭味在于天地之间。其善与不善[5]，虽遭浊乱，其体自若而无变也。岂以爱憎易操[6]，哀乐改度哉？及宫商集比[7]，声音克谐，此人心至愿，情欲之所钟。古人知情不可恣[8]，欲不可极，故因其所用，每为之节；使哀不至伤[9]，乐不至淫；因事与名[10]，物有其号；哭谓之哀，歌谓之乐，斯其大较也[11]。然乐云乐云[12]，钟鼓云乎哉？哀云哀云，哭泣云乎哉？因兹而言[13]，玉帛非礼敬之实，歌哭非哀乐之主也。何以明之？夫殊方异俗[14]，歌哭不同；使错而用之，或闻哭而欢，或听歌而戚；然其哀乐之情均也。今用均同之情[15]，而发万殊之声，斯非音声之无常哉？然声音和比[16]，感人之最深者也。劳者歌其事，乐者舞其功[17]。夫内有悲痛之心[18]，则激哀切之言[19]；言比成诗[20]，声比成音；杂而咏之[21]，聚而听之；心动于和声[22]，情感于苦言；嗟叹未绝[23]，而泣涕流涟矣[24]。夫哀心藏于内，遇和声而后发。和声无象[25]，而哀心有主。夫以有

冯契《中国古代哲学的逻辑发展》第六章第三节《嵇康："越名教而任自然"》："意思是说，声音和人的感情，是客观与主观的对立。"又："心和物，主观和客观的界限不能混淆。声音本身没有哀乐之情，音乐本身是'自然之和'，'不假人以为用'。"

嵇康认为：音乐属于外界的客观事物，哀乐属于内心的主观感情；"和声无象""音声无常"，两者不是一回事，即"声无哀乐"。

冯契《中国古代哲学的逻辑发展》第六章第三节《嵇康："越名教而任自然"》："即是说，礼乐的表现形式并不等于它们的实际内容。这就为'越名教而任自然'提供了认识论的根据。"

冯契《中国古代哲学的逻辑发展》第六章第三节《稽康："越名教而任自然"》："他（引者按：稽康）指出，不能把主观的感情加之于客观事物，把它们说成是客观的属性。"

侯外庐《中国思想通史》第三卷第五章第二节《稽康的世界观认识论与辩论术》："爱憎属我，而贤愚属彼，主观上的爱憎，并不对应于客观上的贤愚，则主观自主观，客观自客观，不复发生任何关系。存在与思维，在稽康的诡辩中，一刀两断，彼此无关。这叫做'外内殊用，彼我异名'。其结果，则为概念与实体的完全否定——'名实俱去'。"

主之哀心，因乎无象之和声，其所觉悟，唯哀而已。岂复知'吹万不同，而使其自已'哉[26]？风俗之流[27]，遂成其政；是故国史明政教之得失[28]，审国风之盛衰，吟咏情性以讽其上，故曰'亡国之音哀以思'也。夫喜、怒、哀、乐、爱、憎、惭、惧，凡此八者，生民所以接物传情[29]，区别有属[30]，而不可溢者也[31]。夫味以甘苦为称[32]。今以甲贤而心爱[33]，以乙愚而情憎；则爱憎宜属我，而贤愚宜属彼也。可以我爱而谓之爱人[34]，我憎而谓之憎人；所喜则谓之喜味，所怒则谓之怒味哉？由此言之，则外内殊用[35]，彼我异名。声音自当以善恶为主，则无关于哀乐；哀乐自当以情感而后发[36]，则无系于声音[37]。名实俱去[38]，则尽然可见矣[39]。且季子在鲁[40]，采《诗》观礼，以别《风》《雅》，岂徒任声以决臧否哉？又仲尼闻《韶》[41]，叹其一致，是以咨嗟；何必因声以知虞舜之德，然后叹美耶？今粗明其一端[42]，亦可思过半矣。"

[注释]

[1] "斯义久滞"以下三句："声无哀乐"的道理已被人长久

地遗忘，没有人愿意提出来宣扬它，所以使得历代都把音乐和感情的名实弄乱了。滞，废弃，沉没，不为人所知。拯救，挽救，此指将"声无哀乐"的说法重新提出。滥，混乱。名实，"实"指音乐与情感，"名"指善恶与哀乐。嵇康认为哀乐之名属于感情，善恶之名属于音乐。以为音乐有哀乐，便是"滥于名实"。（蔡仲德《声无哀乐论注》）　[2]"今蒙启导"二句：现在承蒙您启导，我就谈一谈其中的一些义理吧。隅（yú），举一隅而三反的意思。　[3]"夫天地合德"以下六句：天地之气融合，万物才能滋生，四时运行交替，五行因而形成，表现为五色，发出为五音。五行，金、木、水、火、土。五色，指青、黄、赤、白、黑五色，也泛指各种颜色。五音，指宫、商、角、徵、羽五个音阶。　[4]"音声之作"二句：音乐的产生，就如同气味存在于天地之间。臭（xiù）味，味道。臭，气味。　[5]"其善与不善"以下三句：它的好或者不好，虽然遭受着世事的变乱，本体还是保持原样而不变。自若，自如，如常。　[6]"岂以爱憎易操"二句：难道会因为人们的爱憎而变易曲调，因为人们的哀乐而改动律度吗？即"本体"不会因为人的爱憎、哀乐而改变。　[7]"及宫商集比"以下四句：至于将宫商五音排比起来，声音十分谐和，这是人们最高的愿望，也是情欲集中的结晶。宫商，五音中的宫音与商音，亦泛指五音。克，能。钟，聚。　[8]"古人知情不可恣"以下四句：古人知道感情不能放纵，欲望不能过度，所以顺应着他所需要的，时常加以节制。极，极端。　[9]"使哀不至伤"二句：使悲哀而不至于伤害身心，欢乐而不至漫无限度。　[10]"因事与名"二句：对不同的事物给予不同的名称，每样东西都有自己的称号。　[11]大较：大概，大略。　[12]"然乐云乐云"以下四句：然而孔子说："乐呀乐呀，仅仅是指钟鼓等等乐器而说的吗？"（以此类推）哀呀哀呀，仅仅是指哭泣等行为而说的吗？乐云乐云，钟鼓云乎哉，语出《论语·阳货》："子曰：'礼云礼云，玉帛云乎哉？乐云乐云，钟鼓云乎哉？'"孔子的意思是，钟鼓等乐器只是形式，并非音乐的实质。"乐"是"礼乐"之"乐"，指音乐。嵇康引用在这里，借用为"哀乐"之"乐"。　[13]"因兹而言"以下三句：由此说来，玉、帛等物品并不是礼敬的实质，歌唱、哭泣等行为本身也不是哀乐情感的主体。哭，原抄被涂作"舞"，今据鲁迅校改。哀乐，底本作"悲哀"，今据鲁迅校改。　[14]"夫殊方异俗"以下六句：不同的地域风俗各异，歌唱、哭泣的意思也不同；假若用错了地方，可能听到哭泣而欢乐，或者听到歌唱而悲戚；然而人们有哀乐的感情却是一样的呀。　[15]"今用均同之情"以下三句：现在由于同样的感情，而表现出各种不同的声音，这岂不是声音的表现没有一定的吗？同，底本无此字，据鲁迅校补。　[16]和比：即和谐。《汉书·扬雄传》："美味期乎合口，工声调于比耳。"颜师古注："比，和也。"　[17]舞其功：用舞蹈表现他们的功业。　[18]内有悲痛之心：内心有着悲痛的感情。　[19]激：激发。　[20]比：和也。　[21]杂：集。　[22]"心动于和声"二句大意是：内心为谐和的音乐所激动，情绪为凄惨的歌词所感染。　[23]嗟（jiē）叹未绝：赞叹声尚未停下。　[24]泣涕流涟（lián）：眼泪鼻涕已经流涟纵横。　[25]"和声无象"以下六句：谐和音乐表现没有一定的，不可捉摸，而悲哀的感情却是已有的存在；这种先已存在的悲哀的感情，由于接触到不可捉摸的和声而后表露出来，那么，他所感觉到的，只是悲哀而已（哪里还能知道各种美妙的声音都出于自然呢？）。　[26]吹万不同，而使其自已：语出《庄子·齐物论》："子游曰：'敢问天籁？'子綦曰：'夫吹万不同，而使其自已也。咸其自取，怒者其谁耶？'"大意是：风吹千万个窍穴而声音不同，洞穴发出各自的声音，都是取决于它们自己，使它们怒号的又是谁呢？那不就是天籁吗！自已，自成。"已，成也。"（《广雅》）天籁出于自然。嵇康这里表达的是，如果心中已先存有哀乐之情，哪里还能感知音乐演奏所表达的各种天籁自然之声呢？　[27]"风俗之流"二句：风俗的流变，反映着政教的得失。　[28]"是故国史明政教之得失"以下四句：所以国家的史官辨别政教的得失，审察谣曲所反映的盛衰，以吟咏出人们的感情，用以讽喻他的国君，所以说"亡国之音哀以思"啊！国风，有风俗和民歌两层意思。《诗经·大序》："国史明乎得失之迹，伤人伦之废，哀刑政之苛，吟咏情性，以风其上。"吟，底本误作"吟"，今据各本改。　[29]生民所以接物传情：人们用来接触外物传达感情。　[30]属：属类。　[31]不可溢也：不可能溢出自身而转移于他物。　[32]夫味以甘苦为称：大凡滋味可以区分为甘、苦这样明显的两类。　[33]"今以甲贤而心爱"以下四句：现在因为甲贤而心爱他，因为乙愚而憎恶他；那么爱、憎的情感是属于我的，贤、愚的品性是属于他们的。　[34]"可以我爱而谓之爱人"以下四句：难道可以因为我心爱而称他作"爱人"，我憎恶而称他作"憎人"；我喜爱的味道就叫做"喜味"，我讨厌的味道就叫作"怒味"吗？　[35]"则外内殊用"二句：外物品性和内心感受不是一回事，彼我双方的称谓亦互异。　[36]情感：情有所感。发：表露。　[37]系：关联，牵涉。　[38]名实俱去：爱憎和贤愚，哀乐和声音（音乐），都不存在名、实关系。去，去掉。　[39]尽然：完全。　[40]"且季子在鲁"以下四句：况且季札在鲁国观听《诗》乐表演，根据诗篇观察政教得失，用以区别风、雅等体裁，岂是单单听着声音来加以评论的呢？季子，吴公子季札。此指季札在鲁国观听《诗》乐之事。臧否（zāng pǐ），好坏。　[41]"又仲尼闻《韶》"以下五句：再说孔子在齐国听闻《韶》乐，欣赏它的完整一致，因而赞叹，哪里一定是从声音里知道了虞舜的德行，然后赞美的呢？
一致，指艺术上的完整、统一。　　[42]"今粗明其一端"二句：
现在我粗略地阐明这个道理的一部分，也可以领悟其大概了吧！

秦客难曰："八方异俗[1]，歌哭万殊，然其
哀乐之情，不得不见也。夫心动于中[2]，而声出
于心。虽托之于他音[3]，寄之于余声，善听察者，
要自觉之，不使得过也。昔伯牙理琴[4]，而钟子
知其所至；隶人击磬[5]，而子产识其心哀；鲁人
晨哭[6]，而颜渊察其生离。夫数子者[7]，岂复假
智于常音，借验于曲度哉？心戚者则形为之动，
情悲者则声为之哀。此自然相应，不可得逃，唯
神明者能精之耳[8]。夫能者不以声众为难[9]，不
能者不以声寡为易。今不可以未遇善听，而谓之
声无可察之理；见方俗之多变，而谓'声音无哀
乐'也。又云：'贤不宜言爱，愚不宜言憎。'然
则有贤然后爱生，有愚然后憎成，但不当共其名
耳[10]。哀乐之作，亦有由而然[11]。此为声使我
哀，音使我乐也。苟哀乐由声，更为有实，何
得'名实俱去'耶？又云：'季札采《诗》观礼，
以别《风》《雅》；仲尼叹《韶》音之一致，是以

咨嗟。'是何言与? 且师襄奏操[12],而仲尼睹文王之容;师涓进曲,而子野识亡国之音。宁复讲《诗》而后下言[13],习礼然后立评哉? 斯皆神妙独见[14],不待留闻积日,而已综其吉凶矣。是以前史以为美谈。今子以区区之近知[15],齐所见而为限[16],无乃诬前贤之识微[17],负夫子之妙察耶[18]? "

[注释]

[1]"八方异俗"以下四句:各个地方风俗不同,歌、哭表现出的形态也多种多样,然而人们的哀乐感情,不能不显露出来。见(xiàn),同"现",显示。 [2]"夫心动于中"二句:大凡感情激动于内心,而发出相应的声音。 [3]"虽托之于他音"以下五句:即使寄托于各种余响不绝的声音,具有高度听察能力的人,总会自然地察觉出来,不至于发生误解的。要,总括,总之。 [4]"昔伯牙理琴"二句:从前伯牙弹琴,而钟子期知道他心里所到达的境界。 [5]"隶人击磬(qìng)"二句:奴隶晚上击磬,而子期知道他心里悲哀。磬,打击乐器。子产,当作"子期",即钟子期。《吕氏春秋·精通》载,钟子期夜闻击磬者而悲,使人召而问之,知其人非常不幸,因此悲伤。钟子期叹曰:"悲夫! 悲夫! 心非臂也,臂非椎、非石也。悲存乎心而木石应之。" [6]"鲁人晨哭"二句:鲁国有人在早晨哭泣,而颜渊从哭声中察觉到他遭遇到生离死别的悲苦。《说苑·辨物》载:孔子早上听见有哭者声音甚悲,而颜回从中听出其不仅哭死者,又哭生

离者。孔子使人问哭者，哭者曰："死家贫，卖子以葬之，将与其别也。"孔子赞叹："颜回是圣人呀！" [7]"夫数子者"以下三句：以上这几个人，难道还要从一定的声音中得到启发，借助于曲调的表现来验证吗？ [8]神明者：神而明之者，精神明达的人。 [9]能者：能"精之"者，谓能精通它的人。 [10]但不当共其名耳：只是不应当把二者共用一个名称罢了。共名，指把"贤人"称作"爱人"、"愚人"称作"憎人"。 [11]由：原因，缘由。 [12]"且师襄奏操"以下四句：况且师襄弹奏《文王之操》，孔子便由琴声而看到了周文王的风度仪容；师涓向晋平公进献"新声"，子野（师旷）便由琴声而体会到这是殷纣王时的亡国之音。师襄，春秋时鲁国乐官，孔子曾向其学琴。《韩诗外传》载，师襄教孔子演奏《文王之操》，孔子经过长期演奏学习，从"得其曲"到"得其数""得其意""得其人""得其类"，终于从曲中辨识出文王的仪容风度。师涓，春秋时卫灵公的乐官。子野，师旷字子野，晋乐太师。《韩非子·十过》载：卫灵公到晋国去，至濮水之上，夜晚听见有奏"新声"者，于是命师涓听而写之。到晋国师涓奉命演奏"新声"。曲未终，师旷抚琴而止之曰："此亡国之声，不可遂（终）也。"又曰："此师延之所作，与纣为靡靡之乐也。及武王伐纣，师延东走，至于濮水而自投。故闻此声者，必于濮水之上。先闻此声者，其国必削，不可遂。" [13]下言：发表意见。 [14]"斯皆神妙独见"以下三句：这些都是神妙独特的卓见，不等反复听很久，就已经能分辨它的吉和凶啦。综，理。 [15]近知：浅近的知识。 [16]齐：齐同。 [17]诬：抹杀。微：精微。 [18]妙察：神妙洞察。

主人答曰："难云：'虽歌哭万殊，善听察者，要自觉之，不假智于常音[1]，不借验于曲度。钟子之徒云云是也。'此为心哀者虽谈笑鼓舞[2]，情欢者虽拊膺咨嗟，犹不能御外形以自匿，诳察者于疑似也。以为就令声音之无常[3]，犹谓当有哀乐耳。又曰：'季子听声，以知众国之风；师襄奏操，而仲尼睹文王之容。'案如所云，此为文王之功德，与风俗之盛衰，皆可象之于声音[4]；声之轻重，可移于后世；襄涓之巧[5]，又能得之于将来。若然者[6]，三皇五帝，可不绝于今日，何独数事哉？若此果然也[7]，则文王之操有常度，《韶》《武》之音有定数，不可杂以他变，操以余声也；则向所谓"声音之无常"，钟子之触类，于是乎踬矣。若音声之无常，钟子之触类，其果然耶？则仲尼之识微，季札之善听，固亦诬矣。此皆俗儒妄记，欲神其事[8]，而追为耳[9]。欲令天下惑声音之道，不言理自尽此[10]；而惟使神妙难知[11]，恨不遇奇听于当时，慕古人而叹息，斯所以大罔后生也。夫推类辨物[12]，当先求之自然之理；理已足，然后借古义以明之耳。今未得之于心，而多恃前言以为谈证[13]，自此

刘永济《十四朝文学要略》卷二："乐理微妙，故谈玄之士亦喜论之。如嵇康有《声无哀乐论》，阮籍《乐论》，夏侯玄有《辨乐论》，刘劭亦有《乐论》十四篇，亦可见其盛矣。"

冯契《中国古代哲学的逻辑发展》第六章第三节《嵇康："越名教而任自然"》："嵇康讲'得意'，是要求得自然之理；而讲'忘言'，则具有反对教条的意义。他以为，那种'上以周礼为关键，……驰骤于世教之内'（《答难养生论》）的人，是决不能'通变达微'，获得真理的。"

以往，恐巧历不能纪耳[14]。又难云：'哀乐之作，犹爱憎之由贤愚，此为声使我哀，而音使我乐。苟哀乐由声，更为有实矣。'夫五色有好丑，五声有善恶，此物之自然也。至于爱与不爱，喜与不喜[15]，人情之变，统物之理[16]，唯止于此。然皆无豫于内[17]，待物而成耳。至夫哀乐[18]，自以事会，先遘于心；但因和声，以自显发。故前论已明其'无常'，今复假此谈以正其名号耳[19]。不谓哀乐发于声音[20]，如爱憎之生于贤愚也。然和声之感人心[21]，亦犹醯酒之发人性也；酒以甘苦为主，而醉者以喜怒为用[22]。其见欢戚为声发[23]，而谓声有哀乐，犹不可见喜怒为酒使，而谓酒有喜怒之理也。"

[注释]

[1] 音：底本误作"韵"，据各本改。　[2] "此为心哀者虽谈笑鼓舞"以下四句：这是说，心里悲哀的人虽然谈笑鼓舞，情绪欢乐的人虽然捶胸叹息，还是不能控制着外表的形色，来掩盖自己的内心感情，欺骗考察的人于疑似之间呀。　[3] "以为就令声音之无常"二句：认为即使承认声音的表现（对象）没有一定，依然坚持其中包含哀乐之情。　[4] 象：形象，表现。　[5] 襄涓：指师襄、师涓。巧：巧妙。　[6] 若然者：像这样的话。　[7] "若

此果然也"以下十四句：如果你说的是真的，那么文王的琴操有常度，《韶》《武》的音乐有定数，不可以杂入其他的变化，奏出另外的声音，那你所说的"声音之无常"、钟子的触类，就都站不住了。反之，假若声音无常，那仲尼的"识微"、季札的"善听"，应该就是瞎说了。踬（zhì），绊倒，跌倒。音声之无常，鲁迅校："原钞夺'之''常'字，黄、汪本同。据程、二张本加。"今从之。诬，虚妄不实。　[8]神：伸张，宣扬。　[9]追为：补记。　[10]不言理自尽此：不敢说它（音声）的道理不过如此。　[11]"而惟使神妙难知"以下四句：而只是使音声之理变得神妙难知，人们只恨自己出生太晚，没能在当时遇到这些听觉奇妙的人，羡慕古人而自叹弗如，这可是大大地欺骗了后来的人了。而，底本作"为"，今据各本改。惟，单单，只是。底本作"推"，鲁迅校："张燮本作'惟'。"今据改。慕，底本作"暮"，今据各本改。大，表程度深。罔（wǎng），蒙蔽，欺骗。　[12]推类：类比推理。辨物：辨明事物。　[13]恃（shì）：靠。谈证：谈话的证据。　[14]巧历不能纪：最善于计算的人也不能悉举其数。巧，工也。历，数也。　[15]喜与不喜：鲁迅校："原钞下三字误入下文'物'字下，今迻正。"今从之。　[16]统物之理：决定着人们对事物的认识和态度。　[17]"然皆无豫于内"二句：但是他们都不曾深入内心，只是由于外物刺激而生成罢了。豫，通"与"，参与。　[18]"至夫哀乐"以下五句：至于哀乐之情，却本是因为碰上切身的事情，先形成于内心，只是凭借谐和的音乐，而自己显露发作出来。遘（gòu），通"构"，构成，造成。　[19]假：借助。　[20]不谓：不是说。　[21]"然和声之感人心"二句：然而音乐的感动人心，也像醇酒的暴露人的本性那样呀。　[22]用：指表现。　[23]"其见欢戚为声发"以下四句：那种看到欢乐或忧戚的情绪是被声乐引发出来的，就说"声有哀乐"，就如同不能因为看到欢喜或愤

怒的情绪是被酒驱使出来的，就说什么"酒有喜怒"，是一样的
道理啊。

秦客难曰："夫观气采色[1]，天下之通用也[2]。心变于内而色应于外，较然可见[3]，故吾子不疑[4]。夫声音，气之激者也[5]。心应感而动[6]，声从变而发；心有盛衰，声亦隆杀。同见役于一身[7]，何独于声便当疑耶！夫喜怒章于色诊[8]，哀乐亦宜形于声音。声音自当有哀乐，但暗者不能识之[9]；至钟子之徒，虽遭无常之声，则颖然独见矣[10]。今矇瞽面墙而不悟[11]，离娄照秋毫于百寻，以此言之，则明暗殊能矣。不可守咫尺之度[12]，而疑离娄之察；执中庸之听，而猜钟子之聪[13]，皆谓古人为妄记也。"

[注释]

[1] 观气采色：观察人的面部气色。 [2] 通用：指通用的方法。 [3] 较然：明显。 [4] 吾子：对人的尊称，相当于"您"。 [5] 气之激者：气的激发而形成的。 [6] "心应感而动"以下四句：心绪随着外物的感触而运动，声音随着心绪感情的变动而发生；心有盛衰，声音也就有时盈满有时减弱。隆杀，盛大和减弱，即升降。隆，底本作"降"，鲁迅校："张燮本作'隆'。"今据改。 [7] "同见役于一身"二句："气色"和"声音"同样

被身心所驱使，你为什么唯独对声音（与哀乐感情的联系）便认为应当怀疑呢？见役，被（心，自身）役使。　[8]章：显露，显著。色诊：面色之候验。诊，视，验。　[9]暗者：愚昧的人。　[10]颖然独见：敏锐准确地洞察（其中的真情实感）。颖，通"熲"，火光也（用戴明扬说）。　[11]"今矇瞽（méng gǔ）面墙而不悟"以下四句：瞎子即使面对墙壁也视而不见，离娄却能在百步之外明察秋毫，由此而论，则聪明的人和愚钝的人能力悬殊是很大的。矇瞽，盲人。离娄，传说为黄帝时代视力极佳之人，能在百步之外明察秋毫之末。寻，古代长度单位，一寻等于八尺。　[12]不可守咫尺之度：不可以拘守在咫尺之间的狭小范围。　[13]聪：善听。

主人答曰："难云：'心应感而动，声从变而发，心有盛衰，声亦隆杀[1]；哀乐之情，必形于声音，钟子之徒，虽遭无常之声，则颖然独见矣。'必若所言[2]，则浊质之饱[3]，首阳之饥[4]，卞和之冤[5]，伯奇之悲[6]，相如之含怒[7]，不占之怖祗[8]，千变百态，使各发一咏之歌[9]，同启数弹之微，则钟子之徒，各审其情矣。尔为听声者[10]，不以众寡易思；察情者，不以大小为异。同出一身者[11]，期于识之也。设使从下出[12]，则子野之徒，亦当复操律鸣管，以考其音，知南风之盛衰，别雅、郑之淫正也？夫食辛之与

"音声"并不表现人的哀乐之情，也不会因人的哀乐、爱憎而有所改变，这是音乐的自然之理。

蔡仲德《"越名教而任自然"——试论稽康及其"声无哀乐"的音乐美学思想·〈声无哀乐论〉剖析》:"稽康把音乐说成是直接产生于天地自然,认为'声之与心,殊涂异轨,不相经纬',音乐是独立的存在,与人无关,不会因人的意志而有所改变,因此他认为音乐的本体是自然,是'道'或曰'大道',认为音乐是自律的,其本质不在它与人的关系之中,而在音乐自身之中。这个本质就是'自然之和'。'和',就是音乐的和谐,也就是所谓'音声和比''宫商集比''八音会谐'。称之为'自然之和',意在强调'和'是音乐的客观规律,与人的主观无关。"

甚噱[13],薰目之与哀泣,同用出泪,使狄牙尝之,必不言乐泪甜而哀泪苦,斯可知矣。何者?肌液肉汗[14],蹴笮便出,无主于哀乐;犹笿酒之囊漉[15],虽笮具不同,而酒味不变也。声俱一体之所出[16],何独当含哀乐之理耶?且夫《咸池》《六茎》《大章》《韶》《夏》[17],此先王之至乐[18],所以动天地、感鬼神者也。今必云声音莫不象其体而传其心[19],此必为至乐不可托之于瞽史,必须圣人理其弦管,尔乃雅音得全也。'舜命夔[20],击石拊石,八音克谐,神人以和。'以此言之,至乐虽待圣人而作[21],不必圣人自执也[22]。何者?音声有自然之和,而无系于人情。克谐之音[23],成于金石;至和之声,得于管弦也。夫纤毫自有形可察[24],故离瞽以明暗异功耳。若以水济水[25],孰异之哉?"

[注释]

[1]隆:底本作"降",今据张燮本改。　[2]必若所言:一定像你说的那样。　[3]浊质之饱:浊氏、质氏的富足美食。据《史记·货殖列传》《汉书·货殖传》记载,浊氏以制作美味佳肴而尊显,质氏以磨刀而致富鼎食。浊,指浊氏。质,指质氏,一作郅

氏。　[4] 首阳之饥：首阳山上伯夷、叔齐的饥饿而死。　[5] 卞（biàn）和：春秋时楚人。据载，楚人和氏（一作卞和）得玉璞（蕴藏有玉的石头，也指未经雕琢的玉）于楚山，献给厉王，厉王使玉人相之，曰："石也。"王以为诳（欺骗），刖（断足之刑）其左足。楚武王即位，卞和又献之于武王。武王使玉人相之。又曰："石也。"王又刖其右足。武王薨，文王即位。卞和乃抱其璞而哭于楚山之下，三日三夜，泪尽而继之以血。王闻之，使人问其故，乃使玉人琢璞而得宝玉，命名为"和氏之璧"。　[6] 伯奇：尹吉甫之子。《水经注·江水》引扬雄《琴清英》曰："伯奇至孝，后母谮之，自投江中。衣苔带藻。忽梦见水仙赐以美药，思惟养亲，扬声悲歌。船人闻而学之。吉甫闻船人之声，疑似伯奇，援琴作《子安之操》。"奇，底本作"寄"，今据各本改。　[7] 相如之含怒：蔺相如的怒发冲冠。指赵相蔺相如在"完璧归赵"中含怒与秦王奋争的故事。详载《史记·廉颇蔺相如列传》。　[8] 不占之怖祗（zhī）：陈不占恐惧而又恭敬的心情。《新序·义勇》："齐崔杼弑庄公也，有陈不占者，闻君难，将赴之。比去，餐则失匕（勺子），上车失轼。御者曰：'怯如是，去有益乎？'不占曰：'死君，义也；无勇，私也。不以私害公。'遂往。闻战斗之声，恐骇而死。人曰：'不占可谓仁者之勇也。'"占，底本作"赡"，今据各本改。祗，敬。　[9] "使各发一咏之歌"以下四句：假使这些人各自发出一声长吟，同时弹出几声轻微单调的琴音，钟子期等人都能辨听出他们各自的哀乐之情了。　[10] "尔为听声者"以下四句：这是说听声音的不因为（声音的）多少而改变思路，察曲情的不因为（音乐的）大小而有所差异。　[11]"同出一身者"二句：（声音和感情）是同出于一身的事物，只待人们识别罢了。期，底本作"斯"，今据各本改。　[12] "设使从下出"以下六句：设使声音从地下发出来，那么师旷这样的人，大概又要拿起律管来吹，用以考察它的音，从而知道"南风"之盛衰，辨别雅乐与郑声的放纵或者纯正了。子野，师旷字子野。南风，典出《左传·襄公十八年》："楚师伐郑，次于鱼陵……晋人闻有楚师，师旷曰：'不害（妨碍）。吾骤歌北风，又歌南风，南风不竞，多死声，楚必无功。'"杜预注："歌者吹律以咏八风，南风音微，故曰不竞也。师旷唯歌南北风者，听晋楚之强弱。"雅、郑，指《诗经》中的《大雅》《小雅》和《郑风》。儒家传统诗教认为"雅"是正声，而"郑声淫"。　[13]"夫食辛之与甚噱（jué）"以下六句：吃了辛辣的东西和大笑，烟熏了眼睛和哭泣，同样要出流泪，叫易牙来尝它的滋味，必定不会说快乐的眼泪甜，而悲哀的眼泪苦，这是可以确定知道的。噱，大笑貌。薰（xūn），同"熏"，火烟上出也。用，为。狄（dí）牙，即易牙，春秋时齐桓公的厨师，以善调味出名。　[14]"肌液肉汗"以下三句：肌液肉汗，为困窘所迫便会渗出来，并不受哀乐之情的主宰。踧（cù），通"蹙"，逼迫，困窘。笮（zé），压迫，压榨。　[15]"犹筵（shāi）酒之囊漉（lù）"三句：就如同用筛子滤酒和用袋子滤酒，虽然滤酒的器具不一样，但酒的味道不会变化。筵，筛子，过滤。漉，水慢慢地渗下，过滤。笮（zé）具，压出物体里汁液的器具。　[16]"声俱一体之所出"二句：声音跟泪水都是一体之所出，为何单单应当含有哀乐之理呢？　[17]《咸池》《六茎》《大章》《韶》《夏》：五种乐曲名称。《汉书·礼乐志》："昔黄帝作《咸池》，颛顼作《六茎》，尧作《大章》，舜作《韶》，禹作《夏》。"　[18]先王：指黄帝、颛顼、尧、舜、禹等。至：至美至善。　[19]"今必云声音莫不象其体而传其心"以下四句：现在你一定说"声音莫不象其体而传其心"，这样一来必定是圣人的乐曲不能交给瞽史来演奏，必须由圣人亲自演奏，这样才能使雅音至乐完全表现出来。　[20]"舜命夔"以下四句：语出今文《尚书·尧典》："帝曰：'夔！命汝典乐，教胄子，直而温，宽而栗，刚而无虐，简而无傲。诗言志，歌永言，声依永，律和声。八音克谐，无相夺伦，神人以和。'夔曰：'於！予击石拊石，百兽率舞。'"舜说："夔啊！命令你主持乐官，去教导那些年轻人，要把他们教导得正直而温和，宽大而谨慎，性情刚正而不凌人，态度简约而不傲慢。诗是用来表达思想感情的，歌则借助语言把这种感情咏唱出来，歌唱的声音既要根据思想感情，也要符合音律。八类乐器（金、石、丝、竹、匏、土、革、木八种材质制成的乐器）的声音能够和谐的演奏，不要弄乱了相互间的，让神人听了都感到快乐和谐。"夔说："好啊！让我们敲着石磬，奏起乐来，就连百兽都会感动得跳起舞来吧！"（王世舜《尚书译注》）　[21]待：需要。　[22]执：指演奏。　[23]"克谐之音"以下四句：能够和谐的音声，是敲击钟磬等金石乐器完成的；十分谐和的音声，是弹奏琴瑟等管弦乐器而得到的。　[24]"夫纤毫自有形可察"二句：纤细毫末都有形迹可察，则离娄和瞽子因视力明暗而功能殊异。　[25]"若以水济水"二句：如果没有形迹可察，就如同把水添加到水里一样，有谁还能区别他们呢？意谓演奏家以弦上功夫表达音乐形象，跟视力没有关系，听众都也是看不明白的。

秦客难曰："虽众喻有隐[1]，足招攻难[2]，然其大理，当有所就[3]。若葛卢闻牛鸣[4]，知其三子为牺；师旷吹律[5]，知南风不竞，楚师必败；羊舌母听闻儿啼[6]，而审其丧家。凡此数事，皆效于上世[7]，是以咸见录载[8]。推此而言，则盛衰吉凶，莫不存乎声音矣。今若复谓之诬罔[9]，则前言往记，皆为弃物，无用之也。以言通论^[10]，未之或安。若能明斯所以^[11]，显其所由，设二论俱济，愿重闻之。"

[注释]

[1] 众喻有隐：各种比喻都有不足之处。　[2] 攻难：攻击责难。　[3] 当有所就：应当是站得住脚的。　[4] "若葛卢闻牛鸣"二句：如介葛卢听到一头牛在叫，就知道它的三头小牛都成了牺牲。鲁僖公二十九年（前 631）冬，介葛卢朝见鲁僖公。僖公"礼之，加燕好。介葛卢闻牛鸣，曰：'是生三牺，皆用之矣。其音云。'问之而信（果然）"。葛卢，东夷小国介国国君。牺，牺牲，古代祭祀时杀死作为祭品的整头牲口。　[5] "师旷吹律"以下三句：晋国乐师师旷吹律以咏八风，南风音微多死声，便知道楚师必败。"旷"，底本误作"旷"，今据各本改。　[6] "羊舌母听闻儿啼"二句：叔向的母亲听到孙儿出生后的啼哭声，就知道将来灭亡羊舌氏家族的一定是他。《国语·晋语》载述，晋国叔向的儿子出生时，叔向的母亲问讯前往看望，刚走到堂前，听到婴儿的嚎哭声，掉头就走，说："这哭声像是豺狼的叫声，最终使羊舌氏一族灭亡的，一定是这个孩子了。"事亦见《左传·昭公二十八年》。羊舌，指羊舌肸（xī），字叔向，春秋时晋臣。[7] 效：验。[8] 咸：都。　[9] 诬罔（wǎng）：欺骗。　[10] "以言通论"二句：要说这是通达的议论，也许不一定是稳妥的。　[11] "若能明斯所以"以下四句：如果能明白地讲出个所以然来，清楚地摆出论据，使你的议论和历史上的"前言往记"都能成立，我愿意再聆听你的高见。

主人答曰："吾谓能返三隅者[1]，得意而忘言[2]，是以前论略而未详。今复烦循环之难[3]，敢不自一竭耶？夫鲁牛能知历牺之丧生[4]，哀三子之不存，含悲经年，诉怨葛卢；此为心与人同，异于兽形耳。此又吾之所疑也。且牛非人类，无道相通。若谓鸟兽皆能有言[5]，葛卢受性独晓之[6]；此为解其语而论其事[7]，犹译传异言耳，不为考声音而知其情，则非所以为难也。若谓知者为当触物而达[8]，无所不知，今且先议其所易者。请问：圣人卒入胡域[9]，当知其所言不乎？难者必曰：知之。知之之理，何以明之？愿借子之难，以立鉴识之域焉[10]。当与关接[11]，识其言耶？将吹律鸣管[12]，校其音耶？观气采色，知其心耶？此为知心自由气色[13]，虽自不言，犹将知之。知之之道，可不待言也。若吹律校音，以知其心；假令心志于马[14]，而误言鹿，察者固当由鹿以知马也。此为心不系于所言，言或不足以证心也。若当关接而知言，此为孺子学言于所师[15]，然后知之，则何贵于聪明哉[16]？夫言非自然一定之物，五方殊俗，同事异号，趣

冯契《中国古代哲学的逻辑发展》第六章第三节《嵇康："越名教而任自然"》："嵇康的'得意忘言'，和王弼有原则的区别。王弼说的'得意在忘象'，是说概念（意）是第一性的，原理是事物、现象的本体，这是接近西方中世纪唯实论的主张。而嵇康则有类似于西方中世纪唯名论的倾向。"

钱穆《国学概论》上篇第六章《魏晋清谈》："才性四本、声无哀乐之类，此当时言家口实，谓执谈之本，转相破解者也。此自王弼、何晏、郭象所传二百年间胜人名士所从出也。"

举一名[17]，以为标识耳。夫圣人穷理[18]，谓自然可寻，无微不照。苟无微不照[19]，理蔽则虽近不见，故异域之言不得强通。推此以往，葛卢之不知牛鸣[20]，得不全乎？"

[注释]

[1]返三隅：即"反三隅"，举一反三。《论语·述而》："举一隅不以三隅反，则不复也。"　[2]得意而忘言：领会了意思而无须再多费言辞。《庄子·外物》："言者所以在意，得意而忘言。"　[3]"今复烦循环之难"二句：现在蒙您再次诘难，我哪里敢不竭尽所能予以回答呢？　[4]"夫鲁牛能知历牺之丧生"以下四句：鲁国那头牛能够记住历次小牲之死于祭祀，哀叹自己的三头小牛都不得存活，长年含着悲痛，诉怨于介葛卢。历牺，底本作"牺历"，据戴明扬校改。　[5]能有言：底本原抄作"能有"，据戴明扬校补。　[6]葛卢受性独晓之：介葛卢禀受的性能偏偏能通晓它。　[7]"此为解其语而论其事"以下四句：这便是先解析它们的语言而后谈论它们的事情，如同人类翻译异国的语言罢了，不能说成由考察声音而知其情，那么这就不能作为批评诘难我的根据了。　[8]谓：底本作"为"，今据各本改。知者：底本作"知译者"，今据各本改。触物而达：碰到什么都能明晓。　[9]卒（cù）：同"猝"，突然。胡域：胡人聚居的地区。　[10]鉴识之域：观察辨识的标准。域，界域，范围。　[11]关接：接触。　[12]"将吹律鸣管"二句：还是用吹律鸣管的方式，校测他们的声音呢？　[13]"此为知心自由气色"以下三句：这是本由观察气色以知其心意，即使他自己不说话，还是可以了解

的。　[14]"假令心志于马"以下三句：假设他心里想的是"马"，却错说成了"鹿"，考察人就只能由"鹿"来推知他心里想的是"马"了。　[15]孺子：小孩子。　[16]则何贵于聪明哉：这样的"聪明"有什么特别可贵之处呢？　[17]趣举一名：急促地举出一个名称。　[18]"夫圣人穷理"以下三句：圣人通晓一切道理，认为自然存在的事物都可以找出它的端绪来，无论多么微小都清晰可见。　[19]"苟无微不照"以下三句：如果说圣人因为能"穷理"而无论多么细微的端绪都看得清清楚楚，那么遇到道理不通的情况，则即使近在眼前，也不一定看得清楚，所以异国他乡的语言不能强迫通晓。　[20]"葛卢之不知牛鸣"二句：介葛卢听不懂鲁牛的鸣叫声，岂不是明明白白的吗？

　　"又难云：'师旷吹律，知南风不竞，楚多死声。'此又吾之所疑也。请问：师旷吹律之时，楚国之风耶？则相去千里，声不足达；若正识楚风来入律中耶[1]？则楚南有吴、越，北有梁、宋，苟不见其原[2]，奚以识之哉[3]？凡阴阳愤激[4]，然后成风。气之相感[5]，触地而发[6]，何必发楚庭[7]，来入晋乎？且又律吕分四时之气耳[8]，时至而气动，律应而灰移。皆自然相待[9]，不假人以为用也。上生下生[10]，所以均五声之和，叙刚柔之分也。然律有一定之声[11]，虽冬吹中吕，其音自满而无损也。今以晋人之气[12]，吹无损之律，

冯契《中国古代哲学的逻辑发展》第六章第三节《嵇康："越名教而任自然"》："嵇康又认为，客观的物质运动不以人的主观为转移。"又："嵇康是个音乐家，对乐律很有研究。他强调了乐律的客观性，指出音乐有其内在的和谐秩序，是不以人的哀乐之情为转移的。"

楚风安得来入其中，与为盈缩耶？风无形[13]，声与律不通，则校理之地，无取于风律，不其然乎？岂师旷博物多识[14]，自有以知胜败之形，欲固众心[15]，而托以神微，若伯常骞之许景公寿哉[16]？"

[注释]

[1] 若正识楚风来入律中耶：如果说正是楚风来入律中呢。　[2] 原：源头。　[3] 奚（xī）：相当于"何"。　[4] 阴阳愤激：阴阳二气剧烈地冲击。　[5] 气之相感：阴气和阳气相互感应。　[6] 触地：到处，遍地。　[7] 何必：为何一定。　[8]"且又律吕分四时之气耳"以下三句：再说律吕只能分别四时的节气罢了，时至而气动，律气相应则管内的葭莩灰自行移走。律吕，用竹管制作的校正乐律的器具，以管的长短来确定音的不同高度。从低音管算起，成奇数的六只管叫"律"，成偶数的六只管叫"吕"。古代用律吕占验节气的变化，方法是：以葭莩灰（苇膜烧成灰）置于律管内，至某一节气，相应律管内的灰就会自行散出，据此预报节气的变化。"其为气所动者，其灰散；人及风所动者，其灰聚。"（《后汉书·律历志》）　[9]"皆自然相待"二句：这都是自然地相互联系，不须借助人力来起作用的。　[10]"上生下生"以下三句：律管长短与音律变化，用来调节宫、商、角、徵、羽五声的谐和，表示音律刚柔高低的分寸。上生、下生，指律管长短与音律变化的规律。《吕氏春秋·音律》："三分所生，益之一分以上生。三分所生，去其一分以下生。"《后汉书·律历志》："阳生阴曰下生，阴生阳曰上生。"刚柔，可以看作音律的高低，也可以看作是全音的稳定性和半音的不稳定性的代词。　[11]"然

律有一定之声"以下三句：然而每支管乐器都有一定的音阶，即使冬季吹奏夏季节气的中吕，它的音响还是会完满而没有损缺的。中吕，古人以一年十二个月与十二律相对应，十二律中的中吕（仲吕），相当于孟夏四月。　[12]"今以晋人之气"以下四句：现在师旷用晋人的气息，吹那并无损缺的律管，楚国的风怎能吹入其中，使它振动发声呢？损，底本作"韵"，据鲁迅校改。盈缩，进退变化。　[13]"风无形"以下五句：风没有形状，风声不和律相通，那么验证事理的地方（指晋国），无关于（楚国的）风和律，道理不就是这样吗？　[14]岂：底本下有"独"字，据鲁迅校删。　[15]"欲固众心"二句：他想稳定军心，而假托神秘微妙的说法。　[16]若伯常骞之许景公寿哉：就像当年伯常骞应允为齐景公增寿时的神秘做法一样的吗？据《晏子春秋·内篇杂下》载，齐景公表示赞赏伯常骞的道术，问他"能益（增益）寡人之寿乎"？伯常骞对曰："能。"公曰："能益几何？"对曰："天子九，诸侯七，大夫五。"公曰："子亦有征兆之见乎？"对曰："得寿地且动（地震）。"伯常骞出，遇到晏子，晏子质问他："我由观测天象知道将有地震，你也是用的这个方法吧？"伯常骞俯首有间（好一会），仰而曰："然（的确如此）。"许，应允。

　　"又难云：'羊舌母听闻儿啼而审其丧家。'复请问：何由知之？为神心独悟暗语而当耶[1]？尝闻儿啼若此[2]，其大而恶；今之啼声似昔之啼声也，故知其丧家耶？若神心独悟暗语之当，非理之所得也[3]；虽曰听啼[4]，无取验于儿声矣。若以尝闻之声为恶，故知今啼当恶；此为以甲声蔡仲德《"越名教而任自然"——试论嵇康及其"声无哀乐"的音乐美学思想·〈声无哀乐论〉剖析》："音乐能引起欣赏者的情绪变化，是因为它以同态同构的乐音运动表现了情绪的运动，音乐本身则并无主体之情，而有它自身特有的、不以主体的意志为转移的客观规律（如数的规律）。因此，说'声''心'二者'殊涂异轨，不相经纬'是错的，说它们'明为二物''外内殊用，彼我异名'，则有助于分清音乐中的主客体，引起对其中客观规律和主客体关系问题的重视和探讨。"

为度[5]，以校乙之啼也。夫声之于音[6]，犹形之于心也。有形同而情乖[7]，貌殊而心均者。何以明之？圣人齐心等德[8]，而形状不同也；苟心同而形异，则何言乎观形而知心哉？且口之激气为声[9]，何异于籁籥纳气而鸣耶？啼声之善恶，不由儿口吉凶，犹琴瑟之清浊[10]，不在操者之工拙也。心能辨理善谭[11]，而不能令籁籥调利，犹瞽者能善其曲度，而不能令器必清和也。器不假妙瞽而良[12]，籥不因慧心而调，然则心之与声，明为二物。二物之诚然[13]，则求情者不留观于形貌，揆心者不借听于声音也。察者欲因声以知心，不亦外乎[14]？今晋母未得之于考试[15]，而专信昨日之声，以证今日之啼；岂不误中于前世[16]，好奇者从而称之哉？"

[注释]

[1]为神心独悟暗语而当耶：是神心独悟隐语而领会到的吗？当，值，遇到。　[2]尝：底本作"常"，今据各本改。　[3]非理之所得：那就不是由声音表达的道理得到的。　[4]曰：底本作"日"，据鲁迅校改。　[5]"此为以甲声为度"二句：这叫作以甲的啼声为标准，拿来验证乙的啼声。　[6]"夫声之于心"二句：声音跟内心的关系，就像人的形体跟内心的关系一样。声之于心，

底本作"声之于音"，据戴明扬改。　[7]"有形同而情乖"二句：有外形相同而内心不同的，有外貌不同而内心相同的。　[8]齐心等德：心地是齐同的。　[9]"且口之激气为声"二句：况且嘴巴激气成声，跟箫笛类乐器纳气而鸣有什么不同呢？籁（lài），管乐器，三孔。又指箫。籥（yuè），管乐器，六孔或三孔，形制似笛。　[10]清浊：清亮或重浊。《太平御览》引蔡邕《月令章句》："凡弦急则清，慢则浊。"　[11]"心能辨理善谭"以下四句：心能使人辨明事理善于言谈，却不能使箫笛协调便捷，就像瞎子乐师懂得乐理，却不能使乐器一定清和一样。籁，底本作"内"，鲁迅校："张燮本作'籁'。"今据改。　[12]"器不假妙瞽而良"以下四句：乐器并不借助于瞎子（乐师）的本领高强而变得性能优良，笛子也不会因为吹奏的人心思敏慧而调和吉祥，如此说来，人的内心与外部的声音，明明是两个东西。　[13]"二物之诚然"以下三句：既然明确了是两样东西，那么探求人的性情就不能停留在观察外部形貌，探测人的内心也不能借助于听他的声音。之，底本无此字，鲁迅校："各本'物'下有'之'字。"今据补。　[14]不亦外乎：不也差得太远了吗？外，底本下有"为"字，据各本删。　[15]晋母：晋国羊舌肹的母亲。考试：考察与验证。　[16]"岂不误中于前世"二句：这岂不是偶然猜中的，而后世好奇的人从而称道起来的吗？

心、口不一的人，连他说的话也不能"知心"。考虑到魏晋易代之际，口是心非的两面派和伪君子的丑恶行径，嵇康发表"心之与声，明为二物"的观点，既是他的音乐理论，又具有明显的政治针对性。

秦客难曰："吾闻败者不羞走[1]，所以全也。今吾心未厌[2]，而言难复，更从其余。今平和之人，听筝笛琵琶[3]，则形躁而志越[5]；闻琴瑟之音，则体静而心闲[6]。同一器之中[7]，曲用每殊，则情随之变。奏秦声则叹羡而慷慨[8]，理齐楚则情一而思专[9]，肆姣弄则欢放而欲惬[10]。心为声变[11]，若此其众。苟躁静由声[12]，则何为限其哀乐？而但云至和之声[13]，无所不感；托大同于声音，归众变于人情。得无知彼不明此哉[14]？"

牟宗三《才性与玄理》第九章《稽康之名理》："声音以'平和'为体，声音以'和'为体，声音以'舒疾、单复、高埤'为体，此三语各有其义，并不一律，而稽康则随时滑转，故其论辩多不如理，而亦终不能惬难者之心也。此文自是自设难答。既自设难答，而不能肯切径直，可见其思理并未臻至周匝圆熟。此文之论点，似是涉及存有、体性、关系、普遍性、特殊性、具体、抽象等所成之思想格局。吾人于此可见凡牵涉到此一格局之问题或论辩，中国之学人似大抵皆不行。此一套是'存有形态'或'客观性形态'之格局，

[注释]

[1]"吾闻败者不羞走"二句：我听人说过，失败的人不以逃跑为羞耻，用以保全自己啦。　[2]"今吾心未厌"以下三句：现在我心里尚不满足，还要来辩难，再换个角度来说说。言，底本下有"于"字，鲁迅校："各本字无。"今据删。　[3]批把：即"琵琶"，一作枇杷。刘熙《释名·释乐器》："枇杷本出于胡中，马上所鼓也，推手前曰枇，引手却曰杷，象其鼓时，因以为名也。"　[5]形躁而志越：形态躁动而意气飞扬。　[6]体：底本作"听"，据戴明扬校改。　[7]"同一器之中"以下三句：同一乐器的演奏中间，每当曲调改变，则心情随着变化。　[8]叹羡：赞叹羡慕。　[9]理齐楚：演奏齐地、楚地的乐曲。　[10]肆姣弄：玩赏美妙小曲。弄，小曲。　[11]"心为声变"二句：心情随着声乐变化，像这样的情况多得很。　[12]"苟躁静由声"二句：如果说人的浮躁或安静可以由声乐引发，那为什么要排除声乐具有使人或哀或乐的作用呢？　[13]"而但云至和之声"以下四句：而只说至和的音乐，没有什么事物不能感化，寄托无所不包的概念于音乐，归结复杂变化的感情于人情呢？大同，即后文的"太和"，意思是声音十分谐和，因此无所不包，但是并不具体表现什么。　[14]得无：岂不是。

主人答曰："难云：'琵琶、筝、笛令人躁越。'

又云:'曲用每殊而情随之变。'此诚所以使人常感也。琵琶、筝、笛[1]，间促而声高，变众而节数；以高声御数节[2]，故使形躁而志越。犹铃铎警耳[3]，而鼓钟骇心。故'闻鼓鞞之音，则思将帅之臣'[4]。盖以声音有大小，故动人有猛静也。琴瑟之体[5]，间辽而音埤，变希而声清；以埤音御希变，不虚心静听，则不尽清和之极[6]，是以体静而心闲也[7]。夫曲度不同，亦犹殊器之音耳。齐楚之曲多重[8]，故情一；变少[9]，故思专。姣弄之音[10]，挹众声之美，会五音之和。其体赡而用博[11]，故心役于众理；五音会，故欢放而欲惬。然皆以单复、高埤、善恶为体[12]，而人情以躁静专散为应。譬犹游观于都肆[13]，则目滥而情放[14]；留察于曲度[15]，则思静而容端。此为声音之体[16]，尽于舒疾；情之应声，亦止于躁静耳。夫曲用每殊，而情之处变[17]，犹滋味异美[18]，而口辄识之也。五味万殊，而大同于美[19]；曲变虽众，亦大同于和。美有甘[20]，乐有和。然随曲之情[21]，尽于和域；应美之口，绝于甘境。安得哀乐于其间哉？然人情不同，各

乃西方学术之所长，中国传统思想中并无此格局。嵇康论声乐，以其哲学之心灵突接触到此格局，自不能精透。"

钱锺书《管锥编》第三册《全三国文》卷四十七:"《论》中'盖以声音有大小，故动人有猛静也'至'此为声音之体，尽于舒疾；情之应声，亦止于躁静耳'一节，尤揭皮见质。西方论师谓音乐不传心情而示心运，仿现心之舒疾、猛弱、升降诸动态；嵇《论》于千载前已道之。"

冯契《中国古代哲学的逻辑发展》第六章第三节《嵇康：“越名教而任自然”》："嵇康讲‘声无哀乐’，并非说音乐与人的情感无关。人们在欣赏音乐时总是有情感的反应，但他以为这种反应不是哀乐，而是躁动与安静、专一与散漫等。"又："嵇康以为，人在听音乐时的‘躁静之应’，是对声音的‘舒、疾’的反应，音乐是由舒疾、单复、高低之音组成的‘自然之和’，而哀乐则并非对‘自然之和’的反应。"

师所解[22]，则发其所怀[23]。若言平和[24]，哀乐正等，则无所先发，故终得躁静。若有所发，则是有主于内[25]，不为平和也。以此言之，躁静者，声之功也；哀乐者，情之主也。不可见声有躁静之应，因谓哀乐皆由声音也。且声音虽有猛静，各有一和[26]，和之所感[27]，莫不自发。何以明之？夫会宾盈堂，酒酣奏琴，或忻然而欢，或惨尔而泣。非进哀于彼[28]，导乐于此也。其音无变于昔[29]，而欢戚并用，斯非‘吹万不同’耶？夫唯无主于喜怒[30]，亦应无主于哀乐，故欢戚俱见。若资不固之音[31]，含一致之声，其所发明，各当其分，则焉能兼御群理，总发众情耶？由是言之，声音以平和为体，而感物无常[32]；心志以所俟为主[33]，应感而发。然则声之与心，殊途异轨，不相经纬[34]。焉得染太和于欢戚[35]，缀虚名于哀乐哉？

［注释］

[1]“琵琶、筝、笛”以下三句：琵琶、筝、笛，发音部位之间距短促而声调高，变化多而且节奏快。数，疾速。　[2]以高声御数节：由于高声调再加之以快节奏。　[3]铃铎（duó）：铃

铙。铎，古乐器，一种大铃。形如铙、钲而有舌，振舌发声。宣布教令或有战事时用之（行军时使用的金属打击乐器）。　[4] 鞞（pí）：同"鼙"，骑鼓，古代军中所用的一种小鼓。　[5]"琴瑟之体"以下三句：琴、瑟的体制结构，是发音部位间距辽远而音调低，变化少而声音清和。埤（pí），同"卑"，低下。希，同"稀"。　[6] 不尽清和之极：不能完全感受到清和之音的美妙境界。　[7] 体：底本作"听"，据戴明扬校改。　[8]"齐楚之曲多重"二句：齐、楚的曲调大多沉重，所以感情单纯。　[9] 少：底本作"妙"，据戴明扬校改。　[10]"姣弄之音"以下三句：艳丽的小曲，聚集众声之美妙，会合五音之清和。　[11]"其体赡而用博"二句：它的内涵丰富且适用面广泛，所以使人的心情受制于各种曲调。即心情随着各种曲调的变化而变化。赡，谓其能"挹众声之美"。　[12]"然皆以单复、高埤、善恶为体"以下三句：然而总的说来，它们都是以单调、复杂、调高、调低、好听、不好听作为音乐的根本，而人的心情则以躁动、安静、专一、轻松作为应对。　[13] 都肆：城里的市场。　[14] 目滥而情放：目不暇接而心情轻松愉快。　[15]"留察于曲度"二句：仔细体察着音乐的结构，就会思想沉静而仪容端正。　[16]"此为声音之体"二句：这就是说，声音的本质，全部表现在节奏快慢上。　[17] 情之处变：心情也随着变化。　[18] 滋味异美：滋味中有不同的美味。　[19] 大同于美：在美味这一点上是大同的。　[20]"美有甘"二句：美味中有甘，音乐中有和。乐有和，底本作"和有乐"，据吉联抗《嵇康·声无哀乐论》校改。　[21]"然随曲之情"以下四句：然而随着曲度而变化的情绪，全归结于谐和的境界；反应美味的嘴，只到甘美的境界为止。　[22] 师：效法，依循。　[23] 发其所怀：抒发各人的情怀。　[24]"若言平和"以下四句：如果说心情平和，哀、乐对他都一样（没有哀乐之别），那就没有什么感情会引发表

钱锺书《谈艺录》八八【附说二十三】《声无哀乐》："乐无意，故能涵一切意。吾国则嵇中散《声无哀乐论》说此最妙，所谓：'夫唯无主于喜怒，无主于哀乐，故欢戚俱见。声音以平和为主，而感物无常；心志以所俟为主，应感而发。'奥国汉斯立克（E.Hanslick）《音乐说》（Vom Musickalisch Schönen）一书中议论，中散已先发之。"

露出来，所以终归只有躁动或安静。　[25]有主于内：有主见存在于内心。　[26]各有一和：各自都有一种谐和。　[27]和之所感：和谐的声音感染所及。　[28]"非进哀于彼"二句：并不是把悲哀给予那个人，用欢乐引导这个人。　[29]"其音无变于昔"以下三句：琴音曲调并不比往日有什么变化，饮酒的人却乐、哀并作，这不正像风吹万千窍穴会发出不同声响一样吗？　[30]"夫唯无主于喜怒"以下三句：音乐不能主宰着人的喜怒，也当然不能主宰人的哀乐，所以听同一首琴曲，欢乐的人和悲戚的人同时出现了。亦应，鲁迅校："原作'未应'，今正。"今从之。　[31]"若资不固之音"以下六句：如果取用并无固定含义的音，组成为具有一定旋律的声调曲度，它所表现的，各自符合它的本分（即表现一定的形象，含有一定的思想感情，而不是"和声无象"），那么它又怎能同时兼容各种思想道理，竟能同时引发各种不同的情感呢？一致之声，意思是众音会合而成的音乐（据吉联抗说）。发明，发而明之，即启发（据吉联抗说）。　[32]感物无常：对他物的影响却是没有一定的。　[33]"心志以所俟（sì）为主"二句：人的心志是以自己已形成的意念为主宰，受到和声的感染而引发出来的。所俟，所等待的，这里指心中早已形成的意念、情感。　[34]经纬：织物的纵线叫"经"，横线叫"纬"，这里是交织连接的意思。　[35]"焉得染太和于欢戚"二句：怎么能把欢、戚之情强加到"自然之和"的音声之中，使音声徒有表现哀乐感情的虚名呢？太和，即至和、和声，谐和声音，指音乐。

　　秦客难曰："论云：'猛静之音，各有一和，和之所感，莫不自发。是以酒醑奏琴，而欢戚并用。'此言偏重之情先积于内[1]，故怀欢者值哀

音而发 [2]，内戚者遇乐声而感也。夫音声自当有一定之哀乐 [3]，但声化迟缓，不可仓卒，不能对易。偏重之情，触物而作 [4]，故令哀乐同时而应耳。虽二情俱见 [5]，则何损于声音有定理耶？

[注释]

[1] 偏重之情：侧重于一面的感情。重，底本作"并"，据鲁迅校改。　[2] 值：遇上。　[3] "夫音声自当有一定之哀乐"以下四句：声音（音乐）自应含有一定的哀乐情感，只不过是音声对人的感化迟缓，不可能立竿见影，更也不能跟"偏重之情"简单对换。　[4] 作：发。　[5] "虽二情俱见"二句：虽然听琴曲的人中哀乐两种反应一齐出现，又何损于声音自当有哀乐的一定之理呢？

主人答曰："难云：'哀乐自有定声，但偏重之情，不可卒移，故怀戚者遇乐声而哀耳。'即如所言，声有定分 [1]，假使《鹿鸣》重奏 [2]，是乐声也。而令戚者遇之，虽声化迟缓，但当不能便变令欢耳，何得更以哀耶？犹一爝之火 [3]，虽未能温一室，不宜复增其寒矣。夫火非隆寒之物 [4]，乐非增哀之具也 [5]。理弦高堂而欢戚并用者 [6]，直至和之发滞导情，故令外物所感得自尽

汤用彤《魏晋玄学论稿》第六章《贵无之学（中）》："嵇叔夜虽言'声无哀乐'，盖其理论亦系于'得意忘言'之义。夫声无哀乐（无名），故由之而'欢戚自见'，亦犹之乎道体超象（无名），而万象由之并存。故八音无情，纯出于律吕之节奏，而自然运行，亦全如音乐之和谐。"

耳。难云："偏重之情，触物而作，故令哀乐同时而应耳。"夫言哀者[7]，或见机杖而泣，或睹舆服而悲；徒以感人亡而物存[8]，痛事显而形潜。其所以会之[9]，皆自有由，不为触地而生哀，当席而泪出也。今无机杖以致感[10]，听和声而流涕者，斯非"和之所感，莫不自发"也。"

音乐有启发听者心中郁积之思，诱导内心之情，使它自动表露出来的功效，即所谓"和之所感，莫不自发"。

[注释]

[1]声有定分：声音有一定的感情内容。 [2]《鹿鸣》：《诗经·小雅》篇名。《毛诗序》云："《鹿鸣》，宴群臣嘉宾也。"表现的是一种欢乐的情绪。 [3]爝（jué）：火炬。 [4]火非隆寒之物：火把绝非增添寒冷的东西。 [5]具：底本作"俱"，今据各本改。 [6]"理弦高堂而欢戚并用者"以下三句：弹琴于厅堂之上，听众中欢乐和悲哀的情状同时出现的原因，实在是极为和谐的音乐具有启发郁积之思、诱导内心之情的功效，所以使受到感染的人们（外物），得以自我发泄其情思罢了。 [7]"夫言哀者"以下三句：凡是讲到悲哀的，或是因为看到已故亲人使用过的旧物（几案、手杖之类）而黯然垂泪，或是目睹亡故亲人生前坐过的车子、穿过的服饰而悲哀。机，通"几（jī）"，坐几。 [8]"徒以感人亡而物存"二句：这纯粹是感伤于物犹存而人已亡故，痛心于逝者的事迹犹在眼前，而他的形体已永远消失。 [9]"其所以会之"以下四句：他的落泪和悲哀之所以在这样的场合出现，都有具体实在的原由可察，并不是跑到任何地方都会生出悲哀，也不是面对筵席就会流泪的。 [10]"今无机杖以致感"以下三句：现在酒酣奏琴时，并没有先人的几杖之类旧物以招致伤感，却因

听了谐和的琴声曲调而悲哀涕泣，这不正说明受到谐和的声音感染的人，没有谁不自我发泄情感的吗?

秦客难曰："论云：'酒酣奏琴，而欢戚并用。'欲通此言[1]，故答以'偏情感物而发'耳。今且隐心而言[2]，明之以成效[3]。夫人心不欢则戚，不戚则欢，此情志之大域也[4]。然泣是戚之伤[5]，笑是欢之用也。盖闻齐、楚之曲者，唯睹其哀涕之容，而未曾见笑噱之貌[6]。此必齐、楚之曲，以哀为体，故其所感，皆应其度[7]。岂徒以多重而少变，则致情壹而思专耶[8]? 若诚能致泣，则声音之有哀乐，断可知矣。"

[注释]

[1] 欲通此言：想要弄通这句话。　[2] 隐心：凭心。　[3] 明之以成效：用一定的效验来说明它。　[4] 情志之大域：心情意向的大体地划分。　[5] "然泣是戚之伤"二句：而哭泣是忧戚悲伤到极点的反应，笑是欢乐的表现。　[6] 噱（jué）：大笑。　[7] 皆应其度：都得到这种恰如其分的反应。　[8] 情壹：即前文所言"情一"。情，底本作"精"，鲁迅校："各本作'情'。"今据改。

主人答曰："虽人情感于哀乐[1]，哀乐各有多少；又哀乐之极[2]，不必同致也。夫小哀容坏^[3]，甚悲而泣，哀之方也；小欢颜悦，至乐而笑，乐之理也^[4]。何以言之？夫至亲安豫^[5]，则怡然自若，所自得也。及在危急，仅然后济^[6]，则抃不及儛。由此言之，儛之不若向之自得^[7]，岂不然哉？至夫笑噱虽出于欢情，然自以理成^[8]，又非自然应声之具也。此为乐之应声，以自得为主；哀之应感，以垂涕为故^[9]。垂涕则形动而可觉，自得则神合而无变^[10]。是以观其异^[11]，而不识其同；别其外，而未察其内耳。然笑噱之不显于声音，岂独齐楚之曲耶？今不求乐于自得之域^[12]，而以无笑噱谓齐、楚体哀，岂不知哀而不识乐乎？"

欢乐的人和悲哀的人对音乐的感应有所不同，他们表现出的情感状态与乐曲并无直接关联，不能依据听者的不同表现而判断"声音之有哀乐"。

[注释]

[1]"虽人情感于哀乐"二句：虽然人的感情或哀或乐，但哀、乐有多有少。 [2]"又哀乐之极"二句：另外哀乐的最后表现形式，不一定一致。 [3]"夫小哀容坏"以下三句：轻度的小的悲哀使人神色颓丧，十分悲哀会伤心地哭泣，这是悲哀的惯常表现形式。方，常法，定规，这里指人在悲哀时的惯常表现形态。 [4]理：条理，这里指人在欢乐时的一般表现形态。 [5]安豫：安乐，安好。豫，乐。 [6]"仅然后济"二句：竭力争取之后才勉强度过难关，自己就会拍手庆幸而达不到手舞足蹈的程度。抃（biàn），鼓掌。儛（wǔ），同"舞"。 [7]"儛之不若向之自得"二句：即

使他手舞足蹈也比不上至亲安乐的人所表现出来的自然得意的情态，难道不是这样的吗？向，以前。　[8]自以理成：是由本身内在的原因造成的。　[9]故：事，事情。　[10]自得则神合而无变：自然得意则是精神相合而形貌没有什么变化。　[11]"是以观其异"以下四句：因此，您只观察到哀者垂涕，异于常人，而不懂得乐者自得，同于常人；只知道辨别他们的外部形貌，而没有考察他们的内心情怀。　[12]"今不求乐于自得之域"以下三句：现在您不从自然得意的情态去寻求什么叫欢乐，而仅仅因为没有大笑，就说什么齐、楚两地乐曲的主调是悲哀，这岂不是只知悲哀而不懂得什么是欢乐的表现吗？

　　秦客问曰："仲尼有言：'移风易俗[1]，莫善于乐。'即如所论[2]，凡百哀乐，皆不在声，则移风易俗，果以何物耶？又古人慎靡靡之风[3]，抑恓耳之声[4]，故曰：'放郑声[5]，远佞人。'然则郑、卫之音[6]，击鸣球以协神人[7]。敢问郑、雅之体[8]，隆弊所极，风俗移易，奚由而济？幸重闻之[9]，以悟所疑。"

[注释]

　　[1]"移风易俗"二句：出自《孝经·广要道》所载孔子的话。意思是：移风易俗，没有什么比音乐更好的了。　[2]"即如所论"以下五句：如果像你说的那样，凡是人间的一切哀乐，都不能表现在声音（音乐）之中，那么"移风易俗"这件事，到底依靠什

么呢？　[3]靡靡：《文选》李善注："靡靡，声之细好也。"　[4]慆（tāo）：《说文》："慆，悦也。"底本作"滔"，鲁迅校："各本作'慆'。"今据改。　[5]"放郑声"二句：语出《论语·卫灵公》："子曰：'放郑声，远佞人。郑声淫，佞人殆。'"（舍弃郑国的乐曲，斥退小人。郑国的乐曲靡曼淫秽，小人危险。）放，屏弃。　[6]郑、卫之音：郑国、卫国一带的乐曲。鲁迅校："案：此下当有夺文。"是。《荀子·乐论》："郑卫之音，使人之心淫。"　[7]击鸣球以协神人：敲击鸣球等乐器，让神人听了都感到快乐和谐。鸣球，乐器的一种，即玉磬。语出《尚书·皋陶谟》（伪古文《尚书》析入《益稷》）："夔（舜的乐官）曰：'戛击鸣球、搏拊（皮制乐器，状如小鼓）、琴瑟，以咏。'"（夔说："演奏起玉磬、搏拊、琴瑟以作为歌咏的配乐吧！"）据东晋梅赜所上伪孔安国《传》称："此舜庙堂之乐，民悦其化，神歆其祀……"　[8]"敢问郑、雅之体"以下四句：请问，郑国乐曲和庙堂雅乐的区分，各自盛衰的极致，风俗的改变，是通过什么达到的呢？奚，疑问代词，跟"何"字相当。济，渡，达到。　[9]"幸重闻之"二句：我愿意再次聆听你的见解，以便解开我心中的疑团。

主人应之曰："夫言'移风易俗'者，必承衰弊之后也[1]。古之王者，承天理物[2]，必崇简易之教[3]，御无为之治[4]。君静于上，臣顺于下。玄化潜通[5]，天人交泰。枯槁之类[6]，浸育灵液；六合之内，沐浴鸿流。荡涤尘垢，群生安逸。自求多福，默然从道。怀忠抱义，而不觉其所以然

冯契《中国古代哲学的逻辑发展》第六章第三节《嵇康："越名教而任自然"》："这基本上是儒家的'言志'说：诗歌、舞蹈、音乐抒发人的情志，感情与理想一致，表现于形气与声音相应，主观与客观统一于和谐，艺术形象（包括乐曲的演奏等）体现了和乐之情与宏大的理想，这就是艺术美。但是嵇康所说的'理'是指'自然之理'或'太和'，它是超越名教和伦理的。"

也。和心足于内[7]，和气见于外，故歌以叙志，儛以宣情。然后文之以采章[8]，照之以风雅；播之以八音，感之以太和；导其神气[9]，养而就之；迎其情性，致而明之。使心与理相顺，气与声相应；合乎会通[10]，以济其美。故凯乐之情[11]，见于金石；含弘光大[12]，显于音声也[13]。若以往[14]，则万国同风，芳荣济茂[15]，馥如秋兰；不期而信[16]，不谋而成；穆然相爱[17]，犹舒锦布彩，粲炳可观也。大道之隆，莫盛于兹；大平之业[18]，莫显于此。故曰：‘移风易俗，莫善于乐。’然乐之为体[19]，以心为主。故无声之乐[20]，民之父母也。至八音会谐[21]，人之所悦，亦总谓之乐。然风俗移易，本不在此也。”

[注释]

[1]必承衰弊之后：一定是承接在世道衰弊之后。　[2]承天理物：秉承天意治理万物。　[3]简易之教：天地易简之道。《周易·系辞上》：“易简，而天下之理得矣；天下之理得，而成位乎其中矣。”（明白乾坤的平易和简约，天下的道理就都懂得了；懂得了天下的道理，就能遵循天地规律而居处适中合宜的地位。）简，简约。易，平易。　[4]御无为之治：奉行无为的政治。　[5]玄化潜通：潜移默化。　[6]“枯槁之类”以下四句：枯槁的万类，

侯外庐《中国思想通史》第三卷第五章第二节《嵇康的世界观认识论与辩论术》：“‘乐之为体，以心为主。故无声之乐，民之父母也。至八音谐会，人之所悦，亦总谓之乐。然风俗移易，本不在此也。’这是以无声之乐来否定有声之乐。但是有声之乐，是不可能否定的，于是降而求其次，承认八音谐会的也是乐。这样就产生了他的‘可奉之礼’与‘可导之乐’的理论。”

嵇康认为：移风易俗，最根本的不在音乐，而在于统治者要施恩于民，实行宽和宁静之政（崇简易之教，御无为之治），人民安逸，而人心平和。

浸育灵液（雨露）；六合之内，沐浴鸿流。六合，上下四方，指天地之间。 [7]"和心足于内"以下四句：平和的精神充盈于内心，和悦的气色显露于外表，所以用歌唱来叙述心志，用舞蹈宣泄情感。儛（wǔ），同"舞"。 [8]"然后文之以采章"以下四句：然后用文采来修饰它，用《风》《雅》来宣扬它；用八音来传播它，用太和之音来感召它。嵇康《答难养生论》："以大和为至乐，则荣华不足顾也。" [9]"导其神气"以下四句：导引其神气，涵育养成它；迎合其性情，招引而使它显露出来。 [10]"合乎会通"二句：融会贯通，以成就其完美。 [11]凯乐之情：欢乐的情怀。 [12]含弘光大：发扬光大。 [13]音声：和声，音乐，雅琴。 [14]若以往：当作"若此以往"。戴明扬校："'若'下当夺'此'字。" [15]"芳荣济茂"二句：芳花繁茂，像秋兰一般芬芳。 [16]"不期而信"二句：人们不用约期而自然诚信，不用谋划而自然成功。 [17]"穆然相爱"以下三句：默默地相爱，就如同展开锦缎铺陈彩帛一般，光彩灿烂，鲜明夺目。 [18]大平：同"太平"。 [19]"然乐之为体"二句：但音乐的本质，是以平和为主的。 [20]"故无声之乐"二句：先王无声的德行教化（是礼乐之原，虽无乐而胜于有乐），是人民的父母啊！语本《礼记·孔子闲居》记孔子与子夏关于礼乐的一段问答。子夏问怎样才能称得上"民之父母"？孔子回答说："夫民之父母乎？必达于礼乐之原，以致五至，而行三无……"孔子的意思是，想成为"民之父母"，必须懂得什么是礼乐的根本。也就是说，统治者施恩于民，施行宽和宁静之政，人民就喜悦，虽无乐而胜于有乐，这就是"无声之乐"。孔子说的"行三无"，首条即"无声之乐"，次为"无体之礼"，三为"无服之丧"，皆指礼乐的根本而言。嵇康认为，古先王"崇简易之教，御无为之治"，人民就安逸，人心就平和，于是出现平和之乐，其本原还是先王的"无声之乐"。　[21]"至八音会谐"以下三句：至于八音谐和，是人们所爱听的，也总称之为"乐"。

"夫音声和比[1]，人情所不能已者也。是以古人知情不可放[2]，故抑其所遁；知欲不可绝，故自以为致[3]。故为可奉之礼[4]，制可导之乐[5]。口不尽味[6]，乐不极音。揆终始之宜[7]，度贤愚之中[8]。为之检则[9]，使远近同风[10]，用而不竭，亦所以结忠信，著不迁也。故乡校庠塾亦随之[11]，使丝竹与俎豆并存[12]，羽旄与揖让俱用[13]，正言与和声同发[14]。使将听是声也，必闻此言；将观是容也[15]，必崇此礼。礼犹宾主升降[16]，然后酬酢行焉。于是言语之节，声音之度，揖让之仪，动止之数，进退相须，共为一体。君臣用之于朝，士庶用之于家；少而习之，长而不怠；心安志固，从善日迁[17]。然后临之以敬[18]，持之以□，久而不变，然后化成。此又先王用乐之意也。故朝宴聘享[19]，嘉乐必存。是以国史采风俗之盛衰[20]，寄之乐工，宣之管弦。使"言之者无罪，闻之者足以诫"[21]。此

蔡仲德《"越名教而任自然"——试论嵇康及其"声无哀乐"的音乐美学思想·〈声无哀乐论〉剖析》："这种'平和'精神为什么能移风易俗？它是怎样移风易俗的呢？对这一点，文中并未明说，但根据文意推论，似乎是认为，人心应该平和而无哀乐，平和则能养生，不平和则会伤生、丧生；世道也应该平和，平和则治，不平和则乱；而音乐具有'平和'精神，能使人消除欲念，平息世俗的哀乐之情，使人心归于平和，人心平和，风俗就改善，天下就得到治理而归于太平了。这实际上是说，'平和'精神有净化人心，

平息哀乐，使之归于平和的作用，音乐正是靠这种作用去改善人心、移风易俗的。"

冯契《中国古代哲学的逻辑发展》第六章第三节《嵇康："越名教而任自然"》："嵇康以为，艺术本身并不具有移风易俗的功能，只是因为人们都喜欢听和谐的音乐，所以把'乐'和'礼'配合，起了教化的作用。"

又先王用乐之意也。"

[注释]

[1]"夫音声和比"二句：音声和谐悦耳，确有使人不能自禁的时候。　[2]"是以古人知情不可放"二句：正因如此，古人知道情感不可放纵，所以抑制它不让它泛滥。　[3]自以为致：引导它自我发展。　[4]为可奉之礼：制定可行之礼。指有具体仪式的礼制规定，它的本原是先王的"无体之礼"。　[5]制可导之乐：制作可导引性情之音乐。指"音声和比"之乐，它的本原是先王的"无声之乐"。　[6]"口不尽味"二句：人的嘴巴滋味的要求是没有穷尽的，乐曲对音声的使用是没有极限的。　[7]揆（kuí）：度，考察，这里是度量、计算的意思。　[8]中：指中人，中等水平的人。　[9]检则：准则，法则。检，法度。　[10]"使远近同风"以下四句：使得远近各处同样受到感化，作用不枯竭，也就是用以巩固忠和信，显示不变迁。　[11]乡校庠（xiáng）塾：均指学校。《礼记·学记》："古之教者，家有塾，党有庠，术有序，国有学。"五百家为党，一万二千五百家为遂，塾、庠、序、学皆指学校。《左传·襄公三十一年》："郑人游于乡校，以论执政。"乡校，乡间的公共场所。既是学校，又是乡人聚会议事的地方。　[12]丝竹：管弦乐器。这里借指音乐。俎（zǔ）豆：祭祀礼器。这里借指礼制。　[13]羽旄（máo）：古代乐舞所执的雉羽和旄牛尾，此借指乐舞。一说指古代乐舞中的羽舞旄舞。揖（yī）让：古代宾主相见的一种礼仪，此借指礼仪。　[14]正言：雅正之言，指诗。和声：指音乐。　[15]将观是容：要观看这种乐舞。　[16]"礼犹宾主升降"二句：礼就如同宾客和主人先是升降揖让，然后才进行应酬交际。酬酢（zuò），应对。饮酒时主客互相敬酒，主敬客叫酬，客还敬叫酢。　[17]迁：登，向上

移。　[18]"然后临之以敬"以下四句：然后用恭敬的态度对待它，持之以恒，长久不变，然后教化得以成功。持之□，鲁迅校："'以'下当夺一字。"一说当作"持之以重"，录以备考。　[19]朝宴聘享：朝觐、宴饮、聘问、祭献。　[20]"是以国史采风俗之盛衰"以下三句：因此王室的史官采集风俗的盛衰，交给乐工，用管弦乐器演奏宣扬。　[21]言之者无罪，闻之者足以诫：引自《毛诗序》："盖上以风化下，下以风讽上，主文而谲谏，言之者无罪，闻之者足以戒。"

"若夫郑声，是音声之至妙。妙音感人，犹美色惑志[1]，耽槃荒酒，易以丧业。自非至人[2]，孰能御之？先王恐天下流而不反[3]，故具其八音，不渎其声；绝其大和[4]，不穷其变；捐窈窕之声[5]，使乐而不淫。犹大羹不和[6]，不极勺药之味也[7]。若流俗浅近，则声不足悦，又非所欢也。若上失其道，国丧其纪，男女奔随，淫荒无度；则风以此变[8]，俗以好成。尚其所志[9]，则群能肆之；乐其所习，则何以诛之？托于和声[10]，配而长之，诚动于言，心感于和，风俗壹成，因而名之。然所名之声[11]，无中于淫邪也。淫之与正同乎心[12]，雅、郑之体，亦足以观矣。"

蔡仲德《"越名教而任自然"——试论嵇康及其"声无哀乐"的音乐美学思想·〈声无哀乐论〉剖析》："《声无哀乐论》认为音乐必须平和，平和的是正乐，可以用来移风易俗，不平和的是淫乐，会使人'惑志''丧业''流而不反'，不能用来移风易俗，可见它不仅认为音乐有美，也认为音乐有善，'平和'的精神就是它所肯定的善。它所以将'平和'的精神视为音乐的善，是因为它认为'道'自然无为，平和而无哀乐，'道'所赋予的人的本性也恬淡平和，不倾向于哀，也不倾向于乐。在远古理想时代人心就是如此，只是后来世道败坏，人才有感于哀乐。所以'平和'精神既合乎人的本性，也合乎'道'的特性，平和是自然，是'常'（正常）；不平和则是不自然，是反常。这又说明它不仅承认音乐有美和善，实际上也认为音乐有真，真和善是一致的，和谐而平和的音乐就是真、善、美的音乐，和谐而不平和的音乐则只美而不善也不真。"

[注释]

[1]"犹美色惑志"以下三句：就像美女对人的诱惑，沉溺于游乐，迷乱于酒色，容易丧失掉自己的事业。耽（dān），沉醉。槃（pán），乐。荒，迷乱。　[2]自：如果。至人：《庄子》笔下的"至人"，是得道之真，与道为一的人。参见《四言十八首赠兄秀才入军》第十八首注释[2]。　[3]"先王恐天下流而不反"以下三句：先王担心天下流于放荡而返真归朴，所以创制了八音，而不让它受到亵渎。先王，原始共产时期以三皇五帝为代表的"不得已而临天下"的"至人"，领导人形象。　[4]"绝其大和"二句：竭力追求最和谐的"大和"境界，而不追求无穷的变化。绝，极，尽。大和，即太和，和谐的境界。　[5]"捐窈窕之声"二句：捐弃窈窕艳冶之声，使人们欢乐而不放纵。　[6]大羹不和：语出《礼记·乐记》："大飨之礼，尚玄酒而俎腥鱼，大羹不和，有遗味者矣。是故先王之制礼乐也，非以极口腹耳目之欲也，将以教民平好恶，而反人道之正也。"大羹，指肉汁不调以盐菜，非以极口腹之欲的意思。　[7]不极勺药之味：不追求五味调和。勺药，指调和五味的佐料。《汉书·司马相如传上》："芍药之和具而后御之。"颜师古注："芍药，药草名。其根主和五藏，又辟毒气，故合之于兰桂五味，以助诸食，因呼五味之和为勺药耳。"勺，底本作"多"，今据各本改。　[8]"则风以此变"二句：那么风气就会因此而改变，习俗就会因人们的爱好而养成。　[9]"尚其所志"四句：崇尚人性所向往的，那么大家都会放肆自己的言行；耽乐于他们的爱好习惯之中，那么又怎么责备他们呢？　[10]"托于和声"以下六句：于是古之王者把希望寄托在平和的音声之中，在音乐的配合下成长起来，真诚被歌词所激动，心情被和谐的音乐所感染，风俗就这样一起形成，因而孔子称之为"移风易俗，莫善于乐"。　[11]"然所名之声"二句：但是孔子所说的"乐"，

绝对不包括淫邪之声在内。　[12]"淫之与正同乎心"以下三句：淫邪与纯正同样来自人的内心，雅乐和郑声的区分，也就完全可以看得明白啦。雅，雅乐，先王"大和"之乐。郑，郑声，郑国一代的乐曲。体，分，区分。《墨子·经上》："体，分于兼也。"孙诒让《墨子间诂》："并众体则为兼，分之则为体。"

[点评]

本篇标题即揭示了全文的核心论点"声无哀乐"，音乐本身不表现人的哀、乐之情。作者设计问答形式，通过"秦客"（假设的人物）和"东野主人"（作者自况）的八次辩论，层层深入，批评儒家传统乐论，阐述作者的音乐思想。

辩论伊始，"秦客"便单刀直入：《礼记·乐记》上说，"治世之音安以乐，亡国之音哀以思"。你却认为"声无哀乐"，其理何居？"东野主人"回答：音乐以善恶（好坏）为主，与哀乐无关。音乐属于外界的客观事物，哀乐属于内心的主观感情，两者之间没有必然的联系。

第二回合："秦客"认为，人既有哀乐之情，则发为哀乐之声（包括音乐），"善听察者，要自觉之"。孔子、季札、钟子期、颜渊等人都曾有过杰出的表现。"东野主人"不屑一顾："此皆俗儒妄记，欲神其事，而追为耳。"嵇康打比方说，音乐跟酒一样，只能引发"哀乐"之情，而它本身绝无"哀乐"可言。

第三回合："秦客"提出，喜怒既形于色，哀乐当表于声，只是听力低的人不能体会识别，不应以一般人的水平而怀疑钟子期的耳聪，说古人为"妄记"。"东野主人"

回答：人的喜怒哀乐千变万化，音声无法表现出它们的细微差别，如同眼泪一般，"乐"泪不必甜，"哀"泪也不必苦。所以说，"音声有自然之和，而无系于人情"。

第四回合："秦客"又举出"葛卢闻牛鸣，知其三子为牺；师旷吹律，知南风不竞，楚师必败；羊舌母听闻儿啼，而知其丧家"等见于《左传》且得到事实验证的三条记载，批评"妄记"之说非"通论"。"东野主人"答曰：介葛卢这个人不可能听得懂鲁牛的鸣叫声，这是明明白白的事；师旷"博物多识，自有以知胜败之形，欲固众心，而托以神微"；羊舌母（叔向之母）听到孙儿出生时的啼哭声，就知道他将来必定丧败家族，这只不过是偶然猜中而被好奇的人称道宣传起来的。

第五回合："秦客"认为，人的心情会随着音乐的变化（乐器、曲度）而变化（或躁动或闲静），问道："苟躁静由声，则何为限其哀乐？""东野主人"答曰：音乐有单复、高埤（低）、善恶之分，大小、舒疾之别，使听者表现出躁、静等不同状态；但不能说音乐含有哀乐情感。嵇康认为，音乐是以平和精神（和谐的，无哀无乐的）为本质的，它对其他事物的影响没有固定的模式；人的心志情感是受内在意念支配的，只不过受到音乐（和声）的感染而引发而已，"声之与心，殊途异轨"，怎么能把表现"哀乐"的虚名缀附到音乐头上呢？

第六回合："秦客"提出，"声音自当有一定之哀乐"，只是它对人的感化缓慢，不可能立竿见影。"东野主人"批评"声化迟缓"说不能成立，进而论述音乐有"发滞导情"之功效，即启动听者心中的郁积之思，导引内心之情，使它自然流露出来，就是"和之所感，莫不自发"。

第七回合："秦客"提出，"闻齐、楚之曲者，唯睹其哀涕之容，而未曾见笑噱（大笑）之貌。此必齐、楚之曲，以哀为体"，"声音之有哀乐，断可知矣"。"东野主人"答道：悲哀的人对音乐的感应以"泣涕"为常见现象，而欢乐的人对音乐的感应则是以"自得"（怡然自若的平静神态）为主，"垂涕则形动而可觉，自得则神合而无变"，批评"秦客"只知大笑为欢乐而"不求乐于自得之域"，岂不是"知哀而不识乐"吗？

第八回合："秦客"借用孔子"移风易俗，莫善于乐"的话质问"东野主人"：你说"声无哀乐"，怎么"移风易俗"？"东野主人"回答：孔子说的"移风易俗"，最根本的不在音乐，而在于施恩于民，实行宽和无为之政，如此则人民安逸，人心平和，所以他又对子夏说了"无声之乐，民之父母"的话。至于音乐，"八音会谐，人之所悦"，"音声和比，人情所不能已者也"。人的自身，"淫之与正同乎心"，所以先王要制礼作乐，抑制淫邪之欲望，宣导雅正之志向，使"乐而不淫"，运用以平和精神为根本的礼乐，以辅助教化："托于和声，配而长之，诚动于言，心感于和，风俗壹成。"

吉联抗《琴赋探绎》特别提出：嵇康肯定俗乐，不但从"亦有可观者焉"可以看到，从《声无哀乐论》的"若夫郑声，是声音之至妙"，也可以清楚地看到。这种与儒家的"放郑声""郑声淫"对立的观点，不单是对前人的突破，就是较之阮籍《乐论》中的大谈礼乐，也有显然的不同。

这是一篇重要的音乐美学论文。在中国音乐史上，嵇康首次明确提出音乐有自身的客观属性，自身的规律。一方面，他认为音乐必定具有和谐的形式美（音声有自然之和），而没有具体的对象（和声无象），不表现具体内容（音声无常）；另一方面，他又认为音乐应以平和的无哀无乐的精神作为根本（声音以平和为体），使人们的心境进入平和的境界。和谐而平和的音乐，才是真、善、美的音乐；只是和谐而不平和的音乐，则是美而不善的音乐。嵇康抓住音乐的物质材料的特征（乐音，音响的运动），把音乐当作独立的艺术加以研究，对深入理解音乐的本质、音乐的审美感受、音乐的功用等有重要意义。但是，音乐，即使是纯音乐，都不是纯粹的自然物，也不是纯粹的生理现象，音乐的音响运动与感情的起伏变化之间存在着对应关系，"声无哀乐"的论题是片面的，《声无哀乐论》中包含有诡辩的内容，这是作者理论与实践相矛盾的产物，但我们不应因此而忽略它的"合理内核"。嵇康独特的音乐美学思想，达到了同时代人所不可企及的高度，在世界音乐美学史上也占有重要地位！

1950 年，音乐家杨荫浏到无锡给阿炳录音，问过曲名。"阿炳回答没有曲名。杨先生坚持要有一个名字。想了很久，阿炳说，那就叫它《二泉印月》吧。"杨荫浏又提出："印月"的"印"字，改成"映"字如何？阿炳欣然同意。（录自黑陶《二泉映月：十六位亲见者回忆阿炳》）现在公认《二泉映月》是和谐平和的真善美音乐名曲，集作曲、演奏于一身的阿炳，当录音者问起曲名时，立马回答"没有名字"。杨先生坚持，阿炳"想了很久"，才由广东音乐名曲《三潭印月》套改应付，听凭杨先生修改。音乐天才阿炳的临场表现，应该可以印证嵇康"音声无常"（不表现具体事物）的论断。特录以备考。

第六卷

释私论

《旧唐书·王志愔传》:"嵇康撰《释私论》,曹羲著《至公篇》,皆以崇公、激俗、抑私事主。"

夫称君子者,心无措乎是非[1],而行不违乎道者也。何以言之?夫气静神虚者[2],心不存乎矜尚[3];体亮心达者,情不系于所欲。矜尚不存乎心,故能越名教而任自然;情不系于所欲,故能审贵贱而通物情[4]。物情顺通,故大道无违;越名任心,故是非无措也。是故言君子,则以无措为主[5],以通物为美;言小人,则以匿情为非[6],以违道为阙。何者?匿情矜吝[7],小人之至恶;虚心无措,君子之笃行也。是以大道言[8]:"及吾无身[9],吾有何患?"无以生为贵者[10],是贤于贵生也。由斯而言,夫至人之用心[11],固不存于有措矣。是故伊尹不惜贤于殷汤[12],

故世济而名显；周旦不顾嫌而隐行[13]，故假摄而化隆；夷吾不匿善于齐桓[14]，故国霸而主尊。其用心岂为身而系乎私哉[15]？故管子曰[16]："君子行其道，忘其为身。"斯言是矣！

[注释]

[1]心无措乎是非：心中预先不存有主观的是非之见。措，置，安置。底本作"惜"，鲁迅校："原钞作'惜'，据各本及《晋书》改。下诸'措'字放此。"今从之。　[2]虚：底本作"灵"，今据各本改。　[3]矜（jīn）尚：自负，夸耀。矜，自尊大也。　[4]物情：物理人情。　[5]以无措为衷：以心无措乎是非为正。衷，底本作"主"，鲁迅校："张燮本作'衷'。"据改。《左传》昭公六年："叔向曰：楚辟，我衷，若何效辟？"杜预注："辟，邪也；衷，正也。"[6]非：错误。　[7]矜吝：拘谨吝啬。　[8]大道：自然之道，这里指老子《道德经》。　[9]"及吾无身"二句：见《老子》第十三章："吾所以有大患者，为吾有身；及吾无身，吾有何患！"王弼注："大患，荣宠之属也。由有其身也。""及吾无身"王弼注："归之自然也。"我将无我，又何患之有？有，鲁迅校："各本作'又'。"　[10]"无以生为贵者"二句：不以自身为贵的人，比以自身为贵的人贤明。生，当为"身"字之讹。《老子》第十三章："何谓贵大患若身？"王弼注："大患，荣宠之属也。生之厚必入死之地，故谓之大患也。人迷之于荣宠，返之于身，故曰'大患若身'也。"《老子》五十章王弼注："生生之厚，更之无生之地。"楼宇烈《老子道德经注校释》："此均为明'生之厚'与'荣宠之属'，会使人入'死之地'。"[11]至人：《庄子》指得道之真，与

《汉魏名文乘》引明余元熹："幽致冲妙，难本以情，其叔夜诸篇之谓欤？"

冯契《中国古代哲学的逻辑发展》第六章第三节《嵇康："越名教而任自然"》："这和何晏、王弼的主张有了很大不同。何、王仅仅是把名教置于从属的地位，给名教以形而上学的根据。而嵇康则公开要求摆脱名教的束缚，认为名教不是出于自然，而是当权的统治者'造立'出来的。"又："虽然嵇康自称'老子、庄周，吾之师也'，他所讲的'越名教而任自然'，确实和道家思想有承继的关系，但是嵇康和庄子在生活态度上大相径庭：庄子很随便，嵇康却

很执着；庄子反对‘师其成心’，主张‘和之以是非’，而嵇康则被称为‘师心以遣论’。”

道为一，达到无我境界的人。参见《四言十八首赠兄秀才入军》第十八首注释[2]。　[12]"是故伊尹不惜贤于殷汤"二句：所以伊尹对商汤不吝惜自己的贤才，从而救助天下名声显达。伊尹，商朝初期大臣，名伊，尹为官名。一说名挚，一说名阿衡。传说奴隶出身（庖人），汤用为"小臣"，"言素王及九主之事"（《史记·殷本纪》），汤举任以国政，辅佐商汤灭夏，成为商初贤相。殷汤，即商汤。　[13]"周旦不顾嫌而隐行"二句：周公姬旦不避嫌疑而隐身潜行，代摄政事而使周室教化隆盛。周武王灭殷之后两年病亡，成王年幼，周公不顾嫌疑，毅然摄政代行王权，会诸侯，发扬光大周武王的事业。周公摄政之后，他的兄弟管叔、蔡叔不服，策动殷纣王的儿子武庚造反。周公毅然举兵东征，平定叛乱，征服了今山东全境、河北以北以至辽东半岛的广大地域，制礼作乐，安定国家，还政成王，天下大治。周旦，周公姬旦，周文王之子，周武王的四弟。隐行，隐身潜行，隐世埋名。指隐退让权。化隆，周的教化兴隆昌盛。　[14]"夷吾不匿善于齐桓"二句：管仲不对齐桓公隐匿真情，从而成就了齐国的霸业，齐桓公受到尊崇。　[15]其用心岂为身而系乎私哉：他们的用心，难道是为了自身而情系私欲吗？　[16]"故管子曰"以下三句：所以管子说："君子行其大道，忘记了自身。"管子，指管仲，亦指《管子》一书。按，此二句不见于今本《管子》，《晋书·嵇康传》所引本文无"管子"二字。

　　君子之行贤也[1]，不察于有度而后行也；任心无穷[2]，不议于善而后正也；显情无措[3]，不论于是，而后为也。是故傲然忘贤[4]，而贤与度会；忽然任心[5]，而心与善遇；傥然无措[6]，而事与是俱也。故论公私者[7]，虽云志道存善，心无凶邪，无所怀而不匿者[8]，不可谓无私；虽欲之伐善[9]，情之违道，无所抱而不显者，不可谓不公。今执必公之理，以绳不公之情[10]，使夫虽性善者，不离于有私[11]；虽欲之伐善，不陷于不公[12]。重其名而贵其心，则是非之情不得不显矣。夫是非必显，有善者无匿情之不是[13]，有非者不加不公之大非[14]。无不是则善莫不得，无大非则莫过其非，乃所以救其非也。非徒尽善[15]，亦所以厉不善也。夫善以尽善[16]，非以救非，而况乎以是非之至者。故善之与不善[17]，物之至者也。若处二物之间[18]，所往者必以公成而私败。同用一器[19]，而有成有败。

冯契《中国古代哲学的逻辑发展》第六章第三节《嵇康："越名教而任自然"》："嵇康在这里讲了两层意思：一方面，'心有是焉，措之为恶'（《释私论》）。理智能把握'是'，意志趋向于'善'。然而，如果自私用智，真理便会被隐匿，善便会变为恶。所以一定要'弃名以任实'（《释私论》）。另一方面，如果克服了自私用智之病，真正做到'心无措乎是非'，那就能'行不违乎道'，而'物情顺通'（同上），行为便都成为'善'的了。"

《汉魏名文乘》引明钟惺："旨议清通。"

[注释]

[1]"君子之行贤也"二句：君子的行为是贤明的，不是先明晰贤明的规范而后才行动。度，法度，法。　[2]"任心无穷"二句：任凭真心无拘无束，不是先议论是否善良而后决定应该怎样做。　[3]"显情无措"二句：流露真情不存成见，不是先论列是非而后再做。　[4]"是故傲然忘贤"二句：因此，漫不经心忘了何谓贤明，而行为恰与贤明规范相切合。会，合。　[5]"忽然任

作者将“公私之理”与“是非之理”相分离，其目的是促使“善以尽善，非以救非”（善者得以尽其善，非者得以补救其非），即所谓“公成私败”之意。

此段深入分析“公成私败”之理。作者认为，事物已达极点的很少，未达极点而处于是与非是之间的居多，如果“拟足公途”，敞开胸怀，则“言无不是”“事无不吉”，就像里凫、勃鞮、缪贤、高渐离这些犯有大错重罪的人，一旦表露心识，个个逢凶化吉，何况无罪而性善的君子们呢！

心”二句：不假思索凭心而行，而心灵恰与善良相吻合。　[6]“傥然无措”二句：心胸全然无主观是非，而所处之事却与正确共存。　[7]故论公私者：所以论列公和私的问题。　[8]无所怀而不匿者：心中想法无不隐匿起来的人。所怀，怀抱，心怀，心中想的。　[9]“虽欲之伐善”以下四句：虽说欲望与善性相冲突，真情违背道德，但心胸怀抱无不显露出来的人，不能说他不公。所抱，怀抱，心怀。意思与上文“所怀”同。　[10]绳：纠正，弹正。不公之情：隐匿情实。　[11]不离于有私：（志道存善者）不附着于“有私”之名。离，通“丽”。附着。《广雅·释诂》：“离，待也。”王念孙《疏证》：“待者，止也。离读为丽。宣十二年《左传》注云：‘丽，著也。’著亦止也。”　[12]不陷于不公：（欲之伐善者）不陷于“不公”之名。　[13]不是：不对，过错。　[14]大非：大不对，大过错。　[15]“非徒尽善”二句：并非仅仅志道存善者得以尽善，亦足以警示鞭策“欲之伐善者”转化。厉，本义磨刀石。因磨砺之义，又为勉励、激励之义。　[16]“夫善以尽善”以下三句：“志道存善”者能够尽善，“欲之伐善”者能够补救过错，更何况处于是（善）、非（不善）两个极点的人更可能趋向“尽善”“救非”的。至，极点，到极点。　[17]“故善之与不善”二句：善与不善，正是“是”与“非”的最终分界点。　[18]“若处二物之间”二句：如果处在善与不善的灰色地带，结果一定是“虚心无措”者（公）成功，“匿情矜吝”者（私）失败。　[19]“同用一器”二句：在同一个平台上竞争，水平不相上下的双方，有的成功，有的失败，原因就在于心理状态不同，“体亮心达”者胜。这正是《释私论》的要义之一。

夫公私者，成败之途，而吉凶之门也。故物至而不移者寡[1]，不至而在用者众。若质乎中人之体^[2]，运乎在用之质，而栖心古烈，拟足公途；值心而言，则言无不是；触情而行，则事无不吉。于是乎情之所惜者^[3]，乃非所惜也；欲之所私者^[4]，乃非所私也。言不计乎得失而遇善，行不准乎是非而遇吉，岂非公成私败之数乎^[5]？夫如是也，又何措之有哉？故里凫显盗^[6]，晋文恺悌；勃鞮号罪^[7]，忠立身存；缪贤吐衅^[8]，言纳名称；渐离告诚^[9]，一堂流涕。然斯数子皆以投命之祸^[10]，临不测之机^[11]，表露心识，犹以安全；况乎君子无彼人之罪，而有其善乎？措善之情，亦甚其所病也^[12]。"唯病病^[13]，是以不病。"病而能疗，亦贤于病矣。

冯友兰《中国哲学史》第二篇第五章《南北朝之玄学上》："君子不以是非为念，但虚心率性而行，自然不违道，此亦《老》《庄》之言。"

［注释］

[1]"故物至而不移者寡"二句：所以事物达到极点而不再变化的很少，未到极点而在于人们如何掌握运用的居多。至，极端，这里指善与不善。　[2]"若质乎中人之体"以下八句：如果凭借中人的体性，运用未达极点的事物，而能仰慕古人英烈之风，体亮心达，任心无穷，则言无不是，触情而行，则事无不吉。中人，中等之人。班固《汉书·古今人表》把人分为九等：上上，上中，上下；中上，中中，中下；下上，下中，下下。止，搁置。　[3]"于是乎情之所措者"二句：于是情感的安置，也不算刻意安置了。情，底本作"同"，鲁迅校："疑当作'情'。"今据改。　[4]"欲

之所私者"二句：欲望的偏私，就不算有意偏私了。　[5]非：底本无此字，据戴明扬校补。　[6]"故里凫显盗"二句：所以里凫公透露自己的盗窃经过，晋文公和乐平易地接见了他。里凫，即里凫胥，又称竖头须，晋公子重耳的"守藏者"（府库管理员）。重耳遇难流亡时，里凫"窃其藏以逃"，他把这些财宝全部用来行贿，求人帮助重耳。重耳果然在诸侯帮助下回国即位。里凫求见，文公始以沐浴为名拒绝接见。里凫说明因由，"公遽见之"。晋文，晋文公（前697—前628），名重耳，被迫流亡十九年后始回国即位，国力强盛，成为春秋五霸之一。恺悌（kǎi tì），和乐平易貌。　[7]"勃鞮（dī）号罪"二句：寺人披哭诉自己的罪行，忠名树立而自身保存。勃鞮，即寺人披，晋国宦者。他曾受晋献公之命赶到蒲城，追杀逃亡中的重耳，未遂，只砍了一片衣袖；后来又受晋惠公之命赶到狄（翟）刺杀重耳，又未遂。重耳返国即位为文公，寺人披求见，文公不接见，并派人责备他。寺人披对曰："君命无二，古之制也。除君之恶，唯力是视。蒲人狄人，余何有焉？今君即位，其无蒲狄乎？"文公听了他这一番忠君的大道理，就接见了他。寺人披立即把瑕甥、郤芮"将焚公宫而弑晋侯"的消息告诉了文公，及时消灭叛乱。　[8]"缪（miào）贤吐衅"二句：缪贤吐露自己过去的罪衅，建议被采纳名扬天下。缪贤，战国末年赵惠文王的"宦者令"。赵王得楚和氏璧，秦昭王贪求之，佯称以十五城换和氏璧。赵王物色能够使秦的人。缪贤推举其舍人蔺相如。赵王问何以知之？缪贤回答说：我曾犯罪，暗自打算逃亡燕国。相如制止道："赵强而燕弱，你得宠于赵王，所以燕王想结交你。现在你却亡赵走燕，燕畏赵，必不敢留你，而把你捆起来送归赵国。你不如坦露肉身伏在斧头刑具上去向赵王请罪，或许会得到赦免的。"缪贤从其计。由是知蔺相如是勇士，且有智谋，宜可使。赵王从之，蔺相如完璧归赵，名扬天下。　[9]渐离告诫：高渐离坦露真相。渐离，高渐离，燕国人，战国末年著名刺客。荆轲刺秦王，高渐离曾在易水岸边击筑送行。秦始皇统一天下后，高渐离不得不隐姓埋名，到宋子家做长工。一日，闻其家堂上客击筑，评论道："彼有善，有不善。"主人乃召他击筑，一座称善。渐离念久隐畏约无穷时，乃退，更容貌而前，举座皆惊，以为上客，使击筑而歌，满堂客人无不流涕而去。　[10]投：弃。　[11]机：危。　[12]病：忧虑。　[13]"唯病病"二句：正因为忧虑有毛病，因此没有毛病。二句引自《老子》第七十一章。第二个"病"，指缺点。

　　然事亦有似非而非非[1]，类是而非是者，不可不察也。故变通之机[2]，或有矜以至让，贪以致廉，愚以成智，忍以济仁。然矜吝之时[3]，不可谓无廉；猜忍之形[4]，不可谓无仁[5]。此似非而非非者也。或谗言似信，不可谓有诚；激盗似忠[6]，不可谓无私。此类是而非是也。故乃论其用心，定其所趣[7]；执其辞以准其理[8]，察其情以寻其变。肆乎所始[9]，名其所终[10]。则夫行私之情，不得因乎似非而容其非；淑亮之心[11]，不得蹈乎似是而负其是。是故实是以暂非而后显，实非以暂是而后明。公私交显[12]，则行私者无所冀[13]，而淑亮者无所负矣[14]。行私者无

　　本段论述注意区别"似非而非非，类是而非是"（好似不对其实并非不对，类似正确其实并不正确）的现象。使行私者无侥幸之望，而"思改其非"；使公立者没有顾忌，"行之无疑"；此大治之道也。作者特别提醒：要警惕"含私者"的"自以为是"，挖空心思地包装，形成一个充满私心的肉体，完全丧失了自然的本质。

侯外庐《中国思想通史》第三卷第五章第三节《嵇康的政治观文化论与人生论》："嵇康的人生观是一种'超人'的怪说，希望达到两点：第一是无措，第二是通物。无措就是不关心是非。关于通物，嵇康没有交代明白，在《释私论》中，谈的都是关于无措，通物只是文章的陪衬，只有'情不系于所欲'与'物情顺通'两句话，算是解释通物的意义，看来，只是对外物不表示好恶的意思。"

所冀[15]，则思改其非；立公者无所忌，则行之无疑。此大治之道也。故主妾覆醴[16]，以罪受戮；王陵庭争[17]，而陈平顺旨。于是观之，非似非而非非者乎[18]？明君子之笃行，显公私之所在，阖堂盈阶[19]，莫不寓目而曰："善人也！"然背颜退议，而含私者不复同耳！抱隐而匿情不改者[20]，诚神以丧于所惑，而体以溺于常名；心已制于所慑[21]，而情有系于所欲，咸自以为有是而莫贤乎己。未有攻肌之惨[22]，骇心之祸，遂莫能收情以自反，弃名以任实[23]。乃心有是焉[24]，匿之以私；志有善焉，措之为恶。不措所措[25]，而措所不措；不求所以不措之理，而求所以为措之道。故明为措而暗于措[26]，是以不措为拙，以致措为工。唯惧隐之不微，唯患匿之不密。故有矜伐之容，以观常人；矫饰之言，以要俗誉[27]。谓永年良规[28]，莫盛于兹；终日驰思，莫窥其外。故能成其私之体[29]，而丧其自然之质也。

[注释]

[1]"然事亦有似非而非非"以下三句：但是事情也有似非而

不是非，类是而并非是的情况，不可不明察。　[2]"故变通之机"以下五句：所以变通的关键，有的是由矜夸而变成谦让，有的是由顽贪而更思廉洁，有的由愚蠢变得聪明，有的残忍而助成仁爱。通，底本作"遇"，今据各本改。　[3] 吝：贪。　[4] 狷：狠也。　[5] 谓：底本作"为"，鲁迅录作"谓"，今从之。　[6] 激盗似忠：戴明扬认为："此谓奸人故作激急，有时似忠也。"　[7] 定其所趣：判明他们的趋向。　[8]"执其辞以准其理"二句：抓住他们的言辞来衡量是否合理，详察他们的实情以便寻找他们的变化。　[9] 肄：通"肆"，习，讲习。　[10] 名：明。　[11]"淑亮之心"二句：善良诚实的心，不能因为表现为似非而是的现象而亏欠了他的正确。淑，善。亮，信。　[12] 交：俱，同时。　[13] 冀：希望。　[14] 负：亏欠。　[15] 无：底本无此字，今据各本补。　[16]"故主妾覆醴（lǐ）"二句：所以说小妾故意倾覆毒酒以救主人，却因而获罪受鞭笞。《战国策·燕策》载：武安君对燕王说：我的邻舍有个远在外地做官的人，他的妻子与人私通。听说丈夫即将归来，私通的男子很担心。妻子说：你不必害怕，我已经备好了药酒毒死他。两天之后，丈夫抵家，其妻令小妾奉厄酒进之。小妾知道是毒酒，进之则杀死主人，说出来的话，主母就会被逐出家门，于是他假装跌倒，把毒酒泼到地上。主人大怒，用鞭子抽打她。醴，酒。戮（lù），羞辱。　[17]"王陵庭争"二句：王陵庭争反对吕后立诸吕为王，而陈平等却伪装顺从吕后旨意。王陵（？—前181），汉沛县（今江苏沛县）人，汉初封安国侯，任右丞相。刘邦死后，吕后当权，欲立诸吕为王，问王陵可不可以。王陵说，高祖皇帝曾刑白马盟曰："非刘氏而王，天下共击之！"今王吕氏，非约也。太后不悦。又问左丞相陈平，绛侯周勃。勃等对曰："高帝定天下，王子弟；今太后称制，王昆弟诸吕，无所不可。"太后悦。朝见结束，王陵责备陈平、周勃。陈平、周勃说：“于今面折廷争，臣不如君；全社稷，定刘氏之后，君亦不如臣。”陈平（？—前178），汉阳武（今河南原阳县）人。惠帝、吕后时任丞相。吕太后立诸吕为王，陈平伪听之。及太后崩，平与太尉周勃合谋，卒诛诸吕，立孝文皇帝，恢复刘氏天下。　[18]非似非而非非者乎：岂不正是似非而并非不对吗？而非，底本无此二字，今据叶渭清校补。　[19]阖（hé）：同“合”。　[20]“抱隐而匿情不改者”以下三句：心怀怨恨而又隐藏私情不改的人，实在是精神已丧失在他所迷惑的事物之中，而他的形体也沉溺于世俗名利。抱，底本作“饱”，今据各本改。隐，底本作“至”，鲁迅校：“程本作‘怨’，张溥本作‘隐’，他本俱空阙。”今据张溥本改。者，底本上有“也”字，鲁迅校：“各本字无。”今据删。惑，底本作“感”，鲁迅校：“各本作‘惑’。”今据改。　[21]“心已制于所慑（shè）”以下三句：心灵已经被所畏惧的东西制约，而情感又被欲望拴住不能自拔，都自以为正确，没有人能超过自己。　[22]肌：肌体。　[23]弃名以任实：抛弃追求虚名而务求实际。　[24]“乃心有是焉”以下四句：于是心怀正确，有意隐藏它就成为私；有善良的志向，有意措置它就成为恶。　[25]“不措所措”以下四句：不措置应当措置的东西，而却措置不应该措置的东西；不寻求其所以不措置的道理，而寻求怎样措置的途径。　[26]“故明为措而暗于措”三句：所以表面上是措置，而实际上并不懂得措置，这就是以不措置为笨拙，以有措置为工巧。　[27]要：求。　[28]永年：长寿。　[29]“故能成其私之体”二句：所以能形成他充满私心的肉体，却失掉了他的自然本质。

于是隐匿之情，必存乎心；伪怠之机[1]，必形乎事[2]。若是，则是非之议既明，赏罚之实又笃[3]。不知冒阴之可以无景[4]，而患景之不匿；不知无措之可以无患，而恨措之不巧[5]。岂不哀哉！是以申侯苟顺[6]，取弃楚恭；宰嚭耽私[7]，卒享其祸。由是言之，未有抱隐顾私而身立清世[8]，匿非藏情而信著明君者也。是以君子既有其质，又睹其鉴[9]；贵夫亮达[10]，希而存之；恶夫矜吝[11]，弃而远之。所措一非[12]，而内愧乎神；所隐一阙[13]，而外惭其形。言无苟讳，而行无苟隐。不以爱之而苟善，不以恶之而苟非。心无所矜，而情无所系；体清神正，而是非允当。忠感于天子[14]，而信笃乎万民[15]；寄胸怀于八荒，垂坦荡以永日[16]。斯非贤人君子，高行之美异者乎！

［注释］

[1]伪怠之机：虚伪怠慢的迹象和征兆。机，通"几"。　[2]形：表现，体现。　[3]笃：厚，重。　[4]冒阴：处阴。冒，蒙，蒙蔽。阴，指遮挡住阳光的场所。景：同"影"。　[5]巧：底本作"以"。鲁迅校："《类聚》作'巧'，张燮本同。"今据改。　[6]"是以申侯苟顺"二句：所以申侯苟且顺从，却招致楚王的驱逐抛弃。申侯，申国国君。周宣王（前827—前782 在位）即位之后，为了防御

牟宗三《才性与玄理》第九章《嵇康之名理》："嵇康以道家思想辨公私，并予'君子'以新定义，此所谓'君子'即'至人'也。此纯从内心之'无措'论。'无措'即'无所措意'，普通所谓'无心'也。'有措'则'有心'，即王阳明所谓'动于意'也。'有善有恶意之动'。'动于意'，则善恶皆坏。坏在有'矜尚'，有隐曲也。有隐曲，即有所匿。有所匿，即是'私'，于人则为小人。故坦荡而'无措'，则为公，于人为君子。是故工夫之大者，唯在能忘，忘则无事矣。忘者，浑化也。'气静神虚'，'体亮心达'，'越名教而任自然'等，皆所谓浑化也。"

楚国，特把他的大舅舅申伯迁到谢邑（今河南南阳一带），建立申国，史称谢邑之申。春秋初期，被楚文王（前689—前677）攻灭，楚文王亲自委派县尹（尊称为县公）进行治理，设置了直接属于楚国中央管辖的地方政权——申县。申侯入郢，有宠于楚文王。文王将死，打发他赶紧离开楚国。此事见于《左传·僖公七年》《吕氏春秋·长见》《说苑·君道》等文献记载，互有出入。大意是：楚文王患病，告诉身边的人说，申侯伯这个人，善于揣摩我的意向，凡是我有什么欲望，他都鼓励我去做；凡是我喜欢的，他都先为我安排好了。跟他相处感到安逸，几天不见，我就好像丢了什么东西。但我因此有了不少过失，一定要替我尽快打发他离开。楚恭，指楚共王（前590—前560在位）。此或为嵇康误记。　[7]"宰嚭（pǐ）耽私"二句：太宰嚭沉溺在私欲之中，最终遭受杀身之祸。宰嚭，太宰嚭，春秋时吴国大臣。太宰为官名，掌管吴王家内外事务。在吴越对峙时期，他接受越王句践（亦作"勾践"）送来的美女宝器，劝说吴王夫差宽赦句践，放虎归山，又屡进谗言，杀害伍子胥。句践卧薪尝胆，励精图治，终于大败吴国，吴王自杀。越王乃葬吴王而诛太宰嚭。《吴越春秋》引子贡评论说："太宰嚭为人，智而愚，强而弱，顺君之过，以安其私。"　[8]"未有抱隐顾私而身立清世"二句：没有人能心怀隐匿之情，而立身于清平治世；隐匿过失包藏真情，而得信赖于英明之主。未有，底本作"有未"，今据各本改。君，底本作"名"。鲁迅校："张燮本作'君'。"今据改。　[9]又睹其鉴：又看到申侯、太宰嚭等人的下场作为借鉴。　[10]"贵夫亮达"二句：推崇诚信明达，企望存有它。希，底本作"布"，鲁迅校："《类聚》《御览》作'希'。"今据改。　[11]矜奢：骄傲贪婪。　[12]"所措一非"二句：措置一有不当，便内愧于精神。　[13]"所隐一阙"二句：隐匿一有缺失，便会自惭形秽。所，底本作"贱"，戴明扬谓："当为'所'字之误。"今据改。　　[14]于：底本作"明"，据鲁迅校改。　　[15]信笃乎万民：威信堪乎众望。　　[16]垂坦荡以永日：心地坦荡岁月长久。

或问曰："第五伦有私乎哉[1]？曰[2]：'昔吾兄子有疾，吾一夕十往省[3]，而反必寐自安[4]；吾子有疾，终朝不往视[5]，而通夜不得眠。'若是，可谓私乎？非私也？"答曰："是非也[6]，非私也。夫私以不言为名[7]，公以尽言为称，善以无吝为体，非以有措为质。今第五伦显情，是无私也[8]；矜往不眠[9]，是有非也。无私而有非者，无措之志也[10]。夫言无措者[11]，不齐于必尽也；言多吝者[12]，不具于不言而已也。故多吝有非，无措有是。然无措之所以有是，以志无所尚[13]，心无所欲，达乎大道之情[14]，动以自然[15]，则无道以至非也。抱一而无措[16]，则无私无非；兼有二义，乃为绝美耳。若非而能言者[17]，是贤于不言之私；有非无措，亦非之小者也。今第五伦有非而能显，不可谓不公也；所显是非[18]，不可谓有措也；有非而谓私[19]，不可谓不惑公私之理也。"

牟宗三《才性与玄理》第九章《嵇康之名理》："《释私论》乃嵇康文中之最有哲学意味者。理趣既精，辨解亦微。"

[注释]

[1]第五伦有私乎哉：第五伦这个人也有私心的吗？第五伦，姓第五，名伦，字伯鱼，东汉京兆长陵（今陕西咸阳东北）人。建武二十七年（51）举孝廉，官会稽太守，有治绩。后任蜀郡太守。汉章帝时擢为司空，奉公尽节，言事无所依违，忠不隐讳，直不避害，在位以"贞白"称。《后汉书》本传："或问伦曰：公有私乎？对曰：昔人有与吾千里马者，吾虽不受，每三公有所选举，心不能忘，而亦终不用也。吾兄子常病，一夜十往，退而安寝。吾子有疾，虽不省视，而竟夕不眠。若是者，岂可谓无私乎？"　[2]曰：此指第五伦说。　[3]省（xǐng）：视，看望。　[4]反必寐：回来一定睡得着。反，返。寐，睡。　[5]终朝：一整天。朝，日，天。　[6]"是非也"二句：这个情况属于过错，但不是私心。　[7]"夫私以不言为名"以下四句："私"是有话不肯讲出来的名号，"公"是有话全说出来的称谓，"善"是没有吝啬的体现，"非"是以心有所措为本质的。质，底本作"负"，据戴明扬校改。　[8]无私：底本此二字前有"非"字，据鲁迅校删。　[9]矜往不眠：矫情一夕十往而安寝与终朝不往而通夜不眠。矜往，指"吾兄子有疾"。不眠，指"吾子有疾"。　[10]无措之志：（这是）心无措乎是非的标志。"措"，底本作"情"，今据各本改。　[11]"夫言无措者"二句：谓"言无措不等于必尽言"（牟宗三《才性与玄理》）。必，鲁迅校："原作'不'，据各本改。"今从之。尽，完全，极尽，指尽言而无隐。　[12]"言多吝者"二句：所谓"多吝"，并不全指不言而已。　[13]以志无所尚：因为志向没有主观的崇尚。　[14]达乎大道之情：情怀达到老庄所倡导的与自然为一的大道境界。　[15]动以自然：遵循自然而行动。　[16]抱一：与大道为一。　[17]"若非而能言者"以下四句：如果有过错而能讲出来，这比不肯说出来私自藏匿要好得多；有

过而心中无措，也算是过错之中的小错了。有非无措，底本作"非无情"，戴明扬谓："案：'非'上当夺'有'字，又'情'字当为'措'字之讹。上文即云'第五伦有非无措'。"今据改。亦非之小者也，底本作"以非之大者也"，戴明扬谓："案：就上文观之，此句当为'亦非之小者也'。"今据改。   [18]所显是非：所显露的是过错。   [19]"有非而谓私"二句：有过错就称之为"私"，不可说这样的人不惑于"公私"之理啊。

[点评]

本篇是阐述"公私之理"、务求"释私"的专论。"释"即去除、排除的意思，"私"指隐匿真情，"唯惧隐之不微，唯患匿之不密"。

文章首先正面提出："君子行其道，忘其为身。"一个志道存善的人，心里想的却无不隐匿，这就是有"私"；一个欲望并不善良的人，心里想的无不明讲，这就是有"公"。嵇康把"公私之理"与"是非之理"相分离，旨在促使"善以尽善，非以救非"（善者表露心识得以尽其善，非者表露心识得以补救其非），公成而私败。但是要区分"似非而非非，类是而非是"两种情况，使行私者无侥幸之望而思改其非，立公者无所顾忌而行之无疑。

嵇康以许多历史人物为例告诫世人：抱隐顾私，匿非藏情，是不能立身清世、信著明君的；只有言无苟讳、行无苟隐，体清神正，是非允当，胸怀远大，坦荡自然，才是贤人君子的优异品格。全文首尾呼应，一气呵成，"越名教而任自然"成为千古名句。

《孔子家语》卷十：公父穆伯之丧，敬姜昼哭。文伯之丧，昼夜哭。孔子曰："季氏之妇，可谓知礼矣。爱而无私，上下有章。"王肃注："上谓夫，下谓子也。章，别也。哭夫，昼哭。哭子，昼夜哭。哭夫与子，各有别。"礼乐之源，基于人的情感，要在真情表达。儿子死了，寡母昼夜哭，"爱而无私（隐匿）"，天然合礼。孔夫子也是越俗礼而任自然的。先哲内心强大，浩然之气，一脉相通。

管蔡论

采用设问形式，引出本文讨论的主题。

或问曰："案记[1]，管、蔡流言，叛戾东都。周公征讨[2]，诛以凶逆。顽恶显著，流名千载。且明父圣兄[3]，曾不能鉴凶恶于幼稚，觉无良之子弟[4]；而乃使理乱殷之弊民[5]，显荣爵于藩国；使恶积罪成，终遇祸害。于理不通，心所未安。愿闻其说。"

《汉魏名文乘》引明张来倩曰："创论有裨于世。论世知人，此为不愧。"

[注释]

[1]"案记"以下三句：根据记载，管叔、蔡叔先散布流言蜚语，接着便（联合武庚）在东部地区发动叛乱。记，文献记载。管、蔡，指管叔姬鲜、蔡叔姬度。二人为周文王姬昌第三子和第五子，周武王姬发之弟。武王灭商后，姬鲜封于管（今属河南郑州），故称管叔；姬度封于蔡（今河南上蔡县西南），故称蔡叔。武王克商两年后病卒，成王继位，因年幼不能任事，由周公姬旦

（文王第四子，武王之弟）摄政，行天子事。管叔及群弟对此不满，称"公将不利于孺子（指年幼的成王）"（《尚书·金縢》）。戾，乖戾，反叛。东都，指自陕以东，以商都殷（今河南安阳小屯村）为中心的东部地区。武王灭商后，封商纣王之子武庚（字禄父）于殷都，管理殷商遗民；又将殷商的王畿分为邶、鄘、卫三个封区，分别由武王之弟管叔、蔡叔、霍叔管理，以监视武庚，称为"三监"。武王驾崩之后，管、蔡等猜疑周公，联合武庚发动叛乱。　[2]"周公征讨"二句：周公旦奉命征讨，以凶顽叛逆罪诛杀他们。管、蔡联合武庚发动叛乱之后，周公旦和召公奭、太公望毅然举行东征，平定叛乱，诛杀武庚、管叔，放逐蔡叔。　[3]明父圣兄：圣明的周文王、周武王。父，指周文王，管、蔡的父亲。兄，指周武王，管、蔡的兄长。　[4]觉无良之子弟：使不良的子弟觉悟。觉，使之觉悟。子弟，指管叔、蔡叔。　[5]"而乃使理乱殷之弊民"二句：反而派他们去治理殷商旧地的疲弊顽民，让他们在诸侯国中显示其荣耀的官爵。弊民，指殷顽。

　　答曰："善哉！子之问也。昔文、武之用管、蔡以实[1]，周公之诛管、蔡以权[2]。权事显[3]，实理沉，故令时人全谓管、蔡为顽凶。方为吾子论之[4]：夫管、蔡皆服教殉义[5]，忠诚自然，是以文王列而显之[6]，发、旦二圣，举而任之，非以情亲而相私也[7]；乃所以崇德礼贤[8]，济殷弊民，绥辅武庚，以兴顽俗。功业有绩[9]，故旷世不废，名冠当时，列为藩臣。逮至武卒[10]，嗣

首先为管、蔡洗刷污名，强调二人本是贤德之人。

诵幼冲；周公践政，率朝诸侯；思光前载，以隆王业。而管、蔡服教[11]，不达圣权；卒遇大变，不能自通。忠于乃心[12]，思在王室。遂乃抗言率众[13]，欲除国患；翼存天子[14]，甘心毁旦[15]。斯乃愚诚愤发[16]，所以徼祸也。"

侯外庐等《中国思想通史》第三卷第五章第一节《嵇康在文献学上的身世消息及其著述考辨》："朝廷任用王凌、毌丘俭、诸葛诞于外，而司马氏一一加以翦灭，嵇康则借周公诛管、蔡的事，声辩管、蔡无罪，为王凌、毌丘俭等张目。'管、蔡皆服教殉义，忠诚自然，卒遇大变，不能自通，忠于乃心，思在王室，遂乃抗言率众，欲除国患，翼存天子，甘心毁旦。斯乃愚诚愤发，所以徼祸也。'（这又与高贵乡公问博士语相呼应。）"

［注释］

[1] 文武之用管蔡以实：文王、武王是根据实际德才而任用姬鲜（管叔）、姬度（蔡叔）的。"武"，原作"王"，鲁迅校："各本作'武'。"今据改。实，实际情况。指管、蔡的德行、才能。　[2] 周公之诛管、蔡以权：周公是权衡变化中的情况而诛杀管叔、蔡叔的。权，变通，权变。即衡量是非轻重，因事制宜。　[3] "权事显"以下三句：周公的权宜诛杀管、蔡大显于世，文王、武王量才任用的道理沉没无闻，所以使当时的人都认为管叔、蔡叔是凶恶愚妄的人。沉，埋没。　[4] 方为吾子论之：现在我要给你论述这段历史公案。　[5] 服教殉义：听从教诲，追求道义。　[6] 王：原作"父"，鲁迅校："各本作'王'。"今据改。　[7] 非以情亲而相私：并不是靠着亲情而私相授受。　[8] "乃所以崇德礼贤"以下四句：而是所谓崇德礼贤，拯救殷商疲弊之民，安辅武庚，以振作殷顽之风气。按周公曾针对殷末酗酒和盗窃之恶劣风气，严申禁令，说如果殷先哲王复生也一定痛惩殷顽颓丧的风气。　[9] "功业有绩"以下四句：事业有成绩，所以长期重用，名冠当时，被封为藩屏周室之诸侯。　[10] "逮至武卒"以下六句：等到武王去世，继承人太子姬诵是个幼童，周公旦登王位执政，接见诸侯，一心想着光大前人的业绩，使周家

帝王之业兴隆发展。按《史记·周鲁公世家》："武王既崩，成王少，在襁褓之中。周公恐天下闻武王崩而畔（叛），周公乃践阼代成王摄行政当国。"幼冲，幼童。冲，童。践政，践阼执政。践，践阼即位。　[11]"而管、蔡服教"以下四句：而管、蔡只知道遵循先王的教诲，不能理解圣人的权宜之策，突然遭遇这样的大变故，自己不能想通。达，理解。卒，通"猝（cù）"，突然。　[12]"忠于乃心"二句：竭尽忠心，思念王室。乃心，尽心。乃，竭，尽。　[13]抗言：高呼。抗，通"亢"。高，高尚。　[14]翼存天子：拥护天子。翼，佐。　[15]甘心毁旦：毁灭周公旦才甘心。　[16]"斯乃愚诚愤发"二句：这是出于忠诚但不明事理，心中憋闷而发作，由此招致灾祸。愤，烦闷，憋闷，感情激动。徼（yāo），通"邀"，招致。

　　成王大寤[1]，周公显复，壹化齐俗，义以断恩。虽内信恕[2]，外体不立；称兵叛乱，所惑者广。是以隐忍授刑[3]，流涕行诛。示以赏罚，不避亲戚。荣爵所显[4]，必钟盛德；戮挞所施，必加有罪。斯乃为教之正体，古今之明义也。管、蔡虽怀忠抱诚，要为罪诛[5]。罪诛已显，不得复理[6]。内心幽伏[7]，罪恶遂章。幽章之路大殊，故令弈世未蒙发起耳[8]。

论周公诛管、蔡之不得已。

《汉魏名文乘》引明余元熹曰："后来欧、苏诸论，实此公为之开先。"

［注释］

[1]"成王大寤"以下四句：周成王彻底醒悟，周公恢复了显

要地位，统一教化，整治风俗，秉持大义，杜绝恩私。按"成王大寤"的时间和作为，《史记》诸书记载不明。《尚书·金滕》孔颖达疏曰："郑玄以为：武王崩，周公为冢宰，三年服终，将欲摄政，管、蔡流言，即避居东都，成王多杀公之属党……及遭风雷之异，启金滕之书，迎公来反（返）。反乃居摄，后方始东征管蔡。"所谓"金滕之书"，指用金属绳索捆扎的匣子里藏的册书，上面记录有当年武王病重、周公设坛祷告三王，请求以自身代替武王去死的祷辞。周成王看了册书，知道周公一向忠心耿耿，消除了先前的怀疑，识破了管蔡的流言，亲自到城郊迎接周公回来摄政。周公摄政和东征，是关系周王朝命运的大事，当时王朝内部稳定了，之后才有东征的胜利，诛杀管叔，放逐蔡叔。寤，同"悟"。壹，同"一"。　[2]"虽内信恕"二句：虽然内心真想宽恕他们，又怕君臣之道不能树立。外体，外部身体。喻臣子，指为臣之道。《文选》王褒《四子讲德论》："君者中心，臣者外体。"　[3]"是以隐忍授刑"二句：因此狠心授刑，流着泪诛杀。　[4]"荣爵所显"以下四句：荣爵的尊显，必定集中在有盛德的人身上；戮挞的施行，必定加在有罪的人身上。　[5]要：总括，终归。　[6]理：审理，审判。　[7]"内心幽伏"二句：管叔、蔡叔忠诚的内心幽昧难明，罪恶于是显著。心，原作"必"，今据鲁迅校改。章，同"彰"，显露，显著。　[8]故令弈世未蒙发起耳：所以使一代又一代的人都不能得知管、蔡率众起兵的初心是怎样的了。弈世，累世，一代又一代。

　　然论者承名信行[1]，便谓管、蔡为恶，不知管、蔡之恶，乃所以令三圣为不明也[2]。若三圣未为不明，则圣不祐恶而任顽凶也[3]。顽凶不容于明世^[4]，则管、蔡无取私于父兄，而见任必以忠良，则二叔故为淑善矣。今若本三圣之用明^[5]，思显授之实理；推忠贤之暗权，论为国之大纪；则二叔之良乃显，三圣之用有以^[6]；流言之故有缘^[7]，周公之诛是矣。且周公居摄，邵奭不悦^[8]。推此言之，则管、蔡怀疑，未为不贤，而忠贤可不达权^[9]；三圣未为用恶，而周公不得不诛。若此，三圣所用信良^[10]，周公之诛得宜，管、蔡之心见理。尔乃大义得通，内外兼叙^[11]，无相伐负者^[12]，则时论亦将释然而大解也^[13]。

[注释]

[1] 然论者承名信行：然而评论者往往是由名声而断定其行为的。　[2] 三圣：周文王姬昌、周武王姬发、周公姬旦。　[3] 圣不祐恶而任顽凶：圣人是不会保佑恶人而任用顽凶之徒的。而，底本无此字，鲁迅校："各本'恶'下有'而'字。"今据补。　[4]"顽凶不容于明世"以下四句：顽凶之人不会见容于明主之世，那么管、蔡并没有从父兄身上得到私爱，而是以其忠良被委以重任的，说明管、蔡二叔本来就是淑善之人。　[5]"今若本三圣之用明"以下四句：现在如果本着三圣用人明察这一个大前提，考虑颁授荣爵一定是根据实际能力量才任用的道理；推想忠贤之人不通晓权变，论及治理国家的纲要大法。暗，不通晓，不了解。　[6] 有以：有因，有依据。　[7] 流言之故有缘：流言

既要为管、蔡正名，亦不能有损周公圣聪，则须做到自圆其说。

侯外庐等《中国思想通史》第三卷第五章第三节《嵇康的政治观文化论与人生论》："论中所说的，一一影射当时诛戮毌丘俭这一事件的事实，处处为管蔡昭雪，即处处为毌丘俭辩护，即处处贬斥司马氏。这些反映名门贵族之间的矛盾斗争，是真实的，在客观上他对现实政治的批判也是大胆的。山涛和向秀的滑稽而妥协态度，在这里就和嵇康显得不同道了。"

之所以会产生是有缘故的。故，使为之也，凡事因得此而成彼之谓。缘，凭借，依据。　[8]邵奭（shì）不悦：召公奭不高兴。邵奭，即召公奭，与周同姓，因采邑在召（今陕西岐山县西南），故称召公。武王伐纣，周公拿着大钺，召公拿着小钺，一左一右，夹辅周王，立有大功。武王崩，成王幼，周公摄政，当国践阼，召公疑之。周公为此特地向太公望、召公奭作了解释，内容保存在《尚书·君奭》篇中。　[9]而忠贤可不达权：只是忠贤之人可能不通晓权变之策。　[10]"三圣所用信良"以下三句：三位圣人所任用的确实是忠良，周公的诛杀措施也属得当，管、蔡的初心也能得到正确审理。　[11]内外兼叙：内心和外体两个方面的实情都得到抒发。叙，抒也，抒泄其实也。　[12]无相伐负者：没有相互抵触之处。负，非。　[13]释然：明白、清晰的样子。

［点评］

这是一篇给管叔、蔡叔的一生作全面评价的专论。传统观点认为：周文王的儿子管叔、蔡叔是乱臣贼子，十恶不赦的顽凶之人。嵇康不完全同意这一定论。他认为：管、蔡本是"服教殉义，忠诚自然"的淑善之人，德才兼备，得到文王、武王、周公的器重，举而任之，绥辅武庚，治理殷顽，功业有绩，名冠当时。但是猝遇大变（武王崩、太子是个幼童，周公毅然践阼主政），两人不能理解圣人的权宜之策，放出"流言"，怀疑周公有贰心，继而"抗言率众，欲除国患"。这一切的举措都是出于对天子的忠诚，"愚诚愤发"，因此闯下大祸。周公不得已"流涕行诛"。从此以后，管、蔡"怀忠抱诚"的一面就无人提起，而"称兵叛乱"的罪恶却闻名天下，一隐一显，就令一代又一代的人们不得认识其全貌。

　　明人张采说："周公摄政，管、蔡流言；司马执权，淮南三叛。其事正对。叔夜盛称管蔡，所以讥切司马也，安得不被祸也？"（《三国文》卷十九）《管蔡论》的外溢效应，深刻而持久。

明胆论

　　有吕子者[1]，精义味道[2]，研核是非。以为：人有胆不可无明[3]，有明便有胆矣。嵇先生以为[4]：明、胆殊用，不能相生。论曰："夫元气陶铄[5]，众生禀焉。赋受有多少[6]，故才性有昏明。唯至人特钟纯美[7]，兼周外内，无不毕备。降此已往，盖阙如也[8]。或明于见物，或勇于决断。人情贪廉，各有所止。譬诸草木[9]，区以别矣。兼之者博于物[10]，偏受者守其分。故吾谓明、胆异气[11]，不能相生。明以见物，胆以决断。专明无胆[12]，则虽见不断；专胆无明，则违理失机[13]。故子家软弱[14]，陷于弑君；左师不断，见逼华臣，皆智及之[15]，而决不行也。此理坦然，

《汉魏名文乘》引明陈明卿曰："儒者察理殊辨，然临事张皇，能断者少。胆固殊有异赋，然见事明者究能生勇，亦未始不相为功也。"（《汉魏别解》引作陆彦龙。）

戴明扬《嵇康集校注》："此谓有明无胆。"

非所宜滞。故略举一隅，想不重疑^[16]。”

[注释]

[1]吕子：吕安，字仲悌，小字阿都，嵇康的好朋友。　[2]精义味道：精研义理体味至道。道，至道，自然之道。　[3]有胆不可无明：有胆量不可以没有明察是非的能力。胆，胆量，喻人有勇气，勇于决断实行。按，后文“胆（膽）”字，底本多讹作“贍”，今据各本径改，不再出校。不可，底本作“可”，据戴明扬校补。明，明察，认识事物的观察能力。　[4]“嵇先生以为”以下三句：嵇康以为，认识能力和决断勇气是两回事，不可能相互滋生。　[5]“夫元气陶铄”二句：元气陶冶化育，万物众生无不禀受元气而化生。元气，嵇康亦称“太素”，指构成宇宙的原始物质形态。　[6]“赋受有多少”二句：（各人）禀赋有多有少，所以禀性才有愚有贤。　[7]“唯至人特钟纯美”以下三句：唯有至人才能聚集天地纯美之气，内美外美都与自然相合，无不毕备。至人，与自然之道和谐无间的人，或曰达到无我境界的人，嵇康设想的原始共产时期以三皇五帝为代表的领导人或精神领袖形象。参见《四言十八首赠兄秀才入军》第十八首注释[2]。周，合。毕，底本作“必”，鲁迅校：“各本作‘毕’，《类聚》同。”今据改。　[8]阙如：欠缺。阙，通“缺”。　[9]“譬诸草木”二句：犹如草木，要区划为各种各类而加以分别的了。　[10]“兼之者博于物”二句：兼聚天地纯美之气的人博于万事万物，禀受元气之一偏的人固守本分。分，本分，一部分。　[11]故吾谓明、胆异气：所以我认为明察和胆量这两种才性是分别禀受不同的气形成的。　[12]“专明无胆”二句：单独有“明”而无“胆”，那么即使看清楚了也不能决断行动。　[13]违理失机：违背事理不得要领。机，关键部位，机要之称。　[14]“故子家软弱”以下四句：

所以郑国的子家软弱（无胆），自陷于弑君之罪；宋国的左师向戍不能决断，遭受华臣的追迫。子家，公子归生。《左传·宣公四年》载：楚人献给郑灵公一只鼋，子公（公子宋）见了很想吃。等烹熟后，郑灵公给大夫们吃，把子公召来却不让他入席。子公怒。染指于鼎，尝之而出。灵公怒，欲杀子公。子公与子家谋先（先发难），子家曰："畜老犹惮杀之，而况君乎？"子公反而到灵公面前诬告子家。子家惧而从之。夏，弑灵公。《春秋》把这件事记作："郑公子归生弑其君夷。"这是因为子家预知其谋，但懦弱迟疑，不能阻止的缘故。左师，宋桓公曾孙向戍。鲁成公十五年，宋华元任以为左师，食邑于合，《世本》称"合左师"，宋公族向氏第三代。陆德明（约550—630）看到的《左传·成公十五年》记载"向戍"，他是守卫宋城门的军官（阮元《十三经注疏校勘记》改作"向戍"，误。今据宋嘉定九年兴国军刻本《春秋经传集解》及宋刻本陆德明《经典释文》改正）。《左传·襄公十七年》载：宋华阅卒，华臣（阅之弟）认为皋比（阅之子）力量微弱，使贼杀其宰华吴。贼六人以铍（两刃小刀）把华吴杀死在卢门（宋城门），合左师（向戍）住的屋后边。左师惧曰："老夫无罪。"宋平公听到这件事后说：臣也（华臣这个人啊），不唯其宗室是暴，而且大乱宋国之政。一定要驱逐他！左师说："臣也，亦卿也。大臣不顺，国之耻也。不如盖（掩盖）之！"乃舍之。此后向戍为自己制作短马棰，每经过华臣之门，都要偷偷地协助车夫击马而驰，好像华臣会追上来。　　[15]"皆智及之"二句：他们的智慧是能够达到的，而决断能力不行。　　[16]想不重疑：想来不会再有疑惑。

　　吕子曰[1]："敬览来论，可谓诲亦不加者矣[2]。夫析理贵约而尽情[3]，何尚浮秽而迂诞侯外庐等《中国思想通史》第三卷第五章第二节《嵇康的世界观认识论与辩论术》："嵇康的《明胆论》，当是《才性四本论》的继续发展。在这一问题上，他与一个'精义味道，研核是非'的吕子的意见不一致。吕子以为'人有胆可无明，有明便有胆'。而嵇康则以为'明胆殊用，不能相生'。这一问题是知识（明）和实践（胆）的关系问题。吕子以为明包蕴着胆，而胆并不包蕴着明，这种轻视实践而高倡知识的理论相似于'明胆异'，是才性论中的异的主张，符于李丰；嵇康则以为'明胆异气，不能相生'，'明胆殊用，

哉？今子之论[4]，乃引浑元以为喻，何辽辽而坦谩也！故直答以人事之切要焉[5]。汉之贾生陈切直之策[6]，奋危言之至，行之无疑，明所察也；忌鹏作赋，暗所惑也。一人之胆[7]，岂有盈缩乎？盖见与不见[8]，故行之有果否也。子家、左师，皆愚惑浅弊，明不彻达[9]，故惑于暧昧，终丁祸害[10]。岂明见照察而胆不断乎[11]？故霍光怀沉勇之气[12]，履上将之任，战乎王贺之事；延年文生[13]，宿无武称，陈义奋辞，胆气凌云。斯其验与[14]！及於期授首[15]，陵母伏剑，明果之俦[16]，若此万端，欲详而载之，不可胜言也。况有睹夷途而不敢投足[17]，阶云路而疑于迄泰清者乎？若愚弊之伦[18]，为能自托幽昧之中[19]，弃身陷阱之间[20]；如盗跖窜躯于虎吻[21]，穿窬先首于沟渎；而暴虎冯河[22]，愚敢之类，则能有之。是以余谓明无[23]，胆能偏守。易了之理[24]，不在多喻[25]，故不远引烦言。若未反三隅[26]，犹复有疑，思承后诲，得一骋辞。"

[注释]

[1] 吕子曰：底本无，据鲁迅校补。　　[2] 可谓：底本作"可

论"，今据各本改。诲亦不加：诲人不倦无以复加。　[3]"夫析理贵约而尽情"二句：分析事理贵在简约又讲清道理，哪里会崇尚文辞浮泛芜杂而说理又迂远夸诞呢？析，底本作"折"，今据张燮本等改。　[4]"今子之论"以下三句：现在你的论点，竟引用混沌元气来说明，是多么地邈远而不着边际！浑元，大气。吕安借以概指嵇康的"元气"说。辽辽，邈远貌。坦谩（màn），荒诞无稽貌。　[5]答：底本作"合"，今据各本改。　[6]"汉之贾生陈切直之策"以下六句：汉代的贾谊，多次上疏，向汉文帝陈述切实率直的策论，情绪激昂言辞光明正大，行动果决毫不犹豫，原因是他能明察是非；忌讳鹏鸟飞入自己的居室而作《鹏鸟赋》，原因是他对这件事感到疑怪而不能明察。贾生，贾谊（前200—前168），他曾多次上疏，建议用"众建诸侯而少其力"的办法，削弱诸侯王的势力；主张重农抑商，"驱民而归之农"；力主抗击匈奴等。忌鵩（fú）作赋，贾谊忌讳"鵩集予舍，止于坐隅"而作赋。"鵩"即猫头鹰。贾谊《鹏鸟赋》见于《史记》《汉书》《昭明文选》。宋本朱熹《楚辞集注》题《服赋》，小序云："《服赋》者，贾谊之所作也。谊在长沙三年，有服飞入谊舍，止于坐隅。服，不祥鸟也（服训狐也，其名自呼，故因而命之）。谊以长沙卑湿，自恐寿不得长，故为赋以自广。"　[7]"一人之胆"二句：一个人的"胆"，难道会有时盈满有时缩小吗？之，鲁迅校："原钞字无，据各本加。"今从之。　[8]"盖见与不见"二句：应该说是有时看得清（明），有时看不清（惑），所以行动就有果决、不果决之别了。　[9]明不彻达：认识不明达。　[10]丁：当，遭逢。　[11]岂明见照察而胆不断乎：难道是他们明见照察而仅仅是胆小不能决断吗？　[12]"故霍光怀沉勇之气"以下三句：所以霍光身怀沉勇之气，承担大司马大将军之重任，在议废昌邑王刘贺的关键时刻却心悸战栗。霍光（？—前68），西汉大臣。字

不能相生'，胆既与明无涉，明亦与胆无关，所以是明胆离，是才性论中的离的主张，符于王广。"

戴明扬《嵇康集校注》："以上言胆能偏守。"

子孟，河东平阳（今山西临汾西南）人。武帝时，为奉车都尉。昭帝年幼即位，他与桑弘羊等同受武帝遗诏辅政，任大司马大将军，威震海内。昭帝死后，奉太后命迎立昌邑王刘贺为帝，不久即废。又迎立宣帝，前后执政凡二十年。沉，深沉。战乎王贺之事，在议废昌邑王刘贺事变中心悸战栗。王贺，汉武帝的孙子昌邑王刘贺。昭帝崩，无嗣，刘贺即位，行为淫乱。霍光十分忧懑，问计于大司农田延年。延年曰："将军为国柱石，审此人不可，何不建白太后，更选贤而立之？"霍光不能决。遂召丞相、御史将军、列侯、中二千石、大夫、博士等会议未央宫；继而与群臣见太后，具陈昌邑王不可以承宗庙状。遂以太后名义诏废刘贺，令归故国昌邑，昌邑国被降为山阳郡。宣帝时，刘贺被封为海昏侯。不久去世。《汉书·田延年传》载，霍光回忆与群臣议废昌邑王刘贺之情形，举手自抚心曰："使我至今病悸！"　[13]"延年文生"以下四句：田延年本是个书生，向来不以勇武见称，当时却能陈述大义，激昂慷慨，胆气凌云。延年，田延年，字子宾，以材略给事大将军幕府，霍光重之，迁为长史。出为河东太守，入为大司农。会昭帝崩，昌邑王刘贺嗣位，行淫乱，霍将军忧懑，与公卿议废之，众莫敢发言。延年离席按剑曰："先帝属将军以幼孤，寄将军以天下，以将军忠贤，能安刘氏也。今群下鼎沸，社稷将倾……如令汉家绝祀，将军虽死，何面目见先帝于地下乎？今日之议，不得旋踵（掉转脚跟，指畏缩退后）。群臣后应者，臣请剑斩之。"即日议决。宣帝即位，延年以决疑定策封阳成侯。凌，升。　[14]斯其验与：这应是验证吧。其，表委婉的语气词。与，疑问语气词。　[15]"及於（wū）期授首"二句：至于樊於期把自己的头给予荆轲，王陵的母亲伏剑而死。於期，即樊於期，战国末年人，本为秦将，逃于燕国。秦王政戮没其父母宗族，以"金千斤、邑万家"购樊於期之头。燕太子丹派荆轲谋刺秦王时，荆轲请求以樊於期的头和燕之督亢地图作为进献秦王的礼物，以便行刺。《战国策·燕策》载："荆轲知太子不忍，乃遂私见樊於期曰：'秦之遇将军，可谓深矣。父母宗族，皆为戮没。今闻购将军之首，金千斤，邑万家，将奈何？'樊将军仰天太息流涕曰：'吾每念，常痛于骨髓，顾计不知所出耳！'轲曰：'今有一言，可以解燕国之患，而报将军之仇者，何如？'樊於期乃前曰：'为之奈何？'荆轲曰：'愿得将军之首，以献秦，秦王必喜，而善见臣。臣左手把其袖，而右手揕（以刀剑刺）其胸。然则将军之仇报，而燕国见陵之耻除矣。将军岂有意乎？'樊於期偏袒扼腕而进曰：'此臣日夜切齿拊心也，今乃得闻教！'遂自刎。"事件发生于公元前 227 年（秦始皇二十年，燕王喜二十八年），又见《史记·刺客列传》。陵，指王陵（？—前 181），汉初大臣。沛县（今江苏沛县）人。始为县豪，刘邦兄事之。刘邦起沛，入至咸阳，王陵亦自聚众数千人据南阳。及刘邦还攻项羽，王陵乃以兵属汉。项羽取陵母置军中。陵使至，则东乡（向）坐陵母，欲以招陵。陵母既私送使者，泣曰："为老妾语（告诉）陵，谨事汉王（刘邦），汉王长者也，无以老妾故，持二心。妾以死送使者！"遂伏剑而死。项王怒，烹陵母。陵卒从汉王定天下。事迹详见《史记·陈丞相世家》《汉书·王陵传》。　[16]"明果之俦"以下四句：明辨义理而行为果决之类，像这样的事例成千上万，要一件件叙述出来，不可胜言。　[17]"况有睹夷途而不敢投足"二句：更何况还有面对平坦的大路而不敢投足，面对登天的云梯而疑心到了天上的人呢？迄，至。泰清，即太清，天。　[18]愚弊之伦：愚惑浅弊之辈。愚，底本作"思"，据鲁迅校、戴明扬校改。　[19]幽昧：昏暗不明。　[20]陷阱（jǐng）：捕捉野兽的地坑，比喻陷害人的圈套。　[21]"如盗跖（zhí）窜躯于虎吻"二句：像大盗逃窜于虎豹出没的山林之中，小偷一个个弃身于田舍沟渎之间。盗跖，大盗，一作"盗跖"。《史记·伯夷列传》："盗跖日杀不辜。"张守节《史记正义》："跖者，黄帝时大盗之名。以柳下惠之弟为天下大盗，故世放（仿）古号之盗跖。"窜，逃窜，匿。吻，口边也。穿窬（yú），指盗窃行为，挖洞跳墙的小偷。穿，穿壁，挖洞。窬，通"踰"，越过。《字汇·穴部》："踰墙曰窬。"沟渎，沟渠。田间曰沟，邑中曰渎。　[22]"而暴虎冯（píng）河"以下三句：而空手搏猛虎无船渡大河的，愚蠢妄为之类的举措，也是会做的出来的。《诗经·小雅·小旻》之六："不敢暴虎，不敢冯河。"毛《传》："徒涉曰冯河，徒搏曰暴虎。"暴，通"搏"。暴虎，徒手与老虎搏斗。一说，"徒搏"谓不乘田车徒步搏虎。冯，通"淜"。《说文》："淜，无舟渡河也。"河，《诗经》中的"河"，一般指黄河。　[23]"是以余谓明无"二句：因此我说"有胆不可无明"，真的"无明"的话，"胆"会偏执一隅而成为"愚敢"的。此二句底本作"是以余谓明无胆，无胆能偏守"。吕子的主张是："人有胆不可无明，有明便有胆矣。"此处"明无胆"之语与吕子主张不合，疑衍"无胆"二字，并有断句错误，今特予校正。　[24]了：照察，明白。　[25]喻：晓喻，开导，说明。　[26]"若未反三隅"以下四句：如果不能举一反三，你还有疑问，我很想接受你进一步的教诲，我也得以驰骋自己的答辞。

牟宗三《才性与玄理》第九章《嵇康之名理》："此言有智明者不必有勇胆，有勇胆者不必有智明。此是属于才性问题。此文甚短，立义亦简单。嵇康未能顺才性名理而多有用心，此亦可惜。"

"夫论理情性[1]，折引异同，固当寻所受之终始，推气分之所由。顺端极末[2]，乃不悖耳。今子欲弃置浑元[3]，捃摭所见，此为好理网目，而恶持纲领也。本论二气不同[4]，明不生胆。欲极论之[5]，当令一人播无刺讽之胆，而有见事之明，故当有不果之害。非为中人血气无之[6]，而复资之以明。二气存一体[7]，则明能运胆，贾谊是也。贾谊明胆[8]，自足相经，故能济事。谁言殊无胆[9]，独任明以行事者乎？子独自作此言，以合其论也。忌鵩暗惑[10]，明所不周，何害于胆乎？明既已见物，胆能行之耳。明所不见，胆当何断[11]？进退相扶[12]，何谓盈缩？就如此言，贾生陈策，明所见也；忌鵩作赋，暗所惑也。尔为明彻于前[13]，而暗惑于后，明有盈缩也。苟明有进退，胆亦何为不可偏乎[14]？子然霍光有沉勇[15]，而战于废王，此勇有所挠也[16]。而子言'一人胆岂有盈缩'，此则是也。贾生暗鵩，明有所塞也；光惧废立，勇有所挠也。夫唯至明能无所惑[17]，至胆能无所亏尔。自非若此[18]，谁无弊损乎？但当总有无之大略[19]，而致论之耳。"夫物以实见为主。延年奋发[20]，勇义凌云，此则胆也。而云'宿无武称'[21]，此为信宿称而疑成事也。延年处议[22]，明所见也；壮气腾厉，勇之决也。此足以观矣。又子言：'明无，胆能偏守'。案子之言[23]，此则有专胆之人，亦为胆

戴明扬《嵇康集校注》："中人赋受既偏，率无血气，而非绝无讽刺之胆者也。欲极论明不生胆，当予明于彼人而试知之，不当取中人为证。"

戴明扬《嵇康集校注》："此言延年之举有明有胆，非专恃明也。"

特自一气明矣。夫五才存体[24]，各有所生。明以阳曜[25]，胆以阴凝。岂可谓有阳而生阴[26]，可无阳耶？虽相须以合德[27]，要自异气也。凡余杂说，於期、陵母、暴虎云云，万言致一[28]，欲以何明耶？幸更详思，不为辞费而已矣[29]。”

[注释]

[1] "夫论理情性" 以下四句：（稽康答曰：）论说条理出一个人的情与性，分析找到明与胆的异同，当然应该推寻禀受元气的始末，推究气分的由来。析，底本作 "折"，鲁迅校："程本作'析'。" 今据改。气分，禀受元气的分量。　[2] "顺端极末" 二句：由端及末，才不会错谬。悖（bèi），谬。　[3] "今子欲弃置浑元" 以下四句：现在你想抛开混沌的元气，拾取眼前见得到的，这叫作喜欢整理小的网眼，却讨厌抓持网的纲领。捃摭（jùn zhí），摘取，搜集。网，底本作 "纲"，据鲁迅校改。　[4] 二气：阴气和阳气。　[5] "欲极论之" 以下四句：要想彻底说清这个道理，我就要使一个人体现出连讽刺的胆量都没有，却有看清事物的明察能力，所以应有不能决断之害。播，施，施行。　[6] "非为中人血气无之" 二句：并不是说中等才性的人血气中没有胆量，而又给予他明察能力。稽先生的意思是，我上文说的 "专明无胆" 如子家之类，目的是彻底说明 "明不能生胆" 的道理，并不是说中等水平的人 "无胆" 而 "专明"。　[7] 二气存一体：阴气、阳气共存于一人的身体。　[8] "贾谊明胆" 以下三句：贾谊的明与胆，本来就足以相互营运，所以能够成事。经，经纬，治理，经营。　[9] "谁言殊无胆" 二句：谁说他特无胆量，单独靠明察以

行事呢？　[10]"忌鹏暗惑"以下三句：贾谊忌讳鹏鸟（猫头鹰）暗于迷惑，是认识能力有缺陷，怎么会妨害到胆呢？　[11]何断：决断什么。　[12]"进退相扶"二句：明与胆之间是进退互相依附，说什么"一人之胆，岂有盈缩"？　[13]尔：代词，此处相当于"彼""此"。　[14]偏：偏颇。这里指"进退""盈缩"。　[15]然：是，肯定。　[16]挠：通"桡"，弱，削弱。　[17]"夫唯至明能无所惑"二句：只有至人之"明"能无所迷惑，至人之"胆"能无所亏损。　[18]"自非若此"二句：若非这样的至人，谁能没有蔽塞亏损呢？　[19]"但当总有无之大略"二句：只能总揽明胆有无进退之大略，而推究论述罢了。致，推究，详审。　[20]"延年奋发"以下三句：田延年奋发大议，勇气直冲云霄，这就是胆啊！　[21]"而云'宿无武称'"二句：你却说田延年向来不以勇武见称，这叫作相信先前的传闻而怀疑眼前看到的实际表现。宿称，上句"宿无武称"的缩写。戴明扬校曰："吴钞本原钞误作'称宿'，墨校但删'称'字，亦未移补。"今据改。成事，做成的事。　[22]"延年处议"以下五句：田延年认定废昌邑王刘贺之议，是他能明辨是非，胆壮气豪，腾冲凌厉（离席按剑），是他能勇武地决断。从这件事足以看得出来（明与胆相须以合德）。处，定，制。　[23]"案子之言"以下三句：按你的话，这就是说有"专胆"之人，也可以说"胆"本来自为一气是明明白白的了。　[24]"夫五才存体"二句：金、木、水、火、土等五材存于一人之体，各自产生一定的气质。　[25]"明以阳曜"二句："明"是由于体内阳气的炫耀，"胆"是由于体内阴气的凝聚。　[26]"岂可谓有阳而生阴"二句：难道可以一面说"有明便有胆"（有阳而生阴），一面又说"无明（而有胆）"（无阳而有阴）吗？有阳而生阴，此指吕子"有明便有胆"的论断而言。阳，明。阴，胆。无阳（而有阴），此指吕子"明无，胆能偏守"的论断而言。嵇康认为吕安的两处论断是相互矛盾的，所以采用反问的形式加以批评。　[27]"虽相须以合德"二句：明和胆虽然相互依附相互配合，但总是各自禀受不同的气（阴气和阳气）啊。须，同"需"，要求，寻求。合德，相配合。　[28]"万言致一"二句：若此万端，积累到一起，要用来说明什么呢？万言，针对吕子上文中"若此万端，欲详而载之，不可胜言"而发。致一，底本作"一致"，鲁迅校："各本作'致一'。"今据改。　[29]不为辞费而已矣：不用多费笔墨而就此停止吧。为，做。

[点评]

本篇论述"明"与"胆"的相互关系。"明"是明察，即人们认识客观事物、辨别是非的能力；"胆"是胆量，即人们遇事决断行动的勇气。

文章采用吕安与嵇康相互辩论的方式展开。吕安的核心论点是："人有胆不可无明，有明便有胆矣。"显然，他突出的是"明"的支配地位。吕安举贾谊为例，说他有时表现果决，有时又犹豫不前，根源不在胆量大小，而在于明察与否，"盖见与不见，故行之有果否也"。至于"愚弊之伦"胡作非为，则从反面说明了"有胆不可无明"的道理。

嵇康认为："明、胆异气，不能相生。""明"是由于阳气的炫耀，"胆"是由于阴气的凝聚；阴、阳异气，所以"明不生胆"，反对"有明便有胆"的观点。"元气陶铄，众生禀焉。"除了至人，一般的人赋受气分有多有少，都达不到纯美水平，而总在某一方面有所缺陷，"或明于见物，或勇于决断"；有时会"明有所塞"，有时又"勇有所挠"。中等才性的人，"二气存一体，则明能运胆，贾谊是也"；"明"与"胆""进退相扶"（或进或退相互依附），而不是单方面的"盈缩"；"虽相须以合德"，虽然相互需要又相互配合，"要自异气也"，却总是有阴阳异气之分的。

第七卷

冯契《中国古代哲学的逻辑发展》第六章第三节《嵇康："越名教而任自然"》："他（引者按：嵇康）以为六经、名教引诱人去追逐荣利，压抑人的自然欲望，就是对人性的'扰'与'逼'。所以，人们只有挣脱名教的束缚，不受外力的逼迫，行动出于自愿，才能真正安逸。"

《汉魏名文乘》引明陈明卿曰："撷《庄》《荀》之遗旨，而引契独深，亦复旷然幽滞之外。"（《汉魏别解》作陆彦龙语。）

难自然好学论

夫民之性，好安而恶危，好逸而恶劳；故不扰[1]，则其愿得；不逼，则其志从。昔鸿荒之世[2]，大朴未亏，君无文于上，民无竞于下；物全理顺[3]，莫不自得。饱则安寝，饥则求食。怡然鼓腹[4]，不知为至德之世也[5]。若此，则安知仁义之端[6]，礼律之文？及至人不存[7]，大道陵迟，乃始作文墨，以传其意；区别群物，使有类族[8]；造立仁义，以婴其心[9]；制为名分[10]，以检其外；劝学讲文，以神其教[11]。故六经纷错[12]，百家繁炽[13]，开荣利之途[14]，故奔骛而不觉[15]。是以贪生之禽，食园池之粱菽；求安之士，乃诡志以从俗[16]。操笔执觚[17]，足容苏息；

积学明经[18]，以代稼穑。是以困而后学[19]，学以致荣[20]；计而后习[21]，好以习成[22]，有似自然，故令吾子谓之自然耳。推其原也，六经以抑引为主[23]，人性以从欲为欢[24]。抑引则违其愿，从欲则得自然。然则自然之得，不由抑引之六经；全性之本[25]，不须犯情之礼律。故知仁义务于理伪[26]，非养真之要术；廉让生于争夺，非自然之所出也。由是言之，则鸟不毁类以求驯[27]，兽不弃群而求畜。则人之真性无为[28]，不当自然耽此礼学矣。

[注释]

[1]"故不扰"以下四句：所以不被干扰，其愿望就得以实现；不被逼迫，其神志自然顺遂。从，顺。　[2]"昔鸿荒之世"以下四句：上古之世（原始社会时期），质朴的自然状态未遭损害，君王在上不颁布礼法制度，人民在下互不竞争。鸿荒之世，指原始共产社会时期，又称上古时期。大朴，原始质朴的大道。文，礼律之文。　[3]物全理顺：万物无损而事理和顺。　[4]怡然鼓腹：安适愉快地拍着吃饱的肚子吟唱。　[5]至德之世：最纯朴完美的社会，"大道之行，天下为公"的时代。　[6]知：底本作"和"，今据各本改。　[7]"及至人不存"以下四句：等到至人逝去，大道衰颓的时候（"天下为公"的大同社会被瓦解），才开始造立仁义，制为名分，以传达三代统治者的意志规则。至人，"至德

冯契《中国古代哲学的逻辑发展》第六章第三节《嵇康："越名教而任自然"》："嵇康所谓的'自然'是指人的自然欲望。"又："嵇康同庄子一样，赞美人类的自然状态。他以为'鸿荒之世，大朴未亏'，那是最理想的社会。"

汤用彤《魏晋玄学论稿》第六章《贵无之学（中）》："张辽叔《自然好学论》以为仁义亦自然所好，嵇康立论难之，以为'学'非自然，乃出乎抑制，应去此等抑制，让自然流露（此说颇似卢梭）。"

之世"道德最高的人，与自然之道和谐无间的人，达到无我境界的人，嵇康设想的原始共产时期以三皇五帝为杰出代表的领导人以及精神领袖形象。参见《四言十八首赠兄秀才入军》第十八首注释[2]。 [8]类族：类属。 [9]婴：绕抱，这里是约束的意思。 [10]"制为名分"二句：制定尊卑等级，以限制人的行为。检，约束，限制。 [11]以神其教：以伸张、宣扬其教化。神，陈列。《广雅·释诂二》："神，陈也。"王念孙疏证："神、陈、引，古声亦相近。" [12]六经：指《诗》《书》《礼》《乐》《易》《春秋》。纷错：纷繁交错。 [13]百家繁炽（chì）：诸子百家学说繁盛。炽，盛也。（《尔雅·释言》） [14]荣利之途：做官发财之途径。《汉书·儒林传赞》："一经说至百余万言，大师众至千余人，盖禄利之路然也。"荣，显，指名位、禄位。之，鲁迅校："原作'一'，依各本改。"今从之。 [15]奔骛（wù）：奔驰，追求。骛，通"鹜"。朱骏声《说文通训定声·孚部》："鹜，假借为'骛'。" [16]诡（guǐ）：违，违背。 [17]"操笔执觚（gū）"二句：他们握笔执简撰写文章，就足够维持生息之用。觚，木简，指书写材料。苏息，生息，生活。 [18]"积学明经"二句：经过长期学习通晓经术，便可做官食禄，以代替种田。积，积久而成。明经，明晓儒家经典。《汉书·夏侯胜传》："经术苟明，其取青紫（官位）如俯拾地芥耳。学经不明，不如归耕。" [19]困而后学：遇到困难之后再学。困，不通。 [20]学以致荣：学习的目的是求得荣华富贵。致，得，求得，取得。 [21]计：谋，谋虑。习：学习，温习。 [22]好以习成：爱好是因为习惯养成的。 [23]抑引：抑制牵引。抑，《说文》："抑，按也。" [24]从欲：顺欲。 [25]"全性之本"二句：保全自然之性的根本，不须触犯人的情欲的礼律。犯情，触犯人的自然属性。 [26]"故知仁义务于理伪"二句：所以我们知道仁义是致力于改变人的天性，决非保养自然天性的要诀。按三代以来的仁义学说，是强化等级制度、维护尊卑秩序的礼制之羽翼，跟原始共产时期"宗长归仁，自然之情"不是一回事。故，底本作"固"，今据各本改。务，从事。理，治，管理。伪，人为，非自然。真，本原，自身，这里指人的自然天性。　[27]"则鸟不毁类以求驯"二句：鸟是不会损毁族类而求人驯养的，兽是不会离弃同群而求人蓄养的。　[28]"则人之真性无为"二句：那么人的天性也是没有虚伪的，不应当是自然喜好这礼学的了。为，通"伪"，装作，假装。不，底本作"正"，据鲁迅校改。耽（dān），嗜，喜好。

论又云[1]：嘉肴珍膳，虽所未尝，尝必美之，适于口也。处在暗室[2]，睹蒸烛之光，不教而悦得于心；况以长夜之冥，得照太阳[3]，情变郁陶[4]，而发其蒙[5]。虽事以末来[6]，情以本应，则无损于自然好学。

[注释]

[1]"论又云"以下五句：您的论文又说：佳肴美味，虽然是没有尝过的，品尝之后一定以为美食，（因为）适合人的口味。　[2]"处在暗室"以下三句：身处暗室里，目睹薪烛的光亮，不用别人教导指示就会喜形于色。蒸烛，薪烛。蒸，麻秆或细末，用来照明则称为蒸烛。　[3]太：底本作"大"，二字通，今据各本改。　[4]郁陶：喜悦，快乐。指人心欣悦初发，尚未达畅盛之境。　[5]发其蒙：启发他的蒙昧。蒙，底本作"朦"，今据各本改。　[6]"虽事以末来"以下三句：虽然事情是后天发生的，而心情则与先天的本能相应，仍无损于"自然好学"的论断。末，

与下文的“本”对言。

首先指出张叔辽“以必然之理（人体本能感应），喻未必然之好学”的逻辑错误，然后针对他“六经为太阳，不学为长夜”的核心论点进行辩驳。

冯契《中国古代哲学的逻辑发展》第六章第三节《嵇康：“越名教而任自然”》：“嵇康的著作中充满了这类辛辣的讽刺。他把名教和自然对立起来，以为按人的天性来说，是不乐意受礼教的束缚的，只是因为当今学习儒家经典和修揖让之礼能使人得到荣华富贵，所以便以六经为太阳了。其实，这正违反了自然。”

难曰：夫口之于甘苦，身之于痛痒，感物而动，应事而作；不须学而后能，不待借而后有。此必然之理[1]，吾所不易也。今子以必然之理[2]，喻未必然之好学，则恐似是而非之议。学如一粟之论[3]，于是乎在也。今子立六经以为准[4]，仰仁义以为主[5]；以规矩为轩乘[6]，以讲诲为哺乳[7]；由其途则通，乖其路则滞[8]。游心极视[9]，不睹其外；终年驰骋[10]，思不出位。聚族献议，唯学为贵。执书摘句[11]，俯仰咨嗟[12]。伏膺其言[13]，以为荣华。故吾子谓六经为太阳，不学为长夜耳。今若以明堂为丙舍[14]，以讽诵为鬼语[15]；以六经为芜秽[16]，以仁义为臭腐[17]；睹文籍则目瞧[18]，修揖让则变伛[19]；袭章服则转筋[20]，谈礼典则齿龋[21]。于是兼而弃之，与万物为更始[22]，则吾子虽好学不倦，犹将阙焉[23]。则向之不学[24]，未必为长夜，六经未必为太阳也。俗语曰：乞儿不辱马医[25]。若遇上古无文之治[26]，可不学而获安，不勤而得志；则何求于六经，何欲于仁义哉？以此言之，则今之学者，岂不先计而后学耶[27]？苟计而后动，则非自然之应也。子之云云[28]，恐故得菖蒲菹耳。

[注释]

[1]"此必然之理"二句：这是先天本能的自然反应，我不持异议。易，异也。　[2]"今子以必然之理"以下三句：现在你拿先天本能的自然感应（必然之理），说明不具备必然性的"自然好学"论，就要担心"似是而非"之议论了。喻，说明。《淮南子·修务训》："晓然意有所通于物，故作书以喻意。"高诱注："喻，明也。作书者，以明古今传代之事。"恐，恐怕，担心。《论语·泰伯》："学如不及，犹恐失之。"　[3]"学如一粟之论"二句：前人关于"人之不学，犹谷未成粟，米未为饭"的论调，就是沿着这样的逻辑建立的。学如一粟，典出王充《论衡·量知篇》："人之不学，犹谷未成粟，米未为饭也。"意思是说：人若学习，结果就如同谷禾长成粟米一样。　[4]准：标准，准则。　[5]仰：仰仗，依赖。　[6]规矩：本指规和矩，校正圆形和方形的两种工具。这里指规则、礼律之文。轩乘（shèng）：车马。轩，车之通称。乘，古代称一车四马为一乘。　[7]讲诲：讲论六艺教诲学生。哺乳：培养的意思。　[8]乖：背戾，违背。滞：凝，留，停止。　[9]"游心极视"二句：心神贯注，两眼紧盯，不看"六经"以外的图书。　[10]"终年驰骋"二句：终年用功，思虑不逾越"六经"范围。思不出位，语出《论语·宪问》："君子思不出其位。"原意是：君子所思虑的不超出自己的工作岗位。　[11]摘：同"摘"。　[12]俯仰咨嗟：前俯后仰，吟咏赞叹。　[13]"伏膺其言"二句：信守"六经"上写的话，视为精华。伏，通"服"，

牟宗三《才性与玄理》第九章《嵇康之名理》："《难自然好学论》一文，此与阮籍《大人先生传》反君子礼法同，以为人并非生而自然即好六经仁义礼律之学，只是为名利打算，'计而后习'，'困而后学'。此种议论，其背景只是'非汤武而薄周孔'，要求从世俗传统之桎梏中得解放。此若自哲学心灵言之，本无不可，然解放哲学心灵后，进一步作一问题讨论之，则亦当一如哲学心灵之无碍而讨论之。如是，从某一义说，人固不必自然即好六经仁义之学，但亦不必自然即好道家之学。如依孟子'理义之悦我心，犹刍豢之悦我口'说，

则亦可谓人自然即好仁义之学。如依人总有向上之精神生活之要求以超拔其形躯之生命说，则亦可说人对于任何学或教皆有自然之好。嵇康未能就此敞开论之，则其哲学心灵似尚未能充分也。"

著也。膺，胸也。服膺，这里指双手捧经书贴近心胸之间，示能信守其言也。　[14]明堂：明政教之堂，古代天子宣明政教的地方。凡朝会及祭祀、庆赏、选士、教学等大典，均于其中举行。丙舍：指墓堂小舍。一说正室两边的房屋，以甲乙丙为次，其第三等称丙舍。　[15]讽诵：背诵吟咏。《周礼·大司乐》郑玄注："背文曰讽，以声节之曰诵。"　[16]芜秽：丛生的荒草。　[17]臭腐：腐鼠。典出《庄子·秋水》。　[18]瞧：目昏。　[19]伛（yǔ）：驼背。　[20]袭章服则转筋：套上礼服就会抽筋。袭，衣上加衣，穿着。章服，古代以日、月、星辰、龙、蟒、鸟、兽等图纹作为等级标志的礼服。　[21]齲（qǔ）：蛀牙。　[22]更始：除旧布新。更，调换，改变。　[23]犹将阙焉：也会丢弃它们的。阙，空缺。这里是去除的意思。焉，指示代词兼语气词，这里指代的是上述"六经"、礼律方面的图书文籍。　[24]向：从前，往昔。　[25]乞儿不辱马医：乞丐不以给马医当差求食为耻辱。《列子·说符》载述齐国有个"贫者"，跑到马厩里，从马医作役而讨口饭吃。有人笑话他，说："从马医而食，不以辱乎？"乞儿回答道："天下之辱，莫过于乞。乞犹不辱，岂辱马医哉！"　[26]上古无文之治：上古没有文墨治理的时代，即本文开篇所写的"鸿荒之世"。无文，君无文于上，指没有"礼律""仁义"之类的东西。　[27]岂不先计而后学耶：难道不是事先谋划算计有好处才学习的吗？　[28]"子之云云"二句：您所发的"自然好学论"，恐怕已经得了"菖蒲菹"的助力吧。菖蒲菹（chāng pú zū），用菖蒲根做成的酢菜。《吕氏春秋·孝行览·遇合》："文王嗜菖蒲菹，孔子闻而服之。"据《神农本草经》载："菖蒲，开心孔，补五脏，通九窍，明耳目，出音声。"张叔辽《自然好学论》认为，人之好学，出于自然本性，不需要借助菖蒲菹之类的外物辅助。嵇康讥笑他可能早就得了菖蒲菹之类，先已开通心窍，服膺六经、仁义，所以才发了那么一通高论。

[点评]

先是，张邈（字叔辽）著《自然好学论》，认为：学习"六经"，是出于自然之好。嵇康不同意他的观点，遂作《难自然好学论》。嵇康认为：人的本性"好安而恶危，好逸而恶劳"，以"愿得""志从"为旨归。洪荒之世，莫不自得，人们哪里会知道学什么"仁义之端，礼律之文"？大道衰微，始作文墨，造立仁义，制为名分，劝学讲文，开荣利之途。"积学明经，以代稼穑"，"困而后学，学以致荣；计而后习，好以习成，有似自然"，实非自然："六经""抑引"，礼律"犯情"，仁义"理伪"，人的天真本性不可能自然爱好它们的。文章接着指出张叔辽"以必然之理（人体对环境改变的本能感应），喻未必然之好学"的逻辑错误；最后抓住张氏把学习"六经"喻为"长夜之冥，得照太阳"的核心观点，运用假设"六经"会害人、"于是兼而弃之"的辩论方法，反证今之学者以"六经"为求取功名利禄的工具，人们是事先计算好带着功利目的去学习的，这当然是不能称作"自然好学"的了。我们不得不佩服嵇康超越时代的政治想象力！

附：**自然好学论**　张叔辽作

夫喜怒哀乐，爱恶欲惧，人情之有也。得意则喜，见犯则怒；乖离则哀，听和则乐；生育则爱，违好则恶；饥则欲食，逼则恐惧。凡此八者，不教而能，若论所云，即自然也。

腥臊未化，饮血茹毛，以充其虚，食之始也。加之火齐，糁以兰橘，虽所未尝，尝必美之，适于口也。黉桴土鼓，抚腹而吟，足之蹈之，以娱其喜，乐之质也。加之管弦，杂以羽毛，虽所未听，察之必乐，当其心也。民生也直，聚而勿教，肆心触意，八情必发。喜必欲与，怒必欲罚；无爪牙以奋其威，无爵赏以称其惠；爱无以奉，恶不能去，有言之曰：苴竹管蒯，所以表哀；沟池岨嶮，所以宽惧；弦木剡金，所以解愤；丰财殖货，所以施与。苟有肺肠，谁不欣然貌悦心释哉？尚何假于食胆蜇，而嗜菖蒲菹也？

且昼坐夜寝，明作暗息，天道之常，人所服习。在于幽室之中，睹蒸烛之光，虽不教告，亦皦然喜于所见也。不以尚有白日，与比朱门，旦则复晓，不揭此明而减其欢也。况以长夜之冥，得照太阳，情变郁陶，而发其蒙也。故以为（难）[虽]事以末来，而情以本应，即使六艺纷华，名利杂诡，计而后学，亦无损于有自然之好也。

第八卷

难宅无吉凶摄生论

夫神祇遐远[1]，吉凶难明。虽中人自竭[2]，莫得其端，而易以惑道。故夫子寝答于问终[3]，慎神怪而不言。是以吉人显仁于物[4]，藏用于身；知其不可众所共[5]，非故隐之，彼非所明也。吾无意于庶几[6]，而足下师心陋见[7]，断然不疑，系决如此[8]，足以独断[9]。思省来论[10]，旨多不通，谨因来言，以生此难[11]。

[注释]

[1] 神祇（qí）：天神地祇，泛指神明。此处亦可视为代指天地变化之道。祇，地神。遐：远。　[2]"虽中人自竭"以下三句：即使中等智力的人竭尽才智，也没有谁能得到它的端绪，从而用迷惑不清的解说来代替它。中人，中等智力的人，即普通人。其，指神祇、吉凶之事，即天地之道。端，端绪，事物的原由。郑玄

童强《嵇康评传》："冯友兰说：'魏晋名士们的辩名析理的言论，如果都写下来，那都是很丰富的哲学史材料。可是除了少数人外，他们都不写。'因此，玄学家是如何分析的，却是很难弄清楚的地方。尽管嵇康的清谈也不见于记载，但他与向秀、吕安、阮德如等人的辩论都写了下来。所以，若论玄学'辩名析理'的第一手详尽的资料，不可忽视嵇康《养生论》《声无哀乐论》《难宅无吉凶摄生论》等文章。它们是当时论难的相当直接的记录。"

《周礼注》："端，本也。"易，变易，代替。惑道，迷惑不清的乱说。   [3]"故夫子寝答于问终"二句：所以孔夫子不回答关于死是怎么回事的问话，审慎地处理有关怪、力、乱、神的问题而不多说。寝，息。终，终结。指人死是怎么回事。《论语·先进》载："季路问事鬼神。子曰：'未能事人，焉能事鬼？'曰：'敢问死。'曰：'未知生，焉知死？'"又《论语·述而》："子不语怪、力、乱、神。"以上均为嵇康此论所本。   [4]"是以吉人显仁于物"二句：因此吉人显现仁德于宇宙万物，潜藏日用于百姓之身。"吉人"，鲁迅校："各本作'古人'。下诸'吉人'字放此。"当指"圣人"，天地之道的效法者。《周易·系辞上》："一阴一阳之谓道。……显诸仁，藏诸用。"又云："子曰：知变化之道者，其知神之所为乎？"   [5]"知其不可众所共"以下三句：吉人深知不可能众人共晓（天地之道），并非故意隐藏它，这不是中人所能领悟的啊。《周易·系辞上》："百姓日用而不知，故君子之道鲜矣。"（百姓日常应用此"道"却茫然不知，所以君子所谓"道"的全面意义就很少有人懂得了。）   [6]吾无意于庶几：我无意于侥幸看明白神祇、吉凶诸事。庶几，差不多。   [7]而足下师心陋见：可是你老兄自以为是，见地愚陋。师心，以自己的心为师，将自己的成见作为判断是非的标准，自以为是。   [8]系决：断决。   [9]足以独断：足以称得上"独断"。独断，专断。   [10]省：察看，检查。来论：指阮侃送来的《宅无吉凶摄生论》。   [11]此难：这篇驳诘文章。难，诘责，驳诘。

　　方推金木[1]，未知所在，莫有良法。世无自理之道[2]，法无独善之术[3]。苟非其人[4]，道不虚行。礼乐政刑[5]，经常外事，犹有所疏，况乎幽微者耶？纵欲辩明神微^[6]，祛惑起滞，立端以明所由，□断以检其要，乃为有征。若但撮提群愚蚕种^[7]，忿而弃之，因谓无阴阳吉凶之理；得无似噎而怨粒稼^[8]，溺而责舟楫者邪？

阮侃《释难宅无吉凶摄生论》："足下细蚕、种之说，因忽而不察，是噎、溺未知所在，亦莫便有舟、稼也。"

[注释]

[1]"方推金木"以下三句：泛言五行方向与宅门向背吉凶，世人并无共同准则。方，方向。推，推演。金木，泛指五行。中国古代思想家企图用日常生活中习见的金、木、水、火、土等五种物质的"相生相胜"原理来说明万物的起源和多样性的统一。古人以五行配方位，东方为木，西方为金，南方为火，北方为水，中央为土。良法，底本作"食治"。戴明扬谓："当为'良法'之误，下文即云'法无独善之术'。"今据改。　[2]世无自理之道：世上不会有自然条理的妙道。道，神祇吉凶之道，指天地之道。　[3]法无独善之术：世上所行之法都没有自臻于完好的本领。术，技术，办法。　[4]"苟非其人"二句：假如没有贤明的人研探阐述，道术就难以凭空而行。语出《周易·系辞下》："《易》之为书也不可远，其为道也屡迁。苟非其人，道不虚行。"道，这里指神祇、吉凶之道，天地之道，即上句说的世无自理之"道"。嵇康引此二句的用意是，世上只有普通的人，如果没有圣人，神祇吉凶之道就不会虚空而行。　[5]"礼乐政刑"以下四句：礼乐政刑，日常内外诸事，尚且还有疏漏的地方，何况是深奥玄妙的大道呢？幽微，深奥。　[6]"纵欲辩明神微"以下五句：即使想辩明神祇吉凶之微妙，消除疑惑开启疑滞，就要先找到开端以明示它从何而来，审察裁决以归纳其要点，这才叫有所验证。祛（qū），除去，

消除。立，确定，决定。□断，底本作"断"，文津阁本作"审断"，可从。检，检束，约束。要，纲要，要点。征，效验，验证。　[7]"若但撮（cuō）提群愚蚕种"以下三句：如果仅仅是抓取一点老百姓养蚕种谷之类的事，人们忿恨而抛弃养蚕百忌和种谷择日的习俗，据此就说什么本没有阴阳吉凶之理。但，只，仅。撮，本义是用三个指头或爪子抓取，这里指数量极少。蚕，养蚕。指阮侃《宅无吉凶摄生论》中"不知蚕者，出口动手，皆为忌祟"之事。种，种谷。指阮侃《宅无吉凶摄生论》中"俗有裁衣、种谷皆择日，衣者伤寒，种者失泽"之事。之，代词，指养蚕百忌和裁衣、种谷皆择日等习俗。　[8]"得无似噎而怨粒稼"二句：岂不如同噎食而埋怨粮食、溺水而指责舟船的人一样吗？得无，岂不，恐怕。粒稼，粮食。溺，淹没。舟楫，泛指船只。

论曰 [1]：百年之宫，不能令殇子寿；弧逆魁冈 [2]，不能令彭祖夭。又曰：许负之相条侯 [3]，英布之黥而后王，皆性命也。

[注释]

[1]"论曰"以下三句：你的论文写道：即使选择百年寿宫，也不可能使夭折的孩子长寿。论曰，阮侃《宅无吉凶摄生论》一文中说。以下七句皆摘自阮《论》本文。殇（shāng）子，未成年而夭折之人。　[2]"弧逆魁冈"二句：居住在门向和时日都有违占星家大忌的房子里，也不能使彭祖短命。弧逆魁冈，这里指的是古代宗教迷信的占星术，占星家把行星运行的变化状况视为地上人间吉凶的预兆。弧逆，地当弧星之逆，占星家以为主破败（《韩非子·饰邪》对这种说法持批判态度）。阮德如借用世俗说

法泛言方向之凶。弧，星名，又名天弓，属井宿，共九星，在天狼星东南，八星如弓形，外一星象矢，形似张弓发矢，故名。底本作"孤"，今据戴明扬校改。魁冈，即魁罡，星名。北斗七星中，天枢、天璇、天玑、天权四星组成斗身，古曰"魁"；玉衡、开阳、摇光组成斗柄，古曰"杓"，又名"冈（罡）"或"天冈（罡）"。北斗星在不同的季节和夜晚不同的时间，出现于天空不同的方位，斗柄所指的方向亦随时变化，占星家借以附会为人间吉凶之预兆。彭祖，传说中的长寿之人，活了八百多岁。　[3]"许负之相条侯"以下三句：许负给周亚夫看相测知他会封侯，英布少年时代有人为他看相，说他"黥而后王"，这些都是命中注定的。许负，西汉初年善于相面的老妪。条侯，周亚夫，绛侯周勃之子，封为条侯。《史记·绛侯周勃世家》载，周亚夫未封侯为河内守时，许负相之，曰："君后三岁而侯（封侯）；侯八岁为将相，持国秉贵重矣，于人臣无两；其后九岁而君饿死。"其后果真一一应验。英布，秦时为布衣，少年，有客相之，曰："当刑而王（封王）。"及壮，坐法黥（qíng，受黥刑）。布欣然笑曰："人相我当刑而王，几是乎？"及陈胜起兵反秦，英布亦率众叛秦，投奔项梁、项羽，能征善战，屡立战功。项王封诸将，立布为九江王。其后英布叛楚归汉，立为淮南王。事迹见《史记·黥布列传》。黥，古代肉刑之一，又称"墨刑"，用刀刺刻额、颊等处，再涂上墨，作为刑罚的标志。

应曰[1]：此为命有所定[2]，寿有所在[3]。其祸不可以智逃[4]，福不可以力致[5]。英布畏痛[6]，卒罹刀锯；亚夫忌馂，终有饿患。万物万事，凡所遭遇，无非相命也[7]。然唐虞之世[8]，命何阮侃《释难宅无吉凶摄生论》："唐虞之世，宅何同吉？长平之卒，居何同凶？亦复吾之所疑也！"

同延？长平之卒[9]，命何同短？此吾之所疑也。即如所论，虽慎若曾颜[10]，不得免祸；恶若桀跖[11]，故当昌炽[12]。吉凶素定[13]，不可推移；则古人何言："积善之家，必有余庆"[14]，"履信思顺，自天祐之"？若必积善而后福应，信著而后祐来[15]；犹罪之招罚，功之致赏也。苟先积而后受报，事理所得，不为暗自遇之也[16]。若皆谓之是相[17]，此为决相命于行事，定吉凶于智力，恐非本论之意。此又吾之所疑也。

[注释]

[1]应曰：应答说，回应说。　[2]命有所定：性命有定数。　[3]所在：存期，期限。在，存，存在。　[4]以：用，凭借。　[5]致：达到，求得。　[6]"英布畏痛"以下四句：英布畏惧疼痛，终于还是遭受刀锯之刑；周亚夫忌讳饥饿，最终还是饿死。刀锯，刑具。忌，憎恶，畏惧，忌讳。馁（něi），饥饿。　[7]无非相命也：没有不是面相显示的命中注定之事。相，仔细看，审察。引申为辨察人的官体容色以判断他的命运。命，性命，命运。　[8]唐虞：帝尧有天下之号曰"陶唐"，帝舜有天下之号曰"有虞"，后人常以唐、虞代指尧、舜。　[9]长平之卒：秦赵长平之战中的四十万降卒。长平，地名，在今山西高平西北。秦昭王四十七年（前260），秦国与赵国在此大战，秦将白起坑杀赵国降卒四十万。　[10]曾颜：曾参和颜回。二者以德行著称，都是孔子的好学生。　[11]桀跖（jié zhí）：夏桀和盗跖。　[12]故：

同"固"，本来。昌炽（chì）：昌盛。　[13]吉凶素定：吉凶本来就是定下的。　[14]"'积善之家，必有余庆'"二句："修积善行的人家，一定会留下许多祥庆福应"，"能够践履诚信而顺从正道的人，会得到上天的祐助"？前两句语出《周易·坤·文言》；后两句摘自《周易·系辞上》。履信，践行诚信，讲信用。　[15]著：显著。　[16]不为暗自遇之也：不能算作不知不觉地暗中遇合。暗，不通晓，不了解。　[17]"若皆谓之是相"以下四句：如果认为它们也是看相得知的命中注定的，这就变成由看相得知的命运取决于以后事情如何进行，吉凶安危决定于智力大小，恐怕不是你论文的本来意思。之，指"积善而后福应，信著而后祐来"等。此，代词，指代"若皆谓之是相"。

又云："多食不消[1]，必须黄丸。"苟命自当生，多食何畏，而服良药？若谓服药是相之所一[2]，宅岂非是一耶[3]？若谓虽命犹当须药以自济[4]，何知相不须宅以自辅乎？若谓药可论而宅不可说，恐天下或有说之者矣[5]。既曰："寿夭不可求，甚于贵贱。"而复曰："善求寿强者，必先知夭疾之所自来，然后可防也。"然则寿夭果可求耶？不可求也？既曰："彭子七百[6]，殇子之夭，皆性命自然。"而复曰：不知防疾，致寿去夭，"求实于虚[7]，故性命不遂"。此为寿夭之来[8]，生于用身；性命之遂，得于善求。然则

阮侃《释难宅无吉凶摄生论》："夫多食伤性，良药已病，是相之所一也。诬彼实此，非所以相证也。"

阮侃《释难宅无吉凶摄生论》："足下不立殇子以宅延，彭祖亦以宅夭之说，使之灼然，若信顺之遂期，怠逆之夭性，而徒曰：'天下或有能说之者。'子而不言，谁与能之？"

夭短者，何得不谓之愚？寿延者，何得不谓之智？苟寿夭成于愚智，则自然之命不可求之论，奚所措之[9]？凡此数事，亦雅论之矛楯矣[10]。

阮侃《释难宅无吉凶摄生论》："夫寿夭不可求之宅，而可得之和，故论有可不知。是足下忘于意而责于文，抑不本也。"

[注释]

[1]"多食不消"二句：吃多了（肠胃）不消化，一定要服用大黄制成的药丸。此二句摘自阮侃《宅无吉凶摄生论》。　[2]若谓服药是相之所一：如果认为服药是看相所得命中注定的一件事。　[3]宅岂非是一耶：住宅难道不也是其中的一件事吗？一，"相之所一"的省略。　[4]"若谓虽命犹当须药以自济"二句：如果说虽然命有所定尚且还需要良药以自助，那怎么知道看相测知命运不需要住宅条件以自辅助呢？命，命运中的定数。犹，犹尚，尚且还。济，益，补益，救助。　[5]说：主张，说法。　[6]"彭子七百"以下三句：彭祖寿长七百，殇子之夭折，这些都是性命的定数。　[7]"求实于虚"二句：从虚妄中谋求实效，所以性命不能延续。实，指阮侃《宅无吉凶摄生论》所言"高台深宫""靡色厚味"等。虚，指阮侃《宅无吉凶摄生论》所言"时日遣祟"、占卜"寿强"之类。　[8]"此为寿夭之来"以下四句：这么一说就变成人之所以有寿夭之别，原来是生发于人的立身行世；性命延续，得之于善求。　[9]奚（xī）所措之：什么处所放下它们？意为：又何从谈起呢？奚，疑问代词，相对于"什么"的意思。之，代指上句"自然之命，不可求之论"。　[10]楯（dùn）：同"盾"。底本作"载"，今据各本改。

论曰："专气致柔[1]，少私寡欲；直行情性之所宜^[2]，而合养生之正度；求之于怀抱之内^[3]，而得之矣。"又曰："善养生者^[4]，和为尽矣。"

[注释]

[1]专气致柔：任凭真气使身体达到柔和境界。气，真气，包括先天元气与后天宗气。《老子》第十章："载营魄抱一，能无离乎？专气致柔，能婴儿乎？"王弼注："载，犹处也。营魄，人之常居处也。一，人之真也。言人能处常居之宅，抱一清神，能常无离乎？则万物自宾也。专，任也。致，极也。言任自然之气，致至柔之和，能若婴儿之无所欲乎？则物全而性得矣。"　[2]"直行情性之所宜"二句：率直诚实地按性情之所宜行事。　[3]之：指"寿强"。怀抱之内：指内心，自身。　[4]"善养生者"二句：善于养生的人，求得自身谐和，就算是达到极点了。和，谐和。这里指人体之和，调和喜怒、哀乐、好恶之情。

诚哉斯言。匪谓不然^[1]，但谓全生不尽此耳。夫危邦不入^[2]，所以避乱政之害；重门击柝^[3]，所以备狂暴之灾；居必爽垲^[4]，所以远风毒之患^[5]。凡事之在外能为害者^[6]，此未足以尽其数也。安在守一和而可以为尽乎^[7]？夫专静寡欲，莫过单豹^[8]，行年七十，而有童孺之色，可谓柔和之用矣^[9]！而一旦为虎所食，岂非恃内而忽外耶^[10]？若谓豹相正当给虎^[11]，虽智不免，则

冯友兰《中国哲学史新编》第四册第三十九章《嵇康、阮籍及其他"竹林名士"》："嵇康赞成《论》（引者按：指阮侃《宅无吉凶摄生论》）所说的那些养生的道理，因为这些道理本来就是他在《养生论》中所讲的。他和《论》的不同在于，他认为养生的道理，还不完全就是这些。用逻辑的话说，他认为这些道理所讲的是养生的必要条件，不一定是充足条件。"

阮侃《释难宅无吉凶摄生论》："按足下之言，是豹忘所宜惧，与惧所宜忘，故张毅修表，亦有内热之祸。虽内外不同，钧其非和，一睹失之，终身弗复，是亦虎随其后矣。"

稽康认为：全方位的养生不止于"一和"（稽康又称之为"中和"），更需要与外部自然环境谐和，实现最高的和谐——自然之和（稽康又称之为"大和""天和"）。

"寡欲"何益？而云"养生可得"[12]？若单豹以未尽善而致灾[13]，则辅生之道，不止于一和。苟和未足以保生，则外物之为患者，吾未知其所济矣[14]。

[注释]

[1]"匪（fěi）谓不然"二句：我不是认为这样说有什么不对，只是认为全方位的养生不能到此为止罢了。匪，不，不是。　[2]危邦不入：不进入危险的国家。　　[3]重（chóng）门：双重门。击柝（tuò）：打更。柝，巡夜者击以报更的木梆。　　[4]爽垲（kǎi）：明亮干燥。爽，明。垲，燥。　　[5]风：底本作"气"，今据各本改。　　[6]"凡事之在外能为害者"二句：凡外部事物能够对人造成灾害的，这里不可能一一列举。　　[7]安在守一和而可以为尽乎：哪里仅仅单守自身谐和就可以算作达到养生之极点呢？安，疑问代词，哪里。这里表反问。一和，一身之谐和，人体之和。　　[8]莫过单豹：没有谁超过单豹。单豹，《庄子·达生》载："鲁有单豹者，岩居而水饮，不与民共利。行年（年龄，经历的年岁）七十，而犹有婴儿之色。不幸遇饿虎，饿虎杀而食之。"　　[9]谓柔和之用矣：可说是专气致柔自身谐和的功用了。柔，专气致柔，结聚真气，达到疏松柔和的境界。　　[10]岂非恃内而忽外耶：难道不正是依赖自身的保养而忽略了外部危险吗？内，内心，本性，自身。　　[11]若谓豹相正当给虎：如果说单豹的长相命运正当供给饿虎。给，相足也，对不足者供给。虎，底本作"厨"，鲁迅校："二张本作'虎'。"今据改。　　[12]可得：指可得"寿强"。　　[13]未尽善：不够完善。指单豹只求自身之和（人体之和），而未达到自

然之和。致：招致。　[14]所济：救助的办法。济，拯救，帮助。

论曰："师占成居则有验[1]，使造新则无征。"请问占成居而有验者，为但占墙屋耶[2]？占居者之吉凶也[3]？若占居者而知盛衰，此自占人[4]，非占成居也。占成居而知吉凶，此为宅自有善恶，而居者从之。故占者观表[5]，而得内也。苟宅能制人使从之[6]，则当吉之人[7]，受灾于凶宅；妖逆无道，获福于吉居。尔为吉凶之致[8]，唯宅而已？更全由故也[9]，新便无征耶？若吉凶故当由人[10]，则虽成居，何得而云"有验"耶？若此，果可占耶？不可占也？果有宅耶[11]？其无宅也？

嵇康认为：无论"占成居而有验"是占"墙屋"之吉凶，还是占"居者"之吉凶，阮侃的观点都自相矛盾。

[注释]

[1]"师占成居则有验"二句：工师占测旧居吉凶则应验，叫他占测建造新居吉凶则无效验。语出阮侃《宅无吉凶摄生论》。师，工师，官职名，主工匠之吏。这里指占宅者。成居，旧居，旧宅地。　[2]为但占墙屋耶：是只占测房屋吉凶呢？但，只，仅。　[3]居者：居住的人，屋主人。　[4]此自占人：这自是占人。　[5]"故占者观表"二句：所以占卜者观察墙屋而推断居者的吉凶。表，墙屋。内，居住者，屋主人。　[6]制：制约，约束。　[7]"则当吉之人"以下四句：那么本当吉利的人，就会受

灾于凶宅；妖逆无道的人，也能获福于吉居。　　[8]"尔为吉凶之致"二句：莫非你以为招致吉凶的原因，只有宅屋一个因素？尔，你。致，招致，到达。　　[9]"更全由故也"二句：甚至说吉凶全部出自旧宅，那新宅就没有效验吗？更，副词，重新，另外。故，原来的，旧时的，这里指旧宅。底本作"人"，戴明扬引文津本校改作"故"，今从之。"故"指成居，乃承上文而言。　　[10]故：副词，本来。人：这里指屋主人，居者。　　[11]"果有宅耶"二句：（吉凶）果真有住宅因素吗？还是没有呢？其，表委婉的语气词。

阮侃《释难宅无吉凶摄生论》："元亨利贞，卜之吉繇，隆准龙颜，公侯之相者，以其数所遇，而形自然，不可为也。使准颜可假，则无相繇；吉可为，则无卜矣。今设为吉宅而幸福报，譬之无以异假颜准而望公侯也。是以子阳镂掌，巨君运魁，咸无益于败亡。故吾以无故而居者可占，何惑象数之理也。设吉而后居者不可，则假为之说也。"

本段具体阐述相宅与卜筮之间的区别。

论曰："宅犹卜筮[1]，可以知吉凶，而不能为吉凶也。"应曰：此相似而不同。卜者，吉凶无豫[2]，待物而应[3]，将来之兆也[4]。相宅不问居者之贤愚，惟观已然[5]，有传者已成之形也[6]。犹睹龙颜而知当贵[7]，见纵理而知当饿[8]。然各有由[9]，不为暗中也[10]。今见其同于得吉凶，因谓相宅与卜不异；此犹见瑟而谓之筌筷[11]，非但不知瑟也。纵如论[12]，宅与卜同[13]，但能知而不能为[14]；则吉凶已成，虽知何益？卜与不卜，了无所在[15]。而古人将有为[16]，必曰问之龟筮，吉以定所由差。此岂徒也哉[17]！此复吾之所疑也。武王营周[18]，则云"考卜惟王，宅是镐京"；周公迁邑[19]，乃卜涧瀍，终惟洛食。

又曰："卜其宅兆而安厝之[20]。"古人修之于昔如彼[21]，足下非之于今如此，不知谁定可从？

[注释]

[1]"宅犹卜筮"以下三句：相宅跟卜筮一样，可以预知吉凶，而不能造成吉凶。　[2]豫：同"预"，这里指事先存在。　[3]应：应和。　[4]兆：预兆。　[5]惟观已然：只是观测已有的宅居状貌。　[6]有传者已成之形也：有传说已显示吉凶的情况。传，传述，流传。　[7]龙颜：眉骨突起似龙，古人认为这是帝王的容貌。《史记·高祖本纪》："高祖为人，隆准而龙颜。"　[8]纵理：脸面的竖纹。　[9]由：原因，来历。　[10]暗中（zhòng）：暗合，偶合。　[11]瑟：弦乐器，古有五十弦，后改为二十五弦。底本作"琴"，据戴明扬校改。下"瑟"字同。箜篌（kōng hóu）：弦乐器，形状似瑟而较小，弦数不一，少至五根，多至二十五根。[12]纵：即使。　[13]宅：这里是"占宅"的意思。　[14]但：仅仅，只。知：这里是"知吉凶"的意思。为：这里是"为吉凶"的意思，即做什么。　[15]了无所在：全然没有价值。了，终，全然。所在，存在的价值。　[16]"而古人将有为"以下三句：但是古人将有所作为，一定说：先问问龟筮，告诉了吉凶后再选择行动方案。所由，指途径，方式方法。由，经历，经过。差（chāi），挑选。[17]徒：徒劳。[18]"武王营周"二句：周武王要兴建都城，《诗经》上记载说："武王卜了一个卦，宫室宗庙建在镐京。"考卜惟王，宅是镐（hào）京，《诗经·大雅·文王有声》曰："考卜维王，宅是镐京。维龟正之，武王成之。"考卜，成卜也。考，成也。王，武王。宅，指宫室宗庙的基地，即都城。镐京，故址在今陕西西安西南。　[19]"周公迁邑"以下三句：周公旦迁都，于是

在涧水、瀍水间占卜，结果是洛阳得到吉兆。周公，姬旦，周武王之弟。武王于灭商后两年病死，成王年幼，周公摄政。涧，水名，发源于今河南渑池县东北白石山，至洛阳西南入洛水。瀍（chán），水名，发源于今河南孟津区任家岭，向南流经洛阳东面注入洛水。惟，仅。洛食，洛阳得到吉兆。食，食墨，吉兆。占卜之前，先用墨画龟甲，再用火烤灼，墨迹消失为兆顺，谓之"食墨"。以上两句摘引自《尚书·洛诰》所载周公向成王报告营洛时说的话。　[20]卜其宅兆而安厝（cuò）之：占卜他的墓穴茔域而安葬之。宅，指墓穴。兆，茔域。厝，同"措"，置放。　[21]"古人修之于昔如彼"以下三句：古人从前是那样虔诚地遵循着占卜传统，而今天足下却是如此地非难，不知谁的决断才是可信从的？

论曰："为三公宅[1]，而愚民必不为三公，可知也。或曰[2]：愚民必不得久居公侯宅。然则果无宅也……"

[注释]

[1]"为三公宅"以下三句：建造好三公的住宅，而给愚民居住，他们一定不会成为三公，这是可以预知的。三公，周代以太师、太傅、太保（一说：司马、司徒、司空）为三公；西汉以丞相（大司徒）、太尉（大司马）、御史大夫（大司空）为三公。后泛指权贵。　[2]"或曰"以下三句：有人说：愚民一定不可能长久地居住在公侯之宅里。如此说来，果真是没有吉宅啊。这是性命自然，不可强求的。"就是三公住在里面，有强盗正在闯来，不迅速逃走，也要当俘虏的。"（阮侃《宅无吉凶摄生论》）

应曰：不谓吉宅能独成福[1]，但谓君子既有贤才，又卜其居，顺履积德，乃享元吉。犹夫良农，既怀善艺[2]，又择沃土，复加耘耔[3]，乃有盈仓之报耳[4]。今见愚民不能得福于吉居，便谓宅无善恶；何异睹种者之无十千[5]，而谓田无壤埤耶？良田虽美[6]，而稼不独茂；卜宅虽吉[7]，而功不独成。相须之理诚然[8]，则宅之吉凶，未可惑也[9]。今信征祥[10]，则弃人理之所宜[11]；守卜相[12]，则绝阴阳之凶吉；持智力[13]，则忘天道之所存。此何异识时雨之生物[14]，因垂拱而望嘉谷乎[15]？是故疑怪之论生，偏是之议兴[16]，所托不一[17]，乌能相通[18]？若夫兼而善之者[19]，得无半非冢宅耶？

［注释］

[1]"不谓吉宅能独成福"以下五句：我不是说吉利的宅居便能独自形成福佑，只是说君子之人已经具有贤德才能，又占卜居处，讲信用顺正道，积德积善，才得以享受大吉大利的。顺履，即"履信思顺"，践履诚信而时时考虑顺从正道。元吉，大吉。 [2]善艺：善于种植。指好的种植技术。艺，种植，技艺，才能。 [3]耘耔（yún zǐ）：锄草培土，此泛指田间管理。耘，除草。耔，培土。 [4]报：回报。 [5]"何异睹种者之无十千"二句：

阮侃《释难宅无吉凶摄生论》："此言当哉！诚三者能修，则农事毕矣。若或尽以邪用，求之于虚，则宋人所谓'予助苗长'，败农之道也。"

冯友兰《中国哲学史新编》第四册第三十九章《嵇康、阮籍及其他"竹林名士"》："这是认为，宅的吉凶也可能是决定人的祸福的条件之一。"

田有沃土、贫瘠之别，房有好、差之分。这跟吉、凶是两码事。嵇康偷换概念以诡辩。

嵇康不赞成"宅无善恶"之论，同时又批评"吉凶素定"，忽视"人为"的观点，他认为吉宅不能独自成福，还要有居住者的贤才和努力积德来配合，两者相互依存（相须之理）。

这跟那些看见种田没有得到好收成，就说田地本无肥沃、贫瘠之别的人，有什么两样呢？十千，言多也。指收成很好。壤，肥沃的土壤。堉（jí），同"瘠"，薄土，贫瘠的土地。　[6]"良田虽美"二句：良田虽美，而庄稼却不是靠良田就会长得茂盛。　[7]"卜宅虽吉"二句：卜宅虽吉，而吉利的效验却不是单靠吉宅就会自然成功。　[8]相须：相互需要。须，通"需"。　[9]惑：疑惑，怀疑。　[10]征祥：征兆吉祥。征，迹象，证验。　[11]人理：人的才质。理，纹理。这里指人的才质、素质。所宜：相称的地位（待遇）。宜，相称，适当。　[12]"守卜相"二句：固守卜相显示的征兆，就隔断阴阳两界吉凶之相互依存。阮侃认为，占卜只能"知吉凶"而不能"为吉凶"，吉凶素定，人无论做什么努力都没有用，所以嵇康说他的主张"绝阴阳之吉凶"。卜，卜筮。相，窥察，勘察。阴，指卜相所显示的征兆，即上文所云"可以知吉凶"。阳，指人为，人的作为。　[13]持智力：凭恃智慧和强力。持，持有，凭恃。　[14]时雨：适时的合乎农种季节的降雨。　[15]垂拱：垂衣拱手，无所作为不肯劳动。拱，敛手也。　[16]偏是之议兴：偏离正确原则的议论不断兴起。　[17]所托不一：依据的观点不一致。　[18]乌：哪里。　[19]"若夫兼而善之者"二句：如果兼顾各家之长而得出全面完善的说法，难道有一半的功效不正是来自冢宅的善恶吉凶吗？若，连词。表示假设，相当于"如果"。夫，指示代词，那，那个。兼，兼顾，指卜相吉兆与人为（贤才，顺履积德）"相须"（相互需要，相互依赖）。得无，难道，恐怕。

论曰："时日谴祟[1]，古盛王无之，季王之所好听。"此言善矣，顾其不尽然[2]。汤祷桑林[3]，周公秉圭，不知是"谴祟"？非也？"吉日惟戊，既伯既祷"[4]，不知是时日？非也？此皆足下家事[5]，先师所立，而一朝背之，必若汤周未为盛王，幸更思之。又当校知二贤[6]，何如足下耶？

[注释]

[1]"时日谴祟"以下三句：选择好日子，斥逐邪祟，古代的盛世帝王没有这类事情，衰世君王才好听信这个。季王，末代君王。　[2]顾：连词，表示转折关系，相当于"但是"。　[3]"汤祷桑林"以下四句：商汤为求雨而祈祷于桑林，周公为保住武王生命而秉圭祷告于三王，不知道这是不是"谴祟"？汤，商汤。桑林，桑山之林，能兴云作雨。传说汤灭夏之后，天大旱，五年不收，汤乃以身祷于桑林以求雨。秉，拿，持。圭，玉器，上圆下方，是贵族朝聘、祭祀、丧葬时所持礼器。据《尚书·金縢》记载，周武王在灭殷之第二年，身染重病，周公曾设坛祷告，祈求三王（太王、王季、文王）的在天之灵，请求以自身代替武王去死，以保住武王的生命。　[4]"吉日惟戊"以下三句：《诗经》上写周宣王打猎"择日子戊日好，祭马祖又祈祷"，不知这是不是"时日"？吉日惟戊，既伯既祷，引自《诗经·小雅·吉日》，描写贵族陪同周宣王打猎，择日选马，祭祀祈祷等情景。戊，戊日。这里写的当是戊辰日，古代以天干地支相配记日。古人认为戊日为刚日，适合外事活动，如巡狩、盟会、出兵等。伯，马祖。　[5]"此皆足下家事"以下五句：这些都是足下家学传习之事，前辈老师确定的，而今你一朝背叛了他，一定说像商汤、周公这类人物也不能算是盛王，希望你再考虑考虑这个问题。家事，

阮侃《释难宅无吉凶摄生论》："按《书》，周公有请命之事，仲尼非子路之祷。今钧圣而钧疾，何事不同也？故知臣子之情，尽斯心而已。所谓礼为情貌者耳。故于臣弟，则周公请命；亲其身，则尼父不祷。"

阮侃《释难宅无吉凶摄生论》："至时日，先王所以诫不怠，而劝从事耳。俗之时日，顺妖忌而逆事理。时名虽同，其用适反。以三贤校君，愈见其合，未知所异也。"

家学所传之事。《诗经》《尚书》等皆儒家经典，为正统读书人家所研习。先师，前辈老师。为，做，算是，算作。　　[6]"又当校（jiào）知二贤"二句：还应当考校明了两位贤人的水平，比足下怎么样呢？校，考核，考究。知，知道，知觉。二贤，商汤和周公。

阮侃《释难宅无吉凶摄生论》："此较通世之常滞也。然智所不知，不可以妄求；智所能知，恶其以学哉？故古之君子，修身择术，成性存存，自尽焉而已矣。"

童强《嵇康评传》："在这里，嵇康确定了认识论的一条基本原则：我们只能确定已知的东西。也就是说，只能对我们确实有所了解的事物做出判断，对于不了解的事物，无法确定地给出肯定或者否定的判断。"

论曰[1]："贼方至，以疾走为务；食不消，以黄丸为先。"子徒知此为贤于"安须臾"与"求乞胡"，而不知制贼、病于无形[2]，事功幽而无跌也[3]。夫救火以水[4]，虽自多于抱薪，而不知曲突之先物也。况乎天下微事[5]，言所不能及[6]，数所不能分[7]，是以古人存而不论，神而明之[8]，遂知来物；故能独观于万化之前[9]，收功于大顺之后[10]。百姓谓之自然，而不知所以然。若此，岂常理之所逮耶[11]？今形象著明[12]，有数者犹尚滞之；天地广远，品物多方[13]，智之所知，未若所不知者众也。今执夫避贼消谷之术，谓养生已备，至理已尽；驰心极观[14]，齐此而还，意所不及，皆谓无之。欲据所见，以定古人之所难言[15]，得无似蟪蛄之议冰雪耶[16]？欲以所识[17]，而决古人之所弃，得无似戎人问布于中国，睹麻种而不事耶？吾怯于专断，进不敢定祸福于卜相^[19]，退不敢谓家无吉凶也。

[注释]

[1]"论曰"以下六句：摘自阮侃《宅无吉凶摄生论》："有贼方至，不疾逃，独安须臾，遂为所虏。"又："多食不消，舍黄丸而筮祝谴祟，或从乞胡求福者，凡人所笑之。"贼方至，以疾走为务；食不消，以黄丸为先，强盗即将闯进来，主人的当务之急是赶快逃跑；食物吃多了不消化，首先应当做的是服用大黄丸药。徒知，只知。贤，胜过。安须臾（yú），安适一会儿。求乞胡，这里是胡乱求医之意。乞胡，游乞之胡，以祸福惑人者。 [2]无形：（贼、病）未形成之际。 [3]事功幽而无跌：事功虽然幽隐不显，但不会失误。跌，差错，失误。 [4]"夫救火以水"以下三句：用水去救火，虽然优于抱薪而往，而不知道将炉灶的烟囱弯曲（以消除隐患）才是首先应当考虑的事。曲突，弯曲的烟囱。《汉书·霍光传》："臣闻客有过主人者，见其灶直突，傍有积薪。客谓主人，更为曲突，远徙其薪，不者且有火患。主人嘿（默）然不应。俄而家果失火，邻里共救之，幸而得息。"先物，先事，先从事。物，事。 [5]微事：微妙之事。微，幽微。 [6]言所不能及：言语无法表达。及，达，达到。 [7]数所不能分：术数无法离析辨清。分，分辨清楚。 [8]"神而明之"二句：心领神会，于是知道将来之事物。 [9]万化：千变万化，万物变化。 [10]大顺：天理。这里是与天理一致的意思，即《养生论》中写的"同乎大顺"，嵇康又称之为"大和""天和"，顺和于天，达到最高的和谐——自然之和。 [11]逮：及，达到。这里是说明的意思。 [12]"今形象著明"二句：眼前形象显著明晰的事物，身怀术数之人尚且还有不能通晓的。滞，凝，停止。之，指"形象著明"。 [13]方：类，品类。 [14]"驰心极观"以下四句：驰

骋想象极目四海，莫不与避贼、消谷之类等量齐观，意所不及，都说成是没有的。齐，齐等。　　[15] 所难言：难说的事物，指上文之"天下微事，言所不能及"。　　[16] 得无：恐怕，岂不。蟪蛄（huì gū）：寒蝉。蝉春生夏死，或夏生秋死，根本不知冰雪为何物。　　[17]"欲以所识"以下四句：一心想用自己的认识，来决断古人"存而不论"的"天下微事"，岂不如同西部的戎人问中原晒的麻布为什么这般长大，主人出示麻种，戎人莫名其妙一样吗？所识，（自己）认识的事物。所弃，（古人）放弃的事物，指上文"古人存而不论，神而明之"。戎人问布于中国，据《吕氏春秋·知接》载，居住在西部地区的戎人来到中原一带，看见有晒麻布的，问道："怎么会这般又长又大？"主人出示麻种，戎人怒曰："谁会相信这种纷乱的东西，可以做成长大的布？"戎，古代泛指我国西部的少数民族。中国，代指中原地区。不事，不治，不知如何从事。这里是莫名其妙的意思。　　[19]"进不敢定祸福于卜相"二句：进不敢说人生的祸福取决于卜筮、相命的结果，退不敢说家宅没有吉凶。

[点评]

阮侃认为：宅无吉凶，日期也无吉凶，凡百忌祟，皆生于无知。善求寿强，惟在"摄生"（养生）。嵇康不以为然，摘引其论述，挖掘、寻觅可乘之机，展开辩驳。结尾说："吾怯于专断，进不敢定祸福于卜相（卜筮、相宅相命的结果），退不敢谓家无吉凶也。"

嵇康和阮侃，对江湖术士（"乞胡"之类）假借天道妄断吉凶的骗术"惑道"，皆持批判态度，站在先进文化一边。二人的分歧是：嵇康认为天地之道隐含神祇吉凶幽微之理，需要明贤之人研探阐述，"苟非其人，道不虚行"。而阮侃认为："天地易（恒久平易）简（恒久简约），而惧以细苛，是更所以为逆（违反）也。"阮侃具备治理郡县的实践经验，倾向务实、简明；中散大夫无实职，喜务虚，谈玄，研探"幽微"之理。白起坑杀降卒，纯属丧失人性的极端暴行，绝非有什么神祇幽微暗示。长平之卒，遭遇不可抗力，集体赴死，恰恰从一个侧面证明"宅无吉凶"之别。至于养生之人，遭遇老虎，偶发事例，皆不足以动摇《宅无吉凶摄生论》的基本观点。

附：宅无吉凶摄生论

阮　侃

夫善求寿强者，必先知夭疾之所自来，然后其至可防也。祸起于此，为防于彼，则祸无自瘳矣。世有安宅、葬埋、阴阳、度数、刑德之忌，是何所生乎？不见性命，不知祸福也。不见故妄求，不知故干幸。是以善执生者，见性命之所宜，知祸福之所来，故求之实而防之信。夫多饮而走，则为澹支；数行而风，则为痒毒；久居于湿，则要疾偏枯；好内不怠，则昏丧女疾。若此之类，灾之所以来，寿之所以去也。而掘墓筑室，费日苦身以求之，疾生于形，而治加于土木，是疾无道瘳矣。《诗》云"恺悌君子，求福不回"者，匪避诽谤而为义然也。盖知"回"匪所"求福"也。故寿强，专气致柔，少私寡欲，直行情性之所宜，而合于养生之正度，求之于怀抱之内而得之矣。

尝有不知蚕者，出口动手，皆为忌祟，不得蚕丝滋甚，为忌祟滋多，犹自以犯之也。有教之知蚕者，其颣于桑火寒暑燥湿也，于是百忌自息，而为利十倍。何者？先不知所以然，故忌祟之情繁；后知所以然者，故求之术正。故忌祟常生于不知，使知性命犹知蚕，则忌祟无所立矣。多食不消，舍黄丸而筮祝谴祟，或从乞胡求福者，凡人所笑之，何者？以智能达其无祸也。故忌祟举生于不知，由知者言之，皆乞胡也。

设为三公之宅，而令愚民居之，必不为三公可知也。夫寿夭之不可求，甚于贵贱，然则择百年之宫，而望殇子之寿，弧逆魁冈，以速彭祖之夭，必不几矣。或曰：愚民必不得久居公侯宅，然则果无宅也，是性命自然，不可求矣。有贼方至，不疾逃独安，须臾遂为所虏。然则避祸趣福，无过缘理，避贼之理，莫如速逃，则斯善矣。养生之道，莫如先和，则为尽矣。夫避贼宜速，章章然，故中人不难睹；避祸之理，冥冥然，故明者不易见。其于理动，不可要求，一也。孔子有疾，医曰："子居处适也，饮食药也，有疾天也。医焉能事？"是以知命不忧，原始要终，遂知死生之说。

夫时日谴祟，古之盛王无之，而季王之所好听也。制寿宫而得夭短，求百男而无立嗣，必占不启之陵，而陵不宿草。何者？高台深宫，以隔寒暑，靡色厚味，以毒其精，亡之于实，而求之于虚，故性命不遂也。或曰：所问之师不工，则天下无工师矣。夫一栖之鸡，一栏之羊，宾至而有死者，岂居异哉？故命有制也，知命者则不滞于俗矣。若许负之相条侯，英布之黥而后王，彭祖七百，殇子之夭，是皆性命也。若相宅质居，自东徂西而得；反此，是灭性命之宜。孔子登东山而小鲁，登泰山而小天下。立高丘而观居民，则知徂东西非祸福矣。若乃忘地道之爽垲，而心制于帷墙，则所见滋褊。从达者观之，则"夫乾确然示人易矣，夫坤隤然示人简矣"。天地易简，而惧以细苛，是更所以为逆也。是以君子奉天明，而事地察。

世之工师，占成居则验，使造新则无征。世人多其占旧，思求其造新，是见舟之于水，而欲推之于陆，是不明数也。夫旧新之理，犹卜筮也。夫凿龟数策，可以知吉凶，然不能为吉凶。何者？吉凶可知，而不可为也。夫先筮吉卦，而后名之，无福；犹先筑利宅，而后居之，无报也。占旧居以谴祟则可，安新居以求福则不可，即犹卜筮之说耳。

俗有裁衣、种谷皆择日，衣者伤寒，种者失泽。凡火流寒至，则当授衣，时雨既降，则当下种；贼方至，则当疾走。今舍实趣虚，故三患随至。凡以忌祟治家者，求富而其极皆贫，故有"知星宿，衣不覆"之谚。古言无虚，不可不察也。

第九卷

答释难宅无吉凶摄生论

夫先王垂训[1]，开制中人[2]，言之所树[3]，贤愚不违；事之所由[4]，古今不忒[5]。所以致教也[6]。若夫机神玄妙[7]，不言之化，自非至精，孰能与之？故善求者，观物于微，触类而长[8]，不以己为度也[9]。按如所论[10]："甚有则愚，甚无则诞"；今使小有[11]，便得不愚耶？了无乃得离之也？若小有则不愚，吾未知小有其限所止也。若了无乃得离之，则甚无者，无为谓之诞也[12]。又曰："私神立[13]，则公神废。"然则唯恶夫私之害公[14]，邪之伤正，不为无神也。向墨子立公神之诚[15]，状不"甚有"之说，使董生托正忌之途，执不"甚无"之言；二贤雅趣[16]，

冯契《中国古代哲学的逻辑发展》第六章第三节《嵇康："越名教而任自然"》："这话包括三层意思：一是深入细致地观察，把握事物的微妙变化；二是依据类进行推理，举一反三；三是不凭主观猜测，以外物校验。这些是科学方法的基本要求。嵇康是一个很善于运用逻辑推理进行论辩的作家。在他的那些和别人进行反复驳难而写成的论文中，所提出的论点不见得都正确，但却言之成理，持之有故，论证和驳斥显得很有逻辑力量。"

童强《嵇康评传》："嵇康指出阮氏之论'非所望于核论'，他期望得到的是确实的结论，神鬼是'实有'，还是'实无'。在反驳阮氏的说法时，他正是试图确定语言描述对象的确切含义，确定'小有''了无'等概念'其限所止'。如果不能确定，那么，'甚有'与'甚无'的说法即使看起来很有道理，并且多为常识所接受，但在嵇康认识论的领域中已经毫无意义。"

王晓毅《嵇康评传》："嵇康认为神鬼是气的一种特殊形态，并非是最终决定人类命运力量，而人的积极努力，将会改变命运。"

可得合而一，两无不失耶？今之所辨[17]，欲求实有实无，以明自然不诡。持论有工拙，议教有精粗也。寻雅论之指，谓河洛不神[18]，借助鬼神；故为之宗庙[19]，以神其本；不答子贡[20]，以救其末。然则足下得不为托心无神鬼[21]，齐契于董生耶？而复顾古人之言[22]，惧无鬼神之弊，貌与情乖[23]，立从公废私之论，欲弥缝两端[24]，使不愚不诞，两讥董墨，谓其中央可得而居[25]。恐辞辨虽巧，难可俱通，又非所望于核论也[26]。故吾谓古人合德天地，动应自然，经世所立[27]，莫不有征。岂匿设宗庙以欺后嗣[28]，空借鬼神以罔将来耶[29]？足下将谓吾与墨不殊，今不辞同有鬼[30]，但不偏守一区，明所当然，使人鬼同谋，幽明并济，亦所以求衷[31]，所以为异耳。

［注释］

[1]垂训：传下典范、准则。垂，自上施于下之意。　[2]开制中人：以中等智力的人（能明晓）为依据。制，法度，制度。这里是依据的意思。　[3]树：树立，这里指确立的原则。　[4]由：途径，程序。　[5]忒（tè）：变更，疑惑。　[6]致教：达成教化（之目的）。　[7]"若夫机神玄妙"以下四句：如果机神玄妙，不运用言语而进行教化，那除了特精明的人，又有谁能够了解它的

奥妙？不言之化，无言的教化。　　[8] 长：长进。　　[9] 度：尺度，标准。　　[10]"按如所论"以下三句：像你所论述的："强调有鬼神则愚蠢，强调无鬼神则空虚。"　　[11]"今使小有"以下三句：现在假设改说"稍有"鬼神，就会不愚蠢了吗？"略无"鬼神就不算空虚了吗？了无，略无，即"小无"的意思，与上句"小有"相对应。　　[12] 无为谓之诞也：不应称之为空虚。　　[13]"私神立"二句：私神树立，则公神废弃。　　[14]"然则唯恶夫私之害公"以下三句：这样说来，你只是厌恶私神害公神，邪忌伤正忌，并不是认为没有鬼神。　　[15]"向墨子立公神之诚"以下四句：假如墨子以内心立公神之情实、口头上却不强调有鬼神的说法；假使董无心内依托正忌一边、表面上却不强调没有鬼神的言论。向，假若。墨子（约前 468—前 376），名翟，墨家的创始人。《墨子·明鬼》篇确认鬼神是有的，作者认为社会动乱不宁的原因是人们不相信鬼神能赏贤而罚暴。董生，董无心，战国时代人，儒家之徒，著有《董子》一卷。据王充《论衡·福虚》篇载："儒家之徒董无心，墨家之役缠子，相见讲道。缠子称墨家，佑鬼神，是引秦穆公有明德，上帝赐之十九年。董子难以尧、舜不赐年，桀、纣不夭死。"马总《意林》引《缠子》曰："董子曰：'子信鬼神，何异以踵（脚后跟）解结，终无益也。'缠子不能应。"　　[16] 二贤：指墨子和董无心。趣：旨趣，旨意。阮侃《释难宅无吉凶摄生论》云："是以墨翟著《明鬼》之篇，董无心设难墨之说。二贤之言，俱不免于殊途而两惑。"　　[17]"今之所辨"以下三句：现在要辨清的，是鬼神实有还是实无的问题，以明自然之道不能违背。《淮南子·主述训》："诡自然之性。"高诱注："诡，违也。"　　[18]"谓河洛不神"二句：认为黄河、洛水本来不神，借助龙马、神龟而使之神。借助鬼神，指阮侃《释难宅无吉凶摄生论》所引《易经》写的黄河出现龙马背负"河图"、洛水出现神龟背负"洛书"的传说。　[19]"故为之宗庙"二句：所以《孝经》上说要"要建造宗庙，给祖先鬼魂享用"，以崇拜其祖宗。阮侃《释难宅无吉凶摄生论》云："《孝经》曰：'为之宗庙，以鬼享之。'"以上即就此而言。　[20]"不答子贡"二句：孔夫子不回答子路关于鬼神的问题，以回避的方式处理具体的非根本的事物。阮侃《释难宅无吉凶摄生论》云："子贡称：'性与天道，不可得闻。'仲由问神，而夫子不答。其饬末有如彼者，是何也？"以上即就此而言。其中"子贡"当为"子路"之误。敕（chì），同"饬"，谨慎、恭敬。底本原抄作"救"，据鲁迅校改。末，底本无此字，据鲁迅校补。　[21]"然则足下得不为托心无神鬼"二句：如此看来你岂不是真心认为没有鬼神，齐同相合于董无心吗？　[22]"而复顾古人之言"二句：而又顾及到古人之言，害怕没有鬼神观念会出现种种弊端。　[23]"貌与情乖"二句：外貌与内情乖离，所以发表从公神废私神的论调。　[24]"欲弥缝两端"二句：欲调合两端，使自己既不愚蠢又不虚空。　[25]中央：指墨翟跟董无心之间，即有鬼神与无鬼神之间。[26]核：核实，检验。[27]经世：历代。　[28]匿：暗暗地。欺：底本作"期"，据鲁迅校改。后嗣：底本作"后世嗣"，今据各本删改。　[29]罔（wǎng）：迷惑。　[30]"今不辞同有鬼"以下五句：现在我不推辞自己赞同有鬼的说法，但不偏守一隅，固执一端，只是想明晰本来面目，使人鬼同谋，幽明并济。　[31]"亦所以求衷"二句：这正是我追求中正，与众说不同的地方。衷，中，正，不偏不倚。

论曰："圣人钧疾[1]，而祷不同。故于臣弟[2]，则周公请命；亲其身，则尼父不祷。所谓礼为情貌者也[3]。"难曰：若于臣子，则宜修情貌[4]，未闻舜禹有请君父也[5]；若于身则否，未闻武王阙祷之命也[6]。汤祷桑林，复为君父耶？推此而言，宜以祷为益[7]，则汤、周用之；祷无所行[8]，则尧、孔不请。此其殊途同归，随时之义也[9]。又曰："时日[10]，先王所以诫不怠，而劝从事。"足下前论云[11]："时日非盛王所有[12]。"故吾问"惟戊"之事[13]。今不答"惟戊"果是非[14]，而曰所以诫劝，此复两许之言也[15]。纵令"惟戊"尽于诫劝，寻论案名[16]，当言有日耶[17]？无日也？又曰："俗之时日，顺妖忌而逆事理。"按：此言为恶夫妖逆[18]，故去之，未为盛王了无日也。夫时日用于盛世，而来代袭以妖惑[19]；犹先王制雅乐，而季世继以淫哇也[20]。今忿妖忌，因欲去日[21]；何异恶郑、卫[22]，而灭《韶》《武》耶[23]？不思其本[24]，见其所弊，辄疾而欲除，得不为遇噎溺而迁怒耶？足下既已善卜矣[25]，夫乾坤有六子[26]，支干有刚柔；统以阴阳[27]，错以五行，故吉凶可得。而时日是其所由[28]，故古人顺之焉。有善其流而恶其源者[29]，吾未知其可也。至于河洛宗庙[30]，则谓

引《尚书》《诗经》等经典记载，分析论证，批驳阮侃。

匿而不信；类祸祈祷[31]，则谓伪而无实；时日刚
柔[32]，则谓假以为劝。此圣人专造虚诈，以欺
天下。匹夫之谅[33]，且犹耻之。今议古人，得
无不可乃尔也！凡此数事，犹陷于诬妄[34]。冢
宅之见伐[35]，不亦宜乎？

［注释］

[1]"圣人钧疾"二句：周公和孔子都是圣人，同样是面对疾病，而对祈祷这一形式的态度却很不一致。钧，同"均"。 [2]"故于臣弟"以下四句：所以作为患者周武王的臣子兼弟弟，周公旦则设坛祷告先王为武王请命；孔子自己生病，则不肯祈祷。请命，《尚书·金縢》记载，周公设坛祈祷先王，请求以自身代武王之重病。尼父，孔子。《论语·述而》记载：孔子病重，子路请求祈祷。孔子道："有这回事吗？"子路答道："有的……"孔子道："我早就祈祷过了。" [3]所谓礼为情貌者也：这就是所谓礼节仪式仅仅是作为心情表达的形式。以上数句是对阮侃《释难宅无吉凶摄生论》内容的摘引。 [4]宜修情貌：应循行礼节仪式。 [5]请君父：为君父祈祷请命。 [6]阏（è）：止，阻止。 [7]益：有益。 [8]行：成。 [9]随时之义：语出《周易·随·象》："随时之义大矣哉！"（随其时节的意义多么弘大啊！）嵇康引用此语的意思是说，或祷或不祷，都出自人的观念和动机。随，随从，随和，顺随。时，适宜的时机，时节。 [10]时日：选择吉日。 [11]前论：指阮侃《宅无吉凶摄生论》。 [12]时日非盛王所有：选择吉利的日子谴责邪祟，古代的盛世之王是不做这种事的。盛，底本作"武"，据各本改。 [13]惟戊之事：

指《诗经·小雅·吉日》描写周宣王打猎前祭祷以选择吉日的事。惟戊，指《吉日》篇中"吉日维戊，既伯既祷"两句。戊，戊日，当是戊辰日，是个好日子，"吉日"。　[14]果是非：果真是"时日"还是不算"时日"。　[15]两许之言：模棱两可的话。许，可。　[16]寻论案名：循着言论研求其名称。论，言论。指《诗经·小雅·吉日》中"吉日维戊，既伯既祷"等语。案，同"按"，考查，研求。　[17]有日耶：有"时日"这回事吗？　[18]"此言为恶夫妖逆"以下三句：这话的意思是厌恶妖逆，所以除去它，不能认为盛王也没有"时日"的事情。日，时日（之事）。　[19]来代：后代，后世。　[20]季世：衰世，末世。　[21]去日：去除"时日"。　[22]郑、卫：指郑卫之音，淫声，即上文所谓"淫哇"。　[23]《韶》《武》：舜时的《韶》和周时的《武》乐，皆正声雅乐。　[24]"不思其本"以下四句：不考察本源，只看到流弊，就愤恨地要铲除，这岂不成了遇噎食、溺水而迁怒于舟、稼吗？　[25]善卜：称道卜相。　[26]"夫乾坤有六子"二句：那乾、坤两卦直接派生震、巽、坎、离、艮、兑六卦，天干地支有阴阳刚柔。乾坤有六子，语出《汉书·郊祀志》："《易》有八卦，乾、坤六子。"古人以乾、坤二卦代天地，犹如父母，滋生万物。六子，指震、巽、坎、离、艮、兑六卦。此六卦为乾、坤二卦直接派生，故称"六子"。支干，即干支，古人以天干与地支相配以纪日。刚柔，指阴阳，阳刚阴柔。天干中的甲、丙、戊、庚、壬为阳，乙、丁、己、辛、癸为阴；地支中的寅、辰、午、申、戌、子为阳，卯、巳、未、酉、亥、丑为阴。　[27]"统以阴阳"以下三句：用阴阳统领它们，间杂以五行，故吉凶可得。五行，金、木、水、火、土。古人以五行配日，如东方甲乙木，南方丙丁火等。　[28]时日是其所由：选择吉日正是预测吉凶所必须采用的法式。其，代词，指"吉凶可得"。所由，经由的道路、法式。由，经由，经历。　[29]流：指卜知吉凶。源：指选择吉日。　[30]"至于河洛宗庙"二句：至于河出图、洛出书以及宗庙等，则认为匿而不信。　[31]类：同"禷"，祭名，以特别事故祭祀天神。祃（mà）：军中祭名，古时于军队驻扎之处设祭神曰祃。或曰马上祭曰祃。　[32]"时日刚柔"二句：选择吉宜日期讲究阴阳刚柔，则说成是先王假借以作劝诫之用。　[33]谅：智，诚信。　[34]诬妄：谓以不实之辞蒙骗人。　[35]冢宅：指阮侃"宅无吉凶"的论调。

前论曰[1]："若许负之相条侯，英布之黥而后王；一栏之羊，宾至而有死者，皆性命之自然也。"今论曰[2]："隆准龙颜[3]，公侯之相，不可假求。"此为相命[4]，自有一定。相所当成，人不能坏；相所当败，智不能救。陷当生于众险[5]，虽可惧而无患；抑当贵于厮养[6]，虽辱贱而必尊。若薄姬之困而后昌[7]，皆不可为、不可求，而暗自遇之。全相之论[8]，必当若此，乃一途得通，本论不滞耳[9]。吾适以"信顺"为难[10]，则便曰："信顺者[11]，成命之理。"必若所言[12]，命以"信顺"成，亦以不"信顺"败矣。若命之成败取足于"信顺"，故是吾前《难》"寿夭成于愚智"耳[13]，安得有性命自然也？若"信顺"果成相命，

王晓毅《稽康评传》："稽康、阮侃的思想方法，并非玄学的本末体用思维，而是传统的象数思维，他们都力图以深通'象数之理'的思想家形象出现，指责对方'惑象数之理'，所以他们对传统的相命论、占卜方法，都不同程度地予以肯定。"

请问：亚夫由几恶而得饿[14]？英布修何德以致王？生羊积几善以获存[15]？死者负何罪以逢灾耶？既持相命，复借"信顺"，欲饰二论[16]，使得并通；恐似矛楯[17]，无俱立之势，非辨言所能两济也[18]。

揭示阮侃所持"相命"与"信顺"二说的矛盾。

[注释]

[1]前论：指阮侃《宅无吉凶摄生论》。　[2]今论：指阮侃针对嵇康《难宅无吉凶摄生论》而写的《释难宅无吉凶摄生论》。以下数句即摘引自该文。　[3]"隆准龙颜"以下三句：挺拔的鼻梁、如龙一般的颜面，是公侯之相，但是不可以假借妄求。　[4]"此为相命"二句：这叫做相貌显示了命中本分，自有一定。　[5]"陷当生于众险"二句：让命不该绝的人陷入众多险境，即使令人畏惧却不会有祸害。陷，作动词，使陷入。当生，命中注定应当活着。　[6]"抑当贵于厮（sī）养"二句：把命当富贵的人打压为仆役，即使地位辱贱，之后也必定会尊荣。《论衡·命禄篇》："命当富贵，虽贫贱之，犹逢福善。"抑，压制，抑制。当贵，命中注定应当富贵。厮养，犹厮役，供使役的人。　[7]"若薄姬之困而后昌"以下三句：就像薄姬陷入织作困境再被汉高祖召幸生文帝而昌盛，这些都不能人为地制造，不可强求，而是在不知不觉中自然遇合。薄姬，原为魏王豹宫女，汉高祖刘邦俘虏魏王豹，以其国为郡，薄姬沦为织作仆役。刘邦入织室，见薄姬，诏纳后宫，召幸之，生文帝。"困而后昌"即指此段经历而言。为，做，制作。　[8]全相之论：完整的相命之论。全，整个，全体。　[9]本论：根本之论，核心论点。指阮侃关于"命运是人们先天禀受的

本分定数"的观点。　[10]吾适以"信顺"为难：我刚才用《易经》中的"履信思顺，自天祐之"来诘难他。适，刚刚，刚才。信顺，指嵇康《难宅无吉凶摄生论》中所引"履信思顺，自天祐之"等语。难，诘难，指批评阮侃"吉凶素定，不可推移"的论断。　[11]"信顺者"二句：语出阮侃《释难宅无吉凶摄生论》，意为：讲信用走正道，是后天成就命运的正理。　[12]必若所言：真的如你说的这样。　[13]前《难》：指嵇康《难宅无吉凶摄生论》。　[14]亚夫由几恶而得饿：周亚夫因了多少罪恶而得饿死？　[15]"生羊积几善以获存"二句：生羊积多少善行而得以存活？被宰杀的羊又是负何罪而遭死亡之灾呢？阮侃在《宅无吉凶摄生论》中写道：关在同一栅栏里的许多羊，宾客来了有的羊就被杀死，有的羊则照常生存，难道它们居住的地方有吉凶之别吗？嵇康反问"生羊积几善以获存？死者负何罪以逢灾耶？"乃根据自己的逻辑推理来批评阮侃。羊，底本作"年"，今据各本改。　[16]欲饰二论：企图兼容"相命"和"信顺"两种理论。饰，覆盖，包容。　[17]矛楯：即"矛盾"。楯，同"盾"，古代武器名，即盾牌。　[18]济：成，通。

论曰[1]："论相命[2]，当辨有无，无疑众寡；苟一人有命[3]，则长平皆一矣。"又曰："知命者不立岩墙之下[4]。"吾谓不知命者[5]，偏当无所不顺，乃畏岩墙；知命有在，立之何惧？若岩墙果能为害，不择命之长短；则知与不知，立之有祸，避之无患也[6]。则何知白起非长平之"岩墙"[7]，而云"千万皆命，无疑众寡"耶？若谓长平虽同于"岩墙"[8]，故是相命宜值之，则命所当至，期于必然；"不立"之诫[9]，何所施耶？若此，果有相耶？无相也？此复吾之所疑也。又曰："长平不得系于命[10]，将系宅耶？则唐虞之世，宅何同吉？"吾本疑前论"无非相命"[11]，故借长平卒之异同[12]，以难"相命"之必然[13]；广求异端，以明事理。岂必吉宅[14]，以质之耶？又前论已明吉宅之不独行[15]，今空抑此言[16]，欲以谁难[17]？又曰："长平之卒，宅何同凶？"苟泰同足以致[18]，则足下嫌多，不愚于吾也[19]？适至守相[20]，便言"千万皆一"[21]，校之以理[22]，负情之对[23]，于是乎见[24]。既虚立吉宅[25]，冀而无获，欲救相命，而情以难显，故云如此，可谓善战矣。

［注释］

［1］论：指阮侃《释难宅无吉凶摄生论》。　［2］"论相命"以下三句：谈论相命，应当辨明是有还是无，不必疑惑于多还是少。无疑，不要怀疑。　［3］"苟一人有命"二句：如果其中一人有此相命，则长平四十万降卒都是同一种遭遇。长平，地名，这里代指秦赵长平之战中的赵国四十万降卒。　［4］知命者不立岩墙之下：懂得命运的人，不站立于有倾倒危险的高墙之下。　［5］"吾

谓不知命者"以下三句：我认为不懂得命运的人，偏偏遇上无所不顺，才会畏惧可能倾倒的高墙。　[6]无：底本作"毋"，今据各本改。后文径改不出校。　[7]"则何知白起非长平之'岩墙'"以下三句：那怎知白起不是长平这地方的"岩墙"，而说什么只要一个降卒命中注定当死于白起手下，千万长平降卒都要跟他一样命短，不必疑惑于众还是寡呢？白起，秦赵长平大战中的秦兵指挥官。　[8]"若谓长平虽同于'岩墙'"以下四句：若说长平之难虽同于"岩墙"，但降卒本来就命中注定当遭遇此难，那么则是命所当至，相约于必然之中。值，逢遇，碰到。期，相会，相约。　[9]不立："知命者，不立岩墙之下"的省称。　[10]"长平不得系于命"以下四句：长平四十万降卒被坑杀不归结于命运，还是归结到宅居吗？那么，尧舜之世，宅何同吉？　[11]前论：指阮侃的第一篇论文《宅无吉凶摄生论》。无非相命：没有不是面相显示的命中注定之事。　[12]长平卒之异同：长平四十万降卒性命同短（与尧舜时代性命同延）不同。　[13]以难"相命"之必然：用来诘难你主张的"相命"必然的观点。之，底本下原有"其"字，据戴明扬校删。　[14]"岂必吉宅"二句：哪里一定说的是吉宅，用来质问验证呢？　[15]前论：指嵇康《难宅无吉凶摄生论》。不独行：不能独自成福。　[16]抑：贬，损。　[17]谁难：难谁，诘责何人。　[18]苟泰同足以致：假使大同足以致长平卒之死。泰，通"大"。致，招致，达到。　[19]不愚于吾：岂不跟我一样愚笨。　[20]适至守相：方才碰到你要坚守相命自然之说。　[21]千万皆一：指阮侃《释难宅无吉凶摄生论》中说的"如果一人有此命运，则千万一起的人都同样遭遇"。千万，千万人，这里指秦赵长平之战中的赵国降卒。一，一样，同一种遭遇。　[22]理：底本作"礼"，今据各本改。　[23]负情之对：违背情理的回答。指嵇康《难》文问以"长平之卒，命何同短？"

阮侃《释难》对以"苟一人有命，则千万皆一也"。　[24]于是乎见：在这里出现。于，底本无此字，今据各本补。见，同"现"。　[25]"既虚立吉宅"以下六句：既虚设吉宅，祈盼而没有获得福报，企图用来援救你的"相命"必然之说，情实因为难以表达明白，所以说出如上的违背常理的昏话，可说是很善于论战的了。吉宅，底本作"吉凶宅"。戴明扬谓："'凶'字误衍。"今据删。"虚立吉宅"句指阮侃《释难宅无吉凶摄生论》"今设为吉宅而幸（侥幸）福报"之说。"故云"，底本作"故"，鲁迅校："各本'故'下空一字，张溥本作'云'。"今据补。

　　论曰："卜之尽理[1]，所以成相命者也。"此复吾所疑矣。前论既以"相命"为主[2]，而寻益以"信顺"[3]，此一离娄也[4]；今复以"卜"成之[5]。成命之具三[6]，而犹不知"相命"竟须几个为足也！若唯"信顺"[7]，于理尚少，何以谓"成命之理"耶？若是相济[8]，则"卜"何所补，于"卜"复曰"成命"耶？请问"卜之成命"，使单豹行卜[9]，知将有虎灾，则隐于深宫，严备自卫；若虎犹及之[10]，为"卜"无所益也；若得无恙，为"相"败于"卜"，何云"成相"耶？若谓豹"卜"而得脱，本自无厄虎"相"也[11]，"卜"为妄语，急在蠲除[12]。若谓凡有所命，皆当由"卜"乃成，

稽康想要揭示阮侃观点的不合逻辑及自相矛盾处。

则世有终身不卜者，皆失相天命耶？若谓"卜"亦"相"也，然则"卜"是"相"中一物也，安得云"以成相"耶？若此，不知卜筮故当与相命通[13]，相成为一[14]，不当各自行也。

[注释]

[1]"卜之尽理"二句：占卜合乎事理，才能助成相命。此二句引自阮侃《释难宅无吉凶摄生论》。　[2]前论：指阮侃《宅无吉凶摄生论》。主：事物的根本，核心。　[3]寻：副词，表示时间，这里相当于"顿时""随即"的意思。信顺：指阮侃《释难宅无吉凶摄生论》中"信顺者，成命之理也"二句。　[4]离娄：雕镂交错貌，这里是描写"相命""信顺"两说相互纠结不顺的样子。　[5]今复以"卜"成之：如今你又拿卜筮"成命"。之，代词，指"相命"。　[6]成命之具三：成命之具已有三种。三，指相命、信顺、卜筮。　[7]唯：只有，唯有。信顺：底本误倒作"顺信"，今据戴明扬校改。　[8]"若是相济"以下三句：如果是"相命""信顺"相辅相成，那么"卜"有什么补益呢？对于"卜"也说是"成命"吗？此三句后底本有"且冒一诸错"五字，鲁迅校："五字疑衍，各本无。"今据删。济，成，成就。　[9]单豹：《庄子·达生》载："鲁有单豹者，岩居而水饮，不与民共利。行年七十，而犹有婴儿之色。不幸遇饿虎，饿虎杀而食之。"　[10]若虎犹及之：如果老虎仍然追到他（单豹）。　[11]本自无厄虎"相"也：原本就没有厄于老虎的"相命"。　[12]蠲（juān）除：免除。蠲，通"捐"，除去，减免。　[13]故：固，本来。　[14]一：一体。

论曰："无故而居可占[1]，犹龙颜可相也；设为吉宅而后居[2]，而望福报，无异假颜准而望公侯也。然则人实征宅[3]，非宅制人也。"按如所言，无故而居可占者，必谓当吉之人[4]，瞑目而前，推遇任命，以暗营宅，自然遇吉也。然则岂独吉人[5]，凡有命者，皆可以暗动而自得，正是前论[6]，命有自然，不可增减者也。骤以可为之"信顺""卜筮"[7]，成"不可增减"之命矣。奚独禁可为之宅[8]，令不善相，唯有暗作，乃是贞宅耶？若瞑目可以得相，开目亦无所加也。智者愈当识之。周公营居[9]，何故踌躇于涧、瀍，问龟筮而食洛耶？若龟筮果有助于为宅[10]，则知暗作可有不尽善之理矣。苟暗作有不尽，则不暗岂非求之术耶[11]？若必谓龟筮不能善相于暗作[12]，想亦不失相于考卜也。则卜与不卜，为与不为，皆期于自得[13]。自得苟全，则善卜者所遇当识[14]；何得无故则能知，有故则不知也？今疾夫"设为"[15]，比之"假颜"，贵夫"无故"，谓之"贞宅"。然"贞宅"之与"设为"[16]，其形不异，同以功成，俱是吉宅也。但无故为"设贞"[17]，有故为"设宅"，"贞宅"授吉于暗遇，"设为"减福于用知耳。然则吉凶之形，果自有理，可以有故而得，故前论有占成之验也[18]。然则占成之形，何以言之？必远近得宜，堂廉有制[19]，坦然殊观，可得而别。利人以福，故谓之吉；害人以祸，故谓之凶。但公侯之相[20]，暗与吉会耳。然则宅与性命，虽各一物，犹农夫良田，合而成功也。设公侯迁后，方乐其吉而往居之；吉宅岂选贤而后纳，择善而后福哉？苟宅无情于择贤[21]，不惜吉于"设为"[22]，则屋不辞人[23]，田不让耕[24]，其所以为吉凶薄厚，何得不钧？前吉者不求而遇[25]，后闻吉而往，同于居吉宅，而有"求"与"不求"矣！何言"诞而不可为"耶[26]？由此言之：非从人而征宅[27]，宅亦成人，明矣。若挟颜状[28]，则英布黥相，不减其贵；隆准见劓[29]，不灭公侯。是知"颜准"是公侯之标识，非所以为公侯也。故标识者，非公侯质也[30]。吉宅字与吉者[31]，宅实也。无吉征而字吉宅[32]，以征假见难可也。若以非质之标识[33]，难有征之吉宅，此吾所不敢许也。

嵇康认为不仅由人事可以验证宅居，宅居也成就人事（成，相成），针锋相对地批评阮侃"人实征宅，非宅制人"的论调。

子阳无质而镂其掌[34]，即知当字长耳；巨君篡国而运其魁[35]，即偏恃之祸，非所以为难也。至公侯之命，禀之自然，不可陶易[36]；宅是外物，方圆由人，有可为之理[37]。犹西施之洁不可为[38]，而西施之服可为也。蠲秽芳华[39]，所以助美[40]。吉宅善家[41]，所以成相。故世无作人方[42]，而有卜宅说，是以知人宅不可相喻也。安得以不可作之人，绝可作之宅耶[43]？至刑德皆同[44]，此自一家，非本论占成居而得吉凶者也。且先了此[45]，乃议其余。

[注释]

[1]"无故而居可占"二句：没有发生事故而居住的可以占卜，就好像隆准龙颜可从相貌显示命运一样。 [2]"设为吉宅而后居"以下三句：如果先假设为吉宅而后居住，希望得到福报，那就无异于凭藉隆准龙颜而希望成为公侯的人。 [3]"然则人实征宅"二句：这就是人事验证宅居，并非宅居控制人的命运。 [4]"必谓当吉之人"以下五句：一定说当吉利的人，闭着眼睛朝前走，推遇离合听天由命，糊里糊涂营建宅居，自然会遇上吉利的。推，排离，指不遇。遇，遇合，得志。暗，不通晓，不明白，糊涂。 [5]"然则岂独吉人"以下三句：这样说来，岂独限于当吉之人，凡是有相命的，都可凭不自觉的行为而自得其命运。 [6]前论：指阮侃《宅无吉凶摄生论》。 [7]"骤以可

为之'信顺''卜筮'"二句：骤然间你又拿可以人为的"履信思顺""卜之尽理"来助成本"不可增减"的命运。骤，本意为马奔跑，引申有迅疾、迫促之意。这里形容阮侃很快又写了第二篇论文，提出了与第一篇论文不一致的新说法。　[8]"奚独禁可为之宅"以下四句：为什么独独禁用同样可以人为的宅居（来助成相命），使人们不以相宅为善，只有糊里糊涂地营作，才是正宅吗？令，底本原抄作"今"，据戴明扬校改。善，以……为善。相，相宅。贞宅，合于正忌之宅。贞，通"正"。底本作"真"，今据戴明扬校改。　[9]"周公营居"以下三句：当年周公旦营居迁都，为什么踌躇于涧、瀍二水之间，经过卜筮才确认吉祥之地在洛阳呢？　[10]"若龟筮果有助于为宅"二句：如果卜筮确实有助于营建宅居，则可推知糊里糊涂营作定有不尽善之理。　[11]术：术数，指卜筮。　[12]"若必谓龟筮不能善相于暗作"二句：如果一定要说卜筮作宅不比盲目作宅更能成全相命，想来也至于因了占卜反而丧失命相的。作，底本作"往"，今据戴明扬校改。　[13]皆期于自得：都是期望于自然得命。　[14]善卜者所遇当识：善于卜筮者看到卦兆就应当能够识别。所遇，指卦兆吉凶。识，知道，辨识。　[15]"今疾夫设为"以下四句：现在你痛恨那些"设为吉宅而侥幸福报"的做法，把它比喻作"假借隆准龙颜而盼望成为公侯"的人；看重那些无故而居者，称之为"正宅"。设为，指"设为吉宅而幸福报"。比之假颜，指阮侃《释难》文中"今设为吉宅而幸福报，譬之无以异假颜准而望公侯也"。无故，指阮侃《释难》文中"吾以无故而居者可占"。此四句文字据鲁迅辑校稿本。　[16]然：原抄此字被涂抹，据鲁迅、戴明扬说补。　[17]"但无故为'设贞'"以下四句：但无故为设正宅，有故为设吉宅，"正宅"受吉于暗遇，"设为"减福于用智罢了。此四句文字据鲁迅辑校本。　[18]前论有占成之验：指阮侃《宅无吉凶摄生论》所云："世之工师，占成居则验，使造新则无征。"
成，成居，旧居。　[19]堂廉有制：厅堂及其四侧结构合乎礼仪
体制。堂廉，厅堂的两侧。一说，堂的四侧皆有廉。　[20]"但
公侯之相"二句：刚好是公侯之相不知不觉之中与吉宅之吉相会
合罢了。吉，指宅居之吉。　[21]无情：无意。　[22]不惜吉：
不吝惜"吉利"。惜，吝惜，舍不得。　[23]辞：推辞。　[24]让：
推辞，拒绝。　[25]"前吉者不求而遇"以下四句：前面居住得
吉祥的人是不求而遇，后来听说吉利而去居住的人，在居住吉宅
这一点上是共同的，只是有"求"与"不求"而已。　[26]何言
"诞而不可为"耶：为什么说后者"荒诞而不可为"呢？　[27]"非
从人而征宅"二句：并非仅仅随人事验证宅居，宅居也助成人事。
宅亦成人，"宅"字底本无，据鲁迅校补。　[28]挟（xié）：依
恃。　[29]"隆准见劓"二句：高鼻梁被割掉，却并未毁掉做公
侯的命运。　[30]质：本体，主体。　[31]"吉宅字与吉者"二
句：吉宅名称与吉祥征兆，宅是实体。字，名。底本作"宇"，据
鲁迅校改。　[32]"无吉征而字吉宅"二句：无吉祥征兆而名吉宅，
因其证验虚假而被责难是可以的。　[33]"若以非质之标识"以
下三句：如果拿非本质主体的标志如"龙颜隆准"之类，来责难
实在可征的吉宅，这是我所不能赞同的。　[34]"子阳无质而镂
其掌"二句：公孙子阳没有帝王之质而在掌上镂刻"公孙帝"三
字作标识，就知道应当名之为"长"（外表超出了实质）。子阳，
公孙述字子阳，扶风茂陵人。王莽天凤年间（14—19），任导江
卒正（即蜀郡太守）。刘玄更始二年（24）自立为蜀王，都成都。
谋士李熊劝其称帝。"会有龙出其府殿中，夜有光耀，述以为符
瑞，因刻其掌，文曰'公孙帝'。"公元25年自立为天子，号成
家，建元曰"龙兴"。龙兴十二年（36）十一月，光武帝刘秀派
兵击破之，公孙述"被刺洞胸"而死。嵇康说他"当字长"的意

思是，公孙述在掌中镂刻"公孙帝"之标志，超出了他的"质"，所以戏称为"长"。　[35]"巨君篡国而运其魁"以下三句：王莽篡居宣室前殿旋转他的"威斗"（模拟北斗七星），就是偏恃符命、威斗等标识而遭杀身之祸，不能用他们作例子来责难我。巨君，王莽（前45—23）字巨君。西汉末年，王莽以外戚掌握政权，于公元5年毒死汉平帝，公元8年称帝，改国号为"新"。天凤四年（17），天下动乱，王莽用五石铜铸作威斗（模拟北斗），长二尺五寸，"欲以厌胜众兵"。地皇四年（23），王莽大势已去，汉兵攻入长安，宫中火起，王莽避至宣室前殿，旋席随斗柄而坐，曰："天生德于予，汉兵其如予何？"汉兵迫至，莽避至渐台，犹抱持符名、威斗，众兵上台，商人杜吴杀莽。国，底本作"宅"，据戴明扬校改。运，旋，旋转。魁，北斗星。北斗七星中第一至第四星（天枢、天璇、天玑、天权四星，组成斗身），古曰"魁"。此处代指北斗七星。即，就，接近，靠近。　[36]陶易：变易。陶，变。　[37]可为：可以人为变易。为，底本无此字，据鲁迅校补。　[38]洁：白，明净。指美白资质，犹言美貌。　[39]黼黻（fǔ fú）：古代礼服上所绣的花纹，也泛指一般的花纹、文采。　[40]美：底本作"则"，鲁迅校："案：当误。程本作'美'，他本阙。"今据改。　[41]善：底本无"善"字，鲁迅校："当夺一字，程本作'善'。他本阙。"今据补。　[42]作人方：制作人的方术。　[43]绝：断绝。　[44]刑德皆同：（同一地点）祸福皆同。阮侃在《释难》中说："此地如果是凶恶的，就应当哪儿都凶，不得以西东有异、背向不同，姓宫的无害，姓商的成灾，德福来了就说这地方吉利，刑祸降临又说这地方凶恶。《诗经》上……就可以知道根本没有什么太岁之忌、刑德之别。"嵇康采用阮侃假设"此地苟恶"以批评"地之吉凶"的一段，故称"刑德皆同"，实际上阮侃是否定"地之吉凶""太岁刑德"之说的。　[45]"且先了此"二句：这件事姑且说到这儿，下面还要议论别的问题。

论曰："猎夫从林[1]，所遇或禽或虎，虎凶禽吉。卜者筮而知之[2]，非能为。"案如所言[3]，地之善恶，犹禽吉虎凶。猎夫先筮[4]，故择而从禽；如择居，故避凶而从吉。吉地虽不可为[5]，而可择处[6]；犹禽虎虽不可变，而可择从。苟卜筮所以成相，虎可卜而地可择，何为半信而半不信耶[7]？又云："地之吉凶[8]，有若禽、虎，不得宫姓则无害[9]，商则为灾也。"案此为怪所不解[10]，而以为难，似未察宫商之理也。虽此地之吉，而或长于养宫[11]，短于毓商[12]；犹良田虽美，而稼有所宜[13]。何以言之？人姓有五音[14]，五行有相生，故同姓不婚[15]，恶不殖也。人诚有之[16]，地亦宜然。故古人仰准阴阳[17]，俯协刚柔[18]，中识性理[19]；使三材相善[20]，同会于大通[21]，所以穷理而尽物宜也。夫"同声相应[22]，同气相求"，自然之分也[23]。音不和[24]，则比弦不动；声同，则虽远相应。此事

本段批评阮侃关于"地无吉凶"可言的观点。嵇康认为，地有善恶、宜居不宜居之别，人们通过卜宅，以择居的方式，避凶从吉。

虽著[25]，而犹莫或识[26]。苟五音各有宜[27]，五气有相生[28]，则人宅犹禽虎之类，岂可见宫商之不同[29]，而谓地无吉凶也？

[注释]

[1]"猎夫从林"以下三句：打猎的人出没于林木之间，遇到的有禽鸟有虎豹，遇到虎豹之类属凶，遇到禽鸟之类属吉。　[2]"卜者筮而知之"二句：占卜的人可以预知遇禽还是虎，但不是说卜筮能够人为地制造吉凶。吉凶也，底本无此三字，据戴明扬校补。以上内容摘引自阮侃《释难宅无吉凶摄生论》。　[3]案如：原抄被涂为"安知"，戴明扬谓"当系'案如'之误"，今据改。　[4]先筮：事先卜筮。　[5]不可为：不能人为地制造出来。可，底本无此字，据鲁迅校补。　[6]择处：选择地点，择居。　[7]半信而半不信：相信一半而怀疑另一半。半信，指阮侃说的"虎也，善卜可以知之耳"。半不信，指阮侃说的地无吉凶，占卜无用。　[8]"地之吉凶"二句：地方的吉凶之别，就像禽吉虎凶一般。按：嵇康引阮侃此二句，与阮氏原文本意不合。阮侃原话为："若地之吉凶，有虎禽之类（至于什么地之吉凶有虎有禽之类的问题）。"并非承认"地之吉凶"，更没有比作"禽吉虎凶"的意思。　[9]"不得宫姓则无害"二句：不应当姓氏属宫的人家居住无祸害，姓氏属商的人家居住就闹灾。古人将众多的姓氏归属于"宫商角徵羽"五音（实际上构成五个大族姓），又将五大族姓配五行，并用以预测吉凶。顾炎武《日知录》："姓之所从来，本于五帝；五帝之得姓，本于五行，则有相配相生之理……而后世五音族姓之说，自此始也。"《新唐书·吕才传》："近世乃有五姓，谓宫也、商也、角也、徵也、羽也，以

为天下万物，悉配属之，以处吉凶。然言皆不类。如张、王为商，武、庚为羽，是以音相谐附。至柳为宫，赵为角，则又不然。其间一姓而两属，复姓数字，不得所归，是直野人巫师说尔。"阮侃原文此二句前有"此地苟恶"，前提是假设的，旨在利用"吉凶论"内在的矛盾加以批判。　[10]所不解：不理解的问题。　[11]宫：宫姓，姓氏属宫的人家。　[12]毓（yù）商：养育姓氏属商的人家。毓，育养。　[13]稼有所宜：有的庄稼适宜，有的不适宜栽种。　[14]"人姓有五音"二句：人的姓氏归属于宫、商、角、徵、羽五音，五音配五行，五行（木、火、土、金、水）转相生（木生火、火生土、土生金、金生水、水生木）。姓，底本作"性"，今据各本改。　[15]"故同姓不婚"二句：所以同姓不通婚，怕的是不利于繁殖。语出《国语·晋语四》。恶（wù），畏惧，害怕。　[16]"人诚有之"二句：人口有这些道理，地域也应该是这样。　[17]准：仿效，效法。　[18]协：协调，相合。　[19]识：认识，辨别。　[20]三材：指天、地、人。　[21]大通：大道。　[22]"同声相应"二句：同类的声音互相感应，同样的气息互相求合。语出《周易·乾·文言》。　[23]分：界，界定。　[24]"音不和"二句：音不谐和，则比邻的琴弦也不会振动。比，近。　[25]著：明显。　[26]犹莫或识：也有不能辨识的人。　[27]苟：底本作"苟有"，戴明扬谓此"有"字为衍文，今据删。　[28]五气：五行之气。五，底本作"土"，据鲁迅校改。　[29]宫商之不同：宫姓商姓吉凶不同。不同，意思是族姓不同，虽同一地点亦吉凶不同。

论曰："天下或有能说之者[1]，子而不言，谁与能之？"难曰：足下前论已云[2]：有能占成居者。此即能说之矣。故吾曰：天下当有能者[3]。今不求之于前论，而复责吾难之于能言，亦当知冢宅有吉凶也。又曰："药之已病为一也[4]，实；而宅之吉凶为一也，诬。"既曰"成居可占"，而复曰"诬"耶？药之已病，其验交见[5]，故君子信之；宅之吉凶，其报赊遥[6]，故君子疑之。今若以交赊为虚实[7]，则恐所以求物之地鲜矣。吾见沟浍[8]，不疑江海之大；睹丘陵，则知有泰山之高也。若守药则弃宅[9]，见交则非赊，是海人所以终身无山，山客白首无大鱼也。

嵇康认为人不当故步自封、坐井观天，对于未知的事物要勇于探索，使认识不断发展。

［注释］

[1]"天下或有能说之者"以下三句：天下或许有能够说明解释的人，你若不说出来，有谁跟你一样能够解释？以上引自阮侃《释难宅无吉凶摄生论》。　[2]前论：指阮侃的第一篇论文《宅无吉凶摄生论》。　[3]天下当有能者：天下当有能够解说宅之吉凶的人。　[4]"药之已病为一也"以下四句：良药治好疾病为相命注定的一件事，是真实的；而说宅之成人也是相命注定的一件事，则虚妄不实。"为一，指"是相之所一（是相命注定的一件事）"的缩写。　[5]交见：立现，并现。交，近。底本作"又"，据鲁迅校改。见，现。　[6]赊（shē）遥：缓慢遥远。赊，缓，慢。　[7]"今若以交赊为虚实"二句：现在如果以远近为虚实的

依据，恐怕用来求物的地域很少了。交赊，远近。鲜，少。　[8]浍：田间的水沟。　[9]"若守药则弃宅"以下四句：如果坚守"良药治病"之说则抛弃"吉宅成人"之说，看见近的则不相信远的，那结果将是居住海边的人终生不承认有山，居住山里的人头发白了也不承认有大鱼存在。

　　论曰："'智之所知[1]，未若所不知者众。'此较通世之常滞[2]，然智所不知，不可以妄求也。"难曰：智所不知，相必亦未知也[3]。今暗许[4]，便多于所知者，何耶？必生于本[5]，谓之无，而强以验有也。强有之验，将不盈于数矣[6]，而并所成验者[7]，谓之"多于所知"尔。然苟知果有未达之理[8]，何不因见求隐，寻端究绪，由子午而得丑未。夫寻端之理[9]，犹猎师寻迹以得禽也，纵使寻迹，时有无获，然得禽，曷尝不由之哉？今吉凶不先定，则谓不可求，何异兽不期[10]，则不敢举足，坐守无根也[11]？由此而言，探赜索隐[12]，何为为"妄"[13]？

[注释]

[1]"智之所知"二句：人的智慧已经认识到的事物，不如不知道的多。语出《庄子·秋水》。　[2]"此较通世之常滞"以下

冯友兰《中国哲学史新编》第四册第三十九章《嵇康、阮籍及其他"竹林名士"》："嵇康所说的探索的方法是对的，但是，用到迷信上，就不对了。打猎的人在山林中所遇到的迹象是客观存在的，迷信是主观的幻想，与客观实际并没有关系，它们并不是客观实际的一种'端'，从它们也得不到什么'绪'。"

又曰："在宅无吉凶摄生辩论中，嵇康的态度不如他在《养生论》中态度明确，对于迷信有调和让步的意思。这也是他的思想中的内部矛盾的表现。"

三句：这话点明世人常常有弄不通的事物，但是智力所达不到的，不可以妄求。较，明。以上数句摘引自阮侃《释难宅无吉凶摄生论》。　[3] 相必：鲁迅校："二字原钞作'想'，据各本改。"今从之。相：相命。　[4]"今暗许"二句：现在默许它，便比已知的要多了。暗许，默许，不知不觉地认可。　[5]"必生于本"以下三句：定然是把生于本命的东西，先称之为无（未知），再勉强验证其有。　[6] 盈：满，足够。　[7]"而并所成验者"二句：于是连同验证成功的，统统谓之"多于所知"罢了。并，合。成验，验证成功的，实有的。　[8]"然苟知果有未达之理"以下四句：假如知道确实还有未通晓的道理，为什么不因其显现的部分而探求其隐秘的东西，探究原委，由本及末？然苟知，底本作"苟知然"，今据戴明扬校改。达，底本作"还"，今据戴明扬校改。何，底本无此字，今据戴明扬说补。见，同"现"，显现，显露。隐，隐藏。端，源头。绪，末尾。由子午而得丑未，底本作"系申而得卯未"，程本作"由子午而得卯未"，戴明扬认为程本"卯未"当为"丑未"之误。"今据改。句意费解，大致是"由本及末"的意思。　[9]"夫寻端之理"以下六句：探寻端绪的道理，就像猎夫追逐踪迹捕获禽兽一样，纵使追逐野兽的踪迹，有时也无所获，然而（最终）捕得禽兽，何尝不是依凭它呢？夫，发语词。底本作"失"，据戴明扬校改。寻迹，底本无此二字，戴明扬谓："依下文观之，'师'下当夺'寻迹'二字。"今据补。曷（hé）尝，何尝。由，听从，随顺。之，指前文所言"寻迹"。　[10] 兽不期：不一定捕获猎物。期，必。　[11] 坐守无根：空空地坐守。无根，无根由。　[12] 探赜（zé）索隐：窥探求索幽隐难见之理。赜，幽深，深奥。　[13] 何为为"妄"：为什么叫作"妄"。为，当作，算作。

［点评］

自周公、孔子以来，中国文化的主流倾向是"敬鬼神而远之"，欧洲的中世纪截然相反。太守阮侃作《宅无吉凶摄生论》，学术文章透露着施政理念。嵇康发《难》批评，阮侃作《释宅无吉凶摄生论》回应，嵇康再作《答释难》讨论，往复辩难，畅所欲言，气氛挺好。

嵇康否认鬼神实无，宅无吉凶。阮侃主张"甚有之则愚，甚无之则诞"，敬而远之，宅无吉凶。他批评说："夫私神立，则公神废；邪忌设，则正忌丧；宅墓占，则家道苦；背向繁（筑宅建墓，背靠与面向忌讳繁多），则妖心兴。子（指嵇康）之言神，其为此乎？则唯吾之所疾争也！"阮侃认为：古人务本抑末，以敬而远之的态度处理鬼神问题，为的是把生人的谋虑再辅以鬼神的影响，以促成天下万物勤勉奋发。针对嵇康引述古代圣贤言行，阮侃对周公设坛祷告、周宣王"时日"等行为作出解读："先王所以诫不怠而劝从事耳。"这跟季世昏君的荒诞举止、世俗妖忌行为，"时名虽同，其用适反"。阮侃断定："谨于邪者慢于正，详于宅者略于和。"批评嵇康"游非其域，傥有忘归之累也"。嵇康《难》《答释难》两篇文章，皆未举出鬼神左右宅居吉凶的证验案例。但是，嵇康说："天地广远，品物多方，智之所知，未若所不知者众也。""探赜索隐，何为为'妄'？"他探索未知的执著，他坚守的玄学，自有其不可磨灭的价值在，站在我们面前的，依然是那位尚奇任侠、师心以遣论的嵇康！

附：释难宅无吉凶摄生论

阮　侃

《易》曰："河出图，洛出书，圣人则之。"《孝经》曰："为之宗庙，以鬼享之。"其立本有如此者。子贡称："性与天道，不可得闻。"仲由问神，而夫子不答。其饬末有如彼者，是何也？兹所谓明有礼乐，幽有鬼神，人谋鬼谋，以成天下之亹亹也。是以墨翟著《明鬼》之篇，董无心设难墨之说。二贤之言，俱不免于殊途而两惑。是何也？夫甚有之则愚，甚无之则诞，故二子者，皆偏辞也。子之言神将为彼耶？唯吾亦不敢明也。夫私神立，则公神废；邪忌设，则正忌丧；宅墓占，则家道苦；背向繁，则妖心兴。子之言神，其为此乎？则唯吾之所疾争也！夫苟获其类，不患微细。是以见瓶冰而知天下之寒，察旋机而得日月之动。足下细蚕种之说，因忽而不察，是噎溺未知所在，亦莫便有舟稼也。

夫命者，所禀之分也；信顺者，成命之理也。故曰："君子修身以俟命"，"知命者不立于岩墙

之下"。何者？是夭遂之实也。犹食非命，而命
必胥食，是故然矣。若吾论曰：居怠行逆，不能
令彭祖夭，则足下举信顺之难是也。论之所说，
信顺既修，则宅葬无贵，故辟之寿宫无益殇子耳。
足下不立殇子以宅延，彭祖亦以宅夭之说，使之
灼然，若信顺之遂期，怠逆之夭性，而徒曰"天
下或有能说之者"。子而不言，谁与能之？夫多
食伤性，良药已病，是相之所一也。诬彼实此，
非所以相证也。夫寿夭不可求之宅，而可得之
和，故论有可不知。是足下忘于意而责于文，抑
不本也。难曰："唐虞之世，命何同延？长平之
卒，命何同短？"今论命者，当辨有无，无疑众
寡也。苟一人有命，则万千皆一也。若使此不得
系命，将系宅耶？则唐虞之世，宅何同吉？长平
之卒，居何同凶？亦复吾之所疑也！难曰：事之
在外，而能为害者，不以数尽。单豹恃内而有虎
害。按足下之言，是豹忘所宜惧，与惧所宜忘，
故张毅修表，亦有内热之祸。虽内外不同，钧其
非和，一睹失之，终身弗复，是亦虎随其后矣。
夫谨于邪者慢于正，详于宅者略于和。走以为先，

亦非齐于所称也。今足下广之，望之久矣。

元亨利贞，卜之吉繇，隆准龙颜，公侯之相者，以其数所遇，而形自然，不可为也。使准颜可假，则无相繇；吉可为，则无卜矣。今设为吉宅而幸福报，譬之无以异假颜准而望公侯也。是以子阳镂掌，巨君运魁，咸无益于败亡。故吾以无故而居者可占，何惑象数之理也。设吉而后居者不可，则假为之说也。然则非宅制人，人实征宅耶？其无宅也？似未思其本耳。猎夫从林，其所遇者，或禽或虎；遇禽所吉，逢虎所凶。而虎也，善卜可以知之耳。是故知吉凶，非能为吉凶也。故其称曰，无远迩幽深，遂知来物，不曰遂为来物矣。然亦卜之尽理，所以成相命者也。至乎卜世与年，则无益于周录矣。若地之吉凶，有虎禽之类，然此地苟恶，则当所往皆凶，不得以西东有异，背向不同；宫姓无害，商则为灾；福德则吉至，刑祸则凶来也。故《诗》云："筑室百堵，西南其户。"古之营居，宗庙为先，厩库次之，居室为后，缘人理以从事。如此之著，即知无太岁刑德也。若修古无违，亦宜吾论，如无所咎，不知谁从。难曰："不谓吉宅能独成福，犹夫良农既怀善艺，又择沃土，复加耘籽，乃有盈仓之报。"此言当哉！诚三者能修，则农事毕矣。若或尽以邪用，求之于虚，则宋人所谓"予助苗长"，败农之道也。今以冢宅喻此，宜何比耶？为树艺乎？为耘籽也？若三者有比，则请事后说；若其无征，则愈见其诬矣。今卜相有征如彼，冢宅无验如此，非所以相半也。

按《书》，周公有请命之事，仲尼非子路之祷。今钧圣而钧疾，何事不同也？故知臣子之情，尽斯心而已。所谓礼为情貌者耳。故于臣弟，则周公请命；亲其身，则尼父不祷。足下是图宅，将为礼耶？其为实也？为礼则事异于古，为实则未闻显理。如是未得，吾所为遗，而足下失所愿矣。至时日，先王所以诚不怠，而劝从事耳。俗之时日，顺妖忌而逆事理。时名虽同，其用适反。以三贤校君，愈见其合，未知所异也。

难曰："智之所知，未若所不知者众。"此较通世之常滞也。然智所不知，不可以妄求；智所能知，恶其以学哉？故古之君子，修身择术，成性存存，自尽焉而已矣。今据足下所言，在所知耶？则可辨也。所不知耶？则妄求也。二者宜有一于此矣。夫小知不及大知，故常乃反于有无，为有者，亦蟪蛄矣。子尤吾之验于所齐，吾亦惧子游非其域，傥有忘归之累也。

第十卷

太师箴 [1]

浩浩太素 [2]，阳曜阴凝；二仪陶化，人伦肇兴。爰初冥昧 [3]，不虑不营。欲以物开 [4]，患以事成。犯机触害 [5]，智不救生。宗长归仁 [6]，自然之情。故君道自然 [7]，必托贤明。芒芒在昔 [8]，罔或不宁。华胥既往 [9]，绍以皇羲。默静无文 [10]，大朴未亏 [11]。万物熙熙 [12]，不夭不离 [13]。降及唐虞 [14]，犹笃其绪。体兹易简 [15]，应天顺矩。绤褐其裳 [16]，土木其宇。物或失性 [17]，惧若在予。畴咨熙载 [18]，终禅舜禹。夫统之者劳 [19]，仰之者逸。至人重身 [20]，弃而不恤 [21]。故子州称疾 [22]，石户乘桴 [23]，许由鞠躬 [24]，辞长九州 [25]。先王仁爱 [26]，愍世忧时，哀万物之将颓，

《晋书·嵇康传》："（嵇康）又作《太师箴》，亦足以明帝王之道焉。"

嵇康《难自然好学论》："昔鸿荒之世，大朴未亏，君无文于上，民无竞于下；物全理顺，莫不自得。饱则安寝，饥则求食。怡然鼓腹，不知为至德之世也。"

嵇康《六言诗十首》："惟上古尧舜：二人功德齐均，不以天下私亲。高尚简朴慈顺，宁济四海烝民。""唐虞世道治：万国穆亲无事，贤愚各自得志。晏然逸豫内忘，佳哉尔时可憙。"

上古洪荒之世，从混沌元气到阴阳天地生成，从"人伦肇兴"到"终禅舜禹"，一切都是和谐的，淳朴的，自然的；故"君道自然，必托贤明"。君主劳苦，人民安逸，所以水准极高的"至人"都不肯做君主，尧舜等先王是不得已而君临天下的。

然后莅之。

[注释]

[1] 太师：官名，西周始置。周初成王时，周公为师，召公为保，"相王室，以尹天下"（《左传·定公四年》）。师、保，即太师、太保，掌握西周朝廷的军政大权，并且成为青少国君的监护者。这种政治上的长老监护制度，是从贵族家内幼儿保育和监护的礼制发展而来，并且由此形成的一种官职。历代相沿以太师、太傅、太保为三公，多为大官加衔，表示恩宠而无实职。箴（zhēn）：一种文体，是寓有劝诫意义的文辞，多用韵文写成。《文心雕龙·铭箴》："箴者，所以攻疾防患，喻针石也。" [2]"浩浩太素"以下四句：广大的混沌元气，分化为阳气、阴气，阳气照耀，阴气凝聚，形成二仪（天地）；阴阳陶冶化育万物，人伦从此兴起。太素，即《明胆论》说的元气，嵇康视作构成宇宙的原始物质形态。二仪，指天地。由阴阳二气生成，故"二仪"有时也径称阴气、阳气。人伦，人与人之间的关系和应当遵守的行为准则。王符《潜夫论·本训》："阴阳有体，实生两仪。天地壹郁，万物化淳。和气生人，以统理之。"肇（zhào），始。 [3]"爰初冥昧"二句：原始时代人类头脑简单，不谋虑也不营求什么。爰，语助词。冥昧，幽昧，智力不发达之意。 [4]"欲以物开"二句：欲望因了外物而萌发，祸患也因为事物而形成。 [5]"犯机触害"二句：触发了潜在的风险，再聪明也不能挽救自己的生命。机，通"几"，危。 [6]"宗长归仁"二句：尊重有经验的长者心向仁义，是人伦自然之情。 [7]"故君道自然"二句：所以为君之道因循自然之情理，必定是托付贤明之人。 [8]"芒芒在昔"二句：茫茫上古，没有哪个不安宁。芒芒，同"茫茫"。在昔，从前，指原始共产时代。罔（wǎng），无。 [9]"华胥既往"二句：赫胥氏时

代已经过去，继之而起的是伏羲。华胥，即赫胥氏，传说中的氏族首领。据《庄子·马蹄》篇记载，上古赫胥氏时代，人民居家不知道做什么事，走路不知道往哪里去，嘴里咀嚼着食物玩耍，拍打着肚子遨游；人民的能力也就止于此了。绍，继，接续。皇羲，即伏羲氏，传说中的氏族首领，号称上古三皇之一。　　[10]无文：不发布礼律之文。　　[11]大朴未亏：保持着完美质朴的元始自然状态。朴，宇宙万物资生的原始材料。　　[12]熙熙：和盛貌。　　[13]不夭不离：不夭折又不离散。　　[14]"降及唐虞"二句：以下到了唐尧、虞舜二帝君临天下，还是尊重继承赫胥氏、伏羲氏的余绪。笃（dǔ），厚，重。　　[15]"体兹易简"二句：体察平易简约的天地之道，顺应自然法则行事。易简，平易简约。指天地之道。　　[16]"绨褐（chī hè）其裳"二句：用粗粗的葛布麻布做衣裳，用土块木头盖他的房子。绨，粗葛布。褐，粗麻布。　　[17]"物或失性"二句：如果有哪个出了偏差丧失自然本性，就警惧是自己造成的，责任在我。　　[18]"畴咨熙载"二句：有谁呀能发扬光大唐尧的事业，最终禅让给基层的舜以及禹。按《尚书·尧典》：帝曰："咨！四岳。朕在位七十载，汝能庸命巽朕位？"（尧说："唉！四方诸侯之长啊！我在位七十年，你们之中有谁能够顺应上帝的命令，代替我登上天子大位的吗？"）四方诸侯之长说，我们都不够格，民间有个叫虞舜的人能行，尧说："是啊，我也听说过这个人。让我考验考验吧！"于是决定把两个女儿嫁给舜，从两个女儿那里考察他的德行。三年之后，尧说："汝陟帝位！"（你现在可以登上天子的大位了！）（王世舜《尚书译注》）畴，谁。咨，语气词，表示叹息。熙，广。载，事。禅，禅让，帝王让位给他姓。　　[19]"夫统之者劳"二句：统理天下的人劳苦，接受统理的人安逸。　　[20]至人：此处指至美至乐却没有达到去我顺物境界的人。重身：尊贵自身。　　[21]弃而不恤：不肯负担公职。 [22]子州称疾：子州称疾，不就天子之位。《庄子·让王》载："尧以天下让许由，许由不受。又让于子州支父（姓子州字支父，又字支伯），子州支父曰：'以我为天子，犹之可也。虽然，我适（刚刚）有幽忧之病，方且治之，未暇治天下也。'" [23]石户乘桴（fú）：石户之农一家三口乘小筏子入海隐居，不就天子之位。《庄子·让王》载："舜以天下让其友石户之农，石户之农曰：'捲捲乎后（君，指舜）之为人，葆力（勤力）之士也！'以舜之德为未至也（还未成熟），于是夫负妻戴，携子以入于海，终身不反也。"成玄英疏："石户，地名也。农，人也，今江南唤人作农。此则舜之友人也。"桴，用竹或木编成的小筏子。 [24]许由鞠躬：许由辞谢天子之位。《庄子·逍遥游》载："尧让天下于许由，许由曰：'子治天下，天下既已治也。而我犹代子，吾将为名乎？名者，实之宾也。吾将为宾乎？鹪鹩（巧妇鸟）巢于深林，不过一枝；偃鼠饮河，不过满腹。归休乎君，予无所用天下为！'"（"您回去吧，君主！天下对我一点用处都没有呀！"） [25]辞长九州：推辞做九州首长。蔡邕《琴操》："许由曰：尧聘吾为天子，吾志在青云，何乃劣劣为九州伍长乎？"长，首长，君主。 [26]"先王仁爱"以下四句：尧舜等先王仁爱，忧虑世事，哀怜万物将会衰颓，因此才担任公职，君临天下的。愍（mǐn），忧，忧患。莅（lì），莅临。此指负担公职，统理天下。

侯外庐等《中国思想通史》第三卷第五章第三节《嵇康的政治观文化论与人生论》："他在《太师箴》中，直接反映了魏晋之际的政治斗争的惨烈，从而讽刺了司马氏的僭妄凶残。"

下逮德衰 [1]，大道沉沦 [2]。智惠日用 [3]，渐私其亲。惧物乖离 [4]，攘臂立仁。名利愈竞，繁礼屡陈 [5]。刑教争施 [6]，夭性丧真。季世陵迟 [7]，继体承资。凭尊恃势 [8]，不友不师。宰割天下，以奉其私。故君位益侈^[9]，臣路生心。竭智谋国^[10]，不吝灰沈。赏罚虽存，莫劝莫禁。若乃骄盈肆志^[11]，阻兵擅权。矜威纵虐，祸崇丘山^[12]。刑本惩暴，今以胁贤^[13]。昔为天下^[14]，今为一身。下疾其上^[15]，君猜其臣。丧乱弘多^[16]，国乃陨颠。故殷辛不道^[17]，首缀素旗。周朝败度^[18]，巇人是谋。楚灵极暴^[19]，乾溪溃叛。晋厉残虐^[20]，栾书作难。主父弃礼^[21]，毂胎不宰。秦皇荼毒^[22]，祸流四海。是以亡国继踵^[23]，古今相承。丑彼摧灭^[24]，而袭其亡征。初安若山，后败如崩。临刃振锋^[25]，悔何所增！

［注释］

[1]逮：及，及至。　[2]大道沉沦：天下为公的大道被瓦解。　[3]智惠：同"智慧"，这里是小聪明、小智巧的意思。　[4]"惧物乖离"二句：害怕别人背离自己，捋起衣袖造立仁义准则。《难自然好学论》："造立仁义，以婴（束缚）其心。制为名分，以检（检束）其外。"跟上古时代的"宗长归仁，自然之情"大不同。攘（rǎng）臂，捋（luō）袖出臂，这里是加油干的意思。　[5]屡陈：谓不断产生出来。　[6]"刑教争施"二句：刑罚和礼教竞相施用，使人们丧失了自然天性和本真。施，底本作"驰"，据各本校改。　[7]"季世陵迟"二句：末世大道衰颓（天下为公的大同社会被瓦解），儿子便能直接继

游国恩等《中国文学史》第三编《魏晋南北朝文学》："他在《太师箴》中揭露'季世'的情况说：'骄盈肆志，阻兵擅权，矜威纵虐，祸崇丘山。刑本惩暴，今以协贤。昔为天下，今为一身。'这实际是对司马氏统治的痛斥。"

舜禹之后，自然大道衰微，进入不和谐的人为时期。文中记录的种种景象，其实是嵇康所处时代的真实写照。

承王位，而资有天下。体，体统。　[8]"凭尊恃势"以下四句：凭借显赫的王位和权势，不把师友放在眼里，宰割天下，以奉其私。　[9]"故君位益侈"二句：所以君王日益放纵随心所欲，臣下则滋生叛离之心。　[10]"竭智谋国"二句：竭尽心智谋夺其国，不惜履险身亡。灰沈（chén），犹灰灭，如灰烬之消散泯灭。沈，同"沉"。　[11]"若乃骄盈肆志"二句：为君者若再骄横跋扈，仗恃武力而独揽大权。　[12]崇：高。　[13]胁：威迫，胁迫。　[14]"昔为天下"二句：过去的君王是为天下的，现在却只为自身。　[15]"下疾其上"二句：臣民憎恨国君，君王则猜忌其臣。　[16]"丧乱弘多"二句：祸乱大而且多，于是国家颠覆灭亡。　[17]"故殷辛不道"二句：所以殷纣王不遵循自然大道，他的头便被悬挂到周武王的白旗之上。殷辛，即殷纣王，名辛，卜辞称"帝辛"，殷商王朝末代之王。史载，殷纣王刚愎拒谏，囚箕子，杀比干，荒淫无度。周武王率领诸侯讨伐，战于牧野。纣王兵败，逃回，登上鹿台，穿上宝玉衣，自焚而死。周武王遂斩纣头，悬之于白旗（一说：太白旗）之上。　[18]"周朝败度"二句：周厉王败坏法度，彘人便得以谋算他的性命。周朝，指周朝传位到周厉王时期。彘（zhì），地名，在今山西霍州境内。史载，周厉王是一个非常贪婪残暴的人，他重用好利的荣夷公，垄断山林川泽的一切收益，禁止平民到那里采樵渔猎，断绝了平民的生计，引起国人愤慨，议论纷纷。周厉王利用一名卫国的巫者监视国人，屠杀敢于批评的人，形成"国人莫敢言，道路以目"（人民相遇于道路，只能彼此用眼睛看看而已）的局面。召公进谏，厉王不听。三年后（前841），国人暴动，周厉王逃到彘（一说，被国人放逐到彘）。十四年后死于彘。　[19]"楚灵极暴"二句：楚灵王极端暴戾，终于发生了众叛亲离上吊自杀的乾溪故事。楚灵，楚灵王，前541—前529年在位。本名围，楚共王次子。前541年，令尹公子围以进宫探病为名，亲手勒死了自己的亲侄子、当国君还不到四年的郏敖，又抽出宝剑杀死郏敖的两个尚不懂事的儿子，又立即派人到郏地杀了太宰伯州犁，控制了局势。继而自立为国君，后来被称为楚灵王。即位之后，楚灵王更加肆无忌惮，动辄诛杀大臣，引起贵族士大夫们的不满和不安。灵王十一年冬，楚灵王领兵驻扎在乾溪（今安徽亳州东南），一面玩赏风景，一面派兵包围徐国，威胁吴国。正在这时，楚灵王的三个弟弟发动宫廷政变，并派人劝降在乾溪的军队，楚灵王众叛亲离，他在山林中乱窜了三天，上吊自杀。　　[20]"晋厉残虐"二句：晋厉公凶残暴虐，晋卿栾书（武子）发难杀了他。晋厉，晋厉公，名州蒲，前580—前573年在位。据《左传》记载，前574年，晋厉公欲除去群大夫而用其左右爱幸之人，指使胥童、夷羊五、长鱼矫等攻杀三郤（郤锜、郤犨、郤至），以胥童为卿。栾书、中行偃（荀偃）遂执厉公，杀胥童。次年，使程滑杀厉公。栾书，晋卿，统率中军的重臣。　　[21]"主父弃礼"二句：赵武灵王抛弃了立长之礼，结果被困沙丘异宫，只好生吞幼鸟、鸟蛋，饥饿而死。主父，即赵武灵王，前325—前299年在位。初以长子章为太子，后得吴娃，爱之，生子何，乃废章立何，并于前299年传位给何，是为赵惠文王。赵武灵王自号为"主父"，而封长子章为代安阳君。四年之后，吴娃死，主父又怜悯故太子章，欲两王之（分割赵国而在代地立章为王），犹豫未决。在他游于沙丘异宫时，公子章争位作乱，被公子成、李兑等击败，逃往主父所在的沙丘宫中。公子成围宫，杀公子章等，仍不肯解围。主父欲出不得，又不得食，只好探鸟卵或幼鸟而食之。三个月后饿死。縠（kòu），初生的小鸟。胎，胎儿，此指胎鸟或鸟蛋。不宰，不宰杀烹煮，意思是生吃。　　[22]"秦皇荼（tú）毒"二句：秦始皇心地特毒，祸流四海。秦皇，即秦始皇嬴政。荼毒，毒害，残害。荼，本意为苦菜，此假借菜苦以言人之苦。毒，本谓螫人之虫、毒蛇之类。以荼毒喻秦始皇心地狠毒，荼毒天下。　[23]"是以亡国继踵（zhǒng）"二句：因此，亡国之君一个接着一个，古往今来接续不断。踵，脚后跟。　[24]"丑彼摧灭"二句：（后世君王）以他们的被摧灭为丑，却又因袭他们败亡的路径。摧，底本作"催"，今据鲁迅校改。征，征兆，迹象。　[25]"临刃振锋"二句：死到临头才警惧刀锋，后悔的程度定是无以复加的了。振，通"震"。惊惧，惊恐。

箴体主旨正在于规诫、警醒。

　　故居帝王者，无曰我尊[1]，慢尔德音；无曰我强[2]，肆于骄淫。弃彼佞幸[3]，纳此谔颜。谀言顺耳[4]，染德生患。悠悠庶类[5]，我控我告。唯贤是授，何必亲戚？顺乃造好，民实胥效。治乱之原[6]，岂无昌教？穆穆天子[7]，思闻其愆。虚心导人[8]，允求谠言。师臣司训[9]，敢告在前。

清李兆洛《骈体文钞》卷四："此为司马氏言也。若讽若惜，词多纡回。"

[注释]

[1]"无曰我尊"二句：不要只以为自己多么尊贵，这样会影响你的声望。慢，怠惰，懈怠。德音，美誉，声望。　[2]"无曰我强"二句：不要只想到自己多么强大有力，放肆地骄奢淫逸。淫，过度。　[3]"弃彼佞幸"二句：应该抛弃那些奸佞小人，接纳犯颜直谏的忠贞之士。谔（è），触，抵触。　[4]"谀言顺耳"二句：谄媚奉承的话听起来舒服，然而污染德性滋生祸患。　[5]"悠悠庶类"以下六句：悠悠万物啊，我要引导，我要

告诉：唯贤是授，何必亲戚？遵循尧舜之道就能成就嘉业，人民定会效法追随。控，引导。《左传·襄公八年》："嗷焉倾覆，无所控告。"杜预注："控，引也。"顺，顺从先王之道。胥，底本作"冑"，今据各本校改。《诗经·小雅·角弓》："尔之教矣，民胥效矣。"郑玄《笺》："胥，皆也。"　[6]"治乱之原"二句：治乱之源，难道不正在美善的教化？昌，美言，光盛。　[7]"穆穆天子"二句：端庄和静的天子啊，应该想听到别人指出自己的过失。穆穆，仪容端庄肃穆貌。愆（qiān），过失，罪过。　[8]"虚心导人"二句：虚心地引导人民，诚恳地征求正直的言论。允，诚。谠（dǎng）言，善言，正直的言论。　[9]"师臣司训"二句：太师之责是掌管训诰教诲，冒昧向你献上箴言。

[点评]

　　本篇是借用太师规诫帝王口吻写成的韵文。第一段赞美尧舜以前"君道自然，必托贤明"。第二段写三代以来国君"宰割天下，以奉其私"，祸乱相寻，亡国继踵。第三段告诫居帝王之位者："唯贤是授，何必亲戚？顺乃造好，民实胥效。"顺从尧舜之道，人民一定效法追随。

　　尧舜先王，正是《难自然好学论》"及至人不存，大道陵迟"说的"至人"，达到无我境界的人，原始共产时期以三皇五帝为代表的领导人形象。"先王仁爱，愍世忧时，哀万物之将颓，然后莅之"，跟民间的"欲以物开，患以事成，犯机触害，智不救生，宗长归仁，自然之情"，恰相呼应。

家诫 [1]

人无志，非人也。但君子用心 [2]，所欲准行，自当量其善者，必拟议而后动。若志之所之 [3]，则口与心誓，守死无贰，耻躬不逮，期于必济。若心疲体解 [4]，或牵于外物 [5]，或累于内欲；不堪近患 [6]，不忍小情 [7]，则议于去就 [8]。议于去就，则二心交争。二心交争，则向所见役之情胜矣 [9]。或有中道而废，或有不成一匮而败之 [10]。以之守则不固，以之攻则怯弱；与之誓则多违，与之谋则善泄；临乐则肆情 [11]，处逸则极意 [12]。故虽繁华熠耀 [13]，无结秀之勋；终年之勤，无一旦之功。斯君子所以叹息也。若夫申胥之长吟 [14]，夷叔之全洁 [15]，展季之执信 [16]，苏武之守节 [17]，可谓固矣 [18]。故以无心守之 [19]，安而体之 [20]，若自然也，乃是守志之盛者耳 [21]。

[注释]

[1]家诫：相当于家训。诫，一种文体，主要用于告诫、规劝。　[2]"但君子用心"以下四句：但是君子的用心处世，有原则有标准，首先应衡量其是否美善，一定要比较审议之后才会付

明张溥《汉魏六朝百三家集题辞·颜光禄集》："嵇中散任诞魏朝，独《家戒》恭谨，教子以礼。"

明张采《三国文》卷十九评"但君子用心，所欲准行，自当量其善者，必拟议而后动"数句曰："作此语可谓慎极矣，而中散仍不免。然则生死岂非有命？兹亦道其常耳。"

冯契《中国古代哲学的逻辑发展》第六章第三节《嵇康："越名教而任自然"》："这种坚守自己的志向，心口相应，言行一致，至死不渝的性格，并不是道家的人生理想，而是孔墨的以身殉道的原则精神。"

诸行动。准，标准，准则。拟议，譬拟审议。拟，比拟物象。议，审议物情。　　[3]"若志之所之"以下五句：只要是志向所在，则心口一致，表里如一，至死无二心，以不能身体力行为耻，务求一定达到成功。所之，所往，所向。之，往，到……去。誓，约信为誓。贰，二心。耻，以为耻。躬，自身。逮，及，达到。济，成功。　　[4]解：同"懈"，懈怠。　　[5]牵：牵累。　　[6]堪：忍受。　　[7]小情：小的情欲。　　[8]议于去就：犹豫于进退之间。议，审议物情，这里是犹豫徘徊的意思。　　[9]见役之情：被抑制的情欲。　　[10]不成一匮（kuì）：差一篑而不成功。语出《尚书·旅獒》："为山九仞，功亏一篑。"意为：堆造九仞高的山，却因为差了最后一筐土而功不成。匮，通"篑"，盛土的筐，土筐。　　[11]肆情：放纵情欲。　　[12]极意：恣意，尽意。　　[13]"故虽繁华熠耀（yì yào）"以下四句：所以这样的人即使处于荣华光彩的地位，也不会有结出果实的业绩；终年辛勤，却没有一朝收获的成效。熠耀，光彩闪耀，花开灿烂貌。熠，盛光。耀，照。结秀之勋，结实之功。秀，果实。一说不荣而实者谓之秀。勋，功勋，业绩。　　[14]申胥之长吟：申包胥哭秦庭七天七夜。申胥，楚国公族大夫申包胥，楚武王蚡冒（前757—741年在位）的后人。据《春秋左氏传》记载，申包胥与伍子胥为友，伍子胥父兄为楚平王所杀，自己被迫逃亡。逃走前他跟申包胥说："我必覆（倾覆）楚！"申包胥回应道："子能覆之，我必能兴之。"伍子胥辗转逃到吴国，协助阖闾夺取政权，被任命为"行人"，积极谋划进攻楚国。前506年冬，吴军在孙武统领下五战及郢，楚昭王仓惶出逃，申包胥入秦乞师。秦哀公说："寡人闻命矣。子姑就馆，将图而告。"（你暂且到宾馆休息，待我计议好再回答你。）申包胥不肯就馆，对曰："寡君越在草莽，未获所处（没有居处），下臣何敢即安？""立，依于庭墙而哭（站着，背靠秦庭的墙壁而哭），日夜不绝声，勺

又："自从儒术独尊以来，董仲舒的天命论占据了统治地位。王充未能动摇它，王弼又把它变得更精致了些。嵇康在人道观上肯定人力的作用，并突出一个'志'字，具有向宿命论挑战的意义。"

冯契《中国古代哲学的逻辑发展》第六章第三节《嵇康："越名教而任自然"》："在这里，嵇康强调了培养人的德性、节操，要靠意志力；道德行为，要出于意志的自愿选择（出于自愿，才是'所安'）。意志具有'专一'与'自愿'的双重品格，虽然是先秦儒家已经指出了的，但嵇康有其独特之处，他把意志的自愿同道家的自然原则联系起来了。"

饮不入口七日。"震撼秦国君臣。秦哀公为之赋《无衣》："岂曰无衣，与子同袍。王于兴师，修我戈矛，与子同仇！"凡三章十五句。申包胥"九顿首而坐"（一连九次头叩地而拜之后，才坐下来）。秦大将子浦、子虎帅车五百乘以救楚，大败夫概王（阖闾之弟），秦、楚军队连战连捷。楚昭王回到郢都，楚国复兴有望，大赏功臣。申包胥说："吾为君也，非为身也。君既定矣，又何求？"遂逃赏，自弃于磨山（今湖北当阳东）。　[15] 夷叔之全洁：伯夷、叔齐的保全志行纯洁。夷叔，伯夷和叔齐，殷商末期孤竹国（今河北卢龙县南）国君的两个儿子。孤竹君想在他死后立叔齐为君。叔齐让位给哥哥伯夷。伯夷不肯，说："这是父亲的意思。"随后就出走了。叔齐不肯继位，也出走了。兄弟二人听说西伯姬昌（周文王）有德行，便西行如周，达到歧阳。此时姬昌已死，武王继位，忙着帅师伐纣。伯夷、叔齐扣马而谏，说："父亲死了不埋葬，却带着队伍去打仗，能说是孝吗？周为商臣，以臣伐君，能说是仁吗？"武王的手下想杀了他们，姜太公说："这是讲义气的人。"叫人把他们搀扶走了。武王灭商，建立周王朝。伯夷、叔齐以武王的做法可耻，是"以乱易暴"，"不若避之，以洁吾行"。遂义不食周粟，隐居于首阳山（今山西永济南），采食野菜山果，饥饿而死。五百多年之后，孔子对伯夷、叔齐大加推重，称赞他们"不降其志，不辱其身"；又说："齐景公有马千驷，死之日，民无德而称焉。伯夷、叔齐，饿于首阳之下，民到于今称之。"　[16] 展季之执信：展季执着于诚信。展季，春秋时鲁国大夫柳下惠。据《吕氏春秋·审己》载，齐攻鲁，求岑鼎，鲁君载他鼎以往，齐侯不信，使人告鲁侯曰："柳下季（即展季）以为是，请因受之。"鲁君请于柳下季，季以为不守诚信，鲁君乃以真岑鼎献给齐侯。　[17] 苏武之守节：苏武坚守节操。苏武（？—前60），字子卿，西汉杜陵（今陕西西安东南）人。汉武帝天汉元年（前100），奉命出使匈奴被扣。置大窖中，绝不饮食，天雨雪，武卧啮雪，与旃毛并咽之，数日不死。匈奴以为神，又把他迁到北海（今俄罗斯贝加尔湖）边牧羊。苏武面对匈奴贵族的多方威胁诱降，坚持十九年不屈服。始元六年（前81），因匈奴与汉和好，才被遣回朝，鬓发尽白。　　[18]可谓固矣：可称之为心志坚固了。　　[19]无心守之：不是故意坚守志行。无心，不是故意的、强制的。一说：无杂念，无二心。　　[20]安而体之：安然平和地体现出自己的志向。　　[21]盛：极点，顶点。这里是最高境界的意思。

所居长吏[1]，但宜敬之而已矣；不当极亲密，不宜数往[2]，往当有时[3]。其有众人[4]，又不当独在后，又不当前。所以然者，长吏喜问外事，或时发举[5]，则怨者谓人所说[6]，无以自免也。宏行寡言[7]，慎备自守，则怨责之路解矣。

其立身当清远。若有烦辱[8]，欲人之尽命，托人之请求，谦言辞谢[9]：某素不豫此辈事，当相亮耳。若有怨急[10]，心所不忍，可外违拒，密为济之。所以然者，上远宜适之几[11]，中绝常人淫辈之求[12]，下全束修无累之称[13]。此又秉志之一隅也[14]。

处世、立身皆当谨慎，且关乎"秉志"。

[注释]

[1]所居长吏：地方长官。所居，居住地。　　[2]数（shuò）：

告诫子女审慎行事，顾虑周全，则嵇康亦非不懂明哲保身之道。

邓邦述《寒瘦山房鬻存善本书目》卷七："中散当典午之世，不能全身远害。观其为文，颇中事理。又其自处恬淡寡营，以懒自晦，《家诫》一篇，于处世接物之道尤致谨畏。乃知生当乱世，虽仅与众人立异，已不相容，圣人危行言孙之戒，中散尚未能请事斯语耳。"

汤用彤《魏晋玄学论稿》第六章《贵无之学（中）》："嵇、阮愤激之言，实因有见于当时名教领袖（如何曾等）之腐败，而他们自己对君臣大节太认真之故。嵇康《家诫》即说不要作小忠小义，而要作真正之忠臣烈士。"

屡次，频繁。　[3]有时：选定时节，适宜的时机。　[4]"其有众人"以下三句：如果当时有好多人，又要注意不当独自落在后面，又不当超前。前，底本作"宿"，戴明扬校引《戒子通录》作"前"，于义为长，今据改。　[5]发举：揭发，泄露。　[6]怨者谓人所说：怨恨的人就会认为是某人说出来的。　[7]"宏行寡言"以下三句：行动大大方方而说话不多，谨慎戒备而自我保护，那么怨恨责怪的途径便消除了。宏，底本作"若"，戴明扬校引《戒子通录》作"宏"，是，今据改。解，消散，消除。　[8]"若有烦辱"以下三句：如果有繁杂劳苦的俗事，当事者想要人尽力，被托的人来请求。　[9]"谦言辞谢"以下三句：一律谦言辞谢：我一向不参预此类事体，应当谅解我的。谦言辞谢，某素不豫此辈事，底本作"当谦言辞谢，其素不豫此辈事"，今据戴明扬校引《戒子通录》删改。某，名也，这里是自称。亮，同"谅"。一说"亮，信也"。　[10]"若有怨急"以下四句：如果遇到冤屈紧急之事，于心不忍，可表面违拒，暗中接济他。　[11]宜适之几：同层次人们的企望。宜适，适合交往的人。几，通"冀"，希望。　[12]淫辈：贪婪之徒。　[13]束修：束身修行，检束修饰、潜心修养的意思。　[14]一隅：一个方面。隅，角，角落，事物的部分或片面。

凡行事，先自审其可[1]，若于宜[2]，宜行此事[3]；而人欲易之[4]，当说宜易之理。若使彼语殊佳者[5]，勿羞折遂非也；若其理不足，而更以情求来守人[6]，虽复云云，当坚执所守。此又秉志之一隅也。

不须行小小束修之意气[7]，若见穷乏而有可以赈济者，便见义而作[8]。若人从我欲有所求[9]，先自思省，若有所损废多，于今日所济之义少，则当权其轻重而距之。虽复守辱不已[10]，犹当绝之。然大率人之告求，皆彼无我有，故来求我，此为与之多也[11]。自不如此[12]，而为轻竭[13]，不忍面言，强副小情[14]，未为有志也。

[注释]

[1]可：能够。　[2]若于宜：如果适当。若，连词，表示假设。　[3]宜行：应该实行。　[4]而人欲易之：而别人想改变它。　[5]"若使彼语殊佳者"二句：假使他说的话非常有道理，就不要羞辱责难以至于否定他。若使，假使。折，责难，指斥。　[6]更以情求来守人：进而以世俗人情来请求你。更，进而。求来，戴明扬校疑"来"字误衍。一说"求来"为"来求"之倒误。均可通。守人，守志之人，指本人。　[7]不须行小小束修之意气：不必拘泥于束身修行之意气。　[8]作：兴起。　[9]"若人从我欲有所求"以下五句：如果有人跟随我企求什么，自己先考虑清楚，如果赈济他损失太多，助成道义甚少，那就应当权衡轻重而拒绝他。省，明白。距，同"拒"。　[10]守辱不已：低三下四地求情不止。守辱，自己陷入屈辱之中。　[11]此为与之多：这就是援助别人而"所济之义"也多的道理。　[12]自不如此：要是不这样区分类别（以"义"为先）。　[13]轻竭：轻率地耗竭财物。　[14]强副小情：勉强地迎合世俗人情。副，相称，符合。

谨慎言语。

明张溥《汉魏六朝百三家集题辞·嵇中散集》："《家诫》小心笃诲，酒坐语言，兢兢集木。独以柳下踞煅，傲睨钟会，竟遭谮死。"

　　夫言语，君子之机[1]。机动物应[2]，则是非之形著矣[3]。故不可不慎。若于意不善了[4]，而本意欲言，则当惧有不了之失，且权忍之。已后视向不言[5]，此事无他不可，则向言或有不可；然则能不言[6]，全得其可矣。且俗人传吉迟，传凶疾，又好议人之过阙，此常人之议也。坐中所言[7]，自非高议，但是动静消息，小小异同，但当高视，不足和答也。非义不言，详静敬道[8]，岂非寡悔之谓？

[注释]

[1]机：古代弩箭上的发动机关。引伸为机要之称，事情变化的关键。这里是关键、机要之意。　[2]机动物应：话一说出来，外物就会响应。　[3]著：显著。　[4]"若于意不善了"以下四句：如果对意向不善于决断，而本意想说话，那就应该警惧会有不明晰的过失，暂且忍住不说。了，明白，明晰，决断。　[5]"已后视向不言"以下三句：以后回头看看往日不说话，事情也没有什么不可之处，往日如果说了或许会有不可之处。　[6]"然则能不言"二句：这样看来当初能做到不说话，就是完全正确的了。　[7]"坐中所言"以下六句：闲坐之间说的话，自然不会有高论，只是一些动静、消长之类的传闻，其间小小异同而已，只当不予理睬，不值得应和。但，副词，用在这里表示范围，相当于"只""仅"。　[8]"详静敬道"二句：安详清静地崇敬道义，说的不正是少后悔的道理吗？

人有相与变争，未知得失所在，慎勿豫之也[1]。且默以观之，其是非行自可见[2]。或有小是不足是[3]，小非不足非，至竟可不言以待之。就有人问者，犹当辞以不解。近论议亦然[4]。若会酒坐[5]，见人争语，其形势似欲转盛，便当无何舍去之[6]。此将斗之兆也。坐视必见曲直，傥不能不有言[7]，有言必是在一人[8]；其不是者方自谓为直[9]，则谓曲我者有私于彼[10]，便怨恶之情生矣；或便获悖辱之言[11]。正坐视之[12]，大见是非，而争不了，则仁而无武[13]，于义无可[14]，故当远之也。

远离争斗。

钱锺书《谈艺录》四十八《文如其人》："以文观人，自古所难。嵇叔夜之《家诫》，何尝不挫锐和光，直与《绝交》二书，如出两手。"

[注释]

[1]豫：同"预"，干预。　[2]行：且，将。　[3]"或有小是不足是"以下三句：或许有一点正确的因素还不足以充分肯定，有小的不是还不足以否定它，乃至于可以用不表态的方式对待它。　[4]近论议亦然：遇上一般的论议场合也是这样。　[5]若会酒坐：如果置身酒席坐中。　[6]便当无何舍去之：便应当若无其事地起身离开。无何，勿有多问，若无其事之意。　[7]傥（tǎng）：倘若，如果。　[8]是：正确。　[9]直：正直，不邪曲。　[10]则谓曲我者有私于彼：就会认为说他无理的人是偏袒对方。　[11]或便获悖辱之言：说不定马上就会听到很难听的话语。　[12]"正坐视之"以下三句：仅仅是坐在一旁观

望，是非看得清清楚楚，而争论却不能由我裁制。了，决定，决断。　[14] 武：勇。　[15] 于义无可：道义所不许可。

然大都争讼者，小人耳。正复有是非 [1]，共济汗漫，虽胜何足称哉？就不得远 [2]，取醉为佳。若意中偶有所讳 [3]，而彼必欲知；若守不已 [4]，或劫以鄙情 [5]；不可惮此小辈 [6]，而为所攓引 [7]，以尽其言。今正坚语 [8]，不知不识，方为有志耳。

[注释]

[1]"正复有是非"以下三句：有何是非可言，共同陷入漫无边际的瞎争之中，即使取胜的一方，又有什么值得称道的呢？正，表示疑问（或无疑而问）的副词，相当于"何""怎"等。汗漫，漫无边际，漫无标准。　[2]"就不得远"二句：即使不得远离，推托醉酒则是最佳选择。　[3]"若意中偶有所讳"二句：如果心中偶有难言之隐，而对方一定要知道。　[4] 若守不已：如果坚守不说。已，停止。　[5] 或劫以鄙情：或用世俗鄙陋之情来逼迫。劫，迫。　[6] 惮（dàn）：怕。　[7] 攓引：掣引。攓，扶，牵挽。　[8]"今正坚语"以下三句：即刻公开坚定地说："不知道！不了解！"这样才能算是有志。今，即，立刻。正，公然，显然。

自非知旧邻比 [1]，庶几已下，欲请呼者，当辞以他故，勿往也。外荣华则少欲 [2]，自非至急，终无求欲，上美也。不须作小小卑恭，当大谦裕[3]；不须作小小廉耻，当全大让[4]。若临朝让官[5]，临义让生，若孔文举求代兄死[6]，此忠臣烈士之节。

凡人自有公私[7]，慎勿强知人知。彼知我知之，则有忌于我。今知而不言，则便是不知矣。若见窃语私议，便舍起[8]，勿使忌人也。或时逼迫，强与我共说。若其言邪险，则当正色以道义正之[9]。何者？君子不容伪薄之言故也。及一旦事败[10]，便言某甲昔知吾事，是以宜备之深也。凡人私语，无所不有，宜豫以为意[11]，见之而走者。何哉？或偶知其私事，与同则不可，不同则彼恐事泄，思害人以灭迹也。非意所钦重者[12]，而来戏调、蚩笑友人之阙者[13]，但莫应[14]，从小共转至于不共；亦勿大冰矜[15]，趋以不言答之。势不得久，行自止也。

[注释]

[1]"自非知旧邻比"以下五句：如果不是旧交近邻，贤士以下的人，想邀请你，应当借故推辞，不要去。庶几，此指贤才。请，邀请，请吃。　[2]"外荣华则少欲"以下四句：拒绝荣华就会减少欲望，如果不是紧急之事，总是没有需求的欲望，这是最

明张采《三国文》卷十九评"不须作小小廉耻，当全大让"数句曰："一路慎密，至此忽说刚正语。因知前段不止作诫，亦欲□规。及形之笔墨，又不觉本然自露也。"

厘清公私界限。

钱锺书《管锥编》第三册《全三国文》卷四十七："稽《家诫》谆谆于谨言慎行，若与《绝交书》中自道相反而欲教子弟之勿效乃父者，然曰：'若志之所之，则口与心誓，守死无二。'又曰：'人虽复云云，当坚执所守，此又秉志之一隅也。'又曰：'不忍面言，强副小情，未为有志也。'又曰：'不须作小小卑恭，当大谦裕；

不须作小小廉耻，当全大让。'又曰：'或时逼迫，强与我共说。若其言邪险，则当正色以道义正之。何者？君子不容伪薄之言故也。'则接物遇事，小小挫锐同尘而已，至是非邪正，决不含糊恇怯，勿屑卷舌入喉、藏头过身。此'龙性'之未'驯'，炼钢之柔未绕指也。《家诫》云'俗人好议人之过阙'，而《与山巨源绝交书》云'阮嗣宗口不议人过，吾每师之而未能'。明知故犯，当缘忍俊不禁。夫疾恶直言，遇事便发，与口不议人过，立身本末大异，正忤世取罪之别于避世远害也。阮《答伏义书》河汉大言，不着边际，较之稽《与山巨源书》，一狂而夸泛，一狂而刺切，相形可以见为人焉。"

美好的境界。外，以……为外，排斥之意。　[3]谦裕：谦虚大度。　[4]让：谦让。　[5]让：底本作"议"，据各本改。　[6]孔文举：孔融（153—208），字文举，东汉末文学家，"建安七子"之一。为人恃才傲物。《后汉书·孔融传》载：山阳张俭跟融兄褒是旧交，俭犯事逃亡至褒家，值褒不在家。当时十六岁的孔融见张俭面有窘色，就对他说："兄虽不在，我莫非不能当主人吗？"于是留张俭住下。不久事情败露，俭得脱走，遂收捕孔融兄弟入狱。孔融说："保护藏匿张俭的是我，应当连坐。"孔褒说："彼来求我，非弟之过，请甘其罪。"诏书竟坐孔褒，融由是显名。　[7]"凡人自有公私"二句：凡是人都有公开的一面和隐讳的一面，千万不要强行探听别人的事情。强知人知，硬去打听别人知道的事情。　[8]舍起：抛开他们起身离去。　[9]正色：严肃的态度。正之：纠正他。　[10]"及一旦事败"以下三句：而且一旦事情败露，他还会说某某人以前知道我的事，因此应当严加防范。　[11]宜豫以为意：应预先留意。豫，同"预"。　[12]钦重：钦敬。　[13]而来戏调、蚩笑友人之阙者：而跑来调笑嘲弄友人的缺点。　[14]"但莫应"二句：且不要什么都应和，从略同转变到不同。小共，小同，稍同。　[15]"亦勿大冰矜"二句：也不要冷若冰霜态度过于威严，趋向于以沉默来回答他。冰矜，凝寒，这里形容凛然如冰威严不可侵犯的样子。冰，底本作"求"，各本作"氷"，即"冰"字，今据改。

自非所监临[1]，相与无他宜适，有壶榼之意，束修之好，此人道所通，不须逆也。过此以往[2]，自非通穆[3]，匹帛之馈，车服之赠，当深绝之。何者？常人皆薄义而重利，今以自竭者[4]，必有为而作。损货徼欢 [5]，施而求报，其俗人之所甘愿，而君子之所大恶也。

被酒必大伤 [6]，志虑又愦。不须离楼 [7]，强劝人酒，不饮自已；若人来劝己，辄当为持之 [8]，勿稍逆也。见醉熏熏便止 [9]，慎不当至困醉，不能自裁也。

[注释]

[1]"自非所监临"以下六句：如果不是自己监管的范围，相互又没有要紧的事，恰有同饮之意向，肉脯下酒之爱好，这是人之常情，不必拒绝。所监临，底本作"监临"，据戴明扬校补。监临，监视管辖。宜，适宜的事。榼（kē），盛酒的器具。束修，十束干肉。逆，违逆。　[2]过此以往：除此以外。　[3]自非通穆：如果不是至亲。通穆，通家亲厚，至亲至交。穆，同"睦"。　[4]"今以自竭者"二句：现在自己耗竭财物，必定是另有所求而采取的措施。　[5]损货徼欢：损失货物而求得欢心。徼，求。　[6]"被酒必大伤"二句：过量饮酒必然大伤身体，心志思虑也会昏乱。"被酒必大伤，志虑"七字，底本无，今据戴明扬校补。被，加。愦（kuì），乱。底本作"慎"，据戴明扬校改。　[7]"不须离楼"以下三句：不要纠缠不舍，强劝别人喝酒，不喝就罢了。离楼，犹言玲珑，雕镂交错貌。已，止。　[8]"辄当为持之"二句：就应当为他端起酒杯，不要有稍稍违逆的表示。　[9]"见醉熏熏便止"以下三句：出现醉醺醺的感觉就停止不饮，小心不要喝到烂醉，不能自制的程度。

交往有度。

《鲁迅大全集》卷四《魏晋风度及文章与药及酒之关系》："至于嵇康，一看他的《绝交书》，就知道他的态度很骄傲的……但我看他做给他的儿子看的《家诫》，当嵇康被杀时，其子方十岁，算来当他做这篇文章的时候，他的儿子是未满十岁的——就觉得宛然是两个人。……我们就此看来，实在觉得很希奇：嵇康是那样高傲的人，而他教子就要他这样庸碌。因此我们知道，嵇康自己对于他自己的举动也是不满足的。所以批评一个人的言行实在难，社会上对于儿子不像父亲，称为'不肖'，以为是坏事，殊不知世上正有不愿意他的儿子像他自己的父亲哩。试看阮籍稽康，就是如此。这是，因为他们生于乱世，不得已，才有这样的行为，并非他们的本态。但又于此可见魏晋的破坏礼教者，实在是相信礼教到固执之极的。"

[点评]

这篇文章是稽康写给子女的，告诫他们如何为人处世。文章开篇即强调立志的重要性："人无志，非人也。"立志当遵循善良准则，深思熟虑，专一不二，身体力行，务求成功。不能守志的人，将一事无成；固守志向的人，名垂青史。秉志的人，"其立身当清远"，淡化人际间的功利关系；"凡行事，先自审其可"，坚执所守。还要求儿女处事，当赈济穷乏，见义而作，损多义少则不为；谨慎言语，俗人闲谈，小人争吵，席间争语，慎勿预之，不介入世俗纷争。如此方为有志。不要探听别人的私事，看见窃窃私语的人，及早绕道而行；若被强拉入共说，其言邪险，则当正色以道义正之；不是通家至亲，不接受厚礼；不是旧交、近邻、贤士，不接受邀请吃饭，置身于荣华之外才是最美好的境界。文章以平实的笔调，透露出世事艰难、人情险恶、需要加强自我保护才能生存的社会现实状况。这正是稽康数十年跋涉所总结出的经验教训，虽然事无巨细，难免琐碎，对于子女而言有亲切感人的一面，但也道出了世事险恶、令人心悸的一面，道出了稽康内心的不得已和酸楚的一面，同时也是稽康至慎性格的集中反映。

主要参考文献

嵇康集十卷　明吴宽（1435—1504）丛书堂钞宋本

嵇中散集十卷　明嘉靖四年（1525）黄省曾南星精舍刻本

嵇中散集十卷　明万历中新安程荣校刊本

嵇中散集十卷　明万历、天启间新安汪氏刻本　收入汪士贤辑《汉
魏诸名家集》

嵇中散集六卷　明张燮刻本　收入张燮《汉魏七十二家集》

嵇中散集一卷　明娄东张氏刊本　收入张溥辑《汉魏六朝百三名家
集》（又名《汉魏六朝一百三家集》）

嵇康集十卷　鲁迅1924年辑校稿本　文学古籍刊行社　1956年
影印本

嵇康集校记　叶渭清撰　《国立北平图书馆馆刊》1930年第四卷、
1931年第五卷、1935年第九卷　书目文献出版社　1992年影印本

读书续记　马叙伦撰　商务印书馆1939年版　中国书店1986年

影印本

　　嵇康集校注　戴明扬校注　人民文学出版社　1962 年版　中华书局　2014 年版

　　嵇康·声无哀乐论　吉联抗译注（含《琴赋探绎》）　人民音乐出版社　1964 年版　1980 年重印本

　　嵇康集译注　夏明钊译注　黑龙江人民出版社　1987 年版

　　嵇康诗文选译　武秀成选译　巴蜀书社　1991 年版　凤凰出版社　2011 年版

　　嵇康集　武秀成导读、译注　凤凰出版社　2020 年版

　　竹林七贤诗文全集译注　韩格平译注　吉林文史出版社　1997 年版

　　《乐记》《声无哀乐论》注译与研究　蔡仲德撰　中国美术学院出版社　1997 年版

　　嵇康集详校详注　张亚新校注　中华书局　2021 年版

　　嵇康集十卷　鲁迅辑校稿本　《鲁迅手稿全集·辑校古籍编》　国家图书馆出版社、文物出版社　2021 年版

　　庄子浅注（修订本）曹础基注解　中华书局　2000 年第 2 版

　　文心雕龙注　范文澜注　人民文学出版社　1958 年版

　　三国志　（晋）陈寿撰　（南朝宋）裴松之注　中华书局　1959 年版

　　晋书　（唐）房玄龄等纂修　中华书局　1974 年版

　　世说新语笺疏　余嘉锡笺疏　中华书局　1983 年版

　　诗品　（南朝梁）钟嵘撰　古直笺、曹旭整理　上海古籍出版社　2007 年版

　　日本足利学校藏宋刊明州本《文选》六十卷　五臣并李善注　人民文学出版社影印本　2008 年版

魏晋南北朝文学史参考资料　北京大学中国文学史教研室选注　中华书局　1962 年版

中国文学史　章培恒、骆玉明主编　复旦大学出版社　1996 年版 2014 年增订版

越名教而任自然——试论嵇康及其《声无哀乐论》的音乐美学思想 蔡仲德撰　中央音乐学院编印　1984 年版

中国中古文学史讲义　刘师培撰　《刘申叔遗书》本　凤凰出版社 1997 年版

魏晋玄学论稿　汤用彤撰　上海古籍出版社　2001 年版

嵇康评传　童强撰　南京大学出版社　2006 年版

才性与玄理　牟宗三撰　广西师范大学出版社　2006 年版

魏晋风度及文章与药及酒之关系　鲁迅撰　李新宇、周海婴主编 《鲁迅大全集》第四卷　长江文艺出版社　2011 年版

中国思想通史·第三卷　侯外庐等撰　人民出版社　2011 年版

玄学与魏晋士人心态　罗宗强撰　中华书局　2019 年版

魏晋南北朝文学思想史　罗宗强撰　中华书局　2019 年版

后　记

这部《嵇康集》解读，是在两位助手的支持下完成的。朱新林博士（山东大学威海分校副教授）协助撰写《样稿》送审稿，管仁杰博士（河南大学文学院）协助撰写其余篇目的送审稿。两人都身处教学一线，慷慨接受我的邀请，劳心劳力，倾情奉献。定稿阶段，管仁杰提议，考虑到普通读者的需要，增写新注三十条。虽说是师生之间不言谢，我总是心存感激。

《嵇康集》解读送审稿，经骆玉明、王能宪、张亚新三位专家审订，随文批改达数百处，并在《审定组工作表》《审定组意见汇总表》中，总结提炼二十余条指导性修改建议。我反复阅读、领会，启发良多，已经采纳写入《解读》中，送审稿的质量得到明显提升，向三位专家致谢！

浙江大学古籍研究所副所长贾海生教授，提供特别帮助，谨此致谢！

崔富章

2024 年 5 月 4 日写于浙大西溪校区教师公寓

《中华传统文化百部经典》已出版图书

书　名	解读人	出版时间
周易	余敦康	2017 年 9 月
尚书	钱宗武	2017 年 9 月
诗经（节选）	李　山	2017 年 9 月
论语	钱　逊	2017 年 9 月
孟子	梁　涛	2017 年 9 月
老子	王中江	2017 年 9 月
庄子	陈鼓应	2017 年 9 月
管子（节选）	孙中原	2017 年 9 月
孙子兵法	黄朴民	2017 年 9 月
史记（节选）	张大可	2017 年 9 月
传习录	吴　震	2018 年 11 月
墨子（节选）	姜宝昌	2018 年 12 月
韩非子（节选）	张　觉	2018 年 12 月
左传（节选）	郭　丹	2018 年 12 月
吕氏春秋（节选）	张双棣	2018 年 12 月
荀子（节选）	廖名春	2019 年 6 月
楚辞	赵逵夫	2019 年 6 月
论衡（节选）	邵毅平	2019 年 6 月
史通（节选）	王嘉川	2019 年 6 月
贞观政要	谢保成	2019 年 6 月
战国策（节选）	何　晋	2019 年 12 月
黄帝内经（节选）	柳长华	2019 年 12 月
春秋繁露（节选）	周桂钿	2019 年 12 月
九章算术	郭书春	2019 年 12 月
齐民要术（节选）	惠富平	2019 年 12 月
杜甫集（节选）	张忠纲	2019 年 12 月
韩愈集（节选）	孙昌武	2019 年 12 月
王安石集（节选）	刘成国	2019 年 12 月
西厢记	张燕瑾	2019 年 12 月

书　名	解读人	出版时间
聊斋志异（节选）	马瑞芳	2019 年 12 月
礼记（节选）	郭齐勇	2020 年 12 月
国语（节选）	沈长云	2020 年 12 月
抱朴子（节选）	张松辉	2020 年 12 月
陶渊明集	袁行霈	2020 年 12 月
坛经	洪修平	2020 年 12 月
李白集（节选）	郁贤皓	2020 年 12 月
柳宗元集（节选）	尹占华	2020 年 12 月
辛弃疾集（节选）	王兆鹏	2020 年 12 月
本草纲目（节选）	张瑞贤	2020 年 12 月
曲律	叶长海	2020 年 12 月
孝经	汪受宽	2021 年 6 月
淮南子（节选）	陈　静	2021 年 6 月
太平经（节选）	罗　炽	2021 年 6 月
曹操集	刘运好	2021 年 6 月
世说新语（节选）	王能宪	2021 年 6 月
欧阳修集（节选）	洪本健	2021 年 6 月
梦溪笔谈（节选）	张富祥	2021 年 6 月
牡丹亭	周育德	2021 年 6 月
日知录（节选）	黄　珅	2021 年 6 月
儒林外史（节选）	李汉秋	2021 年 6 月
商君书	蒋重跃	2022 年 6 月
新书	方向东	2022 年 6 月
伤寒论	刘力红	2022 年 6 月
水经注（节选）	李晓杰	2022 年 6 月
王维集（节选）	陈铁民	2022 年 6 月
元好问集（节选）	狄宝心	2022 年 6 月
赵氏孤儿	董上德	2022 年 6 月
王祯农书（节选）	孙显斌	2022 年 6 月
三国演义（节选）	关四平	2022 年 6 月
文史通义（节选）	陈其泰	2022 年 6 月

书　　名	解读人	出版时间
汉书（节选）	许殿才	2022 年 12 月
周易略例	王锦民	2022 年 12 月
后汉书（节选）	王承略	2022 年 12 月
通典（节选）	杜文玉	2022 年 12 月
资治通鉴（节选）	张国刚	2022 年 12 月
张载集（节选）	林乐昌	2022 年 12 月
苏轼集（节选）	周裕锴	2022 年 12 月
陆游集（节选）	欧明俊	2022 年 12 月
徐霞客游记（节选）	赵伯陶	2022 年 12 月
桃花扇	谢雍君	2022 年 12 月
法言	韩敬、梁涛	2023 年 12 月
颜氏家训	杨世文	2023 年 12 月
大唐西域记（节选）	王邦维	2023 年 12 月
法书要录（节选） 历代名画记	祝　帅	2023 年 12 月
耶律楚材集（节选）	刘　晓	2023 年 12 月
水浒传（节选）	黄　霖	2023 年 12 月
西游记（节选）	刘勇强	2023 年 12 月
乐律全书（节选）	李　玫	2023 年 12 月
读通鉴论（节选）	向燕南	2023 年 12 月
孟子字义疏证	徐道彬	2023 年 12 月
嵇康集	崔富章	2024 年 12 月
白居易集（节选）	陈才智	2024 年 12 月
李清照集（节选）	诸葛忆兵	2024 年 12 月
近思录	查洪德	2024 年 12 月
林则徐集	杨国桢	2024 年 12 月